Quand Ashley devient Bad Ash

1

L'autrice

Alina Not est captivée par la littérature depuis son plus jeune âge. Bien qu'elle ait choisi le métier de vétérinaire, sa passion pour la lecture l'a menée à l'écriture. Elle est aujourd'hui l'une des étoiles montantes de la romance en Espagne.

De la même autrice dans la même série

Tome 1
Tome 2
Tome 3 : à paraître

ALINA NOT

Quand Ashley devient Bad Ash

1

Traduit de l'espagnol
par Vanessa Canavesi

POCKET JEUNESSE
PKJ·

Titre original :
Bad Ash
1. Saltan Chispas
Publié pour la première fois en juin 2021 par Crossbooks,
un département de Editorial Planeta, S.A.

Loi n° 49-956 du 16 juillet 1949 sur les publications
destinées à la jeunesse : juin 2024

Ce livre est une œuvre de fiction. Toute référence à un événement historique, à des personnes ou à des lieux existants se fait dans le but d'un usage fictionnel. Tous les autres noms, lieux et événements sont imaginés par l'auteur, et toute ressemblance avec des personnages, situations, ou lieux réels ou imaginaires ne serait que fortuite.

ISBN : 978-2-266-34447-0

Dépôt légal : juin 2024

1.
SuperStar

Tyler Sparks. Le nom le plus parfait au monde. Même s'il ne lui rend pas vraiment justice. *Sparks*, c'est « étincelles », en anglais. Or, ce ne sont pas des étincelles qui émanent de lui, c'est carrément un feu d'artifice. Une fête nationale en bonne et due forme à laquelle j'assiste tous les matins de la fenêtre de ma chambre, au moment où il part au lycée.

À 7 h 28, le klaxon retentit au coin de la rue. Je sais qui vient le chercher. Mais ça n'a pas d'importance. Ce qui compte, c'est de le voir sortir en vitesse, une viennoiserie dans la bouche, son sac à dos sur l'épaule gauche.

Et moi je suis là, à le contempler quelques secondes de trop, ce qui m'oblige à courir pour attraper le bus. Chaque jour, je choisis un siège au milieu et j'écoute la même chanson dans mes écouteurs en songeant que je pourrais presque l'avoir écrite pour lui. Parfois, je m'imagine la lui susurrer à l'oreille. « Sparks Fly ». Tu ne sais pas à quel point, Taylor Swift. Il faudrait changer « *green eyes* » par « *brown eyes* », mais c'est un détail.

Tyler Sparks. Il n'y a pas que son nom et ses yeux qui me font chavirer. Je rêve de lui pendant que je contemple ses épaules carrées au lieu d'écouter le cours de SVT. Il a d'ailleurs mis mon tee-shirt préféré. Et vu qu'il y a trois jours, il s'est coupé les cheveux, je ne peux m'empêcher de promener mon regard sur sa nuque. Et son tatouage American Eagle qui dépasse de sa manche droite, on en parle ?

Non, je ne suis pas superficielle. Car il n'y a pas que ça. Il y a plus. Beaucoup plus. Comme son rire et le ton de sa voix quand il essaie d'être drôle en classe. Comme les mauvaises blagues qui me faisaient tant rire quand on était amis.

Ça va faire quatre ans que je suis amoureuse de Tyler. Et un peu plus de trois ans que je passe mon temps à l'admirer en soupirant. Lui, il se contente (trop rarement) de me décocher un bref sourire quand nos regards se captent. Parfois, il va même jusqu'à lâcher un « ça va, Ash ? » si on se croise dans les couloirs ou devant chez nous. Sauf que maintenant, il ne s'arrête plus pour écouter ma réponse. Parce qu'il n'est plus le même qu'il y a quatre ans. Il n'est plus le nouveau super mignon qui vient d'emménager dans la maison d'à côté. Être amis allait de soi, au début, quand il est arrivé à Sacramento et qu'il ne connaissait personne ; sa petite voisine allait justement dans le même collège. Depuis, il a rencontré d'autres gens, bien sûr. Tyler et moi sommes très différents. Il a intégré l'équipe de foot du lycée Truman. C'était inévitable que nos chemins s'éloignent.

Aujourd'hui, c'est un des mecs les plus populaires du lycée, et moi… je suis toujours moi. Pas une pom-pom girl. Pas non plus une marginale. Simplement quelqu'un qui passe inaperçu. Une fille ordinaire, avec une bande de copines ordinaires. Que personne n'embête, mais qu'on n'invite pas non plus aux soirées. Une fille qui fait des choses classiques. Qui ne vient pas en cours avec la gueule de bois. Contrairement à Tyler. Le lundi matin, il arrive en classe mal en point comme un lendemain de cuite. Et souvent le vendredi aussi. Et parfois même le jeudi. On appartient à deux mondes incompatibles. Mais ne dit-on pas que les opposés s'attirent ? Chaque fois que j'entends ce cliché, j'ai envie de répondre « amen ».

— Ashley Bennet.

La voix de M. Woodward me tire de ma rêverie.

— Ce serait trop vous demander d'ouvrir votre livre à la page soixante-douze et de faire semblant d'écouter ?

Mes joues me brûlent. J'ouvre mon manuel, je cherche la page aussi vite que je peux et je me ratatine sur ma chaise sans rien dire. La moitié des élèves des rangées de devant se sont tournés pour me regarder et, même si je n'ose pas lever la tête, je sens plusieurs paires d'yeux fixés sur moi. Par chance, M. Woodward continue son cours comme si de rien n'était. C'est la première fois de l'année qu'il doit me rappeler à l'ordre. La prochaine pourrait être pire. *Bon sang, qu'est-ce que tu fous, Ashley ? Ressaisis-toi. En quatre ans, tu n'as jamais laissé ton obsession pour le beau gosse de service empiéter sur tes cours. Tu ne vas pas tout faire foirer maintenant, alors qu'il reste trois mois de lycée ! Tiens le coup jusqu'à ce qu'on t'accepte dans une bonne université.*

— Pssst.

Le garçon assis à ma gauche essaie d'attirer mon attention.

Ça fait six mois que je suis à côté de ce mec en cours de SVT. Depuis le jour où M. Woodward a estimé préférable de le séparer de Tyler. Et me l'a refilé, à moi. En six mois, c'est la première fois qu'il me marque un quelconque intérêt. Je me demande quelle mouche l'a piqué, mais comme je crains que le prof me reprenne à nouveau, je fais comme si je n'avais rien entendu.

— Pssssst.

Il recommence. Plus fort et plus longtemps. Je l'observe du coin de l'œil ; derrière une frange brune en bataille, ses yeux verts sont braqués sur moi.

— Quoi ? je souffle le plus bas possible, agacée.

— Faut que je te parle.

Nos tables sont à quelques centimètres de distance et, si on se penche tous les deux, il pourrait presque chuchoter à mon oreille. Mais on est en cours, et je suis stressée. On ne doit pas bavarder quand le prof explique. Alors, je secoue la tête et je reporte mon intérêt sur M. Woodward et ses cellules.

— C'est à propos de Tyler, me murmure-t-il encore.

Je me tourne aussitôt, tout en tâchant de dissimuler à quel point ce nom a capté mon entière attention. Je dois paraître plus que nerveuse ! J'essaie de jouer les indifférentes. Je hausse quand même les sourcils pour l'inviter à en dire plus.

M. Woodward se racle la gorge et je me rends compte que c'est moi qu'il regarde. Je me redresse sur mon siège et fixe mon manuel comme si c'était le livre le plus passionnant au monde.

Quelques secondes plus tard, un bout de papier plié en quatre atterrit sur ma table. Je le couvre avec ma main pour que le prof ne le voie pas et pivote vers mon voisin de gauche, un peu irritée. Il fait un signe de la tête pour me demander de lire son message. En vérité, il a piqué ma curiosité. Je serre le papier dans mon poing et, dès que M. Woodward se retourne vers le tableau, je l'ouvre en vitesse.

Faut que je te dise un truc. Attends-moi à la sortie.

Très drôle, Cameron ! On est déjà le premier avril ? Et moi qui pensais qu'on était toujours en mars. Quoi qu'il en soit, le second capitaine de l'équipe des Eagles, qui plus est le meilleur ami de Tyler et celui qui vient le chercher tous les matins dans sa voiture flambant neuve pour aller en cours, ne peut pas vouloir me parler, à moi. C'est forcément une mauvaise blague. Je ne vois pas d'autre explication.

Je n'ai pas envie que les mecs populaires et leur cour de pom-pom girls se paient ma tête jusqu'à la fin de l'année. Je préfère ignorer le message de Cameron Parker. Je m'en fiche, après tout. Pour me le prouver, j'en fais une minuscule boulette que je lance au fond de mon sac. J'aurais pu l'abandonner par terre, mais M. Woodward serait trop content de pouvoir humilier quelqu'un s'il mettait la main dessus. Je la jetterai à la poubelle plus tard.

Quinze minutes après, la cloche sonne. Je me dépêche de ranger mon livre et mes notes, j'attrape mon sac n'importe comment et je ne tente même pas un regard en arrière. Avec un peu de chance, ce soir, il aura oublié sa petite blague ou il aura trouvé une victime plus facile. Les deux me vont. Tout ce qui me gardera loin des commérages me va. Je marche jusqu'à mon casier pour échanger mon manuel de SVT contre celui d'espagnol quand un coup frappé sur le casier d'à côté me fait sursauter.

— Mais qu'est-ce qui t'arrive ? Je te cours après depuis tout à l'heure !

Emily m'examine et, quand elle comprend que je ne dirai rien, elle pousse un soupir et ouvre son casier à son tour.

Emily Davis est ma meilleure amie depuis toujours. Elle sait très bien que, parfois, je n'ai pas envie de parler. Surtout quand je suis préoccupée.

Après quelques instants de silence, elle ferme son casier puis le mien d'un coup sec et se plante devant moi.

— Qu'est-ce qui se passe, Ash ? Allez, crache le morceau. Tu es perturbée parce que M. Woodward t'a rappelée à l'ordre, c'est ça ? Pfff, je parie qu'il a déjà oublié ! Tout le monde sait qu'il y a certains cours où tu es un peu ailleurs. Tu sais, quand Tyler est assis devant...

— C'est pas ça, je souffle en m'assurant que personne ne nous écoute.

Comme si quelqu'un allait prendre la peine d'espionner notre conversation.

— Cameron Parker dit qu'il veut me parler. Il m'a fait passer un mot en classe pour que je l'attende après les cours.

Emily se contente de me fixer avec des yeux ronds pendant quelques secondes, comme si elle était choquée. Puis elle secoue vigoureusement la tête.

— Cameron Parker ? « Cameron Parker l'autre capitaine de l'équipe de foot » ? Le « Cameron Parker que toutes les filles veulent comme cavalier pour le bal du lycée » ? demande-t-elle sans respirer.

Je lève les yeux au ciel. Ce n'est pas parce qu'ils jouent au foot que ce sont des surhommes. Toute cette idolâtrie me fait sortir de mes gonds. Sauf quand il s'agit de Tyler ! Mais lui, ce n'est pas pareil. Il est vraiment spécial.

— Combien de Cameron Parker tu connais ? je réplique.

Elle fait semblant de réfléchir.

— Un seul. Mais tu comprendras que j'avais besoin d'en être sûre. Et pourquoi tu ne l'as pas attendu après la classe ? Tu es dingue ? Mon Dieu, Ash ! Si ça se trouve, il veut t'inviter au bal de fin d'année !

L'entendre dire ça avec autant d'émotion me fait lâcher un éclat de rire plus aigu que d'habitude. Est-ce que la star des Eagles va me proposer de l'accompagner au bal ? Cet athlète héroïque qui n'a qu'à claquer des doigts pour être admis dans l'université de ses rêves et devenir une légende vivante ? Mais bien sûr ! Même Lewis Cooper ne m'a pas invitée, alors qu'il y a deux jours, son adoration pour moi frôlait le harcèlement. Monsieur a une cavalière pour le bal de promo. Lewis Cooper. Et pas moi. Cameron Parker non plus, d'ailleurs. Mais ça n'explique pas qu'il lui vienne à l'esprit de m'inviter. Jamais de la vie.

— Ne sois pas ridicule, dis-je en baissant de nouveau le ton. Il prétend que ça a un rapport avec Tyler.

Il ne manquait que ça pour que le cerveau d'Emily disjoncte. Je peux presque voir de la fumée sortir de ses oreilles tandis qu'elle roule des yeux à toute allure, comme toujours quand quelque chose lui échappe et qu'elle veut réfléchir plus vite.

— Avec Tyler ! couine-t-elle d'une voix si stridente qu'on croirait entendre une souris.

— Chhut, je lui ordonne quand je vois deux têtes pivoter vers nous.

— Avec Tyler ? répète-t-elle plus bas, sous forme de question cette fois. Et si c'était Tyler qui voulait t'inviter ? suggère-t-elle en plaquant ses deux mains sur sa bouche.

— Bien sûr que non.

Je m'empresse de lui remettre les pieds sur terre.

— Tyler y va avec « tu sais qui »… je dis en insistant sur les derniers mots. Je pense plutôt que Cameron veut me jouer un sale tour. C'est pour ça que je ne l'ai pas attendu. Pourquoi est-ce qu'il voudrait me parler, alors qu'il ne m'adresse jamais le moindre mot ?

— Si tu l'avais écouté, au moins, tu serais fixée.

Son visage se décompose. Les joues rouges, elle pince les lèvres avant de poser la main sur mon bras.

— Oh, mince, regarde ! C'est… Non ! Ne regarde pas !

Trop tard. Quand elle me retient par le bras pour m'empêcher de me retourner, je les ai déjà vus s'avancer vers nous. Ils ont tous les deux une carrure athlétique, même si Tyler dépasse son pote brun d'une bonne tête.

Ils m'ont repérée aussi. Je lance un regard assassin à Emily.

— Si tu ne veux pas que je regarde, pourquoi tu me dis « mince, regarde » ?

— Oh, mince, ne regarde pas !

Elle grimace, désolée.

Avant que j'aie le temps d'ajouter quoi que ce soit (du genre qu'elle est une amie lamentable ou que je lui revaudrai ça un jour), une voix se fait entendre dans mon dos. Cameron.

— Salut, Ashley. Salut, Emily.

— Quoi de neuf, Ash ? me demande Tyler, sans grand intérêt, quand je me retourne.

Ils n'ont pas l'intention de s'arrêter pour bavarder. On était sur leur route, pour leur prochain cours. Mais je reste scotchée. Il faut que je dise quelque chose avant de passer pour une idiote.

— Salut, Tyler.

Même moi, j'ai conscience d'être rouge comme une pivoine et d'adopter le ton d'une gamine stupide qui vient de voir le père Noël. Par chance, Tyler ne me regarde pas, il n'y a donc aucun risque qu'il remarque à quel point je suis niaise. Cependant, du coin de l'œil, j'aperçois Cameron ébaucher un sourire narquois. En passant près de moi, il se penche discrètement à mon oreille.

— J'étais sérieux. J'ai quelque chose à te proposer.

Je lève les yeux vers lui, prête à répondre un truc bien senti qui lui coupera le sifflet. Mais rien ne me vient alors qu'ils s'éloignent.

— Oh. Mon. Dieu, murmure Emily. Cameron Parker connaît mon prénom ! Ça y est, je suis en train d'hyperventiler. Donne-moi ça.

Elle s'empare de mon manuel pour s'en servir d'éventail, ce qui m'arrache un rictus. Elle en fait toujours des tonnes.

— Dois-je te rappeler que tu as un copain, Em ?

Elle arrête d'agiter mon livre et me le rend.

— Ça fait trois ans que je sors avec un loser, déclare-t-elle en dépit de la passion qu'elle ressent pour Scott. Laisse-moi vivre cette relation par procuration avec les deux plus beaux mecs du lycée ! Punaise, je ne sais pas lequel choisir. Le blond ou le brun ? Bon, pour toi, la question ne se pose pas…

Elle m'adresse un clin d'œil et je lève les yeux au ciel pour lui indiquer que son numéro me passe au-dessus de la tête. Pile à cet instant, je vois Scott s'approcher. C'est un type bien, et il traite mon amie comme une reine. Parvenu à notre hauteur, il se place dans le dos d'Emily avant de déposer un baiser sur sa joue. Elle fait volte-face et tente une moue blasée, mais elle ne peut s'empêcher d'esquisser un sourire.

— Ah, c'est toi… Je croyais que c'était le capitaine de l'équipe de foot.

— Lequel des deux ? dit son copain en entrant dans son jeu, sans se formaliser.

— N'importe, là tout de suite, je veux bien les deux.

Ils s'embrassent, après quoi Scott nous avertit que si nous continuons à bavarder devant les casiers, nous n'arriverons jamais à l'heure en cours d'espagnol. Je consulte ma montre. Il a raison.

En chemin vers la salle, Emily raconte tous les détails de l'affaire Cameron Parker à son amoureux. Pfff ! Depuis trois ans, les secrets, c'est entre elle, Scott et moi. Heureusement que je m'entends bien avec lui et qu'il est discret, sinon j'aurais dû le supprimer. Emily ajoute que Cameron veut sans doute m'inviter au bal de promo, et je me retourne pour lui adresser un regard exaspéré, une fois de plus.

— Au bal ? Ça m'étonnerait, rétorque Scott aussi sec. Sans vouloir t'offenser, Ash, se dépêche-t-il de préciser en voyant ma mine vexée. Ces deux abrutis ne sont pas capables d'apprécier quelqu'un comme toi.

Je plisse les yeux. Est-ce qu'il me lèche les bottes parce que je suis la meilleure amie de sa copine ? Il a l'air sincère. Je hausse les épaules et entre en classe pile au moment où la cloche sonne. Scott a sûrement raison : le problème vient d'eux, pas de moi, même si la loi lycéenne impose que les gens « cool » soient toujours au-dessus du lot. Et, bien que je sois très heureuse pour Emily, je ressens une pointe de jalousie ; Scott n'est peut-être pas le plus « cool » des mecs, mais il figure sans aucun doute parmi les plus gentils du bahut. *Bien joué, Emily !*

Les aiguilles de l'horloge avancent extrêmement lentement en cours d'espagnol. Une seule chose me console : dans cette salle, je ne risque pas de tomber sur le capitaine bis des Eagles. Malheureusement, je ne suis pas non plus avec le vrai. Et ça, ça craint. Voilà pourquoi ce cours se révèle insupportable.

Je recroise Cameron à l'heure du déjeuner, mais il est assis à une table avec quatre autres footballeurs et ne prête pas attention à moi. Tant mieux. Tyler n'est pas là, ce qui n'a rien d'étonnant. Ça fait longtemps qu'il ne passe plus le déjeuner à plaisanter avec ses coéquipiers. Depuis deux mois, il préfère rouler des pelles à une certaine fille qui serait capable de mettre une raclée à quiconque mate son mec plus de deux secondes. Je remercie l'univers d'être toujours en vie à l'heure qu'il est. J'imagine que c'est juste parce qu'elle ne me considère pas comme une menace. Il est hautement improbable qu'elle ignore que je suis raide dingue de son copain. Tout le monde le sait.

D'habitude, je mange dans la cour avec mes trois amies, Emily, Mia et Grace. Mais aujourd'hui, il pleut, alors on se dégote une table discrète au fond du réfectoire et on se raconte les derniers ragots du lycée. Emily ne pipe pas un mot au sujet des deux athlètes. Elle sait qu'il y a des choses qui doivent rester entre elle et moi… et Scott, bien entendu.

Le fait que Cameron ne m'ait pas porté la moindre attention me soulage et, en même temps, me déçoit un peu. Même s'il avait l'ambition de se moquer de moi, son insistance de ce matin est le truc le plus palpitant qui me soit arrivé ces dernières semaines. Voire ces derniers mois. *Ta vie est bien triste, Ashley.*

Je suis déjà installée pour le cours suivant, mes affaires d'histoire sorties, quand je remarque qu'Emily se crispe. Elle ne s'est toujours pas assise et elle ne semble pas avoir l'intention de le faire, alors je lève le nez pour comprendre ce qui lui arrive. Je tombe sur deux yeux émeraude qui m'observent, tandis que la personne à qui ils appartiennent s'adresse à ma meilleure amie.

— Emily, ça te dérange si on échange nos places pour aujourd'hui, s'il te plaît ? demande très poliment cet individu.

Je me dépêche de lancer un regard d'avertissement à mon amie, mais la grande traîtresse marmonne déjà « bien sûr, pas de souci » avant de s'en aller deux rangées plus loin.

Je la fusille du regard. Cameron l'a envoyée à côté de Tyler, il ne manquait plus que ça. Mais Tyler n'est pas là et, quand la cloche sonne et que Mme Edwards ferme la porte, je comprends qu'il ne viendra pas. Une fois de plus.

Même si je fais tout mon possible pour l'éviter, je ne peux m'empêcher d'étudier Cam du coin de l'œil. Cette fois, il est assis à ma droite et me fait un petit sourire amusé en voyant mon expression.

— J'aime bien écouter en cours, alors pas la peine de me parler, je chuchote.

— Je te promets de ne pas parler, réplique-t-il, et il lève la main droite pour jurer sur l'honneur.

Est-ce que les gauchers ne devraient pas jurer de la main gauche ? Bref. J'inspire un grand coup en baissant les yeux sur mon livre et je l'entends ricaner. Ma parole, on dirait qu'il y prend un malin plaisir. Mme Edwards commence son cours, mais je ne réussis pas à me concentrer. Si ce gros relou de Cameron Parker s'est assis à côté de moi pour ne PAS me parler, pourquoi a-t-il changé de place avec Em ? La réponse ne tarde pas à arriver sous la forme d'un petit papier plié en quatre, identique à celui qu'il m'a lancé quelques heures plus tôt. Je l'ouvre, dévorée de curiosité malgré moi.

Pourquoi tu m'évites ? Je veux juste discuter dix minutes, même pas. Je mords pas. C.

Drôle, qu'il se croie obligé de signer avec son initiale. Je le regarde de travers. Il hausse un sourcil. Il ne mord pas. Tu parles. Je fourre le mot dans ma trousse, en boule, là où personne ne pourra le voir. Ce lycée est un nid de vipères.

Je ne compte pas répondre. Si j'entre dans son jeu, il ne s'arrêtera jamais. Mieux vaut l'ignorer. Et s'il se permet de m'écrire de nouveau, je ne lirai pas son message, voilà.

Mais il se le permet… Évidemment.

J'y crois pas, tu vas même pas me répondre ? Quelle mal élevée ! Je m'attendais pas à ça de ta part, Ashley Bennet. C.

Je continue de l'ignorer. Je fais la même chose qu'avec le mot précédent et le cache dans ma trousse. Mais j'ai du mal à suivre le cours et j'ai bien envie d'envoyer bouler ce relou en lui disant de se mettre ses petits papiers là où je pense. À peine deux minutes plus tard, une autre missive atterrit sur ma table. Je ne veux pas la lire. Je la glisse entre les pages de mon cahier. Il va bien finir par se lasser. Si le destinataire ne reçoit pas le message, il n'y a pas de communication possible, n'est-ce pas ? Oui, c'est une bonne technique. Si ce n'est que je meurs d'envie de savoir ce qu'il a écrit…

Cam se racle maintenant copieusement la gorge. Je ne suis pas la seule à me tourner pour le toiser.

L'expression de ses sourcils signifie clairement « lis ce putain de mot », mais je reporte les yeux sur mon livre comme si je n'avais pas compris l'allusion.

— Un problème, Cameron ? demande Mme Edwards avec un regard de reproche.

Tyler et lui dérangent toujours la classe d'une manière ou d'une autre. Elle a l'habitude. J'imagine que plus d'un prof doit en avoir par-dessus la tête de ces deux-là. À commencer par M. Woodward, qui a décidé de les séparer. Voilà pourquoi je me retrouve dans cette situation. Tout ça parce que le prof de SVT m'a collé Cameron Parker à côté. Et je l'ai franchement maudit de n'avoir pas choisi Tyler à la place.

— Non, madame, rien de grave. Juste la gorge qui pique un peu, c'est tout.

— C'est ça. Prenez un bonbon, alors, offre la prof avant de sortir une pastille à la menthe de son sac et de la lui lancer.

Vu son ton, elle n'en croit pas un mot.

Cameron saisit la friandise au vol. Il rattrape des ballons bien plus difficiles que ça tous les jours. Enfin, à ce qu'il paraît. En quatre ans, j'ai assisté à quatre matchs, on ne peut pas dire que je sois une experte en football américain.

— Merci, madame, minaude-t-il, mais dès qu'elle a le dos tourné, il me jette le bonbon au visage.

Le projectile rebondit sur ma joue et tombe sur mon bras. Au moins, ça ne fait pas de bruit. Je le regarde avec toute l'animosité dont je suis capable. Mais lui se contente de montrer mon livre du menton. « Tu vas lire ce papier, oui ou merde ? » Je fais non de la tête et me concentre sur le cours. J'ai à peine réussi à recopier le début de la phrase écrite au tableau qu'il recommence. Même raclement de gorge que précédemment. Je soupire quand Mme Edwards se retourne, l'air peu commode.

— Cameron…

— Pardon, pardon, se dépêche-t-il de dire en levant les mains en signe de reddition. Ça n'a toujours pas fait effet…

Certains se mettent à rire. Quelle bande d'idiots ! On se croirait en primaire.

— C'est la dernière fois, je vous préviens.

Il acquiesce docilement. Quand elle tourne le dos, on se regarde de nouveau, lui et moi. Il fait des signes vers mon cahier. On dirait que ce petit jeu commence à le fatiguer. C'est exactement ce que j'attends.

Il porte la main à sa bouche, prêt à s'éclaircir la voix une troisième fois, alors je lève les mains pour me rendre, comme il l'a fait il y a quelques secondes. C'est peut-être un gros abruti, mais je ne veux pas qu'on le renvoie juste parce que je n'ai pas lu ses fichus messages. Et… j'ai envie de savoir ce qu'il veut. Je récupère son mot et le déplie en m'assurant du coin de l'œil que la prof ne me voie pas.

Je peux t'inviter à boire un café à la sortie ? Pour qu'on parle ?

- ☐ Oui
- ☐ Peut-être
- ☐ Même pas dans tes rêves les plus fous, crétin

Je ne peux m'empêcher de sourire et, quand je l'observe du coin de l'œil, je me rends compte que lui aussi sourit. Je comprends pourquoi tant de filles bavent devant lui : son sourire est craquant. Mais ça ne compense pas le fait qu'il est un abruti. Alors j'attrape mon stylo, je trace un beau X dans la dernière case et lui renvoie son papier. Il fronce les sourcils en l'ouvrant. Puis il me regarde avec une grimace. L'instant d'après, il arrache avec précaution un autre bout de papier, assez lentement pour ne pas faire de bruit. Je n'aurais pas dû répondre.

Une fois qu'il a terminé, il doit attendre un moment que Mme Edwards cesse de nous épier. Dès qu'elle se tourne pour écrire une date au tableau, il vise ma table.

Si c'est juste que t'aimes pas le café, t'as qu'à prendre autre chose. Je te promets de pas faire le con. C.

Prise d'une impulsion, je décide de répondre et j'écris au verso :

Si, j'aime le café, mais pas les crétins, et encore moins les promesses. Arrête de m'envoyer des mots. A.

J'attends d'être sûre que personne ne m'observe pour faire passer mon papier. Lui ne prend pas cette peine et l'ouvre sans hésiter. Je vois son expression amusée. Il découpe sa feuille à carreaux le plus rapidement possible.

Permets-moi d'en douter (du fait que t'aimes pas les crétins). C.

J'arrache un bout de papier à la dernière page de mon cahier et j'écris en majuscules pour que le message soit clair. Juste quand je tends le bras, Mme Edwards se retourne. Cam écarte ma main d'un geste. L'histoire aurait pu bien se terminer si je n'avais pas déjà lâché le papier, qui tourbillonne pour finir sa course par terre, entre nos bureaux. Nous feignons tous les deux de nous pencher pour le ramasser. Trop tard. Les talons de la prof s'interposent. Elle se baisse. J'aimerais que la terre m'engloutisse. S'il vous plaît. Maintenant.

— « Arrête de m'envoyer des mots », lit la prof à voix haute. En majuscules et avec trois points d'exclamation. Encore en train de déranger vos camarades, à ce que je vois. Quelque chose à dire pour votre défense, Cameron ?

— Les femmes, c'est pas facile à comprendre, madame, déclare-t-il d'un ton théâtral, ce qui fait rire certains garçons.

— Laissez-moi vous expliquer une chose. Quand une femme dit « arrête de m'écrire », ça veut dire qu'elle veut que vous arrêtiez de lui écrire. Henry, changez de place avec Cameron, ordonne-t-elle à un élève installé au premier rang.

Cameron se lève et ramasse ses affaires avant de m'adresser un haussement d'épaules en guise d'excuses, un sourire malicieux sur les lèvres. Abruti.

On est aussi ensemble au cours suivant mais, cette fois, il s'assied loin de moi et se contente de me lancer des petits coups d'œil de temps en temps. Même s'il me met encore mal à l'aise, c'est plus facile de l'ignorer. Et quand la cloche annonce la fin de la journée, je sors en courant.

En chemin vers l'arrêt de bus, alors qu'Emily et Scott jacassent à côté de moi, je suis persuadée d'avoir semé Gros Relou. Les deux tourtereaux rentrent en voiture, et moi en bus (ma maison n'est pas sur leur chemin). Juste avant de partir, Emily m'attrape le bras et me le serre fort.

— Ça te dirait que je vienne chez toi ce soir et qu'on reparle de tous ces trucs qui te sont arrivés aujourd'hui ?

Je lève les yeux au ciel.

— S'te plaît… J'ai trop envie que tu me re-racontes ton premier baiser ! supplie-t-elle. C'est tellement romantique…

Je souris. Parce que c'est vrai. Bien sûr que c'est vrai. J'ai goûté ces lèvres parfaites. C'était il y a une éternité.

Je laisse le couple s'en aller en promettant à ma meilleure amie de lui raconter une énième fois la même histoire. J'ai perdu le compte, mais il faut bien donner au peuple ce qu'il réclame.

Mia m'appelle de la porte du bus. Elle me fait de grands signes pour me demander de me dépêcher avant de s'engouffrer à l'intérieur du véhicule. C'est ce que je m'apprête à faire, quand un SUV blanc vient se garer pile devant le bus. Merde ! Je sais à qui appartient cette voiture. Je la vois passer dans ma rue tous les matins, juste avant d'entendre le klaxon qui fait sortir Tyler de chez lui. La fenêtre côté passager s'abaisse et la tête de Cameron se penche.

— Hé, Ash ! Je te ramène ?

Il a un sourire radieux. Du genre à donner envie de dire oui. Si quelqu'un apprend que j'ai envoyé balader Cameron Parker, je deviendrai à jamais la curiosité du lycée. N'empêche, j'ai ma fierté. Je regarde de l'autre côté, comme si ça ne me concernait pas.

— Hé, ho ! Je te parle ! Oui, à toi, Ashley Bennet, continue Cameron d'un ton goguenard. Tu veux que je te ramène ? Allez, c'est sur mon chemin.

Il y a maintenant une demi-douzaine de personnes qui, plutôt que de monter dans le bus, préfèrent observer le spectacle qui se déroule devant leurs yeux. Même si l'insistance de Cam me fatigue, je vais entrer dans cette voiture et voir ce qu'il me veut une fois pour toutes. Je grimpe d'un bond en claquant la portière. Je lui décoche un regard noir.

— Tu n'es pas une fille facile, hein, Bennet ? fait-il remarquer, narquois.

Ben voyons. Une seconde et je suis déjà à bout de patience. Je fais mine de rouvrir la portière, mais il m'attrape la main en riant et l'écarte de la poignée.

— Accouche, qu'on en finisse, je maugrée.

Derrière nous, le chauffeur du bus s'énerve. Cameron répond en klaxonnant à son tour, puis met tranquillement sa ceinture et démarre sans se presser. Moi aussi, je boucle ma ceinture, en priant pour qu'il se décide enfin à m'expliquer. Il prend le chemin le plus court jusque chez moi. Et il attend deux minutes entières avant de briser la glace.

— Vous êtes arrivée, mademoiselle.

Je ne tourne même pas la tête et continue de regarder par la fenêtre, tout en humant l'odeur d'eucalyptus qui flotte à l'intérieur.

— Mais avant, j'ai bien envie d'un McFlurry, pas toi ?

Je réplique par un grognement. Comment je peux me retrouver dans la voiture de Cameron Parker et être d'une humeur si maussade ? Quand on s'imagine seule en voiture avec le beau gosse du lycée, ce n'est pas précisément l'émotion qui domine. Mais il est lourd, à la fin ! Il n'y a qu'à voir son comportement de ce matin.

Il prend la route du drive le plus proche.

— Tu ne pourrais pas simplement dire ce que tu as à dire ?

Mon ton est presque implorant.

— On en parlera devant un McFlurry. Ce sera plus sympa, tu ne crois pas ?

Je ne réponds pas. Quand on arrive, je dois avouer que, moi aussi, ça commence à me tenter. Je demande toutes les garnitures possibles sous le regard mi-étonné mi-amusé de Cam, qui répète mes désirs à la borne près de la voiture. Nous réceptionnons notre commande au guichet suivant presque aussitôt. Après quoi, mon ravisseur insiste pour m'inviter. Sacré cadeau, venant de lui.

Il me passe les glaces le temps de chercher une place dans le parking. Vu la taille de sa Honda, honnêtement, il se gare avec une aisance impressionnante. Une fois qu'il a éteint le moteur, il détache sa ceinture et se tourne vers moi pour récupérer son dû.

— Alors ? je questionne, impatiente, tandis qu'il déguste une première cuillerée de son McFlurry M&M's sans un mot. Tu n'avais pas quelque chose à me dire ?

Je n'ai pas encore touché à ma glace. Je regrette presque d'en avoir commandé une, parce que j'ai le ventre noué. Quel gâchis, elle a l'air super bonne ! Bon, je parviendrai bien à en avaler une cuillerée. Ou deux.

— Ah, oui, ça. Désolé, quand y a du chocolat, j'oublie tout, se justifie-t-il en posant sa cuillère dans le pot. Voilà. Toi et moi, on a quelque chose en commun.

Je hausse les sourcils, perplexe. J'attends une meilleure explication.

— Je veux parler de Tyler Sparks, bien sûr.

Je ne dis rien, mais mon visage doit refléter ce que la simple évocation de ce nom a provoqué dans mon for intérieur parce qu'il sourit, moqueur.

— C'est ton meilleur ami, non ? je demande après quelques instants de silence.

— Exact, c'est mon meilleur ami. Et ton meilleur amour à sens unique, ajoute-t-il avec un clin d'œil, ce qui me fait détourner le regard, un peu gênée. Tout le monde sait que tu es dingue de lui. Pas besoin d'être télépathe. Même lui, il le sait.

Je me cache les yeux. Monter dans cette voiture était une grossière erreur. Je suis en train de me payer une honte monumentale.

— J'espère que tu veux en venir quelque part, je bougonne, toujours planquée derrière ma main.

— Ashley, est-ce que tu veux aller à cette foutue soirée du bal de promo avec Tyler ?

Il est allé droit au but.

Je retire doucement ma main et l'observe, les sourcils froncés. Très froncés. Tant et si bien que, demain, j'aurai sûrement plus de rides que ma grand-mère.

— Très drôle. Tyler a déjà une cavalière.

Et s'il était en train de me filmer ? Et s'il avait l'intention de poster la vidéo sur Internet avec pour titre

« Je meurs d'envie d'accompagner Tyler Sparks au bal de promo » ?

— M'en parle pas, rétorque-t-il en levant les yeux au ciel avec un soupir désespéré. C'est là tout le problème. Tu sais avec qui il y va ?

— Un peu que je le sais. Tout le monde le sait. Blair Wells. Mais je ne vois pas ce que ça a à voir avec...

— Ne prononce pas le nom complet de cette sorcière, ça lui donne plus de pouvoir, rumine-t-il.

Il appuie la tête sur son siège, le regard rivé au pare-brise.

Tout ce drama, ça me ferait presque rire.

— Entre nous, sa copine ne me plaît pas des masses. Depuis qu'il sort avec elle, il n'est jamais là, il fait encore plus le con que d'habitude et il va réussir à se faire virer pour de bon de l'équipe. J'ai besoin qu'il la quitte pour pouvoir récupérer mon pote.

J'entends ce qu'il me dit, mais je ne vois toujours pas où il veut en venir. Que Blair Wells soit une sorcière, personne n'en doute. Et le fait que Tyler boive et manque davantage les cours depuis qu'il est avec elle, je l'avais noté aussi. Mais...

— C'est quoi le rapport avec moi ?

— Tyler ne largue jamais une fille s'il n'en a pas une autre dans le viseur.

J'éclate de rire.

Cameron a définitivement pété les plombs. Est-ce qu'il est en train d'insinuer ce que je crois qu'il insinue ?

— Tu es en train de dire que je dois être la prochaine sur son tableau de chasse ?

— Oui.

Je ris de plus belle.

— C'est une proposition mûrement réfléchie, Ashley, déclare-t-il de sa voix la plus sérieuse. J'ai analysé pas mal d'options et… tu es la plus solide.

— On est dans la merde, alors.

Il hausse les sourcils, comme s'il était surpris de m'entendre prononcer un gros mot.

— Depuis qu'il est avec cette fille, Tyler est très, très con. Mais il change de copine comme de chemise, il suffit donc qu'il trouve quelqu'un de plus intéressant.

Je me montre du doigt, totalement incrédule.

— Bien sûr, il ne ferait pas attention à toi telle que tu es maintenant, mais… Sans vouloir t'offenser, précise-t-il en voyant mon expression. Je veux dire que Tyler préfère les filles plus… moins…

J'ai presque de la peine à le voir se creuser la tête pour trouver comment ne pas me blesser. Ce qui est sûr, c'est qu'il a mis les pieds dans le plat.

— Si tu cherches à me convaincre, c'est raté, je commente en prenant une énorme cuillerée de glace.

Il se redresse et se rapproche de moi.

— Non, attends ! Je sais que Tyler et toi avez eu une histoire, confesse-t-il.

Il le sait ? Tyler le lui a dit ? Mon cœur bat à tout rompre.

— Tyler me l'a raconté, ajoute-t-il.

La vache ! C'est bon, je peux mourir.

— Quand il est arrivé ici, vous êtes devenus amis et tu es la première fille qu'il a embrassée. Ashley, tu dois savoir que Tyler ne parle jamais de ses ex-conquêtes. Jamais. Pourtant, il m'a parlé de toi. En prétendant un truc du genre « elle est trop bien pour moi et je suis qu'un salaud ». Quoique cette partie-là, il en est plutôt fier.

Il semble réfléchir un moment.

— En fait, je crois que tu es l'élément clé de ce plan. Il faudrait juste qu'on… t'adapte à son goût.

— Explique-toi mieux que ça.

Découvrir que Tyler a raconté notre premier baiser à son ami me fait perdre le nord. Bordel ! Aller au bal de fin d'année avec Tyler, ce serait réaliser un rêve. Le plus beau de ma vie.

— En tant que meilleur ami, je crois savoir ce qui fait craquer M. Sparks, se vante-t-il avec un petit sourire. Et il n'aime pas les filles sages. Mais il y a quelque chose en toi qui l'a marqué et ça nous donne une bonne base de travail. Tu n'aurais qu'à modifier quelques détails pour être légèrement plus… sexy. C'est ça. Je suis sûr que je peux faire en sorte qu'il te remarque. Il aime bien l'autre sorcière mais, au fond, même s'il joue les durs, il rêve d'être le roi de cette soirée pourrie et il sait qu'avec elle, ça n'arrivera jamais. Elle ne sera jamais reine, elle n'a pas le profil. Nous devons juste lui proposer une meilleure alternative.

« Qu'il te remarque. » Qu'il. Te. Remarque. Je n'ai quasiment pas entendu la suite. Ces quatre mots résonnent dans les moindres recoins de mon cerveau. C'est forcément une blague. Et ce n'est pas drôle du tout.

— Tu te fiches de moi.

— Non ! Je suis très sérieux, Ashley. J'ai besoin de toi pour cette mission. J'ai besoin que tu sois sa reine.

— Je ne serai jamais élue reine, j'affirme avec toute la conviction dont je suis capable.

— Si tu arrives à son bras, si.

— Attends une minute. Tu vas m'aider à être le « type de meuf » de Tyler et tu vas faire tout ce qui est en ton pouvoir pour qu'il passe de Blair à moi et qu'il m'amène au bal de promo à sa place. C'est ça ?

Il acquiesce et prend une grosse cuillerée de glace, attentif.

— Et toi, tu gagnes quoi, là-dedans ?

— Si cette histoire finit bien, tu auras le foutu bal dont tu rêves et moi, je serai libéré de la sorcière et je récupérerai mon pote. C'est gagnant-gagnant, non ?

C'est tentant, même s'il commence à me gonfler avec ses « foutu bal ». Je pensais que tout le monde adorait cette cérémonie.

— Pourquoi moi ? je demande en cherchant ses yeux.

Il les plante dans les miens après avoir écarté deux mèches de son visage.

— Je te l'ai dit, Tyler a un truc chelou avec toi, fait-il comme si ce n'était qu'un détail. En plus, de toutes les candidates disponibles, il me semble que tu es celle qui tient le plus à lui ; et ça, ça nous garantit que tu seras prête à tout pour l'avoir... Pas vrai ?

Prête à tout. Et comment ! Quatre ans. Quatre longues années. S'il y a une infime possibilité, je dois la saisir. C'est maintenant ou jamais. Au final, on ne regrette que ce qu'on n'a pas fait, n'est-ce pas ?

— J'espère que tout ça n'est pas une vaste blague, Cameron, je l'avertis, l'air grave.

Il porte la main à sa poitrine, comme si mes doutes le blessaient. Avec un sourire, il reprend :

— Alors, qu'est-ce que t'en dis ? T'es partante ? On va faire de toi une *bad girl*, Ashley Bennet.

— D'accord, je lâche presque sans réfléchir.

— Sérieux ?

Cam paraît étonné de m'avoir convaincue.

— Marché conclu.

2.
Should've Said No

— Cameron Parker t'invite à prendre une glace et la seule chose que tu trouves à faire, c'est commander toutes les garnitures en même temps ? Ash ! On ne se comporte pas comme ça devant le mec le plus mignon du lycée ! me gronde Emily en faisant les cent pas dans ma chambre tandis que je la regarde, assise au pied de mon lit.

Nous venons de dîner avec ma mère et mon frère et, dès qu'on a eu la possibilité de s'échapper, je l'ai mise au courant des dernières nouvelles. Elle a déjà appelé sa mère pour lui dire qu'elle restait dormir chez moi et, bien que j'aie entendu une légère protestation de la part de Mme Davis en mode « on est mardi, ma chérie », finalement, elle a cédé. Normal : on est presque sœurs. C'est plutôt le fait qu'on ne vive pas ensemble qui est anormal.

— C'est tout ce que tu as retenu de cette histoire ?

Je prends un air indigné.

— Ça, et le fait que la voiture de Cameron sent bon l'eucalyptus. Tu te rends compte ?

Elle s'enflamme brusquement et se jette à genoux au pied du lit.

— Tu vas aller au bal avec Tyler !

Je ne peux m'empêcher de sourire. Il est très improbable que cette affaire se termine bien, mais grâce à la proposition de Cam, j'ai de quoi passer le mois et demi prochain à fantasmer. On verra quand la réalité m'éclatera à la figure, le jour du bal. Enfin bon. Qui sait ? Je peux aussi me faire écraser par un camion ou un piano avant. Il faut vivre tant qu'on peut. Et là, tout de suite, visualiser Tyler dans son costard en train de m'ouvrir la portière d'une limousine blanche, c'est tout ce dont j'ai besoin pour survivre durant ces prochaines semaines.

— Je crois que ça ne va pas se passer aussi bien que Cameron l'imagine, je réponds pour freiner un peu son enthousiasme. Tu as vu Tyler Sparks ? Et... tu m'as vue, moi ?

Je me lève à contrecœur et m'approche du long miroir accroché au mur, face à la fenêtre. Emily vient se placer derrière moi et nous examinons toutes les deux mon reflet en silence. Je porte un pantalon de pyjama blanc avec des cœurs roses et un tee-shirt noir. On ne peut pas dire que ce soit la tenue la plus sexy du monde, mais j'ai toujours fait passer le confort avant la sensualité. Je suis plus petite que mon amie, et ce n'est pas rien de le dire. Les membres de ma famille ne sont pas spécialement connus pour leur grande taille, au grand dam de mon jeune frère, qui rêve de pratiquer le basket. Pauvre Eric, il peut déjà commencer à chercher un autre sport pour le lycée. Cameron Parker fait une tête de plus que moi. Ce qui implique que Tyler Sparks va devoir beaucoup se baisser s'il veut m'embrasser pendant le bal.

Même si mes cheveux châtains brillent au soleil, ils sont plutôt ternes à la lumière artificielle. Mon dégradé avec la raie sur le côté m'arrive sous les épaules, et quand j'essaie de me faire une queue-de-cheval, des mèches rebelles s'échappent toujours. Mes yeux sont d'un marron insipide, pas comme ceux de Tyler. Et je trouve mon visage quelconque, quoique, d'après Grace, il suffirait d'un peu de maquillage. Je ne me suis jamais maquillée pour aller en classe. Ni pour aucune autre occasion, en fait.

— Tu n'es pas si mal, tente de me consoler Emily qui contemple toujours mon reflet. Tu as un visage sympa et tu es hyper bien foutue. Et toi, au moins, tu as de la poitrine. À côté, je suis une planche à repasser. Jamais je ne pourrais sortir avec Tyler Sparks, c'est sûr.

— Je te rappelle que tu as un copain et pas moi, je répète, une fois de plus.

— Quoi, ce nerd de service ? s'exclame-t-elle en me souriant dans le miroir. Ce n'est pas avec mon corps que je l'ai séduit, mais avec mon intelligence, s'enorgueillit-elle en se laissant retomber sur le lit. À première vue, ce n'est pas ça qui plaît à Tyler…

Non. Bien sûr que non. Ni à la première vue ni à la seconde. Blair Wells n'est pas spécialement connue pour son esprit brillant, mais pour d'autres atouts bien moins intellectuels.

Le moteur d'une voiture vrombit au-dehors. Emily et moi échangeons un regard avant de nous précipiter à la fenêtre.

— Éteins la lumière, je chuchote comme si on pouvait m'entendre de la rue.

Emily presse l'interrupteur près de ma tête de lit avant de se remettre aussitôt en position.

Une petite voiture rouge. Qui a l'air chère. Ce n'est pas la première fois que je la vois se garer devant la maison des voisins. Pendant une longue minute, il ne se passe rien. Je flanque un coup de coude à Emily quand je l'entends murmurer : « Ils sont en train de se peloter. » On ne distingue pas ce qui se passe à l'intérieur… Soudain, Tyler sort côté passager. Il a l'air fâché. Il n'y a qu'à voir comment il vient de claquer la portière. À croire que le bruit provenait de ma chambre. Il entre dans son jardin et la portière se rouvre sans que personne descende.

— Va te faire foutre, Tyler !

La voix de Blair nous parvient très clairement. Tyler fait mine de revenir à la voiture, hors de lui, avant de se raviser et de faire demi-tour. Il frappe dans la boîte aux lettres, qui tombe de la clôture. La sorcière (j'utilise le vocabulaire de Cameron) apparaît brusquement et lui agrippe le bras. Il se retourne et, l'espace d'un instant, j'ai l'impression qu'il va la frapper. Au lieu de ça, il l'attrape par les cheveux et l'embrasse fougueusement. Sacré baiser. Avec de la passion et tout. Si seulement c'était moi, là, en bas…

Cependant, ça ne dure pas. Il la repousse et la laisse plantée sur le trottoir.

— La vache…

C'est tout ce qu'Emily trouve à dire.

Je ne peux m'empêcher de soupirer.

— Ça devrait être moi.

— Certainement pas !

Elle se tourne vers moi, sourcils froncés.

— Il a intérêt à te traiter mieux que ça ou il aura affaire à moi.

Deux minutes plus tard, Blair est partie et on entend des cris dans la maison de Tyler. Ça ne me surprend pas tellement. Chaque fois que Tyler rentre chez lui, c'est la même chose. Il a trop bu, il n'a pas prévenu qu'il rentrerait tard... Quand nous étions amis, il regrettait toujours que ses parents soient trop stricts... Si seulement il me donnait une chance de lui démontrer que je le comprends.

— Ashley ! appelle ma mère au rez-de-chaussée. Viens vite parler à papa.

L'appel vidéo quotidien de mon père. Cela fait trois mois que je ne l'ai pas vu en chair et en os. Il n'a jamais été très présent, car il est pilote et voyage beaucoup. Mais au moins, avant, il passait trois jours sur sept à la maison. Désormais, la compagnie aérienne s'est agrandie et il a été désigné pour former de nouveaux pilotes au Japon. Rien de moins que le Japon. Alors il appelle après le dîner, l'heure de sa pause déjeuner. Je promets à Emily de revenir tout de suite, puis je dévale l'escalier, saute sur le canapé et pousse mon frère pour me faire une place devant la caméra.

Quand je remonte, Emily s'est glissée sous mes draps et tapote sur son téléphone à toute allure. Elle est sûrement en train de souhaiter bonne nuit à Scott. Elle lève les yeux, enthousiaste.

— Viens vite me raconter encore ce que t'a dit Cameron en te déposant. Et ensuite, je veux le récit de ton premier baiser, exige-t-elle comme un enfant réclame une histoire avant de s'endormir.

Je me faufile dans le lit à ses côtés et plante mes yeux dans les siens, tête appuyée sur l'oreiller.

— Cameron a garé sa Honda blanche flambant neuve devant chez moi et il a dit : « Ashley, viens m'attendre demain après l'entraînement, on commencera », je répète pour la quatrième fois en une heure et demie.

— J'hal-lu-cine ! s'exclame-t-elle à nouveau. Et maintenant, ton premier baiser avec Tyler, juste pour que tu l'aies bien en tête quand on le comparera avec le deuxième...

Et me voilà le lendemain, à moitié cachée derrière les gradins de l'énorme terrain de foot, parce que Cameron m'a dit qu'ils terminaient à dix-neuf heures. Or, il est déjà dix-neuf heures quinze et ils continuent de se faire des passes.

Le plus drôle dans tout ça, c'est que, pour une fois, Tyler n'a pas séché l'entraînement. J'ai donc une vue plutôt privilégiée sur les muscles de son bras droit tandis qu'il lance des ballons que Cam rattrape, quelques mètres plus loin.

Bien entendu, je ne suis pas la seule à baver devant les footballeurs en sueur. Les tribunes sont parsemées de gens, surtout des filles. De l'autre côté du couloir qui mène aux vestiaires, Blair est en pleine conversation avec deux autres filles. Deux pom-pom girls, évidemment. On pourrait considérer que Vanessa Miller est la reine de cet essaim d'abeilles venimeuses. La meuf la plus convoitée du lycée. Et, bien sûr, l'ex de Cameron.

Comment pourrait-il en être autrement ? J'ignore ce qui s'est passé exactement entre eux, mais ils sont sortis ensemble pendant près d'un an avant de rompre, l'année dernière. Leur séparation a été un vrai scandale. Désormais, Vanessa est en couple avec un autre type de l'équipe, un des amis proches de Cam, et ça n'a pas l'air de le déranger. La troisième peste se nomme Jessica Harris. Le petit toutou de Vanessa. Même si, d'après les rumeurs, elle a accordé plus d'une faveur à Cam (par là, j'entends des faveurs sexuelles, en début d'année, dans les toilettes des garçons). Au lycée, on ne sait jamais quel pourcentage de vérité contient une rumeur, mais moi, concernant celle-ci, je parierais sur un bon quatre-vingt-dix pour cent.

Avant, la troupe des reines du lycée était plus fournie, mais avec l'arrivée de Blair dans sa vie, Tyler a banni son ex et une autre fille avec qui, apparemment, il était sorti une ou deux fois. Ça donne le sentiment que les liens d'amitié, dans le monde des gens populaires, se basent surtout sur qui est la copine du quarterback. Sans compter que Blair ne colle pas du tout avec les deux autres. Toutes trois sont des garces, sans l'ombre d'un doute. Mais, si Vanessa et Jess sont l'archétype de la reine du bal, Blair n'a pas le profil. Elle ne s'habille pas comme elles, elle a les cheveux teints en noir corbeau et un bras couvert de tatouages, sans oublier ses piercings que j'ai renoncé à compter. Le plus tape-à-l'œil se situe sur le nez. Pourtant, à la voir s'ébattre avec les autres poules de la basse-cour, on a l'impression qu'il n'y a pas beaucoup de différences entre elles, hormis le physique.

Un coup de sifflet prolongé me tire de mes rêveries. Enfin, l'entraîneur annonce la fin de la session. Les garçons trottinent vers les vestiaires. Je me ratatine davantage sous le premier rang des gradins. J'ai presque honte qu'on me voie ici. D'un autre côté, j'ai rendez-vous avec Cam ; s'il ne me voit pas, à quoi ça rime ? Tyler et lui s'avancent côte à côte. Cameron tient le ballon dans ses mains, ils doivent discuter d'une de leurs passes. Avant qu'ils arrivent à ma hauteur, Troy Cruz se hisse d'un bond sur les gradins pour embrasser Vanessa. Le couple de l'année. Même si personne ne le voit en roi du bal. De ce « foutu bal », comme dirait Cam. C'est sur ce couple que se portent les pronostics : Cam roi et Vanessa reine. Ou Tyler roi, mais définitivement pas Blair reine.

— Hey, Ash.

Je sursaute en entendant la voix de Cam. Ses yeux verts me font face, derrière les barreaux des gradins, près du couloir qui mène aux vestiaires.

— Désolé pour le retard. Je me douche vite fait et je suis à toi. Je suis garé sur le parking de derrière, tu veux bien m'attendre là-bas ?

J'ai à peine le temps de répondre ; il me sourit et continue son chemin. Tyler bavarde avec son ami Ryan, un des halfbacks des Eagles, mais je le vois m'observer du coin de l'œil avec curiosité. Il doit se demander pourquoi Cameron s'abaisse à parler avec une minable dans mon genre. Et on dirait qu'il n'est pas le seul, puisque les trois filles qui font des messes basses de l'autre côté des gradins m'épient elles aussi avec méfiance. Je baisse les yeux et fiche le camp.

Quand je monte dans la voiture de Cameron, pour la seconde fois en deux jours, je perçois de nouveau ce parfum d'eucalyptus qui émane du désodorisant suspendu au rétroviseur. Mais il y a autre chose. Je sens presque la présence de Tyler, quelques heures plus tôt, sur ce même siège. Pile où je suis assise. En un sens, Cam est déjà parvenu à me rapprocher de mon amour platonique. Mon entremetteur personnel ferme enfin sa portière après avoir déposé son sac de sport à l'arrière. Les cheveux dégoulinants, il s'ébroue comme un chien et m'éclabousse au passage.

— Hé ! je proteste en m'essuyant la joue avec la manche de mon sweat.

— Pardon. Je n'ai pas l'habitude d'avoir des passagers quand je sors du foot.

— Et tu ne sais pas te sécher les cheveux comme tout le monde ? Genre, avec une serviette ?

— J'appliquerai tes conseils avisés, la prochaine fois, affirme-t-il sur ce ton sarcastique qu'il emploie très souvent. Je pensais te donner ta première leçon de *bad girl* chez moi, mais je viens de me dire que si ça se trouve, ça ne te convient pas, alors... Que dis-tu d'un endroit neutre ?

Il rejette sa chevelure brune en arrière et je le détaille un instant. Il est très beau avec le front dégagé. On voit mieux ses yeux. Moi qui n'avais jamais fait attention à lui, je commence à comprendre ses admiratrices. Il m'observe du coin de l'œil, les sourcils légèrement haussés ; il attend ma réponse. Je suis sur le point de commencer mon entraînement de rebelle professionnelle. Je ne veux pas qu'il pense que je suis coincée et que j'ai besoin d'un lieu public pour fréquenter un garçon. Alors je fais non de la tête.

— Chez toi, c'est très bien, j'accepte avec toute l'assurance dont je suis capable, c'est-à-dire pas beaucoup.

— Nickel. Ma mère sera encore au travail, on aura plus d'intimité, dit-il – comme si c'était une bonne chose – avant de démarrer la voiture.

Nous effectuons le trajet en silence, mais cela ne semble pas le déranger. Étonnamment, moi non plus. Cameron m'apaise. C'est bizarre. Très, très bizarre.

Sa maison est à dix minutes en voiture de chez moi, et elle ressemble aux autres villas du quartier. Y compris la mienne et celle de Tyler. Deux étages, une façade blanc et bleu et un petit jardin avec piscine sur le côté. Il suffit d'en voir une pour se faire une idée des autres. À peine entré, il m'offre à manger, proposition que je refuse pour qu'Emily ne me remonte pas les bretelles : pas de péché de gourmandise devant le beau gosse.

— Inutile que je te fasse visiter, pas vrai ?

À l'évidence, il n'en a pas envie. Je secoue la tête.

— Tant mieux. Viens, on va au sous-sol.

Je lui emboîte le pas dans l'escalier. Sa cave ne ressemble pas du tout à la nôtre, qui est pleine de cartons et de bric-à-brac superflu. Ici, il y a quatre petites fenêtres en haut du mur du fond, et la pièce est équipée de deux fauteuils, d'un baby-foot et d'un billard, sans compter l'énorme écran de projection sur le mur. Il m'invite à m'asseoir en face et l'allume avec une télécommande. Après quoi, il déplace de derrière mon fauteuil un long tableau blanc sur roulettes sur lequel sont tracés un tas de cercles, de croix et de traits reliés entre eux.

— C'est quoi ? Tu pratiques l'art abstrait ?

J'essaie de plaisanter, car je commence à me sentir un peu nerveuse.

C'est bien de se montrer vaillante, parfois, Ashley. Mais d'autres fois, la peur peut être ta meilleure alliée, et il se peut que te retrouver seule dans le sous-sol d'un quasi-inconnu ne soit pas l'idée du siècle.

— C'est le tableau que Tyler et moi utilisons pour planifier nos actions.

Il asperge la surface avec un spray, puis passe un chiffon avec soin, effaçant la moindre marque. Il connecte ensuite son ordinateur à un câble et le bureau apparaît sur l'écran. En fond, il y a un chat gris roulé en boule sur le rebord d'une fenêtre. Je laisse échapper un sourire attendri. En quelques secondes, il ouvre Facebook et son profil s'affiche. Mon Dieu. Mon Dieu. Mon Dieu. Je suis à l'intérieur du Facebook de Cameron Parker. Sur sa photo de profil, il porte le casque et le maillot numéro seize de l'équipe, un ballon entre les mains. La plage et la végétation qu'on voit sur l'image de couverture ne me rappellent rien. Je tente d'absorber le plus d'informations possible avant qu'il quitte la page. Amis : 450. Hallucinant. Et moi qui n'arrive pas à cent. Il tape quelque chose dans le moteur de recherche ; le profil de Tyler apparaît. Celui-là, je le connais un peu mieux car, bien qu'il ne m'adresse pas plus de deux mots dans la vraie vie, oui, nous sommes amis sur Facebook. Cameron entre dans la section « photos » et en agrandit une. Une fête. Il fait partie des convives, tout sourires aux côtés de Vanessa Miller. Ils devaient encore être ensemble à cette époque.

— Observe cette fille, celle-là et celle d'à côté, dit-il en posant le doigt sur l'écran. Qu'est-ce qu'elles ont en commun, à ton avis ?

— Hum…

Je fais mine de réfléchir.

— Des robes beaucoup trop courtes et une tonne de maquillage ?

Cameron esquisse un rictus avant de secouer doucement la tête.

— Oui, bon, à part ça.

— Elles ont l'air ivres et elles font semblant de s'amuser pour la photo. C'est une posture.

— Je ne peux qu'être d'accord avec toi, répond-il à ma grande surprise. Ce que j'allais dire, c'est qu'elles sont toutes sorties avec Tyler. Mais il me semble que tu as tapé dans le mille. La posture. C'est ce dont tu as besoin.

Durant l'heure suivante, Cameron fait défiler les photos de profil de toutes les ex de Tyler. Et elles sont nombreuses. Le tableau se remplit au fur et à mesure de mots-clés et de concepts que l'on doit ajouter à ma nouvelle image de *bad girl*. En gros, il a écrit « posture ». Suit une liste des choses que je dois feindre, et une autre avec les fondamentaux.

Dans la première liste apparaissent des termes comme look, rebelle, téméraire, superficielle ou indifférente. Dans la seconde, en vrac, sécurité, assurance, mystérieuse, sexy ou attitude. Enfin, la colonne la plus à droite du tableau donne les étapes à suivre pour ma transformation :

1. Relooking.
2. Travailler la confiance en soi.

3. Faire ressortir le côté rebelle.
4. Comment être une fille sexy ?
5. Intégration au groupe social de Tyler.
6. Une fille comme les autres.
7. L'art de la séduction.
8. « Oui, j'irai au bal avec toi. »

Et en conclusion, en majuscules : « Brûler l'image actuelle d'Ashley Bennet. »

Pour ma part, je commence à avoir des doutes. D'abord, parce que me transformer en quelqu'un que je ne suis pas pour attirer un garçon me paraît tout sauf moral. Sauf qu'il se trouve que, pour Tyler, je ferais tout ce qu'il y a de plus immoral. Ensuite, je doute fort que ces efforts donnent le résultat escompté. Cameron, lui, semble totalement convaincu du contraire. Enfin, je tremble déjà à l'idée de m'intégrer au cercle d'amis de Tyler. Mais si c'est le prix à payer pour l'avoir, il faudra bien en passer par là, non ? Me voilà embarquée dans un plan tordu où la fille coincée séduit le *bad boy*. Et même si j'adore ce genre de comédies romantiques, je ne suis pas dans un film. Une petite voix à l'intérieur de moi n'arrête pas de me répéter que j'aurais dû refuser.

Il est presque vingt et une heures quand nous entendons une voiture entrer dans le garage, juste au-dessus de nos têtes.

— On va te transformer en une fille nouvelle, Ash.

Il cherche mon nom sur Facebook et m'envoie une demande d'ami avant d'agrandir ma photo de profil, la seule à laquelle il a accès avant que j'accepte son invitation. On nous voit, Emily et moi, bien emmitouflées, patiner sur la glace pendant un voyage à New York avec ses parents, l'année dernière. Nous sourions tellement qu'on dirait que nos mâchoires vont se décrocher. Mon portable émet un « bip » : la notification de sa demande.

— Dis au revoir à ton ancienne toi, me conseille-t-il, et il me semble distinguer un petit sourire quand il contemple ma photo. On a du pain sur la planche. Même si je crois qu'on a déjà fait un premier pas cet après-midi…

— De quoi tu parles ?

Il me regarde en écartant une mèche de son œil droit, un sourire énigmatique au coin des lèvres.

— Du fait que Tyler Sparks ne supporte pas que je puisse avoir une fille qui lui est inaccessible.

3.
Picture to Burn

Le vendredi, à l'heure du déjeuner, je m'assieds à notre table habituelle, avec mes amies habituelles. Tandis que je sors le sandwich que j'ai apporté, Grace disserte à propos de son rendez-vous de samedi. Elle est tout excitée car un garçon de l'équipe de base-ball l'a invitée. Si elle savait que je vais passer le week-end entier avec le second capitaine des Eagles ! La seule à être au courant est Emily. Bon, et Scott. En plus, mon rendez-vous à moi n'est pas un rencard. Plutôt une réunion de travail. Hier, sur WhatsApp, Cam m'a envoyé un programme très bien ficelé pour les trois jours à venir. J'ai dû dire d'accord, même si je n'en comprenais pas la moitié. Vendredi après-midi, relooking. Samedi matin, confiance en soi. Samedi après-midi, relations sociales. Dimanche, action. Va savoir ce qu'il a en tête. Mais peu importe. Je n'avais rien de prévu ce week-end de toute façon. Apparemment, lui non plus… ce qui est plus étonnant.

Je le vois passer en bavardant avec son ami Ryan, juste dans le dos de Grace et de Mia. Il me regarde, probablement parce que j'ai les yeux rivés sur lui, et m'adresse un clin d'œil. Je réponds par un sourire. Hier, je ne l'ai presque pas aperçu de la journée parce que nous n'avions qu'un cours en commun. L'après-midi, il avait entraînement. Il m'a envoyé notre planning le soir. Rien d'autre. Ce petit clin d'œil qu'il vient de me faire me laisse entendre qu'il ne nous a pas oubliés, moi et nos plans pour cet après-midi.

— À qui tu souris ? demande Grace, intriguée, en se tournant pour scruter les gens.

Jamais de sa vie elle n'imaginerait qu'il s'agit de Cameron Parker, du coup, même si elle l'a sous son nez, elle n'en tient pas compte.

Je baisse les yeux sur ma nourriture et nie.

— À personne. Je me rappelais un truc drôle.

— En parlant de truc drôle… me sauve Emily en commençant à raconter une anecdote à propos de Scott.

Grace m'interroge encore du regard, puis elle laisse tomber. Emily, en revanche (même si elle vient juste de me sauver la mise), n'arrête pas de me cuisiner depuis qu'elle a découvert que Cam et moi étions amis sur Facebook.

Son premier message est arrivé avant même que le beau brun me dépose chez moi mercredi soir, après notre session « bad Ash ». La mère de Cameron est arrivée ; il m'a présentée, a dit qu'il devait me ramener chez moi et qu'il rentrerait vingt minutes plus tard. Mme Parker ne semblait pas enchantée de trouver son fils avec une fille à la maison, mais elle n'a rien dit, en tout cas pas devant moi. Peut-être qu'elle n'était pas d'humeur, point. À peine la voiture démarrée, Emily m'a envoyé un message disant : « Tu es amie avec Cameron Parker sur Facebook ! Je meurs ! Littéralement ! » Impossible de prendre au sérieux ses propos, vu qu'elle emploie le terme « littéralement » à tout bout de champ. Mon coach personnel a parlé de choses sans importance jusque chez moi, et là, il m'a dit qu'on poursuivrait notre mission le vendredi. Nous avons échangé nos numéros de téléphone pour « maintenir la communication ». Par chance, ma mère était si occupée à gronder Eric pour qu'il range sa chambre qu'elle n'a pas remarqué qui me ramenait ; elle a supposé que j'avais passé l'après-midi avec les filles et je n'ai pas démenti. Si elle apprend qu'un garçon m'a raccompagnée, je sais bien ce qui m'attend. Ma mère est pire qu'Emily.

Quand je sors quelques secondes de mon monde imaginaire, je remarque que Mia est très silencieuse. Maintenant que j'y pense, elle ne m'a même pas demandé ce qui s'est passé mardi, quand je l'ai abandonnée au moment de prendre le bus. Si elle m'a vue monter dans la voiture de Cameron, est-ce qu'elle ne devrait pas être dans le même état qu'Emily ? J'agite ma main devant ses yeux et elle me sourit légèrement. Du regard, elle me certifie que tout va bien, ou qu'en tout cas elle ne veut pas en parler. Quoi qu'il en soit, je n'insiste pas.

Le cours de SVT se passe bien, parce que c'est le dernier de la journée et que je peux compter les plis que le tee-shirt des Washington Redskins fait sur les épaules de Tyler. Aussi, parce que j'ai Cam à ma gauche, et que maintenant qu'on est amis sur les réseaux, j'ai l'impression qu'on peut l'être dans la vraie vie. Je me sens plus à l'aise avec lui qu'il y a trois jours, quand il n'arrêtait pas de m'envoyer des mots.

À l'évidence, ce petit jeu n'est pas encore terminé. Il m'en lance un en forme d'avion qui atterrit pile au milieu de mon livre. Je le regarde, les lèvres pincées en mode reproche, mais il est si fier d'avoir visé juste qu'un sourire m'échappe.

L'aprèm va être long. Je passe te chercher à 17 h ? C.

Je réponds au verso.

17 h, c'est une bonne heure pour faire les boutiques.

Ça me manque presque qu'il ne m'envoie pas d'autre mot après ça. Il se contente de glisser le mien entre les pages de son cahier, puis il accorde son attention à M. Woodward, ou en tout cas, il fait semblant. Il n'est pas aussi enjoué ou cynique que le mardi ou le mercredi, et je me rends compte que, les fois où je l'ai croisé ces deux derniers jours, je l'ai à peine vu sourire. Mais j'ignore s'il est coutumier du fait, parce que, bien qu'on ait conclu un pacte de collaboration, je n'ai pas la moindre idée de qui est Cameron Parker.

Juste avant que la cloche sonne, il me lance une boulette de papier froissée qui glisse de la table et atterrit sur mes genoux. Je l'ouvre sans la soulever et je secoue la tête lentement en en lisant le contenu.

Fais-toi belle tout à l'heure, on pourra que faire mieux de toute façon. C.

Je lève discrètement le majeur de ma main gauche, abritée par la table. Et alors, oui. Enfin. Il sourit pour de bon.

Il est 17 h 30 et je me tiens prête en attendant qu'une Honda blanche s'arrête devant chez moi. Eric est chez un copain, mais ma mère est dans le jardin en train de s'occuper de ses fleurs, elle ne pourra donc que se rendre compte que la voiture qui vient me chercher n'est pas celle de la mère d'Emily ou de Grace. Je me maudis moi-même de ne pas y avoir pensé avant. J'aurais pu donner rendez-vous à Cameron directement au centre commercial. Ou emprunter la voiture de ma mère et dire à Cameron que c'était moi qui passais le chercher. Je sors sur la terrasse en tâchant de ne pas faire trop de bruit et je commence à traverser le jardin. Si je suis suffisamment discrète, peut-être que je peux attendre la voiture de mon styliste personnel un peu plus bas dans la rue. Mais je suis loin d'avoir atteint la clôture quand j'entends la voix de ma génitrice.

— Où allez-vous, mademoiselle ? questionne-t-elle d'un ton enjoué.

Merde.

— Je vais faire les boutiques au centre commercial.

Je serre mon sac contre moi et poursuis mon chemin, histoire de voir si cette réponse la satisfait.

— Attends un peu.

Elle se lève, ôte ses gants, puis les secoue sur ses genoux avant de s'approcher. Elle porte un vieux jean trop grand et la chemise à carreaux à moitié déchirée qu'elle enfile toujours pour jardiner. Ses cheveux sont relevés en un chignon négligé duquel s'échappent des mèches blondes ici et là. Même ainsi, elle est belle. Si seulement je lui ressemblais davantage !

— Qu'est-ce qui se passe ? j'interroge innocemment quand elle arrive à ma hauteur.

— C'est ce que je me demande, qu'est-ce qui se passe ? réplique-t-elle. Pourquoi tu fais tant de mystères ? Tu ne vas pas au centre commercial ?

Je soupire ; au ton de sa voix, je comprends que la situation l'amuse beaucoup. Je ne pourrais pas avoir une mère normale, de celles qui engueulent leurs enfants quand ils mentent ? Argh, en fait, non merci. Je ne changerais ma mère pour rien au monde, même si, parfois, j'aimerais qu'elle soit un peu plus conventionnelle.

— Je vais au centre commercial pour faire les boutiques, je répète en la regardant dans les yeux, ce qu'elle nous réclame chaque fois qu'elle pense qu'on lui raconte des craques. Et peut-être que tu devrais aussi, parce que ce modèle printemps-été est un peu passé de mode, je la taquine en montrant sa tenue.

— C'est ça. J'allais t'en parler. M'habiller en Prada pour faire le jardin, marmonne-t-elle, et je ris. Ne change pas de sujet. Tu y vas avec les filles ? demande-t-elle, presque sur un ton affirmatif.

— Euh…

Comment m'en sortir sans proférer un mensonge trop flagrant ?

Je suis incapable de mentir à ma mère. Je suis incapable de mentir tout court. J'ai un sérieux problème.

Et Cam aussi va avoir des problèmes, s'il compte faire de moi une fille rebelle. Il me manque même la base.

— Je n'y crois pas. Je n'y crois pas, répète ma mère en portant sa main libre à sa joue. Tu y vas avec un garçon ! s'écrie-t-elle d'un ton plus aigu. Qui est-ce ? Je le connais ?

— Euh, non, je ne crois pas.

J'essaie d'écourter l'interrogatoire. Si je lui donne un nom, elle va faire des rapprochements, puis finir par se rendre compte qu'elle connaît sa mère, sa grand-mère ou ses voisins d'en face.

— Est-ce que c'est Lewis Cooper ? suggère-t-elle. Ah, non ! J'oubliais, tu as loupé le coche et il en amène une autre au bal... Alors, un certain Kevin ? Celui qui t'a invitée au cinéma l'autre jour ?

— En fait, l'autre jour, pour toi, c'est n'importe quel moment compris entre ma naissance et aujourd'hui, je bougonne. C'était en septembre. Je ne suis pas ressortie avec lui.

— Et pourquoi pas ? C'est un garçon adorable.

Elle recommence. Comme en septembre.

— Il ne me plaisait pas, point, je réponds, un peu mal à l'aise.

Cam va arriver d'une minute à l'autre et j'hésite entre vouloir qu'il rapplique en vitesse pour que ma mère cesse de m'interroger une bonne fois pour toutes, ou souhaiter qu'il me pose un lapin et éviter ainsi un interrogatoire encore pire ce soir.

— Oui, bien sûr, il ne te plaisait pas. Toi, tu n'en aimes qu'un et on sait qui c'est...

Pour un peu, on dirait Emily et, pendant qu'elle parle, elle montre deux fois la maison d'à côté d'un geste de la tête.

— Ce ne serait pas Tyler ? dit-elle, soudain troublée.

— Non, maman. Sérieusement ! Tu vois Tyler m'amener faire les boutiques ?

Elle lève les mains en signe de reddition, sans cesser de sourire.

— Ma chérie, qui dit shopping dit ciné, bowling ou parking du belvédère… énumère-t-elle, tandis que je prends un air scandalisé à la dernière option. Ma fille, ne me regarde pas comme ça, on l'a tous fait…

Tout le monde sait ce que les jeunes font sur le parking du belvédère. Et ce n'est pas vraiment admirer la vue. Alors je me bouche les oreilles des deux mains et ferme les paupières comme si je pouvais effacer de mon esprit ce que je viens d'entendre.

— Maman ! Je t'en supplie, ne recommence pas à me raconter comment vous m'avez conçue il y a dix-sept ans…

Je ne plaisante qu'à moitié.

— Non. Non. Promis. Mais si tu vas au belvédère, utilise des préservatifs, Ashley, conseille-t-elle. Tu as besoin de préservatifs ?

Je lâche un gémissement désespéré.

— Non, maman ! Je ne vais coucher avec personne. Ni sur le parking du belvédère ni nulle part ailleurs. Je veux juste aller au centre commercial… je pleurniche tandis qu'elle ricane.

Comme si je l'avais invoquée, la voiture de Cam apparaît au bout de la rue. Quinze secondes plus tard, elle est devant la porte. Il klaxonne mais, sûrement parce qu'il a vu ma mère, il descend aussitôt et s'avance. Il porte un pantalon chino bleu avec des baskets et un pull gris, et sa frange en désordre lui tombe sur les yeux.

— Bonsoir, madame Bennet. Salut, Ash.

Il a un petit sourire sur les lèvres.

— Tu es prête ?

— Oui, oui. Allons-y, je le supplie.

Mais Cameron est déjà en train de serrer la main de ma mère, de décliner son nom complet et de lui assurer qu'il prendra soin de moi cet après-midi et qu'il me ramènera au plus vite. Je l'imagine faire ça chaque fois qu'il a rendez-vous avec une fille. Quel lèche-bottes !

— Oh ! Ce n'est pas la peine de la ramener trop tôt, Cam, dit-elle en employant son diminutif comme si elle le connaissait depuis toujours. Amusez-vous bien, les enfants.

Cameron la remercie et me fait signe de me diriger vers la voiture. Profitant du fait qu'il contourne le véhicule, je me retourne pour lancer à ma mère un regard de reproche. Elle nous observe, sourire aux lèvres, et hoche la tête d'un air approbateur en articulant « il est très beau ». Puis elle fait semblant de tirer ses propres cheveux et de crier. Je secoue la tête et lui tourne le dos, exaspérée.

— Bon, dit Cameron quand nous sommes enfin sur la route, maintenant qu'on a rencontré nos mères et que ceci est une relation officielle, dis-moi : c'est vraiment ça, ta plus belle tenue ?

Je porte un jean, des Converse rouges et un sweat noir Adidas qui me descend jusqu'à mi-cuisse.

— Je le jure, je déclame en portant ma main droite à mon cœur. La plus belle de mon dressing.

— Très bien, je vois que tu commences déjà avec le côté rebelle. Voyons ce qu'on peut faire de plus avec toi, ajoute-t-il en s'arrêtant au feu rouge.

Il prend mon portable sur mes genoux sans me laisser le temps de réagir. J'essaie de le récupérer, mais il le tient fermement et allume l'écran sans le regarder.

— Déverrouille-le.

— Pourquoi ?

— Il faut que je connaisse la personne que je vais transformer en garce. J'ai besoin d'en savoir plus sur toi. Il y a peut-être quelque chose à mettre à profit… même si j'en doute.

Je lui donne une tape du plat de la main, mais je ne parviens qu'à lui faire lâcher un éclat de rire. Satisfait, il me laisse déverrouiller l'écran sans regarder mon code, puis entre dans les paramètres de connexion. Quelques secondes plus tard, mon téléphone est relié à l'ordinateur de la voiture.

— On va voir quel genre de musique tu écoutes, annonce-t-il en déposant mon portable sur mes genoux ; après quoi il appuie sur une touche de l'écran de la voiture.

Au moment où le feu passe au vert, les premières notes de la première chanson de ma liste retentissent. « Sparks Fly ». Il ne me manquait plus que ça. Si tout ceci n'était pas déjà un stratagème pour se payer ma tête avec sa bande d'amis « cool », à présent, il a assez de matière pour se foutre de moi jusqu'à la fin de l'année.

— Ne dis rien, je le supplie.

Il obéit et reste silencieux pendant le couplet mais, au milieu du refrain, il ricane dans sa barbe, et je cache mon visage dans mes mains.

— Sérieux ? La première chanson de ton téléphone répète « Sparks » en boucle ? J'ai définitivement fait le bon choix, future reine du bal.

— Ce n'est pas ma faute s'il s'appelle comme ça, je me hérisse, même si je me sens quand même un peu coupable.

— OK, OK. Et on en parle, du fait que la toute première chanson de ton répertoire est de Taylor Swift ?

— Hum, si ce n'était que la première…

Cameron rit fort, de bon cœur, en rejetant la tête en arrière.

— Alors comme ça, je suis tombé sur une fan de Taylor Swift.

Il médite quelques instants.

— J'ignorais…

— Ah bon ? Eh ben maintenant, tu sais. Écoute, Cameron…

Je décide de prendre la situation à la rigolade.

— Quoi, Ashley ? répond-il sur le même ton sans quitter la route des yeux.

— J'adore Taylor Swift.

Il se remet à rigoler et je l'imite, contaminée. Il a un rire très musical ; le son emplit l'habitacle de la voiture et inonde mes oreilles. C'est très agréable.

Une fois au centre commercial, nous parcourons le rez-de-chaussée à la recherche de l'une des boutiques qu'il a sélectionnées pour notre mission. Je le suis, le sourire aux lèvres, parce qu'il est difficile de se remettre de l'état dans lequel nous étions jusqu'à garer la voiture. Cela faisait longtemps que je n'avais pas ri autant. Nous n'avons pas arrêté de plaisanter pendant tout le trajet, chanson après chanson. Cam en a même fredonné quelques-unes. Comment ne pas se tordre de rire à en attraper mal au ventre ?

Cameron me montre le magasin et j'entre en premier. Typiquement le genre d'établissement dans lequel je n'aurais jamais mis les pieds s'il ne m'avait pas fait cette proposition délirante. C'est une boutique de prêt-à-porter réservée aux jeunes femmes, remplie de vêtements microscopiques et moulants. Je suis mon coach vers une section au fond du magasin. Pantalons déchirés, tee-shirts de rockeuse et même du cuir, pour ce que je peux en voir. Très peu pour moi. Je suis déjà en train d'opérer un demi-tour quand mon tortionnaire de l'après-midi m'attrape par le coude, me demande ma taille et me fourre des vêtements dans les bras.

— Tu connais vraiment bien ce magasin pour un garçon, non, Cameron ?

Il m'adresse un rictus sarcastique et pose une robe minuscule sur ma tête. Je la repousse en soufflant et l'ajoute à la montagne de fringues que j'ai déjà dans les bras.

— Je t'attends ici, indique-t-il, appuyé sur l'encadrement de la porte qui donne accès aux cabines d'essayage.

Il désigne un canapé à la disposition des accompagnateurs résignés.

— Je dois sortir faire le mannequin devant toi ?

— Évidemment.

J'entre dans une cabine et dépose les vêtements sur le tabouret dans le coin. Je décide de commencer par un pantalon déchiré et un débardeur foncé. Honnêtement, ça ne me va pas si mal. Quand je pivote pour me voir de dos, je me rends compte qu'un des trous laisse entrevoir ma fesse droite. Je secoue la tête. Même morte, je ne sortirai pas ainsi devant Cameron Parker. J'essaie un pantalon en cuir et un tee-shirt blanc formé de tas de bandes de tissu qui s'espacent sur la partie inférieure pour laisser voir le nombril. Je meurs de honte, mais je dois bien montrer quelque chose à mon styliste, alors je sors de la cabine et je défile devant lui. Je le surprends en train de tapoter sur son portable. Quand il s'aperçoit de ma présence, il le range dans son sac et m'examine avec attention avant de se prononcer.

— Putain, Ashley, quelle bombe !

On dirait que ça l'étonne.

— Je ne peux pas sortir comme ça tous les jours ! je m'exclame sans tenir compte de son commentaire.

— Tous les jours, peut-être pas, mais si tu veux capter l'attention de Tyler, je t'assure que tu portes exactement ce qu'il faut.

— C'est vraiment ce genre de trucs qui vous plaisent, les mecs ?

— Eh ! Ne nous mets pas tous dans le même panier.

Il récupère son portable, le regard toujours sur moi.

— Mais ton petit chouchou, lui, il aime ça, assure-t-il en haussant les épaules. Si ça peut te consoler, ça te va super bien.

— Hum, merci.

— « *Cause I see sparks fly whenever you…* »

Je roule des yeux et pivote sur mes talons pour retourner à la cabine et m'éloigner de ses ricanements.

Six boutiques, une montagne de tenues et des millions d'éclats de rire de Cameron plus tard, nous nous avouons vaincus pour aujourd'hui et regagnons le parking souterrain dans lequel on a laissé la voiture. Finalement, j'ai acheté plus de vêtements que prévu et je dois reconnaître, même à contrecœur, que certaines tenues me plaisent vraiment. J'ai tant de paquets que Cameron s'est proposé de m'en porter quelques-uns. Au bout du compte, il finit par presque tout porter. Ma garde-robe vient de s'agrandir : un pantalon en cuir, deux jeans déchirés (un délavé et un autre noir), plus cinq ou six hauts plus sexy que ceux que je mets d'habitude. Sur l'insistance de Cameron, j'ai aussi fini par m'acheter une mini-jupe plissée et deux robes presque ridicules qui, d'après mon coach personnel, sont idéales (quoique pas très pratiques) pour les soirées auxquelles il compte m'inviter. Et moi, rien que de l'entendre évoquer ces soirées, j'en tremble presque. Et je ne parle même pas des trois paires de chaussures impossibles à porter ni des bottes pour lesquelles j'ai dépensé un fric indécent (même si c'est pour la bonne cause).

— Je déteste devoir zapper cette partie, s'excuse-t-il, mais je crois que, pour la lingerie, ce serait mieux que tu voies avec tes copines.

— Ne t'en fais pas, je saurai me débrouiller. Mais si j'ai un doute, je t'enverrai peut-être une photo.

Il tourne légèrement la tête pour m'adresser un sourire qui se veut suggestif et me toiser de la tête aux pieds. Hilare, je le frappe dans le dos avec un sac pour qu'il cesse de faire l'idiot.

— Si vous voulez, puisque nous sommes là, nous pouvons commencer à regarder les robes pour le bal, Majesté, propose-t-il, mais nous savons tous les deux qu'il ne parle pas sérieusement.

Nous avons eu notre dose de shopping pour aujourd'hui.

Nous sommes presque parvenus à l'Escalator qui descend au parking quand j'aperçois quelques footballeurs face à nous. Pour une certaine raison, d'un coup, j'ai honte. Je m'arrête. Je suis persuadée que Cameron n'a pas envie qu'on le voie ici avec quelqu'un comme moi... quelqu'un qui n'est pas une pom-pom girl, je veux dire. J'entends tout le monde se saluer (« yo », « mec », « gros », toutes ces choses que se disent les garçons quand ils se croisent).

— Qu'est-ce que tu fais là, vieux ? lui dit l'un des plus grands, Jeremy, me semble-t-il (je le connais très peu car il est en première).

— Je fais les boutiques avec une amie, dit-il, puis il se retourne pour me chercher et fronce les sourcils en me voyant si loin. Ash ! m'appelle-t-il. On s'en allait, les magasins avec les filles, c'est tuant.

Le groupe de Musclors approuve et me salue avec curiosité quand j'arrive à leur hauteur. Deux secondes après, ils sont partis et Cameron me regarde, contrarié.

— Qu'est-ce qui t'a pris ? Tu voulais qu'ils pensent que j'ai acheté tout ça pour moi ? plaisante-t-il en soulevant les sacs. Tu as honte qu'on te voie avec moi ?

— Mais oui, c'est ça, bien sûr… J'ai cru que c'était toi qui ne voulais pas qu'on te voie avec moi.

— Et pourquoi ? Parce que tu as trois têtes ? blague-t-il d'un ton qui m'apaise aussitôt.

— Ceci est un commentaire très discriminant envers les êtres à trois têtes, je fais remarquer en le doublant pour monter sur l'Escalator.

Je me retourne tandis que nous descendons vers le parking.

— À moins que tu sois tricéphalophobe, Cameron Parker ?

— Pas du tout. C'est juste que je ne me vois pas affronter trois cerveaux féminins à la fois.

Je souris et il m'imite.

— Ah, au fait, tu peux m'appeler Cam.

Il me fait un signe de la tête pour que je pivote et ne tombe pas de l'Escalator. Trois minutes plus tard, nous sommes dans la voiture, les affaires dans le coffre.

Mon portable est toujours connecté à l'autoradio ; dès qu'il démarre, la musique reprend où nous l'avions laissée. Cam conduit en silence, mais je remarque qu'il me lance des petits regards de temps en temps quand je remue la tête et tapote en rythme sur ma cuisse avec la paume de la main. Au premier feu rouge, je le vois remonter les manches de son pull et je me tourne vers lui discrètement. Mais en levant les yeux, je tombe sur son regard émeraude. Je deviens aussitôt nerveuse. Mon cœur bat trop vite. Cette voiture a beau être énorme, elle me semble soudain minuscule. Il ne détache pas ses pupilles des miennes, alors je cherche un autre endroit à regarder. Je constate que la partie interne de son avant-bras droit est couverte d'inscriptions au stylo.

— Tu sais qu'il existe un truc qu'on appelle « agenda », Cameron ?

— Ah, oui.

Il a une expression presque honteuse.

— C'est juste que je suis une calamité et que je perds même les agendas. Pour l'instant, je n'ai jamais perdu mon bras. Et, s'il te plaît, appelle-moi Cam. « Cameron, Cameron… » On dirait ma mère.

Je lâche un petit rire.

J'essaie de déchiffrer ce qui est écrit, mais, devinant mes intentions, il baisse sa manche.

— J'ai compris, je soupire. C'est privé. Passer au pressing, réparer la clôture de derrière, passer chercher Ashley à dix-sept heures… j'énumère d'un ton amusé jusqu'à ce que je le voie sourire. Regarde la route, Cam, le feu est vert, je lui conseille quand il lève de nouveau la tête vers moi.

Il continue de conduire sans rien dire mais, deux minutes plus tard, le son de sa voix me fait sursauter. Je chantais « Blank Space » dans ma tête et j'avais même commencé à remuer le haut du corps sans m'en rendre compte.

— Tu n'aimes pas chanter en voiture ? me dit-il.

— Si, j'aime chanter en voiture ? Tu me demandes ça, à moi ? La diva du moteur ?

Il écarte sa frange et me lance un coup d'œil en coin avant de reporter son attention vers l'avant.

— Alors pourquoi tu ne le fais pas ?

— Hum, la diva du moteur chante en solo. Et par « solo », j'entends seule dans la voiture de ma mère... Bon, parfois quand elle est là aussi.

— Chante.

Je plisse le front.

— Tu n'as pas entendu ce que je viens de dire ?

— Et toi, tu te souviens de la liste des choses que nous avons à faire pour mener à bien notre mission ? Elle est passablement longue, je te signale. Tu dois commencer à sortir de ta zone de confort maintenant.

Il parle comme s'il savait ce qu'il disait.

— Je suis déjà dévergondée, regarde, et je secoue la tête pour que mes cheveux lui frôlent le visage.

— Arrête ! s'exclame-t-il entre deux éclats de rire. Je suis sérieux, tu dois chanter. Ça fait partie de la préparation d'une future reine du bal.

— On a déjà fait les boutiques. C'était « relooking », aujourd'hui, je rétorque, essayant de me défiler.

— Ce n'est pas hermétiquement cloisonné. Promis, je ne te jugerai pas.

Je le regarde du coin de l'œil, méfiante, mais c'est le moment que choisit « Shake It Off » pour démarrer. Au point où j'en suis, je n'ai presque plus honte, alors je commence à fredonner. Cameron monte le son pour que je sois plus à l'aise, puis il se met à chanter avec moi. Il baisse ensuite les vitres et, cette fois, nous entonnons le refrain à pleins poumons. Tandis qu'il s'essaie à la voix de tête, morte de rire, je me trémousse sur mon siège, autant que me le permet la ceinture de sécurité.

Alors que nous entamons la troisième chanson, le téléphone de Cameron se met à sonner, stoppant la musique. Je regarde l'écran : un appel entrant d'un certain « Rob ». Cam me demande pardon avant de taper sur la touche pour répondre.

— Hello, Robbie.

— Salut, vieux ! Ça va ?

La voix du garçon de l'autre côté de la ligne nous parvient dans les haut-parleurs du véhicule.

— Bien, répond Cam. Je suis en voiture, je ramène Ashley chez elle, explique-t-il avec tout le naturel du monde, comme si son interlocuteur me connaissait.

— Ah ! La star du plan maestro !

L'autre rigole.

— Salut, Ashley, dit-il, et je lui réponds, gênée. Tu te donnes vachement de mal pour récupérer Tyler, mec. Tu ne serais pas gay, par hasard ?

Il emploie ce même ton cynique que Cam utilise souvent. Pas de doute, je suis en train d'écouter son frère.

— N'aie pas peur d'être toi-même, j'ai ouvert la voie avec papa, autant que ça serve à quelque chose, ajoute-t-il, et il me semble discerner de l'amertume dans cette remarque.

— Je ne suis pas gay, enfoiré.

Cam sourit du coin des lèvres.

— Un seul dépravé dans la famille, ça suffit.

Son interlocuteur lâche un éclat de rire très semblable à ceux de Cam.

— Rob, tu as parlé à papa ?

L'expression de Cam s'est durcie à nouveau.

— Non, bien sûr. Et toi ?

— Il y a deux jours.

Je l'observe discrètement ; son humeur a changé en un éclair. Il reste attentif à la route et semble avoir oublié que je suis assise à côté.

— Tu vas le voir ce week-end ? demande son frère.

— Non, réplique Cam d'un ton sec.

Mais quelques secondes plus tard, il décide d'ajouter :

— Je dois aller à San Francisco pour régler un truc.

— Ah, OK. Écoute, j'appelais juste pour savoir quel week-end tu jouais contre Saint-Francis. Maman dit que c'est le mois qui vient, mais vu sa charge mentale du moment, je ne lui fais pas confiance.

Rob parle d'un ton amusé.

— Zack veut s'organiser pour venir voir le match avec moi.

Cam paraît surpris et peut-être légèrement attendri.

— C'est le dernier week-end d'avril. Tu seras là ?

— Tu plaisantes ? C'est le match le plus important de la saison. S'il doit y avoir un recruteur de l'Oregon, ce sera forcément ce jour-là.

— Tu ne me mets pas du tout la pression, merci, ironise Cam.

— Ça va être un super match, le rassure son frère. Allez, je te laisse conduire. Fais attention à toi, hein ? On s'appelle demain ou dimanche, d'accord ?

Cameron confirme et son frère me salue avant de raccrocher. Mon chauffeur personnel presse un bouton sur l'écran pour déconnecter l'appel et la musique résonne à nouveau dans les haut-parleurs. Je prends la liberté de baisser un peu le volume.

— Ton frère ? je demande, même si c'était évident.

Cam me regarde du coin de l'œil, comme étonné que je sois toujours là. Il acquiesce d'un mouvement de tête, sans un mot. Ce changement d'humeur brutal me met mal à l'aise.

— Maintenant que tu le dis, je savais que tu avais un frère, je raconte, histoire de lui changer les idées. Une légende du football américain du lycée Truman… je récite comme si j'étais en train de décliner un titre de noblesse.

— Oui. On est déjà plusieurs Parker à avoir marqué l'histoire du bahut, se vante-t-il sans pour autant sourire.

Je me rappelle avoir entendu parler de son père dans les couloirs. Un grand espoir du sport. L'équipe d'une bonne université (dont je ne me souviens plus le nom) l'a recruté, mais il s'est blessé vers l'âge de vingt ans et il n'a jamais pu rejouer.

— C'est dans ton ADN.

— Dans mon ADN, il est écrit « quarterback », murmure-t-il avec un soupçon d'amertume. Et toi, tu as des frères et sœurs ?

— Un petit frère. Mais il n'a pas les gènes d'un quarterback. Ni d'un joueur de basket, même s'il aimerait bien. Malheureusement, il ne sera jamais assez grand.

— Pas besoin d'être grand pour être meneur, dit Cam.

— Ouais. Mais il ne veut pas être meneur.

Le grand drame de la vie de mon frère : être né dans une famille de petits.

— Désormais, il envisage d'intégrer l'équipe de base-ball au lycée. Il a demandé tout l'équipement des Giants à Noël…

Je fais la conversation pour tenter de lui remonter le moral.

— Mais le pauvre n'y connaît rien, il ne sait même pas ce qu'est un *home run.*

— Et toi ? me provoque Cam en me regardant une seconde avec des yeux pétillants.

Ce n'est pas sa bouche qui sourit, ce sont ses yeux. Un point pour Ashley.

— Tu sais ce qu'est un *home run* ?

— Bien sûr, je me défends.

Cameron Parker essaie de réprimer un sourire et je vois dans ses traits qu'il hésite à ajouter quelque chose. Mais cela l'amuse trop pour rester silencieux.

— On parle toujours de base-ball, Ashley Bennet ?

Je pousse un soupir qui le fait pouffer. Une chance, il y a pas mal de circulation dans mon quartier et Cam est obligé d'être attentif à la route. De cette façon, il ne verra pas que j'ai piqué un fard à la seconde.

— Quel âge a ton frère ? questionne-t-il, et je me détends un peu.

Il fait très chaud, dans cette voiture.

— Douze ans en mai, je raconte quand il entre dans ma rue.

— Dis à ton père de l'entraîner à lancer s'il veut avoir une chance d'entrer dans l'équipe. Savoir rattraper avec le gant et frapper dans la balle un coup sur trois devrait suffire. L'équipe de base-ball de Truman n'est pas si bonne que ça.

— Comparée à celle de football, n'importe quelle équipe est médiocre, c'est ça ? j'anticipe, et il se contente d'une moue arrogante. Ça va être difficile… Mon père vit au Japon au moins jusqu'à l'année prochaine.

— Ah.

Pas le temps d'en dire plus : nous sommes arrivés à destination. Je dois le freiner quand il fait mine de descendre de la voiture pour m'aider à récupérer mes paquets. Je lui assure que je pourrai tout porter. Quand je commence à sortir les sacs, je le vois pencher son sourire cynique à la fenêtre.

— Tu es sûre que tu vas y arriver ?

Je réponds par un grognement.

— Je viens te chercher demain à dix heures. Bonne nuit, Ashley Bennet. Ce fut un après-midi… intéressant, ajoute-t-il avec un sourire railleur.

— Intéressant, c'est le mot. Bonne nuit, Cameron Parker.

— Taylor Swift va me manquer. Il faudra que tu me passes sa discographie.

— Je suis sûre que tu l'as déjà. Tu connaissais toutes les chansons par cœur.

Il me lance un de ses sourires irrésistibles avant de redémarrer sans rien ajouter.

J'entre chez moi avec tous mes sacs, sourire aux lèvres. Ma mère sort de la cuisine et abandonne ce qu'elle était en train de faire pour me poursuivre dans toute la maison en me demandant comment ça s'est passé, est-ce que ce garçon est déjà mon petit copain, quand est-ce que je vais le revoir. Elle ne me laisse pas répondre et elle continuer à déblatérer : qu'est-ce qu'il est bien élevé, quels beaux yeux, et son sourire !

Il faudrait juste qu'il « coupe un peu sa frange, il a les cheveux dans les yeux ».

C'est désespérant. Mais l'interrogatoire téléphonique d'Emily, une minute plus tard, est encore pire. Je survis comme je peux et, tandis que je suis pendue au téléphone avec ma meilleure amie, je me penche à la fenêtre et découvre Tyler dans sa piscine. Il fait un froid de canard dehors, mais ce n'est pas moi qui vais m'en plaindre. Je me dépêche de raccrocher pour pouvoir me concentrer sur le spectacle. Il sort de l'eau en se hissant à la force des bras. Un canon. Ces muscles… Et comme j'aime ce tatouage qui recouvre la totalité de son biceps… Son maillot lui colle aux jambes. Il me faut de l'air, mais je n'ai rien à portée de main, alors j'appuie le front contre la fenêtre. Au moins, c'est frais. Qu'est-ce qu'il fait chez lui un vendredi soir ? Ça ne lui ressemble pas.

Juste au moment où je pousse un soupir qui embue légèrement la vitre, Tyler se tourne vers moi. Vers. Moi. Je veux dire, il me regarde, moi. Droit vers ma fenêtre. Merde. Merde. Merde. Je m'écarte brusquement et me plaque contre le mur, à moitié cachée derrière les rideaux. Mon cœur cogne tant qu'il menace de jaillir de ma poitrine à tout instant. Est-ce qu'il m'a vue ? Il m'a vue. Bien sûr qu'il m'a vue. Prise en flagrant délit de voyeurisme. *Bien joué, Ashley, une vraie bleue.*

Le « bip » qu'émet mon portable dans ma main m'effraie tant que je manque de le lâcher. Une fois mon sang-froid retrouvé, je le consulte. C'est un message de Cam. Une image. Une photo de moi, de dos, en train d'entrer dans une cabine d'essayage affublée d'une robe dos nu minuscule et hyper moulante. Inutile de préciser que cette robe-là ne fait PAS partie de ce que j'ai rapporté à la maison. Crétin.

Je me penche avec beaucoup de précautions pour m'assurer que Tyler n'est plus là. La voie est libre. Il a dû rentrer chez lui avant d'attraper une pneumonie. Dommage que je ne puisse pas voir la fenêtre de sa chambre de la mienne. Oui. Vraiment dommage.

Maintenant que le flagrant délit est passé, je dois m'occuper de ce plaisantin de Cam. Je dois lui faire comprendre que j'en possède autant contre lui. Je sélectionne un fichier audio dans la mémoire de mon téléphone et le lui envoie. Vingt secondes d'enregistrement dans sa voiture, il y a un peu plus d'une demi-heure. La voilà, Cameron Parker, la représentation de ta vie en duo avec Taylor Swift sur le refrain de « We Are Never Ever Getting Back Together ». Sa réponse met trente secondes à arriver.

Je suis meilleur professeur que je le pensais.
Mon travail avec toi est terminé :
c'est bon, tu es une garce.

Je souris. Je lui réponds que je n'y serais jamais parvenue sans lui. Son message suivant dit que, si je crois qu'il a encore quelque chose à m'apprendre, pour sa part, ça tient toujours pour demain dix heures. J'essaie de négocier une demi-heure de rab, car j'aimerais dormir un peu. En retour, il m'envoie une image du paresseux le plus moche que j'aie jamais vu, tout de même suivie d'un « OK ».

Ma mère entre dans ma chambre sans frapper et me trouve dos à la fenêtre, c'est-à-dire face à elle, à regarder l'écran de mon portable avec un sourire niais.

— C'est quoi, ce sourire ? roucoule-t-elle. À qui tu parles ? Ce ne serait pas celui de la frange devant les yeux, par hasard ?

— Qu'est-ce qui se passe ?

Eric entre à son tour dans ma chambre.

— Houuuu, Ashley a un copain ! chantonne-t-il.

Ma mère se joint à lui. Et tandis qu'ils reprennent en chœur ces quatre mots en dansant sur le pas de ma porte, mon portable émet un nouveau « bip ». Je le consulte sans leur prêter attention. C'est Cam.

Tyler vient de me demander si je sortais avec toi.

4.
Speak Now

Yo, mec. Tu sors avec Ashley ?

De qui tu parles ? Quelle Ashley ?
Je sors avec un million de filles…

Frimeur.

Ashley Bennet. Ma voisine.
Tu vois très bien de qui je parle.

Ashley-premier baiser-Bennet ?

Va te faire voir. Tu sors avec elle,
oui ou non ? Lucas vient de me dire
qu'il vous a vus au centre commercial.

On est juste potes.

Sûr ?

Pourquoi je te mentirais ?
Elle te plaît ?

Arrête tes conneries, Ducon.
Tu racontes plus rien en ce moment.

La faute à Blair, elle te vampirise.

T'es con.

On se boit une bière demain ?

Je peux pas.

Enfoiré de lâcheur.

Tu me comprendras
quand tu auras une copine, loser.

Je passe te chercher lundi
avant les cours et je te dois un coup
dans les burnes pour celle-là.

Mets-le sur ma note.

Je relis pour la énième fois la conversation sur le portable de Cam, tandis qu'il m'observe patiemment en attendant que je le lui rende. Je pourrais la relire mille fois d'affilée, mais ses yeux verts me transpercent, alors je fais glisser une dernière fois mon doigt sur l'écran pour la voir en entier, puis je décide ne pas abuser de sa confiance. J'appuie sur la touche retour pour sortir de l'application et j'aperçois brièvement son fond d'écran. C'est un petit chat gris, le même que sur l'écran de son ordinateur, j'imagine, blotti sur un oreiller près d'un œil vert qui commence à m'être familier.

Le pauvre Cameron a été forcé de me montrer la conversation qu'il a eue hier avec Tyler pour que je le croie et que j'arrête de poser des questions. Il m'a fallu presque cinq heures pour y arriver mais, finalement, j'ai pu lire les mots doux de mon amour platonique. Et même s'il fait l'offusqué quand Cam lui demande s'il est intéressé par moi, ce n'est pas ça qui va me décourager. Parce que, mine de rien, jamais de la vie je n'aurais imaginé que les deux garçons les plus beaux et les plus populaires du lycée aient une conversation à mon sujet. Qui, d'ailleurs, n'était pas la seule, puisque Tyler lui avait déjà raconté l'histoire de notre baiser. Ce baiser que je me remémore depuis quatre ans chaque fois qu'Emily me le demande... et quand elle ne me le demande pas aussi. En plus, ils emploient mon prénom. Mon prénom et mon nom. Autrement dit, ils savent exactement comment je m'appelle, je ne suis pas une simple fille invisible comme tant d'autres au lycée. Et cette histoire de « premier baiser » comme surnom me plaît infiniment. J'ai presque envie de demander à ma mère si on peut aller à la mairie modifier mon état civil. Même si je préférerais Ashley « dernier baiser » Bennet, et que ce soit comme ça toute la vie. Tous les jours, être le dernier baiser de Tyler.

Cameron pose son portable côté écran sur la table à laquelle nous sommes assis, en terrasse. Il est presque seize heures et le soleil commence à taper, j'ai donc dû retrousser l'unique manche du tee-shirt asymétrique couleur brique que je porte aujourd'hui, avec mon nouveau pantalon noir déchiré et mes Converse montantes blanches. Cam a presque approuvé la tenue quand il est venu me chercher ce matin. Bon, il a fait un commentaire à propos du pantalon. Lui, il a carrément enlevé le pull vert qu'il portait avec un jean foncé et un tee-shirt blanc à rayures grises, ce qui me permet d'admirer les muscles de ses bras. Le type est balaise. Et il porte la phrase « envoyer calendrier à Ryan » écrite au stylo bleu sur son avant-bras droit. Son agenda personnel.

— Tu l'as déjà fait, non ? je m'intéresse en signalant son bras.

J'imagine qu'il en a marre du sujet Tyler, c'est le moment de faire une pause.

Il regarde son bras et esquisse un sourire avant de répondre non. Pas encore. Il sirote son café frappé et je l'imite en portant à mes lèvres mon verre de milk-shake au chocolat.

— Il va falloir que tu changes de boisson, si tu veux que Tyler te prenne au sérieux, me prévient-il en me voyant me lécher les babines.

— Le milk-shake, c'est pas sérieux ? je proteste avec une grimace. Le café l'après-midi m'empêche de dormir.

— Pourquoi tu voudrais te coucher tôt alors que tu fais déjà la grasse matinée ?

C'est faux, je ne fais pas la grasse matinée. Mais il n'a pas tellement tort : notre rendez-vous de dix heures, qui s'était transformé en dix heures et demie hier soir, a fini par devenir onze heures à coups de SMS le suppliant de m'accorder un délai. J'ignore ce qu'il avait prévu aujourd'hui. Mais je dois reconnaître que, jusqu'à maintenant, ça ne m'a pas semblé aussi terrible que je le craignais.

Après avoir regardé Tyler partir à moto, plein gaz, vers dix heures et demie, j'ai fini de me préparer et j'étais prête pour l'arrivée de Cam dix minutes avant qu'il apparaisse. La vérité, c'est que je n'ai pas eu le temps de m'ennuyer car ma mère est devenue dingue quand je lui ai dit que j'allais passer la journée avec le garçon à la frange, qu'il ne fallait pas qu'elle m'attende pour déjeuner, et que je lui dirais à quelle heure je comptais rentrer à la maison dès que je le saurais. J'ai donc eu droit à un autre interrogatoire. Le klaxon de la voiture de mon chauffeur personnel a sonné comme une douce musique à mes oreilles, même si j'ai été forcée de courir et l'ai exhorté à démarrer le plus vite possible pour échapper à ma mère. Une fois avec lui, ma musique a retenti pendant près d'une heure sur le trajet vers la destination qu'il avait prévue. Jamais je n'aurais imaginé ça : un circuit de karting.

Je ne suis pas fan de la vitesse. Mais l'endroit appartenait à un ami de son père, qui plus est adorable avec Cam. Il nous a tout montré et a passé du temps à m'expliquer en long, en large et en travers ce qu'il faut savoir sur ces petites voitures et sur les normes de sécurité. Et en plus, il nous a laissés profiter bien plus longtemps que les dix minutes réglementaires, sur un circuit rien que pour nous. Inutile de préciser que Cameron a gagné toutes les courses. Mais à la fin de la session, je m'amusais tellement que j'ai oublié que je craignais ce genre de véhicules. Bilan : un point pour Cam et sa thérapie de renforcement de la confiance en soi, car quand j'ai ôté mon casque, j'avais l'impression d'être la reine du monde. J'exagère un peu. Mais c'était une première.

Une heure de trajet et une pizza archigrasse plus tard, nous avons décidé de prendre un café au soleil. Et nous voilà. Même si j'ai pris un chocolat chaud.

— Ne me dis pas que dormir est superflu, je gémis. C'est exactement ce que dit mon père tous les jours. Ce n'est pas notre faute si vous êtes insomniaques.

— Dans le cas de ton père, je ne sais pas ; pour moi, c'est à cause de l'hyperactivité. J'ai trop de choses à faire dans la journée pour pioncer plus que nécessaire.

— Par exemple… ?

— Par exemple : préparer des protocoles d'action pour tes relations sociales. Relations sociales avec le sexe opposé, pour être exact.

Il remet le sujet sur le tapis.

J'essaie de me retenir de lever les yeux au ciel. J'étais très décontractée, assise au soleil à ses côtés, et il me rend nerveuse à nouveau. Mais nous sommes là pour ça, non ? En fin de compte, ceci n'est pas un rendez-vous galant, mais du coaching pour exaucer le rêve de ma vie. Oui. Tyler Sparks.

— Si j'avais su que cette journée serait si dingue, je me serais levée beaucoup plus tôt, je plaisante en plissant les yeux pour essayer de le regarder malgré le soleil.

Il saisit ses lunettes de soleil sur le col de son tee-shirt et me les tend tel un chevalier servant. Je les refuse d'un geste ; il a les yeux beaucoup plus clairs que moi, et il doit en avoir besoin. Il les met. Elles lui vont super bien. Il est sublime. Qu'est-ce que je fais là avec un type aussi beau ? Comment ma vie a-t-elle pu changer autant en moins d'une semaine ?

— Ça ne t'a pas plu ? s'étonne-t-il. J'ai eu l'impression que tu sortais du circuit très fière de toi…

— C'était génial.

Il sourit jusqu'aux oreilles.

— J'ai passé un très bon moment, j'ajoute.

— Je suis content que ça t'ait plu. Et je dois dire que tu t'en es super bien sortie, pour une première fois. Maintenant, il faut continuer à travailler. J'ai besoin de savoir où en sont tes relations avec les garçons pour avancer. Alors… raconte. On commence par Tyler ? suggère-t-il.

Tyler est un sujet trop intime pour en parler avec la star du football qui, en plus, se trouve être son meilleur ami. Je fais non de la tête en baissant les yeux. Ma vie amoureuse ne devrait pas concerner Cameron Parker. Pourtant, manifestement, c'est le cas. C'est ma faute, c'est moi qui ai accepté de participer à son plan inquisiteur pour en finir avec la sorcière.

— Je ne suis pas très à l'aise à l'idée de parler de ça avec toi, je le préviens.

— Pourquoi ? Tu ne me fais pas confiance ? me demande-t-il brusquement. On est dans le même bateau, toi et moi. Crois-moi, à l'heure actuelle, le fait que tu sortes avec Tyler est plus important pour moi que pour toi.

Je lui lance un regard plein de doutes.

— J'ai besoin qu'on forme une équipe et, dans une équipe, il faut avoir une confiance totale en ses partenaires.

— À d'autres, Cam. C'est normal que j'aie du mal à te parler, et encore plus de certaines choses. Tu es le mec le plus populaire du lycée et, en quatre ans, tu ne m'as jamais adressé la parole.

— Eh bien, tu sais quoi ? me coupe-t-il. Toi non plus, tu ne m'as jamais parlé.

Je reste interdite quelques secondes. Il a raison. Il a entièrement raison, je n'avais pas considéré les choses sous cet angle. Qui a dit que c'était aux gens populaires de nous aborder ou non ? Qui m'a dit, à moi, le premier jour où j'ai posé le pied au lycée, que je ne pouvais pas leur parler, à eux ? Personne. Mais il s'agit d'une règle tacite. Si tu ne fais pas partie de leur bande, tu n'en fais pas partie, point.

— Il faut que tu évolues là-dessus, Ashley.

Je lève les yeux vers lui, confuse.

— Tu ne devrais pas avoir honte de ce que tu ressens, ni de dire ce que tu penses. Et tu devrais pouvoir parler avec qui bon te semble, qui que ce soit. Même Tyler, ajoute-t-il comme s'il lisait dans mes pensées. Lâche-toi, c'est tout. Qu'est-ce qui pourrait t'arriver ?

J'ai un petit rire amer. Ce qui peut lui arriver de pire à lui n'est rien, comparé à ce qui peut m'arriver à moi. Moqueries, humiliation, harcèlement. Finalement, c'est mieux de faire partie des invisibles. Et ça, on n'y parvient qu'en gardant sa bouche fermée.

— Ce qui peut m'arriver de pire, c'est que tout le lycée se foute de moi, je déclare, très sérieuse.

— Et ? continue-t-il avec parcimonie. Les conneries du lycée s'oublient en deux jours. Personne ne rira de personne éternellement. Dans trois mois, on quittera cet endroit pour toujours. Qu'est-ce que tu as à perdre ?

C'est lui qui le dit. Ce boulet de Cameron Parker prétend que ce n'est pas grave si on se moque un peu de moi. Comme s'il savait de quoi il parle. Comme si on s'était déjà foutu de lui un jour.

— C'est facile à dire, pour toi, je lui lance d'un ton plus sévère que je le souhaitais.

— Pour moi ? répète-t-il, sourcils haussés derrière ses lunettes de soleil. Qu'est-ce que tu veux dire ? Tu penses que personne ne me juge jamais ? Merde, Ashley, je crois qu'on ne va pas au même lycée. Tu crains peut-être qu'on se foute de toi si tu dis une connerie, mais moi, je n'en ai même pas besoin. Tout le monde se croit autorisé à donner son avis sur ce que je fais ou cesse de faire, sur mes résultats aux matchs, mes passes ratées ou mes conquêtes. À t'écouter, à partir du moment où on entre dans la catégorie des populaires, on flotte au-dessus des autres. Ce n'est pas comme ça que ça marche. Finalement, on parle beaucoup plus de moi que de toi, mais la majeure partie de ce que les gens disent n'est pas cool.

— Bon, d'accord. Mais toi, tu te moques de ce que les autres racontent.

— Ça dépend de qui ça vient. Et ce que les gens racontent devrait aussi commencer à te passer au-dessus. Tyler aime les filles sûres d'elles, qui n'ont pas froid aux yeux.

Il joue la carte du meilleur ami, une fois de plus.

— Et comment je fais pour ne pas mourir de honte en cours de route ? je questionne en tordant mes mains.

— Tu peux commencer par me parler, suggère-t-il sur un ton plus doux. Ashley Bennet, je te promets que ce qui sera dit dans le cadre de cette mission n'en sortira jamais.

Il m'offre son auriculaire en guise de serment.

— C'est entre toi et moi.

Face à mon hésitation, il grimace.

— Je te raconterai tout ce que tu veux sur moi, secrets intimes et conneries inclus, comme ça, nous aurons le même pouvoir l'un sur l'autre, propose-t-il sans écarter son auriculaire. Mais ça doit rester entre nous.

Je tends mon doigt pour l'enlacer au sien. Son contact me fait rougir.

— Brave fille, me félicite-t-il, sarcastique.

Je lâche un soupir et retire mon doigt. Il se contente de rire tout bas.

— D'accord, je cède en me mordant la lèvre. Mais tu commences.

Il tend les bras comme pour dire « c'est parti » et je réfléchis quelques secondes avant de demander :

— Pourquoi tu as quitté Vanessa Miller ?

Il s'adosse violemment au banc, comme s'il venait de recevoir un verre d'eau froide en pleine figure. Je me dis qu'il ne va pas répondre, mais il enlève ses lunettes de soleil pour me regarder dans les yeux. J'en ai le souffle coupé. Punaise, ce n'est pas facile de se tenir près d'un garçon si beau.

— Personne ne le sait et je veux que ça continue ainsi.

Je hoche la tête pour l'encourager à poursuivre, la gorge serrée.

— Putain, tu attaques fort ! lâche-t-il, presque fier. On dirait que tu sais à quoi tu joues. Les gens ont beaucoup parlé sur Vanessa et moi. Ils font des conjectures, est-ce que c'était elle ou moi… La vérité, c'est que je l'ai trouvée au lit avec un autre, m'avoue-t-il en détaillant la surface de la table à laquelle nous sommes.

Je fronce les sourcils. Je ne m'attendais pas à ça.

— Pendant une fête. Chez moi. Dans mon lit.

— Waouh ! Pardon.

Je regrette d'avoir été indiscrète.

— Je ne savais pas. Je n'ai pas bien choisi ma question.

— Au contraire. Tu l'as super bien choisie.

Il sourit.

— Ne t'inquiète pas, au moment où ça s'est passé, elle et moi n'étions pas au mieux. On n'était juste pas faits l'un pour l'autre. Cette histoire aurait pu se terminer d'une façon plus sympa. Mais elle se serait terminée de toute façon.

— Et pourquoi ça t'importe tant que ça se sache ou pas ? Ce n'est pas toi qui as dérapé.

— Ouais. Mais les gens sont très cons. Ils allaient balancer de la merde sur moi, et surtout sur elle.

— Pourquoi tu la défends ? Franchement, je ne comprends pas pourquoi les gars comme toi se mettent avec des filles comme elle. Et plus elles vous font des sales coups, plus vous les aimez.

— Toi aussi, tu juges sans savoir. Vanessa a déconné, mais ce n'est pas entièrement sa faute. C'est une fille géniale. On a déjà parlé de tout ça et on s'entend super bien, je ne lui en veux pas. Si elle n'en valait pas la peine, je n'aurais pas passé onze mois avec elle. En plus, je ne veux pas que les gens se demandent qui était le type avec elle dans le lit…

Cela éveille à nouveau mon intérêt. Je le regarde dans l'espoir qu'il en dise plus, mais il sourit avec supériorité ; il a réussi à m'intriguer, et il secoue un peu la tête. Il ne me racontera rien.

— Alors… ? je questionne à nouveau, mais il lève la main droite pour m'arrêter.

— À moi. Avec combien de garçons tu es sortie, Ashley ?

Je m'arme de courage pour déballer au beau gosse du lycée ces choses que, pour le moment, seules mes amies savent. Je récapitule depuis mon premier baiser avec Tyler jusqu'à mon dernier rendez-vous au cinéma avec Kevin, dont ma mère se souvient encore. La liste n'est pas bien longue. Ma relation la plus longue a duré six mois, avec Tom, un gars du club de théâtre, mais elle a été plutôt soft. Après ça, mon aventure la plus sérieuse jusqu'à aujourd'hui a eu lieu l'été dernier, avec le fils des voisins de ma grand-mère, deux mois sur les plages de Floride. À force d'en parler, j'ai moins honte. J'en arrive même à tourner en dérision mon attitude naïve, au début, quand j'essayais de le séduire. Mais le fait est que ça a fonctionné.

À mon tour de questionner Cam. Sa liste doit être beaucoup plus longue ; avec un peu de chance, il ne pourra plus m'interroger pendant un moment. Le moins qu'on puisse dire, c'est que sa réponse me surprend. D'après lui, avant d'être avec Vanessa, il n'a eu qu'une relation moyennement sérieuse avec une fille d'un autre lycée (la première), et il est sorti avec deux pom-pom girls dans ces soirées où je ne vais jamais. Après Vanessa, il n'a eu qu'une copine, mais rien de sérieux. Il ne révèle pas son identité, mais je sais parfaitement que c'est Jessica. Je le sais, et tout le bahut le sait.

— Jusqu'où tu es allée avec le garçon de la plage ? me demande-t-il alors, ce qui me fait encore rougir. Tu es déjà arrivée à la dernière base ? ajoute-t-il d'une voix provocante.

— On n'est plus en train de parler de base-ball, pas vrai ?

J'ai peur, et je ne parviens qu'à rire.

— Non, bien sûr. Mais d'après ce que tu m'as raconté, tu es du genre à rester sur le banc de touche, n'est-ce pas, Bennet ?

Je le regarde, les yeux plissés, et cette fois ce n'est pas à cause du soleil. Si je ne réponds pas, mon expression est plutôt claire.

— En revanche, toi, tu as la tête d'un habitué des *home runs*, je réplique, la mine dégoûtée.

— Détrompe-toi. Seulement un. C'était... amusant.

Il fait semblant de s'en souvenir avec une grimace. Je lui tape le bras et il me regarde à nouveau, moqueur.

— J'aime la dernière base, mais je préfère y aller par étapes, en marquant des pauses. Qu'est-ce que tu veux que je te dise ? Je suis un romantique.

Je secoue la tête. Je n'en attendais pas moins d'une crapule dans son genre.

— Fini de poser des questions. Maintenant, c'est à toi de parler. Raconte-moi toute ton histoire avec Tyler et, s'il te plaît, ne lésine pas sur les détails, c'est ma partie préférée...

Il s'est passé presque deux heures et je n'arrive pas à croire que je suis en train de parler aussi ouvertement d'amour et de sexe avec Cameron Parker. On dit souvent que certaines choses sont plus faciles à avouer à des inconnus qu'à ses meilleurs amis. C'est possible. Ou bien, c'est le naturel avec lequel il a accueilli mon récit qui a déteint sur moi. Sa manière de me mettre à l'aise avec son humour. J'ai donc fini par parler probablement plus que de raison. Je lui ai raconté tous les détails de mon obsession pour Tyler Sparks. Le fait que je le regarde sortir de chez lui tous les matins par la fenêtre ; que j'aimerais le voir entrer dans sa voiture et que je ne peux jamais, parce qu'il est garé trop bas dans la rue et que ma fenêtre est au deuxième étage. Trop d'informations. Mais je me sentais bien avec lui, et il semblait très intéressé par mon discours, et quand je me mets à parler d'un sujet qui me tient tant à cœur, j'ai du mal à m'arrêter. Il s'est un peu moqué, bien sûr, sinon ce ne serait pas lui. Néanmoins, le fait que je sois si dingue de Tyler lui convenait parfaitement ; il n'a pas osé avoir une réflexion déplacée.

Je ne suis pas la seule à m'être trop épanchée. Grâce à notre longue conversation, toujours à la même table et sans rien consommer de nouveau, je me suis rendu compte qu'il n'était pas si séducteur qu'on le croyait, et qu'il n'avait couché qu'avec deux filles, même si les rumeurs les comptaient par centaines. La première était Vanessa, ce qui me confirme qu'il est allé plus loin que la troisième base avec Jessica dans les toilettes des garçons. Je sais aussi que la seule fille dont il ait réellement été amoureux était Vanessa, même s'il n'a pas employé ces termes exacts. Et que, le jour où ils ont perdu leur virginité, il a rempli la chambre de pétales de rose. Et que, une fois, il a conduit jusqu'à San Francisco rien que pour avoir l'autographe du chanteur préféré de sa copine sur le DVD qu'il allait lui offrir pour son anniversaire. Peut-être que Vanessa et lui n'étaient pas faits l'un pour l'autre, et peut-être que, désormais, le fait qu'elle couche avec un autre ne lui fait plus rien, cependant, je sais maintenant que ce qu'il disait sur le ton du sarcasme est vrai : au fond, Cameron Parker est un romantique. Et il ne veut pas que ça se sache.

Mon téléphone se met à vibrer comme un fou sur la table et nous interrompt. Il est un peu plus de dix-huit heures et je ne suis pas surprise de voir que c'est Grace qui écrit sur notre groupe WhatsApp. Emily répond au quart de tour à chacun de ses messages. Qu'est-ce qui les rend si contentes ? J'ai un peu de mal à repérer le début de la conversation, mais, quand je le trouve, je comprends tout. Grace raconte que son rencard de ce soir, le lanceur de l'équipe de base-ball, vient de lui demander de l'accompagner au bal de fin d'année. Alors que leur rendez-vous vient juste de commencer. Ça se passe encore mieux que ce qu'elle imaginait. Je me dépêche de répondre avec autant d'enthousiasme que les deux autres ; mais je me rends compte aussitôt que Mia ne dit rien. Ça fait un moment qu'elle est bizarre. Je lui envoie un message privé en vitesse pour savoir si tout va bien. Puis je m'excuse auprès de Cam pour l'interruption, et je lui explique toute l'histoire. Juste au moment où nous allons reprendre notre conversation, mon téléphone vibre de nouveau. C'est Mia. Elle dit que ça ne va pas et qu'elle a besoin de me parler. Mon cœur manque de s'arrêter. Je ne m'attendais pas à ça. Et j'ai peur, parce que Mia n'est pas du genre à dramatiser ni à se plaindre, donc si elle dit que ça ne va pas, c'est qu'il lui arrive vraiment quelque chose. « Est-ce que tu peux venir tout de suite ? » Bien sûr que oui.

— Cam.

Je le regarde, les yeux pleins d'excuses.

— Mon amie Mia me demande de passer la voir. Elle dit qu'elle a besoin de me parler. J'ignore ce qu'elle a, et je sais qu'on a un planning très serré avec la chasse aux sorcières, mais…

— Je t'accompagne.

Il se lève et récupère la clé de sa voiture dans la poche de son jean.

— Tu me dois une moitié de conversation sur les bases et le mystérieux garçon de Floride, mais ça peut attendre demain.

Je le suis, reconnaissante. À peine montée, j'essaie d'argumenter, mais il se contente de me demander l'adresse de Mia.

— Pas besoin de me déposer devant chez elle, je le rassure.

C'est assez loin de notre quartier et pas sur notre route.

— Laisse-moi où tu veux et je prendrai le bus.

— Hors de question, décrète Cameron, la clé déjà sur le contact. Ça ne me dérange pas du tout de t'amener là-bas et je ne suis pas pressé. Donne-moi l'adresse ou je devrais la chercher moi-même et on mettra plus de temps. Tu penses que je ne sais pas qui est Mia, pas vrai ? devine-t-il en voyant ma tête. Ashley, ça m'embête vraiment que tu penses ça de moi. Tu es persuadée que je suis un crétin de footballeur typique qui ne sait même pas comment s'appellent ses camarades de classe. Je connais tout le monde et je ne suis pas si con. Je sais parfaitement qui tu es et qui sont tes amies, Emily Davis, Grace Thompson et bien sûr Mia Logan, même si je ne peux pas deviner où elle habite. Alors, je t'emmène, oui ou non ?

Il m'a cloué le bec. Je lui donne l'adresse docilement et me cale dans mon siège en attachant ma ceinture. Toute ma vie à croire que Cameron Parker était un enfoiré et il se trouve que l'enfoirée, c'est moi. Sacré renversement de situation.

Nous effectuons le trajet plongés dans un silence moins confortable que ceux des voyages précédents. Même si Taylor Swift continue de chanter, aucun de nous n'a envie de l'accompagner, cette fois. De fait, je ne l'écoute pratiquement pas. Je ne pense qu'à m'excuser auprès de Cam pour m'être laissé guider par mes préjugés. Exactement ce que je croyais que les autres faisaient avec moi. On voit la paille dans l'œil du voisin et pas la poutre dans le sien...

Je sursaute presque quand la voiture s'arrête devant la porte de mon amie. Cam regarde droit devant lui, silencieux, les deux mains sur le volant. Il n'a pas éteint le moteur ; cela signifie qu'il ne compte pas faire durer les au revoir.

— Je suis désolée, je murmure, mal à l'aise. Merci de m'avoir accompagnée et, crois-moi, je ne pense pas que tu es un crétin, Cam.

Il tourne la tête pour planter ses yeux dans les miens au moment où je détache ma ceinture. Difficile de déchiffrer ce qu'il pense derrière ses lunettes de soleil, et j'ai presque envie de lui demander de les enlever parce que le vert de son regard me manque.

— Je comprends que tu puisses penser ça. J'espère que tu me laisseras te prouver que cette image de moi n'est pas la vraie. Allez, file, me presse-t-il. Je croise les doigts pour que Mia aille bien.

Je m'apprête à sortir de la voiture, mais je me rappelle les mots que Cam m'a répétés toute la journée : « Lâche-toi, n'aie pas peur de dire ce que tu penses. » N'aie pas peur. C'est la phrase du jour, sans aucun doute. Celle qu'il a répétée sans arrêt sur le circuit de karting.

Cesse de craindre qu'on se foute de toi. Dis ce que tu as à dire. Fais ce que tu as envie de faire. N'aie pas peur. Je me retourne vers lui, pose ma main sur sa joue, et m'approche pour frôler l'autre avec mes lèvres.

— Tu es un crétin adorable, Cameron Parker, je murmure.

Puis je m'écarte et m'extrais de la voiture. Il ne bouge pas d'un millimètre.

— Merci pour aujourd'hui, j'ajoute. On se voit demain ?

— On se voit demain.

Je ferme la portière et cours sonner chez mon amie. Quand Mia m'ouvre, je me tourne une dernière fois. Le moteur est en marche, mais Cameron Parker n'est pas encore parti.

— C'est la deuxième fois que je te vois dans la voiture de Cameron Parker cette semaine, Ash, commente distraitement Mia tandis qu'elle remplit deux verres de limonade sur le comptoir de sa cuisine.

Je pensais la trouver en pleine crise de nerfs, en pleurs, ou toute autre situation dramatique. Or, il ne semble pas y avoir d'urgence. Elle est taciturne, comme toujours ces derniers temps, et peut-être légèrement nerveuse, mais pas au point d'être paniquée. Ses parents ne sont pas à la maison, inutile d'aller dans sa chambre pour parler seule à seule. Elle me tend un verre et je la suis sur le canapé du salon.

— On parlera du sujet Cam un autre jour. Tu m'as demandé de venir et je suis là. Dis-moi ce qui t'arrive. Tu es bizarre, en ce moment, Mia.

Elle entortille une boucle autour de son index et la fait tourner pendant qu'elle cherche par où commencer. Ça fait longtemps que je la connais, je peux presque voir les rouages de son cerveau en action. Elle finit toujours par tout balancer d'un coup. En attendant, je respecte son silence. C'est ce que font les amies.

— Moi aussi, j'ai trouvé quelqu'un avec qui aller au bal, lâche-t-elle soudain en plantant ses yeux bleus dans les miens.

Tout ça pour ça ! Résultat, je suis la seule de nous quatre à ne pas avoir de cavalier. Si je n'obtiens pas d'invitation de la part de Tyler Sparks, je serai la plus minable de notre petite troupe de minables. Rien d'étonnant : Emily, évidemment, ira au bal avec son petit ami. Grace aura trouvé un copain, c'est son but ultime dans la vie. Et Mia est si jolie qu'il était impossible qu'elle reste sur le carreau. Sincèrement. On dirait une poupée. Des cheveux longs aux ondulations parfaites. Une peau pâle, pas une tache, ni un seul grain de beauté. Et ces yeux ! Elle est magnifique, quoique très timide. C'est la seule raison pour laquelle elle ne sera pas élue reine. Elle est cent fois plus belle que Vanessa Miller et un million de fois plus que Jessica Harris.

— Meuf ! je m'exclame en déposant le verre sur la table en bois. C'est génial, qu'est-ce qui te prend ? Dis-moi qui c'est. Allez. C'est Gareth ?

Elle s'entend plutôt bien avec son voisin de techno, on ne sait jamais.

— Non.

Elle triture ses mains avant de me regarder à nouveau.

— Ashley…

Elle a prononcé mon nom avec beaucoup d'assurance, puis elle s'est dégonflée d'un coup. Je vois une lueur de doute traverser ses yeux couleur ciel.

— Mia, qu'est-ce qui se passe ? Crache le morceau et on n'en parlera plus !

J'entends la voix de Cam prononcer cette même phrase encore et encore pour me soutirer mes fantasmes les plus honteux à propos de son meilleur ami. Mais il a raison. Je ne la jugerai pas, je ne me moquerai pas et, si quelqu'un le fait, en deux jours, ce sera oublié. Et elle nous aura toujours, nous. Et je les aurai toujours, elles. « Crache le morceau une bonne fois », je répète dans ma tête.

— Ce n'est pas un garçon, lâche-t-elle enfin, soutenant mon regard quelques dixièmes de seconde avant de détourner les yeux.

Je fronce les sourcils. Non pas que ça me semble une mauvaise chose ; simplement, je ne m'y attendais pas. Pas du tout. Quatre années de lycée à parler de tel ou tel mec… Elle n'a jamais démenti. Elle n'a jamais dit qu'elle n'aimait pas les garçons ou bien que si, mais pas exclusivement. Je n'avais pas la moindre piste. Je suis décontenancée. C'est l'une de mes meilleures amies, et ceci est le genre de choses que les meilleures amies se confient, non ? Pourquoi n'a-t-elle jamais rien dit ? Est-ce qu'elle ne nous fait pas confiance ? On ne lui donne peut-être pas l'impression de l'aimer telle qu'elle est. Peut-être que c'est ma faute, que c'est moi qui considère l'hétérosexualité comme l'option par défaut. Eh mince ! Je tarde beaucoup trop à répondre, et je ne veux pas que mon amie pense que j'ai un quelconque problème avec sa révélation.

— C'est une fille ?

C'est la seule chose qui me vient à l'esprit. Débile que je suis.

— Non, un chien, ironise-t-elle. Oui, c'est une fille, précise-t-elle ensuite, au cas où je sois vraiment débile et que je n'aie pas compris.

— Mais, Mia, pourquoi tu ne nous en as pas parlé plus tôt ? je lui reproche sur le ton affectueux qu'on réserve aux gens qu'on aime. Qui est-ce ?

— Elle m'a invitée le week-end dernier. Elle s'appelle Gina, elle est en maths avec moi.

— Je sais qui c'est. Elle est belle.

Je souris avec malice, et mon amie m'imite. Oh, oh ! On dirait que cette Gina lui plaît beaucoup.

— Depuis quand...

Je dois formuler ma question de la meilleure façon possible.

— Depuis quand tu as une histoire avec Gina ? Et depuis quand tu sais que tu aimes les filles ?

Mia prend une gorgée de limonade, et j'attrape aussi la mienne. Il y a sûrement beaucoup à raconter.

— Gina et moi, on s'est rencontrées il y a environ un mois, dans une soirée d'avocats mortellement chiante où nos parents nous avaient traînées.

— Je me souviens de cette soirée, dis-je avec la même mine boudeuse qu'elle prenait en nous parlant de cet événement.

— Oui. Bon, on était là-bas et on s'ennuyait, alors on a commencé à parler plus que ce qu'on n'avait jamais fait en classe. Le week-end suivant, elle m'a invitée à écouter jouer le groupe de son frère dans un bar, et puis bon…

— Pas de « et puis bon… ». Je veux les détails.

— Elle me plaît beaucoup. Et je veux pouvoir aller au bal avec elle, danser un slow et l'embrasser si j'en ai envie sans que les gens critiquent.

— Hein ? On s'en fout, des gens. Les petits cons du lycée oublieront en deux jours.

Je répète les mots de Cam une fois de plus. Sacré mentor que j'ai trouvé là.

— Mais… vous sortez officiellement ensemble ? Comme des petites copines ou quelque chose du genre ?

— Pour le moment, c'est secret. Mais on n'a plus envie de se cacher.

— Depuis quand tu aimes les filles ? Et les garçons ?

— Je suis toujours sortie avec des mecs, tu le sais bien. Mais juste avant Noël – que j'ai passé à San Francisco chez ma tante Wendy –, ma cousine et moi sommes allées à une fête chez une de ses amies et, là, j'ai croisé… une connaissance. On a parlé et, à la fin, on a couché ensemble.

— Q… quoi ?

Je manque de renverser ma limonade.

— Pardon ? Toi et moi, on était les dernières vierges de notre bande. Tu ne l'es plus depuis Noël et tu ne m'as rien dit ?

— Je suis désolée, si ç'avait été un garçon, je te l'aurais dit. Mais c'est une fille et j'étais déstabilisée de découvrir que je n'aimais plus les mecs. Je veux dire, ils ne m'ont jamais plu, mais je n'avais aucune idée de ce qu'on est supposé ressentir quand quelqu'un nous plaît vraiment…

— C'était qui ?

Je meurs de curiosité.

— Qui ?

— La fille avec qui tu as couché. Tu as dit que tu la connaissais. Je la connais, moi ? C'était qui ?

— Blair Wells.

Oh, la vache ! Celle-là, je ne m'y attendais vraiment pas.

5.
Crazier

Blair Wells. Je suis choquée. Totalement choquée. Et pourtant, j'ai eu du temps pour y réfléchir. Mais il est presque une heure du matin et je suis allongée sur mon lit même pas défait, les yeux rivés au plafond. Je n'y comprends rien. Qu'est-ce que Mia a trouvé à Blair Wells pour coucher avec elle dès le premier soir ? Un *home run* en bonne et due forme.

Mia m'a fait promettre de ne rien dire à personne, jamais. Je conçois que certaines choses doivent rester privées mais, punaise ! Garder cette information pour moi et ne pas pouvoir la partager avec le reste du monde va finir par m'achever. En vérité, je me fous du monde. Je voudrais juste le raconter à Cam. Pourtant je vais devoir prendre sur moi. Le code d'honneur de l'amitié étant plus puissant que les ragots, j'ai promis à Mia que son secret serait en sécurité avec moi.

La journée a été longue, et j'ai beaucoup de choses en tête. Voilà sans doute pourquoi je n'arrive pas à trouver le sommeil. Je pense à tout ce que m'a raconté Mia, et je me demande pourquoi elle ne m'a pas fait confiance plus tôt. Je pense à Blair, et je me demande si c'est ça, être bisexuel, ou si simplement, un soir, elle a eu envie de coucher avec une fille pour voir ce que ça faisait. De toute évidence, l'homosexualité n'est pas l'option qu'elle a choisie ; il n'y a qu'à voir comment elle s'accroche telle une sangsue à mon cher Tyler Sparks. Est-ce que Tyler est au courant ? Au fond, ça m'est égal, j'ai promis d'emporter le secret dans ma tombe, je ne le lui dirai donc jamais. À supposer qu'il m'adresse la parole une fois dans sa vie. Et, enfin, je pense à Cam. Oui. À Cameron Parker et à la douceur de sa joue sous mes lèvres, à son après-rasage qui sent si bon. Cam ne me plaît pas. C'est très clair. Quiconque n'est pas l'amour platonique de ma vie ne peut pas me plaire. Mais j'imagine que c'est normal qu'une fille ressente ça quand elle est si proche d'un garçon si beau, surtout quand le beau gosse en question se révèle absolument charmant et irrésistiblement canaille ; et si sa voiture sent l'eucalyptus, qu'elle ne réponde plus de rien.

J'entends quelque chose cogner contre ma vitre, un son un peu métallique, et je sursaute, apeurée. Une fois que les battements de mon cœur se sont calmés, je retire la main de ma poitrine en m'en voulant d'être aussi bête. C'est sûrement un insecte. Le bruit recommence. Ma réaction habituelle face à quelque chose qui m'effraie est de rester paralysée et de me persuader que ça passera si je l'ignore. Comme les monstres qui vivaient sous mon lit quand j'étais petite. Quelques secondes de silence. On dirait que ça a fonctionné. *Les voleurs et les assassins n'ont pas l'habitude de frapper à la fenêtre, Ash.* Peut-être qu'il grêle ou un truc du genre ? En tout cas, le bruit s'est arrêté.

Mon portable vibre sur la table de nuit. Si mon cœur ne sort pas par ma bouche, c'est uniquement parce qu'elle est bien fermée.

La peur de ma vie.

Je dois attendre d'être sûre que je ne suis pas en train de faire une crise cardiaque avant de pouvoir regarder qui appelle à cette heure-là.

Bien sûr.

Cam.

— Qu'est-ce que tu veux ? je réponds, presque excédée, en murmurant pour que ma mère ne m'entende pas de la chambre d'à côté.

— Bonsoir à toi aussi, miss sympathie, réplique-t-il. C'est ton entraîneur personnel. Et comme cet après-midi, nous nous sommes arrêtés en cours de route, je me suis dit qu'un samedi soir était idéal pour entamer l'étape suivante.

— Quelle étape ? je demande, plus par curiosité que par envie.

— Faire ressortir ton côté rebelle, bien sûr.

— Cam, il est une heure du matin. Je suis dans mon lit, je proteste.

— Intéressant… lâche ce gros imbécile. Habille-toi et viens me rejoindre. Hé, me devance-t-il avant que j'aie le temps de m'y opposer, j'ai cru comprendre que tu étais disposée à faire n'importe quoi pour Tyler. Je sais que tu ne dormais pas. Viens.

Je lève les yeux au ciel même si je suis seule dans la pièce. Tu parles d'un entraîneur personnel. Le plus relou qui soit. Mais ce qui est sûr, c'est que je n'arrivais pas à dormir et que, si je continue à ressasser comme ça, je vais devenir dingue. Et pour être sincère, j'ai envie de voir Cam ; notre malaise dans la voiture tout à l'heure m'a laissé un goût amer et un poids sur la conscience.

— OK, je cède, trop vite.

— Ça, c'est ma poulette.

Je pousse un soupir et il s'esclaffe.

Il a dit ça exprès pour me faire réagir ainsi. Un vrai crétin. Adorable. Mais un crétin quand même. Super adorable.

— Abruti ! je l'insulte, et il rit de plus belle. On va où ?

— Je t'attends dehors.

— Euh… d'accord. Je serai à la porte dans deux minutes.

Je me lève pour ouvrir mon armoire.

— La porte ? Y a pas de porte qui tienne, Ashley Bennet. Tu es une rebelle. Tu dois passer par la fenêtre.

— Hein ? Ça va pas, la tête ? je chuchote. Pourquoi tu veux que je saute du deuxième ? Si je disais à ma mère que je sors, elle me dirait : « Prends une veste au cas où il fait froid, Ashley. »

— Pas besoin de sauter, tu peux t'agripper au treillis. Les rebelles passent par la fenêtre de leur chambre.

— Comment est-ce que tu sais que… ? Tu es dans mon jardin ?

Il est là. Jean, baskets, pull vert et blouson de cuir. Les cheveux en bataille. Au bord de ma piscine. Pas gêné, le gars.

— Je suis un *bad boy*, petite, dit-il en essayant de prendre une voix plus ténébreuse que d'habitude.

Je lâche un éclat de rire que je regrette aussitôt. Pourvu que ma mère dorme. Ou qu'elle pense que je regarde une série comique sur mon portable.

— C'est toi qui lançais des cailloux contre ma fenêtre, tout à l'heure ?

— Ça me semblait plus romantique. Mais quand j'ai compris que tu étais bouchée, j'ai décidé de gagner du temps et d'utiliser mon portable. Tu descends, oui ou non ?

— Oui, oui, j'arrive, je réponds en retournant à mon armoire, abandonnant le téléphone sur la table.

— Ashley !

J'entends sa voix d'ici.

J'attrape mon portable et me penche à la fenêtre pour regarder.

— Prends une veste, il fait frisquet, me prévient-il en reprenant les mots exacts que ma mère pourrait dire.

Je raccroche, un sourire idiot sur les lèvres. Je n'ai jamais eu un plan aussi tentant pour un samedi soir. Même si j'ignore ce que Cameron a prévu. J'opte pour un long pull rouge par-dessus mon débardeur et mon legging gris, mes Converse blanches montantes et une veste noire suffisamment chaude. Enfin, je glisse mon portefeuille, mon portable et mes clés dans un petit sac à dos que je jette sur mon épaule avant d'ouvrir la fenêtre. Surtout, ne pas oublier les clés, car je n'ai aucune envie d'escalader ce mur au retour.

Le plus compliqué de ma fugue se situe au départ : je dois vaincre la sensation de vertige et, une fois sur le treillis, redoubler d'adresse pour refermer la fenêtre. Lumière éteinte, c'est d'autant plus compliqué.

Une fois la vitre rabattue, je m'agrippe avec précaution au bois et au lierre. À quelques centimètres de l'arrivée, je constate que Cam se tient juste en dessous, prêt à amortir ma chute. Néanmoins, je conserve mon orgueil et mon équilibre et, parvenue près du sol, je saute pour atterrir à côté de lui.

— Bonsoir, *bad girl*, salue-t-il avec un sourire estampillé « irrésistible ».

Absolument irrésistible.

— Bonsoir, Lucifer, maître et mentor, je me moque. Quels sont nos plans à cette heure tardive ?

Il me tarde de le savoir. Il enlève son sac à dos de son épaule (je ne l'avais pas remarqué) et l'ouvre pour m'en montrer le contenu. Un pack de six bières. Oups ! Je devrais peut-être l'avertir que je n'en ai jamais bu. À part un peu de liqueur de pomme avec mes copines, une fois, chez Grace, on ne peut pas dire que je suis une buveuse invétérée. Ni occasionnelle. Il faut croire qu'il le sait, parce qu'il m'adresse un sourire taquin avant de fermer son sac et de partir d'un pas rapide, ce qui m'oblige à galoper derrière lui.

Il fait vraiment plus frais, comme il me l'avait dit, alors je remonte la fermeture Éclair de ma veste jusqu'en haut pendant que je le suis en silence. Nous tournons à la seconde rue et il me conduit au seul commerce du coin ouvert vingt-quatre heures sur vingt-quatre : celui de la station essence du rond-point, près de la route principale. Il marque une pause avant d'arriver à la porte et pivote vers moi, amusé.

— Je ne sais pas toi, mais pour moi, trois bières par personne, c'est juste l'apéritif.

Je vois gros comme une maison qu'il me fait marcher. Le sadique.

— Je vais acheter quelque chose à grignoter. Je veux que tu entres aussi et que tu prennes une bouteille d'alcool. De la vodka, de préférence.

— C'est ça. Personne ne va me vendre d'alcool, gros malin. Il est plus de vingt-deux heures et, au cas où tu ne t'en étais pas rendu compte, je suis mineure.

— Oui. C'est pour ça que tu ne vas pas l'acheter.

— Pardon ? dis-je sur un ton plus strident qu'escompté. Tu es en train d'insinuer ce que je crois que tu insinues ?

Il ne répond rien, me laissant parvenir seule à mes propres conclusions.

— Tu as perdu la tête, Cameron Parker ! Non. Non. Je rentre chez moi, je tranche en tournant les talons.

Mais je reviens vers lui au bout de deux pas.

— Tu as une idée de ce que tu me demandes ? Tu veux que je commette un délit !

Je suis choquée.

— Merde, tout compte fait, tu n'es pas une rebelle, se contente-t-il de dire avant de hausser les épaules, déçu. Peut-être que tu n'es pas la fille idéale pour ce poste. Je vais demander à Tricia Simons si ça l'intéresse d'aller au bal avec Tyler…

— J'ai déjà fait le mur. Qu'est-ce que tu veux de plus ?

— Je veux une bouteille d'alcool. Et je veux que tu aies les ovaires de rentrer là-dedans et de la prendre toi-même.

— Pas besoin d'ovaires pour ça. Juste d'être une délinquante en puissance, je grommelle.

Je le vois réprimer un sourire. Moi, ça ne me fait pas rire du tout, parce que c'est la vérité. C'est une chose de sortir par la fenêtre, et une autre de voler. Voler. Même ma mère n'apprécierait pas, c'est pour dire.

— Pour cela, tu as besoin de calme et d'une bonne dose d'assurance. Et de rester froide comme un glaçon. Tu pourras rester froide comme un glaçon, Ashley ?

— Tu ne comprends pas qu'ils vont m'attraper et que je vais passer mon samedi soir au commissariat ?

— Si tu vas en prison, je promets d'assumer ma responsabilité et d'y aller avec toi, déclare-t-il, la main gauche sur le cœur. C'est plus drôle d'aller en cellule à plusieurs.

— Parce que tu y es allé souvent ? je demande dans l'espoir qu'il démente.

— Eh, ne va pas croire que je suis un ex-taulard ! Seulement une fois. Et je jure solennellement que c'était entièrement la faute de Tyler. En tout cas, c'est ce que j'ai dit à ma mère. Allez, Ash, personne ne va t'attraper. Je vais distraire le vendeur tout le long. Je te le promets. Prends une bouteille et cache-la, point. C'est parti.

Sur ces mots, il me prend par la main et m'entraîne à l'intérieur de la petite boutique. Il salue un garçon un peu plus âgé que nous qui lit un magazine derrière le comptoir, l'air de passer la nuit la plus chiante de sa vie. Ce doit être le cas. Nous devons être parmi les premiers clients à passer par là. Cameron m'entraîne dans le rayon des biscuits apéritifs et prend deux sachets, des chips et des Doritos. Puis il me fait un signe du menton pour que j'avance vers les boissons alcoolisées tandis qu'il va payer au comptoir. Ce qui est certain, c'est que personne ne prête attention à moi. Cam fait la conversation au vendeur en fouillant dans son porte-monnaie pendant que l'autre scanne les codes-barres. J'attrape la première bouteille abordable que je trouve, petite, fine et avec une étiquette violette ; elle ne doit pas être si forte que ça. Il ne manquerait plus que Cam me défie de la descendre d'un trait. Je jette un coup d'œil vers la caisse. Le corps de mon ami cache l'endroit où je me trouve, alors je glisse la bouteille sous ma veste et m'emploie à prendre l'air innocent.

— On y va, Ashley, me hèle Cam en marchant tranquillement vers la porte. Tu veux autre chose ?

— Non. Non, dis-je en rappliquant vers lui.

Le vendeur ne me regarde même pas. Mais, parvenue à la sortie, j'avise des portiques de chaque côté de la porte. Je ralentis. Merde. S'ils sonnent, je suis perdue. Je vais avoir la honte de ma vie. Et je vais finir en cellule. Pour une stupide bouteille dont je n'ai même pas envie. Si au moins c'était quelque chose de fort, ce serait un bon ragot pour le lycée. Mais de la liqueur de mûre. Une foutue liqueur de mûre. La fin de ma vie sociale. Même si elle était quasi inexistante jusque-là.

Cameron, remarquant mes doutes, me prend par la main. Sa confiance en lui transpire par chacun de ses pores. J'ai un peu mal au ventre, même si, cette fois, c'est agréable. Sa main est très chaude, comparée à mes doigts gelés, et son contact me fait l'effet d'une décharge électrique. Deux secondes plus tard, nous sommes sortis de la boutique. Nous nous éloignons pas à pas. Aucune alarme n'a retenti. Ce n'est pas la fin du monde. Cam ne me lâche pas la main jusqu'à ce que nous tournions à l'angle de la rue. Puis il se tourne vers moi avec un sourire malicieux.

— Tu l'as ?

Je sors la bouteille de sous ma veste et il explose de rire en découvrant l'étiquette.

— Sérieux ? De la liqueur de mûre ? Je parie que ce n'est même pas alcoolisé…

En fait, si, ce qui lui rabat son caquet.

— J'ai fait ce que j'ai pu, je me défends, écarlate. En tout cas, je te le dis tout de suite, ça ne m'a pas plu du tout.

— Ouais. Mais tu as senti l'adrénaline ?

— Adrénaline ? je répète, incrédule. J'ai le cortisol à bloc, surtout. Et je ne sais pas si c'est lié aux hormones, mais je me sens coupable. Et maintenant ? je demande, même si je crois que je préfère ne pas savoir.

— Maintenant, on la boit, répond Cam (pile ce que je redoutais).

— Ici ?

La rue est déserte, et il n'y a aucun endroit où se mettre à l'abri des regards. Ce n'est pas le lieu le plus approprié du monde, à vrai dire.

— Mais non ! souffle Cam, à croire qu'il vient de se rendre compte que je ne suis pas très maligne.

Il met la bouteille dans son sac à dos.

— Suis-moi.

J'obéis sans trop savoir pourquoi. Peut-être à cause de mon sens beaucoup trop élevé de la loyauté. Je suis une femme de parole. Je tiens mes promesses. J'assume les conséquences de mes actes. Je suis fidèle à mes amis. Je ne romps jamais un accord. Et, pour le meilleur ou pour le pire, j'ai passé un accord avec Cam. Nous devons réussir à virer la sorcière de l'équation pour qu'il puisse récupérer son meilleur ami. Et, pour finir, il se trouve que Cameron Parker est un crétin si adorable que j'ai réellement envie de l'aider.

Après dix minutes de marche dans un silence quasi total, nous parvenons à la grille du parc le plus proche de chez nous. Il est clôturé, et le portail, que je n'avais jamais vu fermé, l'est maintenant. Avec une grosse chaîne et trois cadenas. Cameron se hisse sur la palissade juste à côté du portail, là où le muret de béton est assez haut, et me tend la main pour que je monte avec lui.

— Viens, je t'aide à passer.

J'hésite. Un peu. Beaucoup. Un délit pour cette nuit, ça suffit.

— Qu'est-ce que tu veux ? Qu'on s'introduise en cachette ? je m'offusque, une fois de plus. Et si on nous attrape ?

Ce second délit crée moins d'aversion chez moi que le premier. Est-ce parce que je vois moins le tort que je pourrais causer à autrui, ou parce que je suis en train de me convertir en délinquante professionnelle ?

— Personne ne nous verra, prétend Cam, la main tendue vers moi et l'autre accrochée à la grille. J'ai fait ça un paquet de fois, crois-moi. Ici, personne ne surveille, pour quoi faire ? Allez viens, poule mouillée, essaie-t-il de me provoquer.

Et il y parvient. Je fais un pas vers lui et me hisse sur le muret sans prendre sa main. Mais le sommet de la clôture est trop haut pour que je puisse l'atteindre seule. Sûr et certain.

— Je suis trop petite, je râle.

Son rire, tout près de mon oreille droite, me fait frémir. Je ne m'étais pas rendu compte qu'il était si proche.

— Laisse-moi t'aider, dit-il, et il joint ses mains pour me faire la courte échelle.

Je ne veux pas qu'il me traite encore de poule mouillée, alors je grimpe sur la clôture comme je peux. Sous moi, Cam change de point d'appui, tient mes jambes avec un bras et place son autre main sous moi pour me pousser. Je veux dire, sur mon cul. En plein sur mon cul. Et il y va allègrement.

— Je crois que vous profitez un peu trop de la situation, monsieur Parker, je marmonne, après quoi il lâche un petit rire et parvient à me faire passer de l'autre côté.

Je retombe avec application et pas mal d'élégance, pour quelqu'un comme moi. Dommage qu'il fasse trop sombre pour que Cam voie mon atterrissage parfait. Lui se hisse par-dessus la clôture à la seule force de ses bras et avec une agilité ahurissante, étant donné le poids qu'il a sur le dos. J'aurais peut-être dû m'inscrire à un sport au lycée. *Trop tard, Ashley. Tu changeras de vie à la fac.*

Une fois à l'intérieur, Cam me guide vers une parcelle de gazon située pas loin d'un réverbère de la rue, ce qui lui permet d'être légèrement mieux éclairée que le reste du parc. Il dépose son sac au sol, fouille dans le fond pour en extirper une petite couverture carrée. (Je ne l'avais pas vue quand il a déposé la bouteille tout à l'heure.) Il l'étend sur la pelouse et sort les bières, la liqueur et les sachets de chips qu'il a achetés. Puis il fait un geste pour m'inviter à m'asseoir.

— Waouh ! Je me moque alors qu'en vérité je suis impressionnée. Un pique-nique à base d'alcool.

— Ne fais pas celle qui ne savait pas. Je te l'ai dit, je suis un romantique.

Nous nous installons collés l'un à l'autre sur la petite couverture. Moi, à sa droite, j'enlève mon sac et le dépose sur l'herbe. Cam nous ouvre une bouteille de bière chacun et me tend la sienne pour trinquer. Je fais tinter les bouteilles avant de prendre une gorgée. Beurk. Mon camarade rit en voyant ma tête et me demande sur le ton de l'affirmation si c'est la première fois que je bois de la bière. Oui, évidemment. J'ai horreur de ça. Je ne sais même pas pourquoi tout le monde en boit. C'est vraiment à vomir. Et pourtant, je continue, parce que l'expert en bières m'assure que le goût s'améliore avec le temps. Je ne sais pas si je dois le croire. Quoi qu'il en soit, et malgré la bière, c'est la situation la plus romantique dans laquelle je me sois jamais trouvée. Et dire que ce n'est même pas un rencard. Ce n'est pas mon petit ami, mon plan cul, ni même le garçon qui me fait craquer. Et nous ne sommes pas là pour ça, nous sommes là pour parvenir à une étape similaire, pour moi, mais avec son meilleur ami. La situation est plus que bizarre. Il n'empêche, je me sens incroyablement à l'aise avec Cam.

Il me demande si Mia va bien, ou si, du moins, elle va mieux. Je lui explique qu'il ne lui arrivait rien de grave, mais je m'excuse de ne pas pouvoir lui en raconter plus parce que ce sont des affaires de filles, et ce genre de secret est inviolable. Il le comprend (il n'a pas le choix), et je crois qu'il se réjouit que je sois si peu bavarde. Vu ce qu'il m'a raconté cet après-midi, j'en suis persuadée, il n'aimerait pas que j'aie la langue trop pendue.

Nous terminons les premières bières en parlant de choses sans importance : le lycée, les cours, les matières qui nous plaisent ou non, l'équipe de football, les profs. Cam me fait rire ; il a toujours été le rigolo de service, et je refusais de rire à ses bêtises mais, maintenant que je suis seule avec lui, je me rends compte qu'il a de l'esprit. Cependant, malgré ses plaisanteries, je remarque qu'il n'est pas aussi joyeux que ce matin. De temps en temps, une sorte de voile de mélancolie l'enveloppe pendant quelques secondes. C'est peut-être parce que j'ai déjà une bière à mon actif, que nous venons de prendre chacun une longue gorgée de liqueur de mûre (j'aime bien, il déteste), que nous avons partagé le même goulot sans que je m'inquiète des microbes ; c'est peut-être pour ça que je cherche ses yeux et que j'ose lui poser la question.

— Tu vas bien ?

J'emploie le ton le plus empathique dont je suis capable, même si je ne suis pas aussi sobre qu'il faudrait. *Avec une unique bière, Ashley, tu devrais avoir honte.*

— Pourquoi tu es venu me chercher à une heure du matin ?

Il détourne le regard. Pendant quelques secondes, il ne dit rien et se contente de décapsuler deux autres bières et d'ouvrir le sachet de Doritos, qu'il pose entre nous deux. Cette fois, nous ne trinquons pas. Et je suis quasi sûre qu'il ne va pas répondre. Mais, comme toujours, il me prend au dépourvu.

— Je me suis engueulé avec ma mère. J'avais besoin de me détendre et j'ai pensé qu'un peu de compagnie me ferait du bien.

Je ne pose pas de questions à propos de la dispute ni de sa mère. La façon dont il a répondu signifie clairement qu'il n'a pas envie d'en parler.

— Et pourquoi tu m'as choisie moi, précisément ?

Je vois ses yeux émeraude briller à la lueur du réverbère.

— Parce que tu me fais sourire, Ashley.

Cette façon qu'il a de prononcer mon nom... J'en ai la chair de poule.

— Ah ! Alors comme ça, tu aimes te foutre de moi, je dis pour faire retomber la tension.

Punaise, Ashley, détends-toi, ce sont juste des yeux verts.

— Je me suis mal exprimé. Tu m'aides à sourire.

La phrase qu'il vient de prononcer d'un air désinvolte se plante comme une punaise au milieu de ma poitrine. Je préfère ne pas la retirer. C'est probablement la plus belle chose qu'un garçon m'ait jamais dite. Je suis très proche de lui, et il sent délicieusement bon. Un instant, je songe qu'il pourrait m'embrasser. Pire : un instant, je me dis que j'aimerais qu'il m'embrasse. Mais il baisse les yeux et prend une longue gorgée de sa bière, rompant cette connexion intime.

— Parfois, tu oublies, non ?

J'ose me mêler de sa vie parce que, oui, je suis un peu éméchée, et parce qu'il m'a appris que je dois dire et faire ce que je veux sans avoir peur.

— Sourire, je précise quand il me regarde de nouveau. Parfois, tu oublies de sourire.

Il ne dit rien, alors je me lance.

— Tout le temps qu'on a passé ensemble, ces jours-ci, tu souriais et tu riais beaucoup. Mais je me suis rendu compte que ce n'était pas toujours le cas. Hier, en rentrant du centre commercial, quand tu as parlé avec ton frère. Jeudi, je crois que je ne t'ai pas vu sourire une seule fois. Ni vendredi matin en cours.

— Es-tu une espionne de sourires ? demande-t-il, mais il ne semble pas offusqué par mon intrusion. C'est pour ça que je suis venu te chercher, pour sourire un peu plus.

— Eh bien, je crois que cela te fera sourire d'apprendre que je suis à moitié pompette, je confesse, et il éclate de rire.

— Ça valait la peine de faire toutes ces choses illégales.

J'affiche une mine d'authentique culpabilité.

— Comment tu sais que j'étais en train de penser à ça ?

Il se marre de nouveau.

— Tu te sens encore mal pour une bouteille de liqueur de mûre ? Tu aurais au moins pu prendre un bon whisky, ça t'aurait donné une bonne raison de t'inquiéter.

— Ce n'est pas drôle.

— Arrête de t'en faire, Ash, dit-il, et il attrape mon menton entre son index et son pouce pour que je le regarde en face. Ce type est un ami de mon frère. Je l'ai prévenu qu'on allait passer et je lui ai filé vingt balles pour la bouteille.

— Quoi ?

Je pousse un profond soupir, soulagée, avant de me couvrir le visage avec mes mains, ma bouteille toujours dans celle de droite. Je l'entends rigoler doucement à mon oreille.

— T'es con ! je le gronde en frappant son bras avec mon poing. Je me voyais déjà en prison ! Je comptais aller payer la bouteille demain !

Il rigole et sa bonne humeur est communicative.

— On ne va pas en prison pour une bouteille de liqueur de mûre, Ashley. À moins que tu aies des antécédents. En plus, je ne pouvais pas permettre une si mauvaise action, je suis un citoyen exemplaire. Pas un petit voleur quelconque, comme toi.

— Alors, je n'ai commis aucun délit ?

— Ton casier judiciaire est intact. Quoique, techniquement, oui, tu as commis un délit. Je me suis arrangé pour t'éviter la prison. C'est grâce à moi que tu es libre, Ashley Bennet.

Je le frappe de nouveau, plus doucement cette fois.

— Je me suis sentie super mal.

— Tu es trop mignonne, dit-il, secouant un peu la tête avec un sourire tendre.

Merde, Cameron Parker vient de dire que je suis mignonne et ça m'a vrillé l'estomac.

— Et pourtant, tu l'as fait, me rappelle-t-il d'un ton presque orgueilleux. Félicitations, mademoiselle, vous êtes devenue une vraie rebelle.

— Qui est à moitié bourrée et ne veut plus boire davantage, dis-je quand il recommence à trinquer avec moi.

— D'accord, cède-t-il trop facilement en me prenant la bouteille des mains pour la finir lui-même. On va devoir travailler ta tolérance à l'alcool avant d'aller en soirée. Maintenant, voyons comment tu fais la rebelle.

Il sort un paquet de tabac de son sac à dos, puis fouille à l'intérieur à la recherche d'un briquet. Je proteste énergiquement, mais il allume une cigarette et me la passe après une seule bouffée. Je l'imagine déjà me sortir « que vas-tu à dire Tyler quand il va t'offrir une clope ? ». Je tire ma première taffe et je crois mourir. Littéralement. Je tousse tellement que je pense que mes poumons vont sortir par ma bouche. Cameron rit d'abord, avant de s'inquiéter un peu. Pendant que la cigarette se consume, il m'apprend à faire semblant de fumer sans avaler la fumée et d'autres trucs pour fumeurs en toc. Au moins, je donnerai le change devant Tyler si ce qu'il aime, ce sont les « filles-cheminée ».

— Seulement si c'est strictement nécessaire, hein ? avertit-il. On ne veut pas que tu te mettes au tabac et que ça te détruise les poumons. Même pour Tyler Sparks.

— Tu ne fumes pas, toi ?

Voyons voir, il a un paquet de cigarettes dans son sac à dos. Pour le moins suspect.

— C'est un vice dégueulasse. Il m'arrive d'en fumer une pour faire le malin devant les filles, mais je n'aime pas ça.

— Tant mieux, parce que ça bousillerait tes dents, et tu as un très beau sourire.

— Encore mon sourire, fait-il comme s'il se sentait flatté. N'importe qui dirait que tu me trouves mignon, Ash.

Je baisse les yeux, le rouge aux joues. Pourvu qu'à la lueur du réverbère, cela ne se voie pas trop.

— Je veux juste que tu n'oublies pas de sourire. C'est ma nouvelle mission. T'aider avec le procès de Salem, et te rappeler de sourire.

Il fronce légèrement les sourcils.

— Le procès de Salem ?

— Oui, tu sais, la chasse aux sorcières, j'explique, et il éclate de rire.

— J'adore. Je crois que tu viens de baptiser notre mission. Ça nous fera un nom de code.

Je souris face à son enthousiasme, puis je me rappelle quelque chose et me lance sur son bras droit pour remonter la manche de sa veste et de son pull. Il ne proteste même pas et se contente de me regarder comme si j'étais devenue folle, mais en me laissant faire. J'observe sa peau à la lueur du réverbère. Elle est intacte. Il n'y a rien d'écrit.

— Tu as déjà envoyé le calendrier à Ryan ? je demande, curieuse.

— Calendrier envoyé.

— Et pour cette nuit, tu n'avais rien à te rappeler ?

— Ben, l'idée était de passer du temps avec toi, alors il m'a semblé plus judicieux d'improviser.

— On doit toujours se souvenir de quelque chose, Cameron Parker.

Je lui tourne le dos d'un coup pour attraper mon sac à dos et fouiller à l'intérieur. Je suis certaine d'avoir un stylo quelque part. Enfin, je l'effleure du bout des doigts. Je lui reprends le bras. Il me regarde avec une expression amusée, il doit penser que je devrais boire un peu plus souvent. Je veux écrire quelque chose sur son agenda personnel, mais l'angle n'est pas le bon. Alors je ne réfléchis pas, je me redresse et m'assieds entre ses jambes, en allongeant les miennes d'un côté, par-dessus sa cuisse. Je saisis son bras et commence à écrire en traçant un « 1 » suivi d'un point.

— Je vais t'écrire les choses qu'il est vraiment important de ne pas oublier, dans la vie, j'annonce.

Je sens son regard sur mon visage, tout près.

Respire.

Je sens que ses yeux suivent ce que le stylo inscrit sur sa peau.

Hydrate-toi.

Il rigole.

Souris.

Je rebouche le stylo. Il se penche un peu vers moi, les bras autour de mon corps. La bouche collée à mon oreille, il murmure :

— J'essaierai de suivre tes instructions à la lettre, Ashley Bennet.

Dimanche après-midi. J'ai passé la journée à essayer de boucler mes devoirs. Je n'en ai pas tant que ça, mais je dois reconnaître que j'ai été plutôt distraite en me remémorant chaque détail de la nuit passée avec Cam. J'étais tellement bien avec lui que j'ai marché très lentement sur le chemin du retour, rien que pour faire durer le plaisir quelques minutes de plus. Il m'a raccompagnée jusqu'à la porte et, par chance, il ne m'a pas obligée à monter par la fenêtre. Parce qu'il savait que ma tolérance à l'alcool était proche de zéro et qu'il s'en était déjà rendu compte en m'aidant à franchir la grille du parc pour sortir. Puisque j'avais les clés dans la main, il n'y avait pas de raison de mettre en danger mon intégrité physique. Il m'a embrassée sur la joue avant de s'en aller et on s'est dit à demain. C'est-à-dire, à aujourd'hui. Je suis rentrée à la maison en essayant d'être le plus silencieuse possible, mais j'avais envie de danser partout dans le salon.

Ce matin, je me suis réveillée avec un message de lui sur mon portable. Il disait qu'il était désolé mais qu'il avait un imprévu et qu'on n'allait pas pouvoir se voir aujourd'hui. Il l'avait envoyé très tôt. Alors j'ai passé la journée à la maison et, au moins, j'ai fait les devoirs (que j'avais pratiquement oubliés).

À présent, il fait presque nuit, et je n'ai toujours pas de nouvelles de Cameron Parker. Il me manque. Ma mère crie du rez-de-chaussée (déjà qu'elle devrait me punir et qu'elle ne le fait pas, je pourrais au moins sortir la poubelle et arroser les plantes de derrière !). Je vais le faire parce que, c'est vrai, hier je suis sortie sans dire où j'allais ni avec qui. Bien sûr, c'est souvent ce qu'on fait quand on est une rebelle. Mais je ne suis pas exactement ainsi. Ma mère m'a vue partir avec Cam de la fenêtre de sa chambre. Elle n'était pas vraiment inquiète, en réalité. Elle m'a dit qu'elle espérait que j'avais passé un bon moment, mais que je n'avais pas intérêt à recommencer ou elle me punirait jusqu'à ma mort. Et que si je voulais sortir la nuit, je n'avais qu'à demander. Ma mère est trop moderne.

Je jette la poubelle dans le container qu'on partage avec les voisins. Quand je reviens dans le jardin, je remplis l'arrosoir et le porte derrière la maison en passant devant la piscine. Je ne peux m'empêcher de lancer un coup d'œil vers la maison de Tyler. La force de l'habitude. J'ai presque les genoux qui tremblent et l'arrosoir qui me tombe des mains. Je manque de mourir d'amour sur place, parce que mon blondinet préféré est là, appuyé contre le mur de sa maison, l'air renfrogné, mais il regarde vers moi. Quand nos regards se croisent, il me semble le voir sourire. Je dois avoir des visions. Des hallucinations. Comme voir une oasis en plein désert. Et je dois souffrir d'une forme auditive parce que sa voix me parvient plus clairement que jamais.

— Hey, Ash.

— Salut, Tyler, je réponds, parce que c'est la seule façon polie de procéder.

Je m'apprête à continuer mon chemin comme si de rien n'était, normal, mais il recommence à me parler et la situation cesse d'être normale.

— Tu es occupée ? demande-t-il.

À ton avis ? Il voit l'arrosoir dans ma main, non ? Mais moi, pour ne pas le contrarier, je m'avance et dépose l'arrosoir au bord de la piscine, parce que, quoi que veuille Tyler, ce sera sans aucun doute bien plus important que d'arroser ces maudites plantes.

— Non, non, ça va.

Je ne porte pas les vêtements les plus adaptés à une conversation avec Tyler. Nous n'avons pas passé un après-midi entier dans les boutiques pour que, le moment venu, je me retrouve en legging et sweat, les Converse les plus vieilles de mon dressing aux pieds, et les cheveux relevés en un chignon lâche duquel des mèches s'échappent à chacun de mes pas. Mais, en fin de compte, les choses sont comme elles sont, je n'ai pas le pouvoir de congeler le temps et de me rendre plus présentable pour continuer le dialogue, alors je fais avec ce que j'ai. Désolée, Cameron. Tout ce travail pour que le bellâtre me prenne au dépourvu.

— Tu veux aller faire un tour ?

Je ne l'aurais pas vu venir même s'il avait débarqué devant chez moi dans un semi-remorque de trente-six tonnes.

— Euh, oui, d'accord. Pourquoi pas ?

J'essaie d'avoir l'air sûre de moi. Je ne sais pas si c'est une réussite.

Il me montre d'un signe de tête les petites portes à l'arrière de nos jardins et je longe la clôture, parallèle à lui. Nous nous retrouvons dans la rue. Je souris, pas lui. Il est évident que quelque chose ne va pas. Va savoir quoi. Je me rappelle les mots de Cam la première fois que je suis montée dans sa voiture. « Tout le monde sait que tu es dingue de lui. Même lui. » Alors j'efface mon sourire. Pas question qu'il pense que je suis une petite idiote accro à lui. Même si c'est la vérité.

— Viens.

Tyler me montre une ruelle entre deux maisons, de l'autre côté de la rue.

Je le suis. Mon amour platonique s'assied sur la première marche d'une échelle de secours et je l'imite, dans l'espoir qu'il m'en dise plus.

— J'avais besoin de m'échapper de la maison. J'ai les parents les plus lourds du monde.

— Plein de gens seraient prêts à en douter, je réplique avec un petit sourire.

Il me regarde, contrarié, mais il finit par sourire à son tour. Il sort un paquet de cigarettes de derrière son pantalon, puis extirpe un briquet de sa poche avant.

— Ça t'embête si je fume ?

Je dis que non, bien sûr, et pendant quelques très longues secondes, nous restons silencieux.

— Ça fait un bail qu'on n'avait pas parlé, non ? reprend-il sans même me regarder.

Comme si on n'avait juste pas eu le temps de bavarder, hier, en se croisant au supermarché.

— Un bail, oui, je confirme sur le même ton indifférent.

Il me scrute du coin de l'œil pendant quelques secondes.

— Comment ça va ? je demande d'une voix décontractée.

— J'ai toujours les parents les plus chiants du monde, mais maintenant, je fume quand ils me prennent trop la tête. Et toi ?

— Plutôt bien, les parents les plus chiants du monde sont tombés sur toi, merci de t'en charger, ça nous permet de vivre tranquilles.

Ça le fait sourire. Je ne veux pas trop le regarder, ou je risque d'avoir un air niais pour le reste de l'après-midi.

— Pardon, réalise-t-il soudain en me tendant sa cigarette. Tu veux une taffe ?

Punaise. Cameron n'aurait pas pu tomber mieux avec ses leçons d'hier soir. Il aurait voulu le faire exprès, il n'y serait pas arrivé. Puisque c'est mon moment de gloire, j'accepte et lui prends la cigarette des mains avec toute l'assurance dont je suis capable. Je perçois presque l'odeur de son gel douche. J'ai à moitié la nausée. Plus qu'avec la bière et demie d'hier et la liqueur de mûre. Je m'applique à ne pas tousser et je crois que je m'en sors plutôt bien.

Tyler est en train de me regarder très sérieusement. Et, apparemment, interloqué. Parfait. Je lui adresse un sourire supérieur quand il hausse un sourcil.

— Merde, alors, fait-il avant de prendre la cigarette entre mes doigts, les effleurant un peu trop pour que ce soit accidentel. Je ne m'attendais pas du tout à ça. Je ne savais pas que tu fumais.

— Ça fait un bail, Tyler. Je crois que tu ne me connais plus aussi bien qu'avant.

Je suis au taquet. Mystérieuse. C'est ce que préconisait Cam. J'essaie de suivre ses instructions au pied de la lettre, comme il a dit qu'il ferait avec les miennes. Pourtant, je suis si proche de Tyler que je pourrais le frôler juste en gonflant un peu la poitrine. Mon niveau de self-control n'est pas optimal. Mais je dois m'efforcer de faire en sorte que ça se passe bien. Cela n'arrivera que si je suis les enseignements de mon mentor.

— On dirait.

Il sourit un peu en me regardant avant de porter la cigarette de nouveau à ses lèvres.

Mon portable se met à vibrer. Tyler fixe la poche de mon sweat, je ne peux donc pas ignorer l'appel. Il tombe à pic, encore une fois. Qu'est-ce que je disais ?

Appel entrant : Cameron Parker.

Il est fort probable que Tyler ait pu lire le nom de son ami sur mon écran avant que j'aie le temps de refuser l'appel.

— Pardon, je m'excuse avant de me tourner pour rédiger discrètement un message.

Je suis avec Tyler
en train de fumer une cigarette.

Sa réponse arrive instantanément.

Sérieux ? La vache. Rappelle-toi
de ne pas avaler la fumée,
on préfère tous que tu restes en vie.

Je souris. Tyler m'examine, intrigué.

— C'est important ?

— Non. Non. Un ami, j'élude pour lui donner du grain à moudre.

Crée un halo de mystère autour de toi. Des faux-semblants.

Mon portable vibre de nouveau dans ma main et j'ouvre le message en m'assurant que Tyler ne peut pas voir un seul millimètre de mon écran.

Ne le laisse pas terminer la conversation.
Dis-lui que tu as quelque chose à faire et pars.

Je réponds par un message lourd d'interrogations. Il réagit sur-le-champ.

Faut le laisser mariner.

Je crois que c'est un sage conseil. Je souris à l'écran, rien que pour que Tyler me voie. Puis je l'éteins et le range. Je lui enlève la cigarette de la main, sans gêne, et tire une autre taffe en retenant la fumée avant de la faire sortir très progressivement, comme me l'a montré Cam. Je manque de me brûler les doigts et les lèvres. Et, bon sang, quels yeux ! Mon Dieu. Mon Dieu. Je dois me contrôler. *Allez, Ash, concentre-toi, tu peux y arriver. Je lui rends son mégot avec un sourire en coin.*

— Je dois y aller, Tyler.

Je sens qu'il me suit du regard.

— Merci pour la nicotine, j'ajoute, dos à lui.

— Ashley ! m'appelle l'amour de ma vie.

Je tourne la tête.

— Tu avais raison, tout à l'heure. Je crois qu'on devrait recommencer.

Je me tourne un peu plus et tente de hausser un seul sourcil, comme il l'a fait auparavant.

— À se connaître, je veux dire.

Je lui lance un sourire malicieux piqué au répertoire de Cam. Pourvu qu'il soit aussi irrésistible sur moi que sur lui. Je tourne les talons et rentre chez moi. Mes jambes tremblent tant que je me demande si elles ne vont pas se dérober sous moi.

J'espère juste que, de dos, cela ne se voit pas.

6.
We Are Never Ever Getting Back Together

Je tire sur les manches de mon pull parce qu'il commence à faire un peu froid, sur la pierre humide à l'arrière de l'église. La nuit n'est pas encore tombée, mais le soleil ne réchauffe plus l'atmosphère depuis un moment. Je fais tout mon possible pour qu'on ne remarque pas que les conditions climatiques me gênent. Parce que, pour le coup, on ne peut pas faire mieux en termes de compagnie. Même s'il ne parle pas. Même s'il est dans une colère telle qu'il pourrait casser quelque chose... qu'il a déjà cassé quelque chose. J'aimerais m'asseoir un peu plus près et partager la chaleur qui émane de son corps. Mais je n'ose pas. Non pas que j'aie peur de lui. Non pas que ses sautes d'humeur m'effraient. Je sais ce qu'il y a derrière tout ça. Ce n'est rien qu'une façade. Simplement, j'ai peur de tout foutre en l'air. Je ne veux pas gâcher ce moment. Même s'il faut que je gèle sur place rien que pour le sentir respirer près de moi.

Nous avons passé de nombreux moments ici, tous les deux. Dès qu'il a besoin d'aller faire un tour, il sait que je suis là. Parfois, il veut rester seul. La plupart du temps, non. Dans ces cas-là, c'est moi qu'il vient voir. J'ai envie de lui dire qu'il n'est pas seul, que je suis toujours là, que c'est ce que je veux : être toujours là. Mais je n'ose pas non plus. Certaines choses, seul mon journal intime les connaît. Que son sourire illumine mes journées. Qu'il me fend le cœur quand il pleure. Que je meurs d'envie de me blottir à ses côtés, même si c'est juste une fois, et de savoir ce que ça fait d'être dans ses bras. Que je meurs d'envie de l'embrasser.

Il pousse un long soupir. Je reste muette. Mais rien que d'entendre sa respiration, mon cœur accélère. J'aimerais pouvoir compter ses battements à lui, savoir s'ils s'emballent autant que les miens quand c'est moi qui soupire. Je sais déjà que non.

Il se tourne vers moi et je croise mes yeux préférés au monde. Ils sont tristes.

— Rentre chez toi, Ash. Pas la peine de rester là, je suis sûr que tu as mieux à faire. Je vais bientôt rentrer. Je sais que je me comporte comme un con, en ce moment…

Je fais non de la tête, lentement, une seule fois.

— J'aime beaucoup être avec toi, Tyler.

Entre nous s'installe le silence le plus adorable que j'aie jamais entendu. Personne ne prononce un seul mot, mais cette cacophonie de battements et de souffles, à ce moment précis, je le sais, restera gravée dans ma mémoire jusqu'à la fin de mes jours. L'odeur de son tee-shirt, la mèche rebelle qui lui barre le front, la douce brise du sud qui me donne la chair de poule.

Nous nous regardons dans les yeux et je ne me souviens pas avoir jamais vu l'éclat qui se reflète désormais dans les siens. Il se rapproche de plus en plus. Il me cherche. Il a besoin de moi. Je ferme les yeux quand son souffle chaud se pose sur mes lèvres. Juste avant que les siennes me touchent.

Je me rappellerai la bande-son de ce baiser jusqu'à la fin de mes jours.

— Salut.

La voix de Mia, qui se laisse tomber sur la banquette du bus à côté de moi, me tire de ma rêverie. J'enroule le fil de mes écouteurs autour de mon téléphone et range le tout dans la poche avant de mon sac.

— Alors, ce dimanche en amoureuses ? je la taquine en baissant la voix.

Hier, Mia a passé la journée avec Gina. Elle arbore un petit sourire niais. C'est beau, l'amour. Et aujourd'hui, rien ni personne ne pourra me rendre jalouse : hier, j'ai fumé une cigarette avec Tyler Sparks.

— Top, se contente-t-elle de répondre sans entrer dans les détails. J'aimerais te la présenter, Ash, confie-t-elle, et je hausse les sourcils avant de lui faire un clin d'œil.

Elle baisse les yeux.

— Mais avant, il faut que je le dise à Em et à Grace.

— Ne sois pas bête. Tu sais qu'elles vont trouver ça aussi bien que si tu leur disais que tu allais au bal avec le beau gosse du lycée, je la rassure, tout en secouant la tête pour repousser l'image de Cam qui écarte une mèche rebelle de ses yeux.

— Oui, sans doute. N'empêche, ça fout les jetons.

Elle se mord la partie intérieure de la joue.

— Tu pourras être là quand je le leur dirai ?

— Bien sûr !

Je lui presse la main et garde le silence un moment, le regard perdu vers l'extérieur. Le lycée apparaît au dernier tournant. On y est.

— Au fait. On dirait que maintenant, celle qui risque d'aller au bal de promo avec le mec le plus beau du lycée, c'est toi, affirme-t-elle avec un sourire espiègle. Et je ne parle pas de Tyler Sparks, susurre-t-elle avant de se lever.

Je fronce les sourcils et me dépêche de la rattraper avant qu'elle franchisse le portail.

Pas le temps de lui assurer qu'il ne va rien se passer entre Cameron Parker et moi et que notre rapprochement de la semaine dernière ne sert pas exactement à ça ; Grace nous rejoint en courant du parking. Elle ne sait toujours pas que Cameron m'a adressé la parole.

Nous sommes toutes les trois devant nos casiers quand Emily s'approche à petits pas chassés, Scott sur ses talons.

— Qui est-ce qui va accompagner Joe Richardson au bal de fin d'année ? demande-t-elle avec un large sourire.

Grace lève la main droite, puis toutes les deux se mettent à sautiller en se tenant par les bras et en gloussant.

— Du calme, les filles, vous n'attirez pas du tout l'attention sur nous.

On se sourit entre nous, Mia, Scott et moi ; ces deux-là sont toujours comme ça. Scott lève les yeux au ciel en même temps que moi. Nous nous mettons tous les trois à parler du week-end et du début de semaine, tandis qu'elles continuent à jacasser à propos des rendez-vous et des robes pour le bal sur un ton trop élevé pour ne pas passer pour des grosses nazes ravies d'avoir trouvé un cavalier pour le bal. En tout cas, en ce qui les concerne. Moi, je n'en ai même pas.

— Chhhut, tâchons de nous comporter correctement, le grand amour d'Ashley arrive et on ne voudrait pas la couvrir de ridicule, glousse Grace.

Les deux idiotes se calment d'un coup, comme si elles n'étaient pas en train de pousser des cris stridents et de sautiller depuis trois minutes. Je regarde par-dessus l'épaule de Scott. Oui. Il est là. Tyler Sparks passe la main dans ses cheveux pour ordonner ses mèches blondes, plus longues au milieu que sur les côtés. Quel canon. Je ne suis pas la seule à le penser. À mesure qu'il s'avance dans le couloir, les têtes se retournent sur son passage. Sur lui ou celui qui l'accompagne, bien sûr. Parce qu'à ses côtés marche un autre garçon qui n'est pas mal non plus. Cameron.

— Bonjour, lance ce dernier à la cantonade quand il passe près de nous.

Nous répondons presque d'une seule voix, mais je sais qu'il aurait préféré ne s'adresser qu'à moi. Je lui souris brièvement et il me fait un clin d'œil discret, tandis qu'il poursuit son chemin avec le garçon de mes rêves. Tyler n'a même pas salué. Même pas « quoi de neuf, Ash ? », bien qu'il se moque de la réponse. Et moi qui étais si contente d'avoir tiré deux taffes de sa cigarette hier soir. *Mon Dieu, Ash, il t'en faut peu.* Je les suis du regard et je sais que leur chemin commun va s'arrêter là, car Blair Wells arrive de l'autre côté. Sans un mot, elle plante un baiser digne d'un film au garçon qui devrait être à moi. Quelle chaudasse ! Évidemment que la meuf est sûre d'elle. Cam se contente de s'approcher de Vanessa et de Troy, qui se tiennent près de son casier à elle et ne s'embrassent pas tant que ça.

Je comprends que Cam veuille récupérer son ami. Si Emily se comportait comme ça avec Scott, moi aussi j'aurais essayé de le dégager depuis un moment. Blair ne détache toujours pas ses lèvres de mon blondinet et on dirait que cela ne lui fait rien de ne pas pouvoir respirer. Pas étonnant. Moi non plus, ça ne me dérangerait pas. Mais qu'est-ce qu'il lui trouve, bon sang ? Je me tourne pour regarder Mia en me posant la même question. Elle comprend mon expression sans que j'aie besoin de parler et hausse les épaules avec une expression légèrement amusée avant de m'attraper par le bras et de me pousser vers notre premier cours.

Je n'entends plus parler d'aucun de mes deux garçons populaires jusqu'au cours qui précède l'heure du déjeuner. Nous revoilà en cours de SVT. J'ai donc une vue exceptionnelle sur la nuque de Tyler et un crétin de clown à côté de moi. Cam ne dit presque rien quand il se laisse tomber sur sa chaise, et le cours commence avant que j'aie pu tenter d'établir une conversation avec lui. Il ne paraît pas très content. Il ne l'était pas non plus samedi, même si je pense que notre escapade nocturne lui a remonté le moral. Et pas non plus hier, quand nous avons parlé au téléphone après ma cigarette avec Tyler. Il semblait satisfait de ce que je lui racontais, mais sans plus, comme s'il était déjà mélancolique avant même de décrocher. Il a dit qu'il avait passé la journée avec son père et que c'est pour ça qu'il avait annulé nos plans. J'ignore ce qui se passe dans sa famille, mais de toute évidence, ils ne sont pas au mieux.

La moitié du cours de M. Woodward se déroule sans que je comprenne rien à ce qu'il raconte et, pour la première fois de l'année, ce n'est pas à cause du dos de Tyler Sparks. Je n'y ai presque pas fait attention. Si on me demandait ce qui est écrit à l'arrière de son tee-shirt, je ne saurais pas répondre, et ça, ça ne m'était jamais arrivé, pas une seule fois en quatre ans. Aujourd'hui, quelque chose me préoccupe davantage. Et c'est : qu'est-ce qui tracasse Cameron Parker ? Il ne m'a pas fait passer la moindre missive, même si je crois qu'il n'écoute pas beaucoup non plus l'explication du prof. Un cours de SVT sans mots, depuis mardi dernier, c'est devenu impossible. Il gribouille quelque chose à la fin de son cahier, que je ne peux pas voir parce qu'il le cache. *Il est temps de prendre les devants, Ashley.* Je coupe un petit bout de papier de mon cahier et écris un unique mot.

Souris. A.

Je dessine même un petit cœur sur la lettre « i ». Parce que ce grand imbécile a prétendu qu'il était surpris que je n'en fasse pas quand j'ai écrit sur son bras, samedi, au parc. Que je semblais un peu niaise, de celles qui mettent des cœurs à la place des points. Maintenant, tu l'as, gros malin.

Je le pose sur le bord de sa table au moment où M. Woodward tourne le dos. Cam pose sa main droite dessus avant de m'observer à travers les mèches sombres qui lui couvrent les yeux. Je lui fais un signe de la tête pour qu'il le lise. Il réplique par une moue exaspérée, la même que j'ai faite la semaine dernière, et un sourire m'échappe. Je redeviens immédiatement sérieuse en voyant que le prof se tourne vers nous. Même si je ne veux pas que M. Woodward me rappelle à l'ordre, j'ai besoin d'évaluer la réaction de Cam, alors je l'épie du coin de l'œil jusqu'à ce qu'il déplie mon mot. Quand il lève les yeux de nouveau, ils pétillent. Et quel sourire. Archi-sincère.

Il ne m'envoie rien en retour, mais quand la cloche sonne, il se penche vers moi avant que j'aie fini de ramasser mes affaires.

— Une clope, ce n'est pas ce foutu bal de fin d'année, on a encore du pain sur la planche. Demain après-midi ? Aujourd'hui, mercredi et jeudi j'ai entraînement, tu sais, dit-il comme si j'étais censée connaître par cœur l'emploi du temps de l'équipe de foot.

Je devrais peut-être. En définitive, je parie que la majorité des filles du lycée le connaissent.

— On en est où du programme ? je lui demande, me levant en même temps que lui.

Nous sommes si proches que je peux sentir son parfum mélangé à cet après-rasage qui s'est imprimé dans ma mémoire depuis que j'ai embrassé sa joue dans la voiture. Il sent atrocement bon, ça devrait être interdit de sentir comme ça quand on ne respecte pas l'espace vital d'une fille comme moi. J'ai presque envie qu'il s'enhardisse et me touche, même si c'est juste pour m'effleurer.

Il lève la manche de son sweat pour consulter son bras. Ce que j'ai écrit au parc a disparu. Pas une trace. *Évidemment, Ashley. Tu t'attendais à quoi ? À ce qu'il cesse de se laver juste pour garder tes trois conneries ?* Il y a quelque chose d'écrit, mais je n'ai pas le temps de lire avant qu'il le cache.

— Tu dois apprendre à être sexy.

Je détourne la tête. Que va-t-il m'enseigner ? Je meurs déjà de honte. Il est clair que cette partie de ma préparation n'est pas ma préférée. Et Cameron le sait parfaitement, parce qu'il m'a servi le ton le plus cynique de son répertoire.

— Où est passée ta confiance en toi ? me houspille-t-il en me voyant détourner les yeux (et sûrement rougir un peu).

J'essaie de réfléchir à ce que je devrais répondre pour le convaincre que le week-end de travail intense que nous venons de passer a servi à quelque chose. Mais je ne sais pas très bien comment m'y prendre. Hier, avec Tyler, j'ai brûlé toutes mes cartouches de mystère. De toute façon, Cam sait parfaitement ce qu'il en est. En une semaine, il a eu l'occasion de se rendre compte de qui je suis ou ne suis pas en réalité. Néanmoins, je me souviens que je suis en train de parler avec lui, et que ce n'est que Cam, et que, si je dis une bêtise, le truc le plus débile au monde, il éclatera simplement de rire (et moi avec lui). Je lève les yeux et passe la langue sur mes lèvres avant de parler.

— Est-ce que je ne vous parais pas assez sexy, monsieur Parker ?

Un sourire se dessine instantanément sur son visage.

— Vous pouvez être tout ce que vous voulez, mademoiselle Bennet, répond-il sur le même ton, plus près de mon oreille.

Je frémis quand son souffle chaud frôle le lobe de mon oreille. La vache ! Heureusement que notre salle est déjà presque déserte. J'ignore qui se trouve autour de nous, mais j'imagine qu'il y a plus d'une paire d'yeux braquée sur nous. Cameron Parker et une minable parlent après les cours ? Ça pourrait attirer l'attention de n'importe qui.

— Quoique cela aiderait un peu si tu commençais à utiliser ta nouvelle garde-robe.

Il désigne mes vêtements avec un air de reproche.

— Eh ben ! dis-je en feignant d'être déçue. Moi qui pensais t'avoir dans la poche…

— Perso, j'aime beaucoup ce que tu portes, précise-t-il sans que je sache s'il parle sérieusement ou non. Hélas ! ce n'est pas mon opinion qui compte… À demain après-midi, d'accord, princesse ? dit-il en avançant à reculons, un doigt pointé sur moi.

Je plisse le front en tâchant de distiller quelques gouttes de mépris.

— « Princesse » ?

— Eh bien, tu n'es pas encore reine… mais pas loin.

Il m'adresse un autre clin d'œil avant de faire volte-face. J'avais vu juste. Plusieurs paires d'yeux observent la scène. L'une d'elles, en particulier, est d'une jolie couleur noisette.

— Pardon ? Qu'est-ce que je viens de voir ? Tu dragues Cameron Parker ? m'interroge Emily quand je la rejoins à la porte de la classe.

— Ne sois pas idiote, je réponds en tâchant de m'écarter quand elle m'attrape le bras pour m'empêcher d'échapper à son interrogatoire. Bien sûr que non. J'ai une tête à savoir draguer ?

— On dirait bien.

Elle a un sourire au coin des lèvres.

— Je ne sais pas si c'était toi, lui ou vous deux, mais ça sentait la drague depuis le couloir, crois-moi. Et Tyler ne vous a pas lâché des yeux.

— Tant mieux.

Elle s'étonne de mon assurance soudaine.

— C'est l'idée. Je ne sais pas si tu te souviens : ma relation avec Cameron Parker est purement professionnelle. Nous avons un marché, c'est tout.

— Punaise, meuf ! tu as un sacré sang-froid. Moi, si on me met ce gars-là sous le nez, je peux te dire que Scott va pleurer…

— Mais oui, c'est ça. Tu n'échangerais pas Scott contre trois Cameron.

— Probablement pas, admet-elle en entrant la combinaison de son casier.

La date de leur rencontre, bien entendu.

— Et qu'est-ce que vous disiez, avec M. « regard de folie » ? veut-elle savoir. Quelle est l'étape suivante de votre plan machiavélique ?

Je ferme mon livre d'histoire d'un coup sec. À quoi bon réviser alors que Cam passera me chercher dans moins d'une heure pour m'apprendre à être sexy ? Il me faudrait une bonne dose de concentration et, dernièrement, je dois avouer que je n'en ai pas beaucoup en stock. À cause de Cameron Parker, de son sourire ravageur et de son sarcasme permanent. Et aussi à cause de Tyler, de ses « on devrait recommencer à se connaître », et ensuite vas-y que je t'ignore pendant deux jours, comme d'habitude. Ignorer n'est peut-être pas le bon mot. Il ne m'adresse pas la parole, mais il a l'air plutôt attentif à mon comportement chaque fois que Cameron est dans les parages. Alors je ne sais pas très bien quoi penser. Pour couronner le tout, ça fait dix minutes que je les entends hurler, sa mère et lui. Je ne connais pas le sujet de leur dispute, mais ce n'est sûrement pas très marrant.

Je décide de commencer à m'habiller pour être prête quand mon professeur en séduction donnera un unique coup de klaxon devant la maison. Ma mère est allée chercher mon frère à son cours de karaté ; elle ne sera donc pas dans mes pattes à me conseiller sur l'apparence adéquate à avoir pour sortir « encore une fois » avec le garçon aux cheveux en bataille. J'ouvre l'armoire et fouille, parmi mes récentes acquisitions, celles qui sont toujours pendues avec leur étiquette. C'est un cours magistral sur la sexy attitude, alors j'opte pour la mini-jupe plissée (mon styliste a insisté, dedans, je suis à tomber). Avec des collants épais quand même, on n'en est pas encore à sortir les gambettes à l'air. Et je vais inaugurer mes nouvelles bottes. Celles qui coûtaient plus que je n'ai jamais dépensé dans des chaussures. Et un pull assorti. Parfait.

J'entends sonner la cloche et je regarde l'heure sur mon portable, les sourcils froncés. Il reste encore une longue demi-heure avant que Cam arrive. Je n'attends personne d'autre. Aucune notification qui m'indique qu'il a décidé de venir plus tôt. Je sors de ma chambre et, tandis que je descends l'escalier en sautillant, la sonnette retentit de nouveau. Qui que ce soit, c'est quelqu'un d'impatient. Alors, oui. Ce doit être Cam. Qui d'aussi relou pourrait sonner à ma porte un mardi après-midi ? Quand j'ouvre, le sourire en coin que j'avais déjà plaqué sur mon visage se fige. Si je m'attendais à ça.

Tyler Sparks. Qui sonne à ma porte. Avec insistance. À son expression, on voit qu'il n'a pas l'air très heureux. Et il me cherche, moi.

Je reste muette, et il doit s'apercevoir que le sourire que j'avais préparé n'était pas pour lui parce qu'il prend un air goguenard avant de parler.

— Tu attendais quelqu'un d'autre ?

— Euh… non, dis-je en croisant les bras. Qu'est-ce que tu fais là ?

— Tu as l'air contente de me voir, ironise-t-il.

— Appelons ça de la surprise, plutôt. Tu as besoin de quelque chose ?

Si je ne lui mets pas la pression, je crois qu'il ne crachera jamais le morceau.

Tyler baisse les yeux et laisse retomber ses épaules. Ça n'a vraiment pas l'air d'aller fort. Ça me ramène des années en arrière, quand il avait besoin de s'éloigner de chez lui et qu'il ne voulait pas rester seul. C'est moi qu'il venait voir. Mais c'était il y a bien longtemps.

— J'avais besoin de faire un tour avant de défoncer la porte à coups de pied, confie-t-il d'une voix frustrée et triste qui me serre un peu le cœur. Mais si je vais faire un tour tout seul, je vais devenir fou. J'ai pensé que, peut-être, tu n'avais rien à faire…

Il n'a pas l'air sûr de lui. Comme s'il avait honte. Ou qu'il pensait que sa proposition allait me paraître incongrue. Bien sûr que je suis d'accord. Bien sûr que c'est comme si mon rêve était en train de prendre vie.

— Je t'accompagne, j'acquiesce, et quand je le regarde à nouveau, il semble sidéré. Une minute, je vais chercher mon sac.

Je monte en courant jusqu'à ma chambre pour attraper le petit sac à dos dans lequel se trouve tout ce dont j'ai besoin. J'envoie un message rapide à Cam pour lui expliquer la situation et m'excuser de lui poser un lapin. Il comprendra, non ? En fin de compte, ceci est le but de notre stratagème.

Quand je marche enfin dans la rue à côté de Tyler, en silence, j'entends le « bip » qui indique qu'un message vient d'arriver sur mon téléphone.

Je devrais être jaloux ? Amuse-toi bien, mais rappelle-toi que tu es une rebelle. Et lui, un enfoiré. Appelle-moi après.

L'affaire est réglée. Lapin justifié. Il ne me reste plus qu'à éviter de me comporter comme une fillette stupide. *Concentre-toi, Ashley, et allons-y*. J'observe celui qui m'accompagne du coin de l'œil. Rien que ça, tout mon monde est sens dessus dessous. D'ordinaire, mon organisme devient fou à la simple mention de son nom. Je m'étonne presque que mes organes vitaux continuent de fonctionner en l'ayant si près. Tant mieux. Ce serait le pire moment pour mourir. Ce que je veux maintenant, c'est être vivante et très, très consciente.

Tyler avance tête baissée, les mains dans les poches de son jean, en bottes noires militaires. Je n'ai jamais vu personne porter le bonnet aussi bien. Ça lui donne l'air encore plus ténébreux (en admettant que ce soit possible). La seule chose qui ne me plaît guère dans son apparence, c'est sa veste noire qui m'empêche de voir son tatouage.

Je respecte son silence parce qu'il a l'air d'en avoir besoin, et parce que j'ignore ce que je suis censée lui dire. Est-ce qu'il a une idée précise de l'endroit où nous allons ? Peu importe, je le suivrais au bout du monde.

Après un moment, pourtant, j'ai un mauvais pressentiment. Ma gorge se noue. Impossible. Il ne me ferait pas ça. Il ne m'ignorerait pas pendant quatre ans pour ensuite apparaître à ma porte et me ramener à l'endroit exact où nous avons eu notre premier (et unique) baiser. On ne fait pas ça à quelqu'un qu'on a embrassé avant de faire comme si elle n'existait plus du jour au lendemain. Pendant presque quatre ans. Je commence à me dire que Tyler Sparks se paie ma tête. « Les conneries du lycée s'oublient en deux jours », me dit la petite voix de Cam dans ma tête. On ne m'embêtera que si je laisse faire. Donc, s'il me conduit derrière l'église, à l'abri des regards indiscrets, sous les arbres, je n'ai qu'à prétendre que cela ne signifie rien pour moi. Que je n'en m'en souviens pas. Facile à dire. Il y a trop longtemps que je me remémore encore et encore ce souvenir pour faire semblant de l'avoir oublié. Si seulement j'étais une garce pour de bon…

Mes pires prédictions s'accomplissent lorsqu'il ouvre le petit portail du jardin de l'église, entre et me laisse passer. Je rassemble tout mon courage et observe les alentours comme si je découvrais.

— Tu es devenu croyant ? je chuchote avec indifférence.

Il sonde mon regard, les sourcils légèrement froncés. Pas surpris, ni déconcerté, plutôt déçu. Qu'attendait-il ? Que je m'exclame : « Oh, Tyler, c'est l'endroit de notre baiser ! » et que je me jette à son cou pour qu'il puisse mieux se moquer de moi ? Hors de question. Ça ne se passera pas comme ça, aujourd'hui. Je dois remercier Cam, qui m'a dit quelle réaction avoir si je voulais séduire le garçon de mes rêves. En réalité, je dois aussi le remercier car, si on ne s'était pas rapprochés cette semaine, Tyler Sparks n'aurait jamais fait attention à moi.

— Non. Pas du tout, répond mon compagnon après quelques secondes de silence. C'est l'endroit le plus calme des environs. Et parfois, j'en ai besoin.

Il avance jusqu'au banc en pierre qui entoure la partie arrière de l'église et s'assied tout près de la petite porte. À quelques centimètres, je dirais, de l'endroit où nous nous sommes embrassés cet après-midi de janvier. Je m'assieds à côté de lui (je suppose que c'est ce qu'il attend), même si cette situation commence à devenir atrocement embarrassante. Je suis presque sûre que je ne vais pas sortir de là aussi victorieuse que Cam le voudrait.

Tyler ne dit rien. Il fouille ses poches à la recherche d'un paquet de tabac. Eh merde ! Je n'ai pas du tout envie de jouer la cool et de fumer pour l'impressionner, encore une fois. Qu'est-ce que je suis censée faire ?

J'aurais dû ramener Cam en guise de souffleur, comme un Cyrano de Bergerac moderne. Peut-être qu'avec un écouteur dans l'oreille, on ne s'en sortirait pas trop mal. Mais je suis seule face au danger. L'unique certitude que j'ai, c'est que, si je reste moi-même, je vais me planter. Mon blondinet sort autre chose de sa poche. Un petit sachet transparent, et j'ai beau être naïve, je l'identifie aussitôt. De l'herbe. Merde ! Le garçon de mes rêves se drogue. J'aurais pu m'en douter, ça ne m'empêche pas d'être effarée. Le type se roule un joint, peinard, comme si tout le monde faisait ça tous les jours. Cette fois, il ne me demande pas si ça me dérange. Il l'allume et tire une longue taffe, tête appuyée contre le mur froid derrière nous. Ça pue. Voilà la vérité. Ça pue le cannabis et je vais finir par puer pareil. Cam ne m'avait pas parlé de ça. Comment pouvait-il imaginer que Tyler m'emmènerait fumer du shit derrière l'église ?

— Tu avais besoin de moi pour fumer un joint ? je lui jette à la figure.

En réalité, je suis un peu excédée.

— Non. J'apprécie ta compagnie et j'avais besoin de fumer un joint. Parfois, c'est la seule façon de me vider la tête.

Son regard se perd à nouveau dans le vague et il tire une autre taffe comme si je n'étais pas là.

— Pourquoi tu veux te vider la tête ? je demande.

Il tarde tant à répondre que je commence à me sentir gênée.

— Mes parents voudraient que je sois quelqu'un que je ne suis pas, murmure-t-il comme s'il se parlait à lui-même. « Sois sage, Tyler. Étudie davantage,

Tyler. Ne bois pas, Tyler. Ne sors pas la nuit, Tyler », récite-t-il en imitant la voix de sa mère. « Tu feras médecine comme toute la famille. Oublie le football et fais quelque chose qui compte vraiment. Ne salis pas le nom des Sparks », continue-t-il d'une voix plus grave, pour singer son père. Je ne suis même pas un putain de vrai Sparks. Je porte un nom de famille de substitution… C'est ça qui le fait vraiment chier. Penser qu'il m'a donné son nom et que je le traîne dans la boue. Connard.

J'ai presque envie de pleurer à l'entendre parler ainsi. C'est comme si on était revenus à cette époque où nous étions amis, quand j'étais sa seule confidente. La différence, c'est qu'il a accumulé trois ans et demi de colère. Beaucoup plus difficile à gérer.

— Je suis certaine qu'ils veulent le meilleur pour toi, même s'ils ne l'expriment pas de la meilleure façon.

Tyler me dévisage, perplexe. Presque stupéfait que quelqu'un réponde à son discours.

— Ce sont tes parents, je continue en le regardant dans les yeux. Même si vous n'avez pas le même ADN. On s'en fout de ça, en fait. C'est eux qui se sont occupés de toi depuis toujours, ils t'aiment…

— Qu'est-ce que tu en sais, toi ? éructe-t-il en détournant les yeux.

Pauvre Tyler. Mon garçon aux yeux noisette qui a toujours su que ses vrais parents ne le voulaient pas. Qui a toujours pensé qu'il n'était pas à la hauteur de sa famille adoptive. On dirait qu'en quatre ans, la situation n'a pas évolué.

Sa voix me surprend après quelques secondes de silence.

— Pardon. Je n'aurais pas dû évoquer le sujet. C'est juste que d'être ici avec toi… Ça m'a paru normal de me plaindre, plaisante-t-il à moitié. Je ne parle jamais de ça à personne. En fait, personne n'est au courant. Sauf toi.

Mon cœur bat trois fois plus vite que d'ordinaire. Parce que, punaise ! Il vient de dire que je suis la seule à qui il s'est confié sur ce sujet si intime.

— Bon… et Cam.

Ça me va. Je peux partager avec Cam. Mais pas trop. En tout cas, il n'a pas mentionné la sorcière. C'est un début.

— Tu n'as pas à t'excuser. C'est pour ça que tu es venu me trouver, non ? Pour prendre du recul et te libérer de tout ça.

— Je n'ai pas besoin de me libérer. Ce dont j'ai besoin, c'est de me défouler. Me vider la tête, répète-t-il.

— Ce n'est parfois pas la meilleure solution, j'essaie de le raisonner d'une voix douce. Tu peux me parler, si…

— Je n'ai pas besoin d'une foutue psychologue, Ashley.

Je reste sans voix. Il est super énervé, et je ne sais même pas ce que j'ai fait de mal. Probablement rien. C'est lui qui ne se sent pas bien. Néanmoins, je ne peux pas faire comme si le temps n'avait pas passé. J'ai encore besoin de gagner sa confiance pour qu'il se confie à moi davantage.

— Bon, alors, de quoi tu as besoin ? je questionne finalement d'un ton plus désagréable, moi aussi.

Il faut qu'il comprenne qu'il n'est pas le seul à avoir du caractère, ou à se comporter comme un salaud.

— J'ai besoin de me vider la tête.

Il se tourne vers moi. Je n'arrive plus à respirer. Nous sommes trop proches. Et s'il n'empestait pas l'herbe, mes neurones auraient déjà disjoncté. Ils sont étourdis, en tout cas, mais pas de la plus agréable des façons. Il sonde mes traits et je crains qu'il découvre que je suis raide dingue de lui. Ce n'est pas le plan de départ. Je ne peux pas tout foutre en l'air maintenant. J'ai besoin de mon fichu bal de promo. Et Cam a besoin de récupérer son meilleur ami. Je suis quasi sûre que ceci n'est pas le meilleur moyen de s'y prendre. Tyler baisse les yeux sur mes lèvres. J'ai du mal ne serait-ce qu'à déglutir. J'en ai tellement envie que toutes mes cellules luttent pour se rapprocher de lui. Non. Je ne veux pas d'un second baiser au goût de cannabis. Je ne veux pas d'un second baiser juste pour « se vider la tête ». Je commence par détourner les yeux, avant de tourner complètement la tête pour lui faire comprendre que cela ne va pas arriver. J'ai besoin de faire appel au peu de volonté et de neurones fonctionnels qu'il me reste. Mais j'ai surtout besoin d'écouter Cam me rappeler : « Tu es une rebelle. Et lui, un enfoiré. »

— Je ne suis pas une de ces filles qui servent à se vider la tête, Tyler, je rétorque sur un ton tranchant. Si tu voulais tirer un coup vite fait derrière l'église, tu as frappé à la mauvaise porte.

Mon Dieu ! Je ne me reconnais pas. Cam serait fier de moi. Même moi, je suis fière. Quoiqu'une petite partie de moi hurle, horrifiée que j'aie bousillé ma seule opportunité d'embrasser Tyler Sparks une nouvelle fois.

— Je n'ai jamais pensé que tu étais comme ça.

Sa voix est tellement posée, tellement chaleureuse qu'elle m'oblige à chercher ses yeux à nouveau. Il a l'air sincère.

— Je ne voulais pas te donner cette impression. Tu en veux ? propose-t-il en me tendant son joint.

Il me voit hésiter et se moque.

— Tu n'as jamais fumé de cannabis ? Non, se répond-il à lui-même. Tu viens d'égayer ma journée. Allez, tire une taffe. T'es pas cap ? Je te promets qu'il va rien t'arriver…

— Bien sûr que je suis cap, je décrète en le lui ôtant des mains.

La vache, Ashley, qu'est-ce que tu fous ? Je n'ai qu'une envie : plaire au garçon qui se tient devant moi. L'impressionner. Le surprendre. Lui prouver que je suis quelqu'un d'autre que moi-même. Mais, comme dit Cam, je ne dois pas avoir peur.

Il est déjà l'heure de dîner quand nous revenons. Ma mère m'a appelée trois fois, je n'ai pas répondu. Je lui ai juste envoyé un SMS pour lui dire que je rentrais bientôt. Cam aussi m'a écrit pour savoir où j'en étais. Sauf que je n'ai pas eu le temps de répondre. Pas le temps ni l'envie, parce que j'étais occupée à me concentrer pour ne pas baver devant mon quarterback. Une seule taffe, je promets qu'il n'y en a eu qu'une. Bon, deux. Et la vérité, c'est que je ne sens rien de rien.

Je crois que j'étais tellement nerveuse que mon corps ne s'autorise pas à se relâcher sous l'effet de la drogue. Peut-être que je m'y suis mal prise, parce qu'une fausse fumeuse n'a pas vraiment l'art et la manière d'avaler la fumée. Néanmoins nous avons ri et plaisanté et, pendant un instant, c'était comme si nous étions redevenus amis. Comme avant. Mais avec de l'herbe. Mon garçon préféré m'avait beaucoup manqué.

— Eh, Ash, dit-il quand nos chemins se séparent. Je peux te poser une question ?

— Bien sûr.

Et comment. Je parie qu'à ce stade lui aussi s'est rendu compte que je dirais « oui » à n'importe quoi venant de lui.

— Il y a quoi, entre Cam et toi ?

Je reste silencieuse une minute. Je ne m'attendais pas à ça. Il garde les yeux sur moi, très intéressé par la réponse.

— Entre Cam et moi ? je répète. Rien. On est amis, c'est tout. C'est quelqu'un de bien, j'ajoute avec un petit sourire, pour voir si ça le rend jaloux.

— Oui. Carrément.

Il continue de me scruter avec intensité. Il est temps de faire retomber la tension, Ashley.

— Bon, je rentre avant que ma mère contacte les forces de l'ordre pour ratisser la forêt. Bonne nuit.

— Bonne nuit, Ash, répond-il avec un sourire avant d'entrer dans son jardin.

Je poursuis mon chemin sur un petit nuage. Ce doit être l'amour. Ou le cannabis. Je ne sentais rien jusque-là, mais j'ai soudain une légère nausée, et je ne sais pas si c'est dû au joint ou à Tyler. Deux drogues addictives dans tous les cas.

Ma mère m'attend dans l'entrée. Et elle ne paraît pas enchantée. Merde.

— On peut savoir où vous étiez, mademoiselle ? Et pourquoi vous ne répondez pas à votre téléphone ?

— Je suis désolée... Je t'ai envoyé un message pour...

— Je n'ai pas entendu la voiture de Cam, fait-elle remarquer, coupant court à mes tentatives de justification.

— Je n'étais pas avec Cam, je reconnais.

Aussitôt, elle fronce les sourcils et s'approche pour renifler mon pull. Oh, oh ! Je ne crois pas que ma mère soit experte en drogue, mais elle doit certainement connaître l'odeur du shit. Ha, ha ! Même moi, je la connaissais.

— Ashley ! Mais qu'est-ce que...

Mon frère apparaît sur le seuil de la cuisine. Nous nous taisons toutes les deux.

— Eric, va regarder la télé. On dînera plus tard, déclare maman avant de m'attraper par le bras pour me pousser dans l'escalier. Avec qui tu étais ? demande-t-elle une fois la porte de ma chambre refermée derrière nous. Et pourquoi tu sens le cannabis ?

Au moins, elle ne tire pas de conclusions hâtives et me donne l'occasion de m'expliquer.

— Avec Tyler.

Je n'ai pas envie de raconter des mensonges ni de le prendre à la légère. J'ai l'estomac en vrac et envie de vomir.

— Avec Tyler ?

Elle semble tomber des nues.

— En train de fumer ?

— Oui… non ! je me dépêche de rectifier. Je n'ai pris qu'une seule taffe, maman, je te promets…

— Tu es devenue folle ? crie-t-elle. Qui es-tu, et où est ma fille Ashley ? Écoute, je veux bien que tu sortes en semaine, que tu partes tout un week-end pour aller te bécoter je ne sais où avec Cameron…

J'essaie d'intervenir sur ce dernier point, seulement elle ne me laisse pas parler.

— … mais ça, non, Ashley. Je ne peux pas laisser passer ça. Je me moque que tu aies pris une taffe ou trois cents, exagère-t-elle quand elle me voit faire mine de répliquer. Je te croyais plus intelligente…

— Maman, je commence dans l'espoir de me défendre un peu.

Mais au moment où je parviens enfin à capter son attention, je n'ai plus qu'une chose en tête :

— J'ai envie de vomir.

Je sors en courant de la chambre. À mon retour, je me sens si ridicule d'avoir agi ainsi pour un garçon que je m'autopunis en allant au lit sans dîner. Je crois que ça convient à ma mère.

— Mais on en parlera demain, me prévient-elle.

Le lendemain, je suis en train de fermer mon casier sans prêter attention aux bavardages de mes amies quand je sens qu'on m'attrape par le bras et m'entraîne dans un coin isolé. Je proteste faiblement, sans avoir le temps de réagir. Je le reconnais à son odeur bien avant de pouvoir dégager ma nuque et pivoter pour le regarder en face. Cameron Parker. Il n'a pas l'air ravi.

— Merde de putain de chiottes ! Qu'est-ce qui se passe dans ta foutue tête ? m'attaque-t-il sans élever la voix, mais c'est comme s'il avait crié. Tu es devenue folle ?

— Je ne crois pas qu'il soit nécessaire d'employer autant de gros mots pour me dire ce que tu as à dire, Cameron.

Je me demande bien quelle mouche l'a piqué.

— Tu as vraiment fumé du shit avec Tyler, hier ? m'éclaire-t-il.

— Il te l'a raconté ?

Ça me fait sourire. Un point pour moi si Tyler Sparks parle de nous à son meilleur ami.

Je dois estomper mon expression ravie face à celle, contrariée, de Cameron. Je ne l'avais jamais vu si sérieux.

— Tu n'as répondu à aucun de mes messages et impossible de t'appeler, ton téléphone était éteint. J'ai dû l'appeler, lui, pour m'assurer que tu étais en vie, me jette-t-il à la figure.

— Bien sûr que j'étais en vie… Depuis quand tu te prends pour ma mère ?

— Je ne crois pas t'avoir dit de te droguer pour séduire l'élu de ton cœur.

— Je ne crois pas t'avoir dit que j'allais devenir ta marionnette. Il ne s'est rien passé, OK ?

Je me calme un peu en voyant sa tête. Il a la même expression que mon père quand il est fâché, mais surtout très inquiet. Adorable.

— C'était juste une taffe, je vais très bien. Et si ça t'inquiète, rassure-toi, je ne recommencerai plus jamais. C'était une connerie. Il y a des limites à la rébellion.

Il se détend peu à peu.

— Je suis désolée de t'avoir fait peur.

— Je n'ai pas eu peur, réplique-t-il en bombant le torse. J'ai besoin que tu t'en tiennes à notre plan.

— Oui, monsieur.

Je fais un salut militaire et il se détourne, l'air exaspéré, même si, quand il s'éloigne, je crois deviner un petit sourire au coin de ses lèvres.

Et je remarque autre chose. Tout le couloir nous regarde. Nous nous sommes donnés en spectacle, on dirait. Ah ! Et Tyler Sparks fait partie du public.

Le jeudi, j'ai rendez-vous avec Cam pour déjeuner. Il m'a fallu deux jours de petits mots en classe et de messes basses dans les couloirs pour le convaincre que je voulais continuer la mission avec lui et pas faire ce qui me chante à propos de mon amour platonique. Finalement, il a accepté d'organiser une brève session improvisée sur le thème « comment être une fille sexy » pendant qu'on avalait nos burgers, entre les cours et son entraînement.

J'ai eu presque autant de mal à prouver à ma mère que je suis toujours la même, que je n'ai pas besoin d'aller à une réunion de drogués anonymes, et que j'ai juste fait une boulette, mais qu'elle peut continuer de me faire confiance, exactement comme avant. Cette adorable femme a décidé de me donner une dernière chance avant de m'enfermer dans une tour gardée par un dragon. En revanche, elle m'a fait promettre de ne plus jamais aller nulle part seule avec Tyler Sparks et, bien sûr, j'ai dû dire d'accord. Mais j'ai croisé mes doigts sous la table.

Quant à Tyler, nous ne nous sommes pas reparlé depuis un moment, à l'exception de nos saluts quand on se croise dans le couloir. De temps à autre, on se lance un petit regard et un sourire. *Félicitations, Ashley. Tu as fait un pas de géant.*

— Je vais attendre que tu termines cette bouchée de burger et que tu n'aies plus de ketchup sur la figure parce que, sinon, l'entraînement risque de ne servir à rien, me taquine Cameron, qui a déjà terminé son burger depuis longtemps.

— Je n'ai pas de ketchup sur la figure, andouille.

Au cas où, je m'essuie quand même précautionneusement avec la serviette, ce qui le fait rire, l'imbécile.

— OK. Je vais te donner quelques conseils sur les gestes qui nous rendent fous, nous les garçons.

Il commence son explication en me regardant droit dans les yeux, de l'autre côté de la petite table.

— Avant tout, je te signale que ça fonctionne mieux si tu as l'air de ne pas t'en rendre compte. Je veux dire, si une fille me regarde en se mordillant la lèvre, j'adore, mais si on voit qu'elle le fait juste pour me séduire, ça perd pas mal de son charme.

— Très bien. Mordiller sa lèvre.

Je fais semblant de prendre des notes sur une serviette.

— Ne fais pas l'idiote. Tu ne dois pas dresser une liste, tu dois pratiquer.

J'essaie. Je me mordille la lèvre. Mais mon professeur de gestuelle érotique n'arrête pas de pouffer. « Cligne des yeux. » Le type se gondole. « Regarde ton partenaire par-dessus ton verre pendant que tu bois. » Je m'exécute avec mon gobelet en carton, mais il rit tant que ça me prend aussi et je manque de mourir noyée. Finalement, après entortillage de cheveux autour du doigt, tripotage de pendentif stratégiquement disposé entre mes seins et contact physique avec le bras de ma conquête quand je dis quelque chose de drôle, Cam cesse de rire et commence à trouver pas mal quelques-unes de mes minauderies. Et tandis que je tâche de me concentrer sur la manière dont je devrais ou ne devrais pas croiser les jambes quand je porte une mini-jupe, je me mords la lèvre sans le vouloir, parce que c'est ce que je fais toujours quand j'ai besoin de me concentrer. Cam m'observe très fixement. Très sérieusement. Il attrape le menu plastifié sur la table et le pose entre ses jambes. Je fronce les sourcils.

— Qu'est-ce que tu fais ?

— Quoi ? Ah, ça ? Rien, j'essaie juste de faire en sorte qu'on ne remarque pas à quel point tu m'excites…

Le crétin. Il suffit que je soupire pour qu'il éclate de rire, et je ne peux m'empêcher de rigoler avec lui. Quel idiot !

— Crois-moi, j'en suis le premier désolé, mais je dois vraiment y aller. Je te rapproche de chez toi avant d'aller à l'entraînement ?

Je me lève et le suis en direction du parking tout en prétendant que ce n'est pas la peine. Il insiste, pas étonnant. À ce stade, je me suis rendu compte que

Cameron Parker est un parfait gentleman, même s'il nierait en bloc si on le lui faisait remarquer. Je monte sur le siège passager, qui est en train de se transformer en ma seconde maison.

— J'ai quand même appris quelques petites choses, aujourd'hui, non ? je le provoque pour qu'il me fasse un compliment (de temps en temps, ça ne fait pas de mal).

— Je n'avais rien à t'apprendre, Ashley Bennet, assure-t-il en démarrant le moteur sans sortir de sa place.

Une mèche sombre barre son œil droit.

— En réalité, tu faisais déjà tout ça, c'est juste que tu n'avais jamais pensé en tirer avantage.

— Tu crois ?

Je minaude un peu en glissant très lentement une mèche derrière mon oreille et en le regardant d'un visage innocent.

Il a un sourire en coin, mais il ne détache pas ses yeux des miens. Du moins pas avant que je batte des cils et que je joue avec ma lèvre. Alors son regard dévie un peu plus bas sur mon visage. Je voulais juste le faire rire, comme tout à l'heure, et qu'on se marre ensemble encore une fois. Mais je vois ses pupilles vertes fixer mes lèvres, et mon ventre se tord. Moi aussi, je regarde les siennes. Eh merde ! Il a des lèvres magnifiques, et plutôt appétissantes. Le silence s'est installé entre nous. Nous sommes proches, mais à la fois très loin, il lui faudrait parcourir trop de distance pour m'embrasser. Dommage. Mais qu'est-ce qui me prend, à la fin ? Il y a deux jours, j'ai failli embrasser l'amour de ma vie. Je ne peux pas avoir envie d'embrasser son pote dans une voiture. *Bordel, Ashley, ressaisis-toi.* Il y a une explication à tout.

Et elle est très claire : cela fait très, très longtemps que personne ne m'a embrassée, depuis ce rendez-vous avec Kevin au cinéma en début d'année. Au point où j'en suis, un beau gosse, c'est trop de tentations pour mes hormones. Le problème c'est que, bonne raison ou pas, Cameron Parker et moi alternons entre nos yeux et nos bouches et l'issue pourrait être fatale. Surtout que plus je le regarde, plus j'hésite. Qu'est-ce qui me plaît le plus ? Ses lèvres ou ses yeux ?

Le téléphone de Cam se met à sonner et comme son moteur est allumé, l'appel arrive directement sur les haut-parleurs de la voiture. Nous tournons tous les deux la tête vers l'écran. Appel entrant : Tyler. Merde. Il nous voit, ou quoi ? Cam m'adresse un autre coup d'œil rapide, plus décontracté, avant de décrocher. Je m'appuie sur le repose-tête et regarde par la fenêtre, sur le parking.

— Hello, Tyler, le salue Cameron. Ça va ?

— Salut, collègue.

La voix de mon amour platonique résonne à travers les haut-parleurs.

— J'ai besoin que tu me rendes un service…

— Comme c'est bizarre ! ironise mon accompagnateur, même s'il ne semble pas dérangé.

— Ouais.

Tyler rigole.

— Je me suis pris la tête avec Blair, et elle m'a laissé au Southgate Plaza.

Nous ne sommes pas très loin de ce centre commercial.

— Tu peux passer me chercher pour aller à l'entraînement ?

— Ah ! Parce que tu comptais venir ? demande Cameron sur un ton de reproche.

— Pas du tout, mais maintenant je n'ai rien de mieux à faire, tente de plaisanter Tyler. Pourquoi, tu ne pensais pas y aller ? Tu fais quelque chose de plus intéressant ?

Cameron me regarde et pose son index sur ses lèvres.

— Non. Plus maintenant. J'ai mangé avec Ashley. Mais je suis libre pour te servir de chauffeur, maintenant.

— Avec Ashley ? Vous vous voyez beaucoup pour des gens qui ne sortent pas ensemble, non ?

Il a l'air agacé.

— On est amis. Je te vois aussi beaucoup, pourtant tu n'es pas mon amant. Tu as un problème avec le fait qu'Ash et moi soyons amis ? On dirait que ça te dérange…

— Ne sois pas bête.

— Écoute, je ne veux pas interférer. Sincèrement, il n'y a rien entre elle et moi. Tu sais, si ça t'intéresse… insinue-t-il, narquois.

— Arrête de dire des conneries, mec, viens plutôt me chercher. Et que les choses soient claires : pour rien au monde je ne recommencerai à sortir avec Ashley Bennet.

7.
Breathe

« Pour rien au monde je ne recommencerai à sortir avec Ashley Bennet. » Cette petite phrase tourne en boucle dans ma tête depuis un jour complet comme un mauvais disque rayé. Et on ne peut pas dire que ce soit mon morceau préféré.

Hier, juste après l'avoir entendue, je suis sortie en courant de la voiture de Cam. Je n'ai même pas pris la peine de fermer la portière. J'imagine qu'il m'a couru après. Mais qu'avant il a dû terminer l'appel avec Tyler, donc quand il a essayé de me chercher, j'étais déjà trop loin. Je ne voulais pas qu'il me trouve. Je suis rentrée directement chez moi et j'ai pleuré dans mon oreiller jusqu'à ne plus avoir de larmes. Par chance, ma mère était en train de faire les boutiques avec Eric et ne m'a pas surprise en pleine crise. Ç'aurait été un drame.

Depuis, j'ignore les appels de Cameron. Qui ont été nombreux. À la limite du harcèlement téléphonique. Et tous ses SMS. Et, bien sûr, ses mots en classe ce matin. Je ne les ai même pas lus. Il devrait se rendre à l'évidence, tout comme moi : notre plan est un échec. Il n'a pas choisi la bonne fille. À quoi bon continuer à me fréquenter ? Je crois qu'il est encore temps de dénicher une meilleure candidate.

Je ne devrais pas penser à ça maintenant, ni me répéter la maudite phrase de Tyler. Je suis chez Emily, dans une réunion super importante avec mes trois amies. Mia vient de révéler qu'elle aimait les filles et qu'elle avait une petite amie secrète avec qui elle va aller au bal. Et les deux autres, qui font vraiment la paire, n'ont presque pas semblé étonnées, n'ont pas demandé comment ça se faisait qu'elle aimait les filles, ni pourquoi elle n'avait rien dit. Non. Elles se sont mises à faire de petits bonds et à réfléchir à la façon de coordonner la robe de Mia et celle de Gina pour le bal. Où est-ce que je me suis dégoté des copines pareilles ? Une fois l'hystérie passée, elles se posent des questions. Et elles sont plus exigeantes que moi. Il leur faut les détails. Mia ne leur dit rien à propos de Blair Wells. Merde, et moi qui avais besoin de partager mon secret avec quelqu'un… mais non. Je vais devoir garder ce fardeau toute ma vie.

Mon téléphone se met à sonner. Encore. Pas de surprise, c'est Cameron Parker. Encore. Le type le plus lourd de l'univers. Je ne prends pas la peine de décrocher et laisse l'appel s'éteindre seul. Mes amies m'interrogent, mais je ne donne pas d'explications. Elles me connaissent. Je raconterai quand je serai prête. Alors elles retournent à leurs affaires et n'insistent pas. Trente secondes plus tard, je reçois un message.

Je suis en route vers chez toi.

Cameron. Punaise. Il ne me manquait plus que ça. Ce type est capable de se pointer chez moi et de taper la discute avec ma mère s'il ne me trouve pas là-bas. Je n'ai pas d'autre choix que de répondre. Après presque vingt-sept heures à l'ignorer, il va m'y obliger.

Je ne suis pas là. Épargne-toi ce voyage.

Pas même vingt secondes. Pour de vrai.

M'en fous. Je t'attends.

Merde. Pourvu qu'il plaisante. Pourvu qu'il ne se plante pas devant ma porte et monte la garde comme un pervers. Par-dessus le marché, juste à côté de chez Tyler. Quoique, ce serait bizarre que Tyler soit chez lui un vendredi. Je décide de ne pas me laisser impressionner par ses menaces. Je vais faire comme si de rien n'était et continuer ma réunion avec les filles. Si je rentre chez moi plus tôt juste pour lui demander de me laisser tranquille, il comprendra qu'en insistant, il peut obtenir ce qu'il veut. Et ça, c'est hors de question. C'est aller au-devant de problèmes. C'est comme éduquer un chien.

Voilà pourquoi, quand Emily me raccompagne chez moi dans la voiture de sa mère (j'en profite pour la mettre au courant des derniers événements), Cameron Parker est complètement sorti de ma tête. Du moins jusqu'à ce qu'Emily entre dans ma rue et que j'aperçoive une grosse voiture blanche garée devant mon portail.

— Ashley, dit Emily très lentement.

Cherche-t-elle à créer plus de tension, ou au contraire à ne pas m'effrayer ? Peut-être qu'elle est juste en train d'essayer de comprendre ce qui se passe et de trouver un truc cohérent à dire.

— Dis-moi que j'hallucine et que je ne suis pas en train de voir Cameron Parker en train de jouer au base-ball avec ton frère dans ton jardin.

Quoi… ? Et moi qui n'avais vu que la voiture. Mais oui. Il est là. À donner des effets à ses balles pour qu'Eric les rattrape avec son gant. Ils ont l'air de s'éclater, tous les deux. Une fois la voiture garée, juste derrière celle de Cam, nous entendons leurs rires.

— Je vais le tuer, je marmonne.

Mais la vérité, c'est que, le voir ainsi si détendu, en train d'apprendre à mon frère si maladroit à rattraper la balle, ça m'attendrit. Il remet ses cheveux en arrière, et deux secondes plus tard, ils sont de nouveau sur son front.

— Bon, j'y vais, je ne voudrais pas m'immiscer dans votre grand moment, s'excuse Emily. Mais, meuf, appelle-moi quand il s'en va. Dès qu'il s'en va ! insiste-t-elle. Je veux tous, TOUS les détails.

— Oui, oui, j'acquiesce distraitement. Stop ! je m'exclame en voyant qu'elle va recommencer.

Je descends de la voiture et claque la portière sans même lui dire au revoir. Comme si c'était la faute de cette pauvre Em si Cameron Parker est un enquiquineur de première. Mais je sais qu'elle ne m'en tiendra pas rigueur ; il y a des libertés et des humeurs qu'on ne peut se permettre qu'avec ses meilleures amies. J'entre dans le jardin sans qu'ils me voient, concentrés sur leur jeu. Eric est le premier à se rendre compte de ma présence quand j'apparais dans leur champ de vision, les bras croisés.

— Ashley ! salue-t-il avec enthousiasme. Regarde ce que Cam m'a appris !

Il court à l'autre bout du jardin et demande à Cameron de recommencer ce qu'il vient de faire. Le pauvre s'exécute.

— Oui, incroyable, dis-je à Eric quand il me regarde, fier, dans l'attente de mon verdict. Tu me laisses parler avec Cam un petit moment ?

Mon frère fait la moue quand il voit que je m'apprête à lui voler son compagnon de jeu, mais il accepte de nous laisser un peu d'intimité et s'éloigne en lançant la balle dans les airs avant de la rattraper avec son gant.

— Je sais, m'arrête Cameron en levant les mains. Tu es sur le point de demander une injonction d'éloignement. Pour ma défense, je dois dire que, si tu avais répondu au téléphone la première fois, je n'aurais pas eu besoin d'être aussi insistant.

— Qu'est-ce que tu veux ? je demande, sérieuse.

Cam se rapproche jusqu'à n'être plus qu'à un pas. Un de plus et nos corps pourraient se frôler rien qu'avec le va-et-vient de nos respirations.

— Tu vas bien ?

Son ton me surprend. Il me donne presque envie de me jeter dans ses bras et de pleurer comme une petite fille. Il a l'air vraiment inquiet, et tendre, et chaleureux. Je n'arrive même pas à le regarder dans les yeux. Jamais un garçon ne m'a regardée ainsi. Avec cette douceur.

— Écoute, Cam… Tu as entendu ce qu'a dit Tyler…

Je parle vite pour que ma voix ne se brise pas.

— Je suis désolée que tu aies perdu ton temps avec moi, mais il est clair que ton plan a échoué. Alors, faisons comme si ce délire n'avait jamais existé et revenons à la normalité… La normalité, c'est quand tu n'es pas dans mon jardin, je précise au cas où il n'y aurait pas saisi.

— Je me moque du plan et de ce que Tyler a dit ou pas. Qu'il soit avec la sorcière ou n'importe quelle autre garce, je m'en tape. Je suis venu te demander si tu allais bien.

Je reste silencieuse quelques secondes. Cameron Parker le crétin. Ça ne lui va plus du tout, ce « crétin », à vrai dire. Je ne sais même pas quoi répondre.

— Je vais bien.

La réponse la plus facile, même si elle n'est pas tout à fait juste.

— Ne fais pas attention à ce qu'il dit. Il a prétendu qu'il n'y aurait rien de sérieux avec Lauren Bale et il est sorti cinq mois avec elle. C'est un abruti avec une grande gueule.

— Dans mon cas, permets-moi d'en douter, je soupire tristement.

— Je suis convaincu que le plan peut marcher.

Je hausse les sourcils.

— Mais on ne va pas continuer, si tu ne veux pas…

— Je ne veux pas, je confirme avec assurance.

— Donne-toi au moins une nuit pour y réfléchir, d'accord ?

— C'est tout réfléchi. Je te remercie d'être venu jusqu'ici, mais notre marché est terminé. Tu peux rentrer chez toi.

Ma mère ouvre la porte principale pour se pencher à l'extérieur et sourit en nous voyant tous les deux, près du portail.

— Le dîner est presque prêt. Cam, mon chou, tu restes manger avec nous ?

Une minute. Comment ça, « mon chou » ? Comment ça, « manger avec nous » ? Ma mère est en train de dépasser les bornes de la parentalité moderne et ouverte d'esprit.

— Non, Cameron allait s'en aller... je réponds à sa place.

— J'aimerais beaucoup, madame Bennet, déclare ce traître pile en même temps, mais plus fort, à côté de moi. Ma mère travaille de nuit cette semaine, alors je devrais manger tout seul.

— Ah, non ! Pas question. Adjugé : tu restes manger. Il y en a largement assez pour tout le monde, assure la femme qui m'a donné la vie en rentrant dans la maison et en laissant la porte ouverte.

Je me tourne vers lui, des éclairs dans les yeux. Cet effronté me sourit innocemment, une lueur d'excuse dans le regard. Je bougonne et n'ajoute rien de plus, pour qu'il comprenne que cela ne me fait pas rire du tout. Quand je m'éloigne pour rentrer, dans mon dos, j'entends Cam demander à un Eric ravi s'il veut essayer un dernier lancer avant d'aller manger.

Lorsque j'entre dans la pièce pour donner un coup de main, ma mère a déjà mis la table. Beaucoup plus élégante que d'habitude. Elle a même sorti la vaisselle du dimanche. Pour Cameron Parker ? Franchement, maman. Ils se sont bien trouvés, ces deux-là. J'espère que ce dîner ne sera pas le plus long de ma vie.

Cam s'assied à ma droite, à l'endroit que lui indique ma mère. Je laisse mes cheveux tomber devant mon visage pour ne pas avoir à supporter ses petits regards moqueurs. Ça l'éclate de savoir que je ne veux pas qu'il soit là. Quel crétin. Eh oui, il le redevient. Même si ma mère et Eric pensent le contraire. Mon frère est en train le porter aux nues ; il raconte à maman tout ce qu'il lui a appris sur le base-ball.

— Tu joues au base-ball, Cam ? s'intéresse ma mère après que ce lèche-bottes de Cameron Parker a complimenté son pain de viande avec ferveur.

Et elle, aux anges, bien sûr. On a l'impression qu'elle préférerait l'avoir comme fils à notre place. Ah, le charme de l'inconnu ! Et Cameron a fait comme s'il n'avait pas remarqué le petit coup de pied que je lui ai flanqué sous la table. Qu'il est mignon, quand il veut.

— Non, pas du tout. En vérité, j'aime beaucoup le base-ball, mais il fallait que je joue au football américain pour suivre la tradition familiale.

Je suis sidérée. Il aime beaucoup le base-ball ? Et on dirait presque qu'il joue au foot par obligation. Ce n'est pas possible, c'est un des meilleurs de l'équipe. Pour ne pas dire le meilleur.

— Ah ! Le foot, bien sûr.

Ma mère acquiesce. Toujours si compréhensive.

— Mais oui ! Tu es le fils de Robert Parker !

Elle vient juste de s'en rendre compte. Cam paraît un peu gêné.

— Quarterback, j'imagine ? tente-t-elle avec un sourire.

Punaise, maman ! J'ai envie de l'envoyer bouler une bonne fois. J'ai encore en tête notre conversation à propos du football et de l'ADN de quarterback. Mais le fait est qu'il devrait être terriblement fier d'être le meilleur wide receiver des équipes lycéennes de la ville.

— Cam est wide receiver.

Comme si j'avais une quelconque notion de football, j'essaie de lui venir en aide, car il a répondu un « non » triste à la question indiscrète de ma mère.

— C'est quasiment une légende vivante, au lycée, je fanfaronne. Il paraît qu'il ne rate jamais une passe.

Du coin de l'œil, je vois qu'il m'adresse un bref sourire. À peine une courbure des lèvres, mais à mes yeux, c'est un remerciement en bonne et due forme.

Ma mère recommence à déblatérer sur le foot. Apparemment, elle s'était entichée d'un halfback en terminale. Sérieusement, maman ? Je pensais que ce serait la présence de Cam qui rendrait ce repas indigeste. Mais non, plutôt maman et ses petites anecdotes. Bref.

Ils se mettent à parler de l'université, mais maman n'insiste pas en comprenant que le sujet le met mal à l'aise. Heureusement qu'elle montre un peu d'empathie. Elle ne le fait jamais avec moi. Elle adore les sujets gênants. Finalement, ils reviennent au base-ball, incluant Eric à la conversation. Cam lui promet qu'ils se retrouveront un autre jour pour qu'il lui apprenne à frapper, s'il en a envie. Il en a envie. Mon Dieu !

Cam ne sait pas où il a mis les pieds. Eric ne va plus jamais le lâcher. Et d'où M. Parker se croie-t-il le droit de devenir l'ami de mon frère ? Que croit-il faire en lui disant qu'il va lui apprendre à jouer ? Cette histoire est en train de déraper. Tenons-nous-en strictement aux limites du professionnel, Cameron Parker. Comme si je n'étais pas déjà suffisamment nerveuse, son bras ne cesse de heurter le mien, parce que je tiens ma fourchette de ma main droite et lui de la gauche, et que nous sommes définitivement assis du mauvais côté. Ça n'a pas l'air de le déranger mais, moi, ça me donne envie de lui couper le bras. Drastique, mais efficace.

Cam est dans son élément. Et ni mes coups de pied ni mes coups de coude ne le gênent. Ni les « lèche-cul » que je chuchote quand il propose à ma mère de l'aider à débarrasser la table. Elle répond, avec un sourire radieux, que ce n'est pas nécessaire. Juste avant de me lancer un regard plutôt désagréable pour que je l'aide, moi. Mais Cameron est un gentleman. Je l'ai déjà dit, non ? Et relou, avec ça. Alors on se lève tous les deux en même temps pour débarrasser les assiettes et les couverts et les emporter à la cuisine. J'aide ma mère à remplir le lave-vaisselle pendant qu'elle le renvoie à table, sous prétexte qu'il doit apporter le dessert et tenir compagnie à Eric. Ce morveux n'a pas levé le petit doigt. Quel mal élevé !

Dès que nous nous retrouvons seules dans la cuisine, ma mère me regarde avec un large sourire malicieux. Je sais ce qui va suivre. C'est précisément pour cette raison que je ne voulais pas que Cam reste dîner… entre autres.

— Ashley, Cam me plaît beaucoup, dit-elle comme si elle me donnait son approbation pour sortir avec lui ou quelque chose du genre.

La pauvre, elle n'a aucune idée de ce qui se trame en réalité.

— Il est si délicat, c'est un amour. Et très beau, ajoute-t-elle avec un clin d'œil.

— Maman, s'il te plaît. Je sais que papa est à l'autre bout du monde, mais il est mineur et il pourrait être ton fils. Contrôle-toi un peu.

— Arrête tes bêtises, pouffe-t-elle. Il me plaît pour toi. Pour toi. Vous formez un très beau couple.

— Arrête tes bêtises toi-même, je réplique en riant. On est juste amis. Il n'y a rien entre nous et il ne se passera rien.

— Eh bien, je ne vois pas pourquoi… insiste-t-elle lourdement. Tu ne le trouves pas mignon ?

Je lève les yeux au ciel.

— Il est super mignon, maman, je concède.

Je n'ai pas le choix. C'est un fait tellement objectif qu'il serait osé de prétendre le contraire.

— Ce n'est pas un garçon sympathique ?

Je souris un peu. Je ne peux pas m'en empêcher. Parce que mon premier réflexe était de dire à ma mère que c'est un crétin adorable. Je ne crois pas que ce soit très vendeur.

— Il est charmant, je confirme.

C'est vrai. Il est charmant, ce crétin.

— Vous vous entendez bien, non ? souligne-t-elle encore.

— Maman, redescends sur Terre, je murmure. On est amis, rien d'autre. Nous ne serons rien de plus. Cameron ne s'intéresse pas à moi, j'ajoute pour donner plus de poids à mon argumentation.

— Ah non ?

Ma mère ne me laisse pas le temps d'en dire plus et sort de la cuisine avec un sourire énigmatique sur les lèvres. L'air de dire « je pose ça là pour que tu y réfléchisses ». Toujours pareil. Elle n'a aucune idée de ce qui se passe. Je la suis dans la salle à manger et découvre Eric et Cam absorbés dans une vidéo sur le portable du nouveau favori de ma mère. Un truc de base-ball. Mieux vaut les laisser à leur affaire. Nous en sommes au dessert quand le téléphone de ma mère se met à sonner. Un appel vidéo.

— On a oublié votre père ! s'exclame-t-elle d'un air coupable, en consultant l'heure.

Elle part en courant chercher son portable et revient à table en pleine conversation. J'entends la voix joyeuse de mon père, à l'autre bout du monde.

— Un ami d'Ashley est resté dîner avec nous, explique ma mère, tandis qu'elle se rassied face à nous. Dites bonjour, les enfants, demande-t-elle en nous mettant face à l'objectif.

J'aperçois mon père. Détendu, souriant. Mais je sais qu'on lui manque beaucoup. C'est évident.

Cam salue aussi, poliment, pour gagner plus de points avec ma mère. Avec mon père aussi, on dirait.

— Bien, Cameron.

Je ferme les yeux, coudes sur la table et visage enfoui dans mes mains. Je le vois venir et j'ai peur. Très peur.

— Quelles sont exactement tes intentions envers ma fille ? demande-t-il sur le ton de la plaisanterie.

Pitié, papa. Pourquoi moi ? Il n'y avait pas une autre famille en attente quand l'univers a décidé de me faire apparaître dans le monde ?

— Seulement les meilleures, monsieur, je vous l'assure, répond le gars sobrement.

Et un sourire charmant. Quel beau parleur ! Il adore se mettre les gens dans la poche avec deux ou trois expressions bien senties.

— Papa, je l'interromps quand je vois qu'il compte ajouter autre chose, on est juste amis, d'accord ?

C'est bien de le rappeler à tous ceux ici présents, qui semblent l'avoir oublié.

— S'il te plaît…

— Bon, bon, me calme-t-il, amusé.

Puis il se met à discuter avec Cam. Je veux dire, vraiment. Et comment vont tes parents, et comment se passe le football… Apparemment, il connaît bien son père. Et on dirait qu'il a oublié qu'il appelait pour parler avec ses enfants. Pour ce soir, je vais laisser passer.

Après la fin de la conversation, Cam reste encore un peu. Je suis sur le point de lui suggérer presque méchamment de quitter ma maison, quand il se décide à dire au revoir à ma mère comme s'ils se connaissaient depuis toujours. Il recommence à lui lécher les bottes : « Votre dîner était délicieux, je me suis senti très à l'aise… Ah ! Et merci encore pour l'invitation. » Ma mère dit qu'il peut revenir quand il veut (il ne manquait plus que ça). Il demande à ma mère la permission de « m'emprunter » demain matin pour m'emmener quelque part. Pour qui se prend-il ? Et ma mère qui répond « bien sûr, amusez-vous bien » comme si je n'avais pas mon mot à dire. C'est le monde à l'envers.

Je raccompagne Cam à sa voiture, bien décidée à lui reprocher son… Quoi, exactement ? Le fait d'être charmant avec ma famille ? D'avoir joué au base-ball avec mon frère ? D'avoir complimenté le pain de viande ? D'avoir aidé à débarrasser la table ? Aucune idée. Simplement, de m'avoir fait sortir de mes gonds. Je suis à deux doigts de râler, mais il se tourne vers moi arrivé au portail, tout sourires. J'oublie ce que j'allais dire.

— J'adore l'ambiance qu'il y a dans ta famille, déclare-t-il. Au fait, j'ai la permission de ta mère, mais je crois que ton consentement est plus important que le sien. Tu veux bien venir avec moi demain matin ? Je passe te chercher à dix heures. Cette fois, c'est sérieux, dix heures pétantes, insiste-t-il avec un sourire.

Je l'imite.

— Promis, je ne veux pas te harceler et je ne tenterai pas de te convaincre de continuer le procès de Salem, jure-t-il en levant la main droite. Je sais que l'histoire de Tyler t'a affectée et j'ai envie d'être un bon ami…

— Stop, je le coupe en voyant qu'il n'a pas l'intention de s'interrompre. Je croyais qu'on avait passé un pacte de bénéfices mutuels. On est amis ? je demande sur le ton du doute.

— C'est ce qu'on n'arrête pas de dire aux gens, non ? me rappelle-t-il. Qu'on est juste amis. Laisse-moi t'emmener dans un endroit où tu pourras respirer, d'accord ?

— Respirer ? Qu'est-ce que ça veut dire ?

— Ça veut dire que tu devrais appliquer tes propres conseils. C'était le premier point de ta liste, tu te souviens ? Respirer. Tu devrais t'autoriser à respirer un bon coup et à prendre les choses avec du recul.

— Je manque de recul… C'est une critique ?

— Non. Tyler Sparks est un abruti de première.

Je regarde mon reflet dans ses yeux verts. Il a probablement raison.

— C'est d'accord. Demain, dix heures, je cède, et il a une expression triomphante. Je te laisse me surprendre.

— Génial. Mets des vêtements confortables.

— Tu veux que… ?

Il ne me laisse pas terminer ; il m'entoure avec ses bras et me serre contre lui. Je n'ai pas le temps de protester. Même si je crois que je n'en ai pas envie.

— Tyler est un imbécile, Ash, susurre-t-il, la bouche dans mes cheveux, près de mon oreille. À demain, dit-il en s'écartant brusquement.

Il me fait un clin d'œil et contourne sa voiture à reculons.

— Dix heures ! insiste-t-il en me montrant du doigt avant de s'asseoir au volant.

— Oui, monsieur ! je crie et son éclat de rire me parvient de l'intérieur du véhicule tandis qu'il manœuvre pour s'éloigner.

Le lendemain, quand j'entends l'unique coup de klaxon de la voiture de Cam dans la rue, je ne suis pas du tout prête. J'attrape mes tennis et mon sac à dos, puis descends l'escalier quatre à quatre, prête à lui crier de m'accorder deux minutes de plus. Puis je décide qu'après tout, il n'a qu'à patienter. Ou descendre de voiture et venir sonner, s'il est si pressé. Je m'assieds sur la dernière marche pour enfiler mes chaussures et je vois ma mère se diriger vers la fenêtre.

— Ne sois pas si curieuse, dis-je.

Elle sursaute au son de ma voix.

— J'ai entendu un klaxon devant chez nous. Je pensais que c'était pour moi, se justifie-t-elle d'un air innocent.

— Oui, c'est ça, pour toi ! je me moque. C'est Cam et j'y vais.

Je termine de lacer ma seconde chaussure et me relève d'un bond. Malgré mes explications, ma mère a fini par s'approcher de la fenêtre et observe au-dehors, à moitié cachée par les rideaux.

— Il n'est pas seul, inutile de te presser.

— Quoi ?

Je m'avance à mon tour. Cameron est appuyé sur son capot, bras croisé, occupé à parler avec… Tyler Sparks.

Je dois rassembler mon ego grièvement blessé et sortir de là comme si je ne savais pas ce que Tyler a dit sur moi. Je ne suis pas censée savoir. Comme me l'a conseillé Cam, je dois m'écouter et respirer à fond. *Très bien, Ashley, inspire, expire. Et maintenant, dehors. C'est toi qui as rendez-vous avec Cameron Parker*. Je dis au revoir à ma mère avant qu'elle ait le temps de me demander si ce « drogué » vient avec nous (c'est comme ça qu'elle l'appelle désormais). En entendant la porte se refermer, les deux garçons les plus beaux de l'univers se retournent en même temps. *Concentre-toi, Ashley. Regarde où tu marches, s'il te plaît*. Je m'avance avec toute l'assurance dont je suis capable en ce samedi matin. Quand j'arrive à sa hauteur, Cam se redresse et me sourit.

— Salut, les gars.

Je ne regarde même pas Tyler.

— Tu as fait la grasse matinée ? se moque Cam. Tu as l'air encore endormie.

Je suis sur le point de me rebiffer, parce que, dans des circonstances ordinaires, ça pourrait signifier « la tête que tu as, Ash ! ». Pourtant, le ton qu'il a employé ne correspond pas du tout à ça. En détaillant son visage, je décèle à nouveau cette expression de tendresse. Je décide d'interpréter ce « tu as l'air endormie » comme un « qu'est-ce que tu es belle ». Je le laisse me prendre dans ses bras, comme hier. Je crois que je pourrais m'y faire. Et ça me plaît. Ensuite, sans lancer ne serait-ce qu'un coup d'œil à Tyler, j'ouvre la porte passager et jette mon sac à l'intérieur.

— On va où ? je l'interroge.

— Je te le dirai quand on y sera. Bon, vieux, dit-il en se retournant vers Tyler, on y va. À plus.

Ils se tapent dans la main avant de se serrer les paumes. Les mecs. Ils sont trop chelous.

— Je m'occupe de la bière, complète Tyler, et Cam fait la grimace. On se voit ce soir. À bientôt, Ash.

— À bientôt, je murmure.

Je monte dans la voiture pour ne plus le voir. Non pas que je n'en ai pas envie. Mais j'entends encore sa voix prononcer cette maudite phrase. C'est insupportable. Cam grimpe d'un bond à mes côtés et attache sa ceinture avant d'écarter les cheveux de son visage.

— Prête, mademoiselle ?

— Aucune idée, je réponds, ce qui le fait rire.

— Parfait. Allons-y !

Après deux minutes de silence, je lui demande si je suis habillée correctement pour ce qu'il a prévu. Il m'examine en vitesse et m'assure que je suis parfaite. Intrigant. Il a dit « confortable », je l'ai donc pris au pied de la lettre et j'ai mis la tenue la plus sportive que j'avais. On dirait que je vais au gymnase. Je remarque qu'il porte lui aussi un survêt et des baskets. On dirait que j'ai visé juste. Mais je n'ai aucune idée d'où nous allons atterrir.

Nous passons presque trois quarts d'heure sur des routes que je n'ai jamais empruntées. Et qui gagnent en altitude à chaque kilomètre. Même quand Cam se gare sur un parking en terre où il y a seulement deux autres voitures, je ne comprends pas ce qu'on fait là. Je descends de la voiture en même temps que lui et l'observe sortir un tas de choses du coffre. Cordes, harnais, mousquetons. Mais qu'est-ce que… ?

— C'est du matériel d'escalade ? je demande.

— Aussi perspicace qu'on me l'avait dit, se moque-t-il en chargeant les cordes sur son épaule. Tu ne me déçois jamais, Ashley Bennet.

Je me perds dans ses yeux quelques dixièmes de seconde. Pas plus, parce qu'un souci plus urgent remue mes entrailles.

— Sérieusement ? Je n'ai jamais fait d'escalade, j'avertis. Tu t'attends à ce que je grimpe sur la montagne comme une chèvre sauvage ?

— J'en étais sûr.

Il sourit.

— C'est un mur pour débutants, Ash. Le plus facile à des kilomètres à la ronde. Je l'ai réussi à sept ans, ajoute-t-il, nonchalant, avant de me faire signe de le suivre sur le chemin.

— Est-ce qu'il y a un sport où tu n'es pas bon, Cameron ? j'interroge en trottinant derrière lui.

— Le hockey sur glace, répond-il du tac au tac. J'ai très peur des lames des patins.

— C'est vrai ? M. « je n'ai peur de rien » craint de petites lames ? je me moque.

— Petites ? Elles sont au moins grandes comme ça, se défend-il en écartant exagérément les mains.

Puis il rigole, contaminé par mon hilarité.

— J'avoue que j'ai peur des trucs qui coupent. Ça fait tout juste un mois que j'arrive à me raser, plaisante-t-il. Et un peu des aiguilles, aussi.

— Ha ! Je viens de découvrir le point faible de M. Parker, dis-je en sautillant pour rester à sa hauteur. Est-ce que tu tombes dans les pommes quand tu vois du sang ?

— Non, mais je dois rester allongé une heure après chaque visite médicale. Et ma mère est infirmière, alors imagine.

Mon amusement ne dure pas longtemps : nous arrivons à la paroi « pour débutants ». D'accord, elle est sûrement très facile, vu que les seuls autres participants sont des familles avec enfants. Des enfants qui escaladent. Mais moi, je n'ai jamais fait ça. Et j'ai un peu le vertige.

— Allez, m'encourage Cam. Perso, l'escalade m'aide toujours à respirer quand j'ai besoin de prendre du recul.

Je bloque sur lui quelques instants. Il finit par hausser les sourcils l'air de dire « qu'est-ce qui t'arrive ? ». En fait, je pense à Tyler. À Tyler et à Cameron. Ils ont beau être amis, appartenir à la même équipe, être aussi populaires l'un que l'autre… ils sont si différents. Tyler fume quand il a besoin de prendre du recul. Et Cam… Cam part à la montagne et escalade. Pour respirer. Je préfère un peu de vertige à un peu de cannabis, pour tout dire.

— D'accord. On y va, je lâche d'une voix décidée.

Mon coach personnel prépare mon matériel d'initiation à l'escalade. Il grimpe en premier pour accrocher l'une des cordes à un mousqueton situé très, mais vraiment très haut. En tout cas, j'en ai l'impression. Le mec a une agilité prodigieuse. Ça ne devrait pas m'étonner, après l'avoir vu sauter par-dessus la grille du parc. Et il dit que c'est de l'escalade pour débutants. Je le laisse fixer mon harnais et me relier à la corde.

— Tu te débrouilles super bien, Ash, affirme-t-il au bout d'un quart d'heure, alors que je suis à environ trois mètres du sol. Cherche une prise pour ta main droite, un peu plus haut.

— Je veux descendre ! je crie, mais seul son rire me répond.

Franchement, ce n'est pas mon activité préférée, mais je me sens plutôt en sécurité, sachant que Cameron tient ma corde. Si je sautais du mur maintenant, je resterais suspendue à la même hauteur, puisqu'il fait contrepoids en bas. Je décide d'aller un peu plus haut. Je ne veux pas passer pour une froussarde. Il faut oublier la peur, d'après lui. Et j'ai envie de me sentir fière de moi. Cam aussi. J'en suis sûre. J'atteins presque la partie la plus haute, agrippée aux prises comme si ma vie en dépendait. Je refuse de regarder alentour et encore moins en bas. Je veux juste voir la prochaine prise. Encore un petit pas... Je suis presque au bout. Je ne veux même pas savoir comment je vais redescendre. C'est alors que la voix de Cameron me parvient. Il me demande d'admirer le paysage. Sans avoir peur. Ce type est cinglé. Je ne pense qu'à me concentrer pour ne pas glisser. Il insiste, alors je m'exécute. Un coup d'œil rapide. Puis un autre. Waouh ! D'ici, on aperçoit toute la ville. C'est un truc de fou. Pile ce dont j'avais besoin. J'en oublie presque que je suis suspendue en haut d'une paroi. Pas étonnant qu'il vienne là pour respirer.

Cam me laisse prendre mon temps, et je me relaxe parce que je sais qu'il me tient fermement. De là-haut, tout le reste paraît minuscule. Même Tyler Sparks. Ici, c'est moi qui ai le pouvoir. Bon, Cam aussi, un peu. Ici, je suis la seule à pouvoir décider si je veux entamer une relation avec Tyler. Et non l'inverse. Je le veux. Punaise ! Bien sûr que je le veux. Au moment de descendre, Cam travaille quasiment plus que moi car je suis beaucoup plus détendue et n'ai presque plus peur de tomber. À environ deux mètres du sol, Cameron m'annonce qu'il a lâché un peu de mou pour que je descende plus vite. Je n'ai qu'à pousser contre la paroi avec mes pieds. « C'est très drôle », affirme-t-il. L'état de plénitude que j'avais réussi à atteindre est en train de s'émousser. Mais il faut que je lui fasse confiance. C'est lui qui tient la corde. Alors je m'élance. Quand le sol n'est plus très loin, je sens la corde se relâcher complètement. Je tombe.

Mais c'est un atterrissage moelleux. Des bras m'attrapent par les hanches avant de me déposer délicatement sur la terre ferme. Je m'esclaffe malgré moi, en entendant son rire doux à mon oreille. Le contact de son corps me grise. J'ai presque des papillons dans le ventre. Presque. Si je ne savais pas que c'est impossible...

— Merci de m'avoir amenée ici, Cam, dis-je quand il me lâche enfin.

Il se contente d'un sourire et ramasse ses affaires en silence. Tandis que nous retournons à la voiture, je parle de la vue incroyable qu'il y avait là-haut, et de l'excellente grimpeuse que je suis. Ça le fait rire. Moi aussi.

Il range son matériel dans le coffre pendant que j'attends dans la voiture. Puis il vient s'asseoir à côté de moi et reprend son portable, qu'il avait abandonné là. Il me semble que l'écran est couvert de notifications, mais je ne veux pas me mêler de ce qui ne me regarde pas, alors je détourne la tête tandis qu'il consulte ses nouveaux messages. Je l'entends soupirer lourdement et l'interroge du regard.

— C'est rien.

Il sourit un peu en remarquant mon intérêt. Il repose le portable et cherche mes yeux.

— Il nous reste un arrêt avant de rentrer à la maison. On a intérêt à se dépêcher ; on dirait qu'il va y avoir de l'orage.

— Quoi ? On va où ?

Je veux le savoir tout de suite, mais il fait la moue, à croire que je suis très lourde, moi aussi. C'est l'hôpital qui se fout de la charité.

— Hé… Tu me laisses conduire ? je demande en prenant mon plus beau sourire.

Il a une voiture incroyable, et je suis dopée à l'adrénaline.

— Même pas en rêve, dit-il, ferme, mais avec un rictus en coin.

Il démarre sans rien ajouter et Taylor Swift se remet à chanter. J'attache ma ceinture, intriguée. Quelle peut bien être notre prochaine destination ? Je ne tarde pas à le découvrir : au lieu de suivre le chemin par lequel nous sommes venus, Cam tourne au premier croisement pour contourner la montagne. Il finit par se garer sur un belvédère en piteux état. Rares sont les voitures qui doivent transiter par ici, désormais.

Je descends sitôt le moteur éteint et m'approche du bord. La vue est impressionnante. D'ici, on ne voit pas la ville, mais une très vaste étendue de terre et, moins loin que je le pensais, le lac Folsom.

— Cet endroit n'est pas mal non plus, dit-il dans mon dos.

Je pivote pour le regarder, mais il est trop près et mon épaule percute son torse. Il murmure une excuse, et je tressaille. Il a dû le remarquer aussi.

— Tu as froid ? s'inquiète-t-il. Il commence à faire frais.

Il retourne à la voiture, et j'ai envie de lui dire que non. Ce n'était pas le froid. Mais je me tais. Il prend un truc à l'arrière, referme la portière, me rejoint avec une veste dans la main. Il la met sur mes épaules. Elle est immense, chaude et elle sent son odeur. Je l'ajuste autour de ma poitrine.

— L'endroit idéal pour respirer.

J'acquiesce.

Puis, paupières closes, je respire l'air de la montagne. On entend son portable sonner à l'intérieur de la voiture, et cela me trouble un peu. Mais je suis prête à lui pardonner. Il s'éloigne en courant pour répondre. Si je ne peux pas entendre sa conversation, je sens que le ton monte. Une fois qu'il a raccroché, il monte dans la voiture et claque la portière. Qu'est-ce qui lui prend ? Je retourne en vitesse m'asseoir à côté de lui.

Cam a enfoui sa tête dans ses bras, sur le volant. Je lui touche le dos doucement, seulement pour lui faire savoir que je suis là. Il ne bouge pas. J'ai l'impression qu'il pleure. Quand, enfin, il se redresse et s'adosse au siège, je ne vois pas de larmes dans ses yeux. Mais son expression en dit long ; l'absence de larmes est seulement physique.

— Eh, dis-je en essayant d'adopter ce ton tendre qu'il a employé avec moi quelquefois. Qu'est-ce qui s'est passé ?

Il secoue la tête sans me regarder.

— Rien. C'est rien, Ash.

— Eh bien, on ne dirait pas, je le contredis. C'était qui ?

— Je ne… commence-t-il avant de se raviser. C'était mon père, confie-t-il enfin.

Je me rends compte que chaque fois que ses petits yeux émeraude sont tristes, son père y est pour quelque chose.

— Qu'est-ce qui s'est passé ?

— C'est une longue histoire. J'ai besoin de prendre l'air, grommelle-t-il, et il ressort pour s'approcher du bord.

Pas le choix : je le rejoins. Je m'approche à peine et pose ma joue sur son épaule, silencieuse. Je ne veux pas être insistante ni indiscrète, mais je tiens à ce qu'il sache qu'il n'est pas seul. Il ne dit rien. Il ne s'écarte pas non plus. Au bout d'une minute, il soulève la manche de sa veste et entrelace ses doigts dans les miens. Lentement.

Le tonnerre gronde. L'orage a l'air proche. Peu importe. Tout ce qui compte, c'est que Cameron Parker puisse respirer.

Du moins jusqu'à ce que, sans crier gare, il se mette à pleuvoir. À verse.

— Merde, je l'entends dire. On s'en va !

Je ne lâche sa main qu'au moment de monter dans la voiture. Nous ne sommes restés sous la pluie que quelques secondes, mais j'ai déjà les cheveux trempés. Ses mèches brunes lui collent au front. Il les plaque en arrière.

— Waouh. Deux secondes de plus et j'étais bonne à essorer ! je m'exclame.

— Je ne voulais pas que la tempête nous surprenne. On ferait mieux de rentrer.

— Tu es fou ? Il pleut trop. On n'y voit rien. Mieux vaut attendre que ça se calme un peu.

— On peut, cède-t-il en s'adossant au siège et en tambourinant des doigts sur le volant. Qu'est-ce que tu suggères, pour passer le temps ?

— J'ai du temps pour une longue histoire, j'insinue.

Cameron fait la grimace.

— Il faudra que tu me donnes quelque chose en échange.

Son expression est toujours grave.

— Un sombre secret contre un sombre secret, ça marche. Ça ne sortira pas d'ici. Seulement entre toi et moi, je promets et je lui offre mon petit doigt comme il l'a fait la semaine passée.

Il accroche le sien plus longtemps que nécessaire et, ainsi, nous scellons notre pacte.

— C'est mon père.

Au fond, on dirait qu'il avait envie de vider son sac.

— Mes parents... ils sont séparés. En procédure de divorce. Et mon père ne... je ne vois plus beaucoup mon père, en fait. Je me suis toujours bien entendu avec lui, mais depuis qu'il est parti, il donne l'impression de vouloir couper les ponts. Avec moi et les autres.

Je soutiens son regard sans un mot. Je veux qu'il continue à parler.

— Je ne sais pas très bien ce qui s'est passé entre mes parents, mais je suis quasi sûr que c'est à cause de mon frère.

Il mordille l'intérieur de sa joue avant de continuer.

— J'ai toujours su que mon frère était gay. Toujours. Je veux dire, je ne l'ai jamais vu avec une fille, et lui et moi, on a toujours parlé pratiquement de tout. Ma mère l'a toujours su aussi. Pas mon père. Personne ne voulait le dire à mon père.

Il esquisse un sourire triste.

— Jusqu'à l'année dernière. Rob a rencontré un gars qui lui plaît vraiment et il avait besoin de faire son coming-out. Disons que mon père ne l'a pas très bien pris. C'est de là que tout est parti.

Il marque une pause. Je crois qu'il ne va pas continuer, mais il me regarde et reprend.

— Ça fait presque un an qu'il n'a plus parlé à mon frère. Après ça, mes parents ont commencé à s'engueuler tous les jours. Finalement, mon père a quitté la maison. Maintenant, je suis le seul à lui parler, mais je ne le vois pas plus d'une fois par mois depuis l'été dernier. Cette fois, il appelait pour me dire qu'il ne pourrait pas venir me voir cet après-midi comme il l'avait promis, et qu'il ne viendrait pas non plus au match demain, dit-il en baissant les yeux.

Merde, j'ai presque envie de sortir de la voiture et d'aller chercher son père à coups de pied dans le derrière.

— Ce n'est pas non plus très surprenant, ça fait des mois qu'il ne vient plus. Je ne suis pas quarterback, pas vrai ? Alors qu'importe.

— Désolée de te dire ça, Cam, mais ton père a l'air d'un bel enfoiré.

J'ose parler comme ça parce que c'est Cameron. Et parce que je suis en colère contre son père sans même le connaître. Une seconde après, je crains que Cam s'énerve. Mais il ébauche un sourire triste sans me regarder.

— Ouais. C'est de famille. Parfois, moi aussi, je le pense. Mais c'est mon père, Ash.

Mon cœur se serre.

— Il m'a appris à jouer au base-ball, il m'a appris à jouer au football, à faire du vélo, à escalader. Il a toujours été là. Toujours. À tous les matchs. Aux entraînements importants. Je sais que je l'ai déçu en ne devenant pas quarterback, mais en dépit de ça, il n'a jamais cessé de venir. Maintenant…

Il se tait et je pose une main sur son bras parce que je ne sais pas quoi faire d'autre pour le réconforter.

— Tout ça parce que ton frère est gay ? C'est pour ça qu'il a pété les plombs ?

— C'est très dur, pour lui, d'accepter que les choses ne sont pas comme il voudrait qu'elles soient, soupire-t-il en regardant la pluie torrentielle s'abattre sur le pare-brise. Je sais qu'il a tort et qu'il a une sale attitude, mais j'ai besoin de savoir qu'il est toujours là, tu comprends ? Comme quand j'avais dix ans et que je ne voulais qu'une chose : qu'il soit fier de moi… Ça m'arrive encore. Est-ce que ça a du sens ? me demande-t-il en cherchant mes yeux.

Il semble perdu. J'acquiesce.

— Bien sûr que ça en a.

Je le rassure en caressant son bras.

— C'est pour ça que le football compte autant pour toi ?

— Oui et non. Tu n'es peut-être pas au courant, Ashley, mais je n'ai pas vraiment la meilleure moyenne du lycée. Le foot, c'est mon sésame pour étudier ce que je veux à la fac. Le match contre Saint-Francis, le vingt-neuf avril, est le préféré des recruteurs. Je dois faire bonne impression ce jour-là auprès de quelqu'un de l'université de l'Oregon, quoi qu'il arrive. Sans pression, plaisante-t-il.

— Sans pression, je répète avec un sourire. Je suis certaine que tu en impressionneras plus d'un, Cameron Parker. Je peux savoir ce que tu veux étudier ?

— La médecine du sport, répond-il, les yeux brillant à nouveau.

— Cool. Ça a l'air bien, quoique difficile.

— Je ne serai pris nulle part ailleurs, Ash, se lamente-t-il sans relever. Il faut que les Ducks de l'Oregon me prennent.

— Eh, pas de pression ! Il faudrait être vraiment idiot pour ne pas vouloir de toi...

Je m'entends parler et je sais que ma phrase avait un double sens non voulu. Il ne réagit pas, mais je dois détacher mes yeux des siens tellement son regard est intense.

— Tu as réfléchi à ce que tu voulais faire avec Tyler ?

Ce brusque changement de sujet me prend par surprise.

— Un sombre secret contre un sombre secret, me rappelle-t-il.

— En fait, je ne suis pas sûre, je reconnais.

Je retire ma main de son bras et me redresse sur mon siège.

— Je suis probablement trop romantique et trop coincée. Mais ça fait quatre ans que je suis amoureuse du même garçon. Désespérément amoureuse.

J'ai un sourire triste.

— Je fais le même vœu chaque fois que je souffle une bougie ou que je vois une étoile filante. Toujours le même. J'écoute en boucle une chanson de cette fichue

Taylor Swift et je m'imagine la lui chanter à l'oreille. Je fais pitié, non ?

— Bien sûr que non.

Il perd quelques secondes son regard par-delà le pare-brise avant de reprendre :

— Je crois qu'au fond, tu sais ce que tu veux faire avec Tyler, dit-il comme s'il était à l'intérieur de ma tête.

Il se tourne et me regarde.

— On va t'obtenir le garçon de tes rêves, Ashley Bennet.

Je m'apprête à ajouter quelque chose, mais la sonnerie de son téléphone nous interrompt une fois de plus. Après un coup d'œil au numéro entrant, il rejette l'appel sans scrupules.

— Qu'est-ce qui se passe, aujourd'hui ? Ça n'arrête pas de sonner.

— Ouais. C'est parce que c'est mon anniversaire, avoue-t-il, un peu honteux.

— Quoi ? Pourquoi tu ne m'as rien dit ?

Je me rends soudain compte du jour que nous sommes.

— Tu te moques de moi ? C'est une blague, c'est ça ?

Il éclate de rire et secoue la tête deux fois.

— C'était surtout une blague pour ma mère, je suis arrivé avec trois semaines d'avance. Je te le jure. Regarde.

Il fouille dans ses poches pour sortir son portefeuille et me montrer son permis de conduire. C'est écrit là. Date de naissance : 01/04. Il a dix-huit ans aujourd'hui.

— Joyeux anniversaire ! je m'exclame en le prenant dans mes bras par-dessus l'accoudoir central et le levier de vitesse. Tu aurais dû me le dire ! C'est ton anniversaire et tu passes ta journée ici à essayer de m'encourager…

— Je ne pouvais pas rêver mieux.

Il prend un ton sarcastique, mais je sens qu'il parle très sérieusement.

— On dirait que la pluie est en train de s'arrêter. On ferait mieux de rentrer, j'ai promis à ma mère de dîner avec elle.

— Bien sûr.

Je me cale au fond de mon siège et attache ma ceinture. Il conduit avec précaution jusqu'à la route principale.

— Il est temps que tu déconnectes mon portable de ta voiture, dis-je. Tu dois en avoir par-dessus la tête de Taylor Swift.

— Quoi ? Pas du tout. Tu sais quoi, Ash ?

Je le regarde les sourcils levés, et il me jette un coup d'œil avant de lâcher :

— J'adore Taylor Swift.

Exactement comme la semaine dernière. Quel idiot ! Mais je pouffe. Et lui aussi. Et il se met à chanter avec elle. C'est justement « Sparks Fly », il y met tout son cœur chaque fois qu'elle dit *« smile »*.

Je fouille dans mon sac à dos à la recherche d'un stylo, je remonte la manche de son sweat et j'écris comme je le peux sur son avant-bras pendant qu'il conduit. *Smile.* Avec un petit cœur sur le « i ».

Quand la voiture se gare devant chez moi, une grande partie de ma playlist est passée. C'est « Fearless » qu'on entend désormais. Il s'empare de mon stylo pour écrire sur mon avant-bras comme je l'ai fait sur le sien.

Fearless.

— Ça te va comme un gant. Rappelle-t'en. Tu es une battante, Ashley Bennet. Sans peur et sans reproche.

Je souris et secoue la tête.

— Ah ! ajoute-t-il avant que je sois descendue. Ne prévois rien pour ce soir. Je fais une fête chez moi et toi et tes copines êtes invitées.

8.
Shake It Off

Ma mère entre dans ma chambre armée d'une énorme palette et de pinceaux. Emily, Mia et moi nous poussons les unes les autres pour nous faire de la place face au miroir. Mes deux amies sont arrivées chez moi il y a une heure avec deux robes flambant neuves. On dirait que cette soirée leur fait vraiment plaisir. Au bout du compte, c'est la première fête « cool » à laquelle nous sommes réellement conviées. Pas comme quand Emily et Grace se sont incrustées chez Tricia Simons l'année dernière. Elles se sont bien amusées, mais ça s'est mal terminé. Cette fois, Grace a dit qu'elle avait un rencard avec son nouveau *crush* et qu'elle n'avait aucune envie de se pointer à une soirée chez des inconnus, encore moins avec cette bande-là. Aller chez Cameron Parker est une folie totale. Elle ne m'a pas laissé le temps de lui dire que nous étions invitées par l'hôte. Quoi qu'il en soit, Emily et Mia ont annulé leurs plans pour ce samedi soir et elles sont là. Un modèle de loyauté et de soutien moral à une amie en détresse, car aller à cette fête toute seule aurait pu devenir la situation la plus gênante de ma vie. Deux soutiens ne seront pas de trop. Le début de mon « intégration au groupe social », selon le planning de Cameron, sera peut-être moins violent si je traîne deux de mes copines avec moi.

— Vous êtes très belles, les filles, nous complimente ma mère avec un sourire malicieux.

C'est presque comme si le beau gosse l'avait invitée, elle, à la fête. *Cesse de vivre à travers moi, maman.*

— Laissez-moi vous aider à vous maquiller, propose-t-elle, déployant tout son arsenal.

Elle assied Mia sur le bord de mon lit et s'installe à côté d'elle.

— Et comment va se dérouler cette fête ? J'espère que vous serez responsables, les filles, avertit-elle tandis qu'elle embellit ma (déjà) très belle amie. Il n'y aura pas d'alcool, pas vrai ?

— Maman… C'est une fête chez Cam. Tu adores Cam, non ?

— J'adore Cam, mais il fait une fête chez lui et sa mère est de garde cette semaine. Je veux que vous vous amusiez, mais je ne veux pas que vous vous attiriez d'ennuis.

— Non, madame. On sera les plus sages de la fête, je promets.

— Comptez là-dessus, murmure Emily.

Je lui flanque un coup de coude.

— Ma chérie, pourquoi tu ne m'as pas dit que c'était l'anniversaire de Cam ? Je serais sortie pour le lui souhaiter ce matin, continue ma mère.

— Je ne le savais pas non plus, maman. Il me l'a dit quand j'étais avec lui.

De toute façon, je ne le lui en aurais pas touché un mot, mais ce n'est pas le moment de le lui expliquer.

— Est-ce que Tyler Sparks sera là aussi ? s'informe-t-elle.

Au moins, elle ne l'appelle pas « le drogué » devant mes amies.

— Bien sûr que oui.

À quoi bon le lui cacher ?

— Ils sont amis, maman, ce serait bizarre qu'il ne l'invite pas à son anniversaire, tu ne crois pas ?

— Je peux te faire confiance ?

Ma mère me regarde droit dans les yeux. Très sérieuse.

— Maman, s'il te plaît...

Trois quarts d'heure plus tard, nous arrivons toutes les trois à pied chez Cameron Parker. La fête bat déjà son plein. Cam m'a prévenue : « Essayez de ne pas arriver trop tôt », et aussi : « Ça va être une petite fête. » Une « réunion entre amis », a-t-il dit. Je ne suis pas encore à l'intérieur, mais j'ai l'impression que ce n'est pas exactement ce qui la définit.

Emily porte une robe bustier qui lui arrive à mi-cuisse. Je ne sais pas comment elle fait pour être à l'aise, encore moins avec ses talons, mais elle marche comme une fêtarde aguerrie. Mia porte une robe bleue à fines bretelles, ample, ajustée au niveau de la taille avec une ceinture noire, et des sandales compensées. Une tenue plus confortable que celle d'Emily, au moins. Et moi, je suis habillée comme me l'a suggéré Cam. C'est pour ça que je suis allée faire les boutiques il y a un peu plus d'une semaine avec mon styliste personnel. Ma robe est grise à paillettes, et des trois, c'est la plus moulante et la plus courte. Étonnant que ma mère n'ait pas tiqué quand elle m'a vue sortir. Mais elle n'est pas décolletée, ça compense. Les chaussures immettables que j'ai achetées la semaine dernière l'accompagnent, mais j'ignore si je les supporterai toute la soirée. Mes pauvres orteils commencent déjà à se sentir compressés.

— Je n'étais jamais allée chez Cameron Parker, commente Emily tandis que nous traversons le jardin.

— Je ne savais même pas où il vivait, renchérit Mia, un pas devant moi. Ça va, Ash ? Tu es prête ?

Face à mon hésitation, elle m'attrape par la main.

— Allez, viens ! Il y a de la bière gratuite.

Je ne sais pas quand Mia a cessé d'être la plus timide de la planète Terre, ou depuis quand elle boit de la bière, mais ce n'est pas le moment de se poser cette question. Ça doit être l'effet Gina qui, pour ce que j'en sais, est beaucoup plus téméraire que n'importe laquelle d'entre nous. Je repense à Cam en train d'écrire sur mon bras, ce matin, dans sa voiture. *Fearless. Ne l'oublie pas, Ashley.*

— Hey, bienvenue, nous salue-t-il en ouvrant, même s'il n'a d'yeux que pour moi.

Il m'étreint rapidement, ce qui est en train de devenir une habitude, avant de nous laisser passer. Je l'entends saluer mes deux amies par leur prénom, les remercier pour leurs vœux, puis il récupère nos vestes pour les ranger dans une autre chambre. Il fait très chaud, là-dedans. C'est peut-être une simple réunion entre amis. Mais Cameron Parker a beaucoup, beaucoup d'amis.

— Les filles, vous pouvez boire ce que vous voulez, il y a de tout dans la cuisine, nous indique-t-il en revenant près de nous. Il y a aussi de quoi grignoter. Faites comme chez vous et amusez-vous bien. Ash ! fait-il en m'attrapant le bras alors que je m'apprête à emboîter le pas à mes amies. Tu es très belle. Tyler est avec Blair, mais quand il est arrivé, la première chose qu'il m'a demandée, c'est si tu allais venir.

Je hausse les sourcils, et il copie mon expression, comme dans un miroir.

— Amuse-toi bien. Et fais attention à ce que tu bois ! Ta tolérance à l'alcool n'est pas spectaculaire, on va dire.

Après quoi, il fait demi-tour et disparaît dans l'assistance. Me laissant seule face au danger. Seule face à la possibilité de me retrouver devant Tyler collé à la bouche de la sorcière. Je me dirige vers la cuisine aussi vite que possible. Une poule est toujours plus protégée en groupe.

Mia et Em ont déjà une bière à la main et bavardent entre elles quand j'arrive. Mia me tend une canette. Je la prends, sinon, je passerai pour une extraterrestre.

— Cet endroit est bourré de footballeurs baraqués, commente Emily avec un sourire. Heureusement que je n'ai pas dit exactement à Scott où nous allions. Vous croyez que je pourrais en choper un ?

— Tous ceux que tu souhaites, je réponds, les yeux au ciel.

Elle est toujours pareil.

— C'est bien ce qui me semblait. Les filles, on est dans une fête chez Cameron Parker ! s'emballe-t-elle.

Je propose de trinquer en l'honneur de notre chère Ash qui, sans même savoir comment, nous a amenées jusqu'ici.

Mes idiotes de copines se marrent. À mes dépens. Je trinque quand même avec elles : j'ai besoin de leur soutien, ce soir. J'ai besoin d'elles pour ne pas me retrouver seule dans un coin à observer ces gens d'un autre monde s'éclater, boire comme des trous et se peloter.

Nous sommes sur le point de sortir de la cuisine, nos bières à la main, quand deux personnes entrent et nous bloquent le passage. Vanessa Miller et Jessica Harris. *Bienvenue, Ash. Voici tes nouvelles meilleures amies.*

— Tiens, tiens, tiens, dit Jessica en nous apercevant toutes les trois.

Elle a un petit rictus supérieur.

— Mais c'est le nouveau toutou de Cam ! Alice ? tente-t-elle, même si je suis certaine qu'elle sait parfaitement comment je m'appelle.

— Ashley, je corrige en lui adressant le même faux sourire.

Vanessa a continué son chemin sans nous adresser la parole. Elle prépare deux cocktails.

— Jess ! la hèle-t-elle.

Mais Jessica ne fait pas attention à elle et se rapproche de moi. Son attitude est un peu intimidante, c'est le moins qu'on puisse dire, et malgré mes nouvelles chaussures, elle est plus grande que moi. Sa queue-de-cheval blonde lui arrive presque à la taille et elle est si maquillée que personne ne lui demanderait sa carte d'identité pour lui vendre de l'alcool.

— Écoute, Ash-ley. Je n'aime pas le conflit, tu vois ? Alors un petit conseil : garde tes distances, parce qu'il n'est pas pour toi. Cameron Parker est à moi, dit-elle d'une voix plus basse, peut-être pour que Vanessa n'entende pas.

— Je ne savais pas qu'il avait une propriétaire, réplique Emily en se plantant devant Jessica. Tu devrais peut-être lui mettre une laisse quand tu le promènes. Ça éviterait les confusions.

Puis elle m'entraîne par la main hors de la cuisine, Mia sur nos talons. Nous nous arrêtons au milieu de la piste de danse improvisée.

— C'était génial !

Mia rit en frappant sa canette contre celle d'Emily.

— Bien envoyé, Em ! Tu es une vraie dure à cuire.

— Eh, eh. Personne ne s'en prend à mes amies. Et personne ne s'approprie ainsi un canon comme Cameron Parker. On a toutes le droit de fantasmer sur son célibat.

Je ris. Il se peut qu'elle ait raison. On a toutes le droit de fantasmer sur son célibat. Je regarde Emily avec reconnaissance. Ma meilleure amie au monde. Elle me défendrait jusqu'à la mort. Et je ferais pareil pour elle, bien sûr.

J'entends des acclamations juste avant que la musique s'arrête. Cameron a grimpé sur une chaise au milieu de la foule. Tout le monde se tait. Quel flegme. Une cinquantaine de personnes attendent qu'il parle, et le type est comme un poisson dans l'eau. Du coin de l'œil, je vois Jessica jouer des coudes aux côtés de Vanessa et se placer face à notre hôte avec un petit sourire, en mode groupie. Au fond, on est toutes pareilles.

— Abrège et remets la musique, capitaine ! On veut picoler ! crie Troy Cruz avant que Cam ait pu dire quoi que ce soit.

Les autres joueurs se marrent et Cameron avec. Qu'il est beau ! Cela ne m'étonnerait pas que quatre ou cinq filles tombent dans les pommes à cette seconde. Elles ont toutes l'air bien conscientes pour le moment.

— Merci à tous d'être venus, lance Cam d'une voix ferme par-dessus le brouhaha. Je n'imagine pas de meilleurs convives pour célébrer mon anniversaire.

Ses amis se moquent.

— Les gars, buvez avec modération, on a un match demain.

Il garde son sourire espiègle malgré les huées. Quel charme !

— Les pom-pom, buvez avec modération, vous avez un match demain. Et puis merde ! Buvez et amusez-vous parce que demain on va gagner, avec ou sans gueule de bois !

Les vivats des membres de l'équipe sont assourdissants. Surtout qu'un type de la taille d'une armoire à glace me siffle quasiment dans l'oreille.

— Pourvu que les autres commencent l'offensive, comme ça on aura plus de temps pour s'en remettre !

Celui qui a crié derrière moi fait rire le reste des joueurs.

— Que quelqu'un surveille Sparks pour qu'il puisse lancer demain ! dit un autre.

— Même défoncé, c'est moi qui lance le mieux, répond mon amour platonique, quelque part dans la foule. Je te le prouve dans un petit moment si tu veux, espèce d'enfoiré, se vante-t-il.

— Si tu te pointes sur le terrain, ce sera déjà bien, rétorque Cam avec un sourire amusé. Mesdemoiselles, messieurs, que la fête commence !

La musique reprend à fond et tout le monde autour de moi hurle, siffle et chante à pleins poumons. Ça, c'est une soirée. Enfin, je crois. Je n'en ai jamais fait d'autres.

Une heure et demie après notre arrivée, ou peut-être plus (je commence à perdre la notion du temps), je m'aperçois que mes deux amies ont disparu quand je reviens des toilettes. J'en suis déjà à deux bières et demie. L'autre moitié, c'est Mia qui l'a avalée cul sec. Surprenant, étant donné qu'elle est très petite. Pour ma part, je suis plutôt joyeuse et, comme si ça ne suffisait pas, je fais pipi toutes les cinq minutes. Cette fois, j'ai dû aller à l'étage car les toilettes du bas étaient occupées et qu'on y entendait des bruits suspects. Et quand j'ai réussi à revenir, pile à l'endroit où j'avais laissé mes deux copines, elles avaient disparu.

Va savoir où elles sont fourrées. Sûrement à la cuisine en quête de boisson. Comme si elles n'en avaient pas eu assez. Elles sont ivres et elles s'en moquent. Ça, c'est nouveau pour moi (pour toutes les trois, en fait), mais c'est vrai qu'on s'éclate. C'est ce que n'arrête pas de répéter Emily. Et ces deux effrontées profitent grandement de la désinhibition que leur procure l'alcool. Elles parlent avec tout le monde. Je ne les reconnais pas. D'ailleurs, on dirait qu'elles ont oublié qu'elles devaient bien se tenir. Ce n'est pas elles que ma mère engueulera si on rentre toutes les trois bourrées. Je décide de tenter ma chance dans la cuisine. Je n'ai pas fait un pas que j'entends une voix familière dans mon oreille gauche.

— Salut, beauté. Ça va ? Tu es seule ?

Des mèches brunes entourant des yeux verts brillants. Un sourire contagieux.

— J'ai perdu mes copines, je confesse en haussant les épaules. Elles sont rapides et insaisissables… et un peu saoules, j'ajoute en baissant la voix comme si c'était un secret.

— Ouf, heureusement que je t'ai trouvée, alors, me taquine-t-il. Une fille sans copines dans une fête comme celle-là, c'est du miel pour les abeilles.

— C'est ce que tu es, toi ? Une abeille ?

— Ça, c'est ce que toi, tu penses. Vous vous amusez bien ?

— Un peu trop.

— Tu as beaucoup bu ?

Je ne réponds pas à cette question. Parce que, au même instant, dans son dos, je vois le couple qui était enfermé dans les toilettes du bas sortir. Tyler et Blair. Elle est en train de réajuster les bretelles de sa robe noire. Ce qui s'est passé là-dedans est plus qu'évident. Cam pivote pour voir ce qui m'a causé une si forte impression.

— Ah ça ! Typique de Tyler en soirée. Au moins, cette fois, il n'a pas atterri dans mon lit, rumine-t-il.

Je tente de reporter mon attention sur lui mais, alors que je fais un pas en arrière, je manque de tomber de mes nouveaux talons. Cameron me rattrape par le coude et l'inertie me pousse vers lui. Tout contre son torse.

— Tu as beaucoup bu ? répète-t-il sans me laisser m'éloigner d'un millimètre.

— Deux bières, je minimise.

— Tu es trop fragile pour ce genre de fêtes, se moque-t-il sur un ton affectueux. Rends-moi service et bois un coca avant de repartir sur la bière, OK ?

Il ne me lâche toujours pas. Juste derrière lui, près de la porte des toilettes, Jessica Harris nous observe avec beaucoup d'attention. On dirait qu'elle va tuer quelqu'un. Concrètement, ses yeux sont braqués sur moi.

— Cam, je proteste pour qu'il me laisse m'écarter un peu, ta petite copine nous regarde.

Il fronce les sourcils.

— Quelle petite copine ?

— Jessica Harris.

Il fait la grimace.

— Elle est venue me menacer, tout à l'heure. Il faut que je garde mes distances avec toi, un truc du genre.

— Ignore-la. Elle aboie beaucoup, mais elle ne mord pas.

— Tu sors avec elle ? je demande, cash.

Il éclate de rire.

— Bien sûr que non. On est sortis ensemble deux fois, rien de plus. Il n'y aura jamais rien de plus. Jess n'est pas mon genre.

— Et c'est quoi, ton genre ? je demande en m'écartant légèrement, toujours accrochée à son bras.

Il porte encore mon *smile*.

— Ashley… commence-t-il, et il me regarde si fixement que j'ai l'impression que ce vert intense va déteindre sur mes neurones. Ton petit copain nous regarde.

Je jette un coup d'œil à la ronde. Tyler nous observe à distance, gobelet à la main. Blair n'est pas là.

— Fais comme si je t'avais dit quelque chose de très drôle, suggère Cam.

Et je me mets à rire. Pour de bon. D'abord étonné par ma réaction, il finit par s'esclaffer avec moi. Je termine pliée en deux.

— Ce que tu as dit était vraiment drôle, je déclare, toujours hilare.

Cameron Parker, au beau milieu de sa propre fête d'anniversaire, me demande de glousser comme une baleine pour rendre Tyler Sparks jaloux. Au fond, c'est la chose la plus cocasse que j'aie entendue de ma vie.

— Tes amies aussi s'amusent bien.

Je suis la direction qu'indique sa main. Elles sont là, bière à la main, en train d'encourager Ryan Johnson, le running back de l'équipe, à boire un litre de va savoir quoi d'un seul trait. Incroyables, ces deux-là. À croire qu'elles ne se rappellent pas que j'existe.

— Je vais leur botter les fesses pour m'avoir abandonnée.

— Ne fais pas ta rabat-joie et laisse-les profiter. Reste un peu avec moi.

Mon ventre se noue à nouveau. Que je reste avec lui ? Il n'y a rien qui me ferait plus plaisir au monde, sauf peut-être rester avec Tyler Sparks. Mais le sale regard de Jessica commence à me déranger.

— Je ne voudrais pas que ta petite amie me mette une raclée, je m'excuse.

— Moi non plus, je ne voudrais pas que ton petit ami me pète la gueule, mais je veux bien courir le risque.

Bordel. Je n'ai qu'un pas à faire pour l'embrasser. L'embrasser avec tout le désir que j'ai accumulé jusqu'à ce que le reste de la fête disparaisse. Je ne sais même pas ce que je ressens, avec Cam sous mon nez et Tyler les yeux rivés sur nous dans mon dos. Cameron Parker ne peut pas être attirée par une fille comme moi. Pas avec Jessica Harris à ses pieds. Et je ne devrais pas m'intéresser à lui. Qu'est-ce que je suis en train de faire ? Je suis amoureuse de son meilleur ami depuis toujours.

— Je ne veux pas te monopoliser pendant ton anniversaire...

Je recule de deux pas.

— À plus tard.

Je tourne les talons et m'éloigne en direction de mes amies. Il ne dit rien, mais je sens son regard sur moi.

Je me mêle aux gens et, alors que je suis presque arrivée près d'Emily, une queue-de-cheval blonde me stoppe dans ma progression. Il ne me manquait plus que ça. Je ne crois pas que Jessica soit capable de me tirer les cheveux devant tout ce monde, mais qui sait ? On ne peut pas faire confiance à une pom-pom girl.

— Tu es bouchée, Ashley ? Tu as peut-être besoin que je te répète de laisser Cam tranquille ? Ne perds pas ton temps. Tu ne joues pas dans cette cour.

— Si tu en es si certaine, pourquoi ça t'inquiète tant ? je réplique, enhardie par l'alcool. Ne t'en fais pas. Cam ne m'intéresse pas. Tu permets ?

À ma grande surprise, elle s'écarte. Tant mieux. Je décide de changer de destination et d'aller chercher à boire à la cuisine, s'il reste quelque chose, avant de me joindre aux jeux d'alcool qu'Emily est en train de faire avec les joueurs des Eagles. Mia n'est plus là ; j'imagine qu'elle est partie aux toilettes.

On dirait que ce n'est pas mon jour de chance, parce que quelqu'un s'interpose de nouveau sur mon chemin. Mais cette fois, c'est plutôt agréable. En levant le nez, je tombe sur des yeux noisette souriants. Tyler me tend un verre rempli à ras bord, j'ignore de quoi.

— Qu'est-ce que c'est ? je préfère demander avant de le prendre.

— Rhum-Coca. Goûte, ça va te plaire.

Cameron m'a dit de boire du Coca, mais il n'a pas spécifié si je pouvais le mélanger avec autre chose ou pas. Je prends la liberté de trancher. J'enlève le verre des mains de mon amour platonique et je bois une gorgée. C'est très chargé en alcool. Mais je suis dans la cour des rebelles, désormais, et je dois boire comme elles. Je regarde Tyler. Il tient son propre verre dans sa main, donc... Il a préparé ça pour moi ? Ou pour sa copine ? Peu importe. Je me réjouis qu'il soit là, avec moi.

— Tu t'amuses bien ? questionne-t-il.

J'acquiesce.

— Je ne t'avais jamais vue en soirée, fait-il remarquer.

— Tu ne m'avais jamais invitée, dis-je, enjôleuse, comme si c'était exclusivement sa faute.

— Si j'avais su que tu étais si belle, je t'aurais invitée chaque fois.

Il est bourré. Ça se voit comme le nez au milieu de la figure et son haleine exhale l'alcool. Pourtant, mon cœur bat la chamade. J'ai du mal à en croire mes oreilles. Il doit y avoir une erreur.

— Peut-être que j'ai toujours été belle, mais que tu n'avais pas bien regardé.

Il sourit. Largement. Avant de se pencher à mon oreille.

— Tu as toujours été belle, Ash.

Il a beau chuchoter, je l'entends par-dessus la musique et mes neurones commencent à tomber, un à un, comme des dominos.

— Et si, je t'ai regardée. Très souvent.

Il s'écarte de dix centimètres à peine, mais je suis piégée dans ses yeux. Enfin, je réussis à me dégager pour vérifier les alentours. Je me suis déjà confrontée à Jessica, je n'ai aucune envie d'avoir Blair sur le dos. Mais j'ai beau balayer les visages des gens du regard, je ne la vois pas. Les yeux verts de Cam sont là, en revanche. Il nous observe. Je souris un peu pour lui faire savoir que notre plan recommence à prendre forme, mais il ne réagit pas. Il a l'air triste. Qu'est-ce qui lui arrive ? Il descend son gobelet d'un trait avant de le jeter sur une table en bois. Un dernier regard et il s'en va à l'autre bout du salon.

Je reporte mon attention sur Tyler, qui a les yeux rouges et un peu de mal à articuler, mais qui m'attire toujours aussi irrésistiblement. Ça, je ne peux pas le lui dire, bien sûr.

— Tu es bourré, j'assène, et je le repousse.

— Il paraît que quand on est saoul, on ne dit que la vérité. En plus, à toi, je ne peux pas mentir. Je mens à tout le monde, mais pas à toi. À toi, je ne peux pas mentir, répète-t-il, tout saoul qu'il est. C'est pour ça que je ne veux pas te regarder, parce que… tu vois à travers moi.

Il met deux doigts devant mes yeux puis devant les siens, avant de gesticuler comme si sa tête allait exploser.

— Mais tu as toujours été si… si belle… Ash…

Je secoue la tête énergiquement.

— Ne me raconte pas d'histoires. Et cesse de boire une bonne fois, vous avez un match demain, je lui rappelle, plus pour Cameron que parce que j'en ai quelque chose à faire.

— Tu me plaisais beaucoup, tu sais ? continue-t-il comme s'il ne m'avait pas entendue.

Ce n'est probablement pas le cas.

— Tu me plaisais beaucoup. Tu m'as manqué.

Je devrais être en train de flotter sur un nuage. Je devrais, et je ne sais pas pourquoi je ne le suis pas. Peut-être parce que je n'en crois pas un seul mot. Parce qu'il est bourré. Peut-être parce que moi aussi, je le suis un peu, et pourtant je n'arrête pas de boire dans le verre qu'il m'a donné, même si je n'aime pas le goût du rhum-Coca. Ou peut-être parce qu'il y a un quart d'heure, le type se tapait sa petite copine dans les toilettes de chez Cam.

— Ce n'est pas moi qui ai cessé de te parler du jour au lendemain, je lui rappelle.

Je passe à côté de lui en le bousculant d'un coup d'épaule. Il est trop ivre pour me faire une blague du premier avril, ça, c'est sûr. Mais trop aussi pour que je le prenne au sérieux. Moi, je me souviens parfaitement de ce qui s'est passé il y a quatre ans. Il m'a donné le baiser de ma vie un après-midi sur la pierre froide d'un banc derrière cette maudite église, dans notre quartier. Je me souviens que le lendemain, je n'ai pas eu de nouvelles de lui. Et qu'il m'a à peine reparlé en quatre ans. Je m'en souviens et je mourais d'envie d'entendre ces mots de sa bouche. Je mourais d'envie de l'avoir si proche et de revoir ces fichues étincelles dans ses yeux noisette. Oui, j'en mourais d'envie. Mais pas comme ça. Pas avec sa petite amie quelque part dans cette soirée pleine d'idiots qui ne se sont même pas abaissés à m'adresser un regard de leur vie. Pas face à un Tyler bourré. Peut-être même défoncé. Ça ne doit pas se passer ainsi. Ce n'est pas ce dont je rêvais. Il va falloir que j'adapte mes rêves à la réalité. Mais pas ce soir. Ce soir, j'ai l'esprit troublé. Et je ne veux pas aller plus loin.

Il m'attrape par le bras et me fait pivoter vers lui à nouveau.

— Ash, si je me suis éloigné de toi, ce n'est pas parce que tu ne me plaisais pas. Le problème, c'est que tu me plaisais. Tu me plaisais trop.

Je suis très confuse. De plus en plus. Cette situation est trop compliquée. C'est en train de devenir trop compliqué. Mais je me souviens encore de ses mots quand il était sobre. Et sans l'alcool au milieu, il a été très clair. Comme de l'eau de roche. Il ne ressortira jamais avec moi. C'est mon tour de lui montrer que je ne suis plus la même. Que je suis une *bad girl*. Qu'avec moi, ce ne sera pas si facile.

— Le passé est passé, je récite, et je lui souris avec affront avant de continuer. Pour rien au monde je ne ressortirai avec toi, Tyler Sparks.

Je libère ma main de son emprise et m'éloigne. Mes jambes tremblent un peu. D'accord, beaucoup. Je descends d'un trait ce qui reste dans mon verre pour essayer de reprendre des forces et poursuivre comme si de rien n'était. Désormais, je suis une dure à cuire. Désormais, c'est moi qui tiens les rênes. C'est moi qui vais manipuler Tyler comme une marionnette, comme il l'a fait avec moi pendant des années.

Je m'efforce de ne pas me retourner et je file à la cuisine. Mon véritable objectif avant cette rencontre fortuite. Je n'ai nullement besoin de boire davantage. Je dois probablement ne pas le faire. Mais maintenant que je commence à me sentir si désinhibée, cela ne me paraît pas une mauvaise idée. De fait, ça me paraît une idée géniale. Je m'arrête dans l'encadrement de la porte, incapable d'aller plus loin, car devant mes yeux se déroule une scène que je n'aurais même pas imaginée dans mes pires cauchemars. Je viens de comprendre pourquoi Blair Wells n'est toujours pas venue m'assassiner. Elle est là, à parler avec Mia, plutôt proches l'une de l'autre, je dirais. La sorcière joue avec une des mèches blondes de mon amie comme si Mia était sa Barbie grandeur nature. Je ne veux résolument pas en voir plus. Mia me devra des explications, demain. Détaillées. Pour le moment, je n'en peux plus de cette maudite soirée et de ses montagnes russes émotionnelles : la peur à l'arrivée, le malaise face aux menaces de Jessica, ces envies absurdes d'embrasser Cam, la confusion la plus totale face à la déclaration de Tyler… et maintenant ça. Trop pour une seule nuit.

Je tourne sur mes talons pour m'enfuir. Loin de l'image de ces deux-là collées comme si elles étaient très bonnes amies… ou plus. Loin de ma propre confusion mentale et de la nausée que commence à me causer le satané rhum que Tyler m'a donné. Je me dirige vers l'escalier, afin de voir si je parviens à trouver un peu de paix à l'étage, quitte à m'enfermer dans les toilettes. Mais je sens quelqu'un me plaquer contre le mur, et je suffoque quand le corps de Tyler se colle au mien, sa bouche à quelques millimètres de la mienne.

— Merde, Ash… murmure-t-il et ça sonne presque comme du désir.

Et si on doit parler de désir, le mien est en train de grossir à l'intérieur de moi et de se répandre dans l'ensemble de mes fibres nerveuses. Je veux me fondre dans cette bouche. Je veux l'embrasser avec tous mes foutus sens, avec chacune des cellules qui me composent. Je veux qu'il me touche, et je veux tellement le toucher que j'en ai mal aux doigts. C'est ça que je veux. Rien à foutre de la confusion. Je veux Tyler Sparks. Et je le veux maintenant. Bourré ou sobre. Défoncé. Joyeux ou triste, ou même complètement déséquilibré. Je le veux. Je n'ai jamais voulu personne d'autre. Je ne le voudrai jamais. Et je veux lui donner ce baiser auquel je rêve depuis quatre longues années. Mais en mieux. Et ça ne sera pas comme le premier. Parce que j'ai brûlé la tendresse et l'innocence en chemin. Je veux nous embraser tous les deux.

— Tyler, je prononce à mi-voix et je crois que même lui ne m'entend pas.

Il me caresse la lèvre inférieure avec son pouce et s'écarte pour me laisser un peu d'espace, même si je n'en ai pas envie. J'ai envie de lui crier de revenir. Un peu plus près. Beaucoup plus près. Jusqu'à ce qu'il ne puisse plus s'approcher davantage.

— Ashley, Ashley. Qu'est-ce que tu fais ? Qu'est-ce que tu me fais ?

Il recule en faisant non de la tête. Il paraît désolé. Et moi, je veux le consoler. Je peux le consoler. Oublions tout le reste, pour une fois. Rien que lui et moi. Comme cela devrait être. Comme cela aurait toujours dû être.

Je suis sur le point de m'approcher de nouveau quand j'entends une voix à ma droite.

— Tyler.

C'est Blair. Je crois qu'elle ne s'est même pas aperçue de ma présence. Mon amour la regarde et ne dit rien. Il semble presque plus déstabilisé que moi. La sorcière passe un bras autour de sa taille.

— Viens, on y va. Tu es ivre mort, dit-elle, comme si personne ne s'en était rendu compte.

Je reste là, dos au mur. Qu'est-ce qui vient de se passer ? Je ne comprends pas. Je n'arrive pas à digérer l'information. Maintenant que Tyler est à plus d'un mètre et demi, je peux recommencer à fonctionner comme une humaine. Petit à petit, mon esprit revient. Pas complètement. Dans la mesure de ce que me permet l'alcool que j'ai ingurgité. C'est peut-être ça, la clé pour terminer la nuit sans devenir folle. Un peu plus d'alcool.

Je vais droit à la cuisine et j'entre en m'attendant à trouver Mia, mais elle n'y est pas. Je farfouille entre les bouteilles, je n'y connais rien. Sur celle-ci est écrit « rhum ». Parfait. Il paraît qu'il vaut mieux ne pas mélanger. J'aurais pu y penser avant de boire de la bière puis du rhum. Mais il est trop tard, et je suppose qu'il est toujours temps de ne pas aggraver les dégâts. Je me prépare un rhum-Coca sans être très sûre des proportions. Je goûte. Il est moins chargé que celui que m'a donné Tyler. Mon moi du futur me remerciera, j'en suis sûre. Je sirote à petites gorgées, agrippée au plan de travail.

J'en suis presque à la moitié quand Troy et Ryan entrent dans la cuisine en se bousculant, hilares. Ils se rendent à peine compte de ma présence et je m'échappe vers l'immense salon. Mieux vaudrait que je cherche mes amies. Cela fait un moment que je ne les ai pas vues et j'ai besoin de compagnie. Même si, à cette seconde, j'ai surtout envie de voir Cam. J'ai envie de l'entendre s'inquiéter car j'ai trop bu, se moquer de ma tolérance à l'alcool. Je veux qu'il me dise que Tyler est un idiot mais qu'il fera tout pour qu'il tombe dans mes bras, puisque c'est le garçon de mes rêves. Je veux pouvoir rire de tout ce qui s'est passé cette nuit. Je veux que son sourire me contamine quand je lui raconterai que j'ai dit à Tyler que pour rien au monde je ne ressortirai avec lui, puis que j'ai failli craquer, et que mes lèvres me picotaient tellement j'avais envie de l'embrasser. Je veux des regards verts intenses. Et il se peut que j'aie à nouveau envie de l'embrasser. Je ne comprends pas ce qui m'arrive. Pourquoi, subitement, suis-je attirée par les deux plus beaux mecs de ce maudit lycée ?

Je fais les cent pas dans le salon à la recherche de son visage. Mèches brunes et yeux émeraude brillants. Mais où est-il passé, à la fin ? Je le trouve, et je reste interdite. Pas étonnant que j'aie eu du mal à le repérer. On ne peut pas vraiment voir son visage, en fait. Il est assis au bord d'un fauteuil, sous une fille à la robe rouge microscopique, une queue-de-cheval blonde qui lui arrive jusqu'à la taille. Il est en train de la dévorer de baisers. Presque littéralement. Il l'embrasse, avide, enragé. Une main dans ses cheveux blonds et l'autre cachée dans le bas de sa robe. Jessica Harris avait peut-être raison : Cameron Parker lui appartient. Un peu, du moins. Pour cette nuit, en tout cas.

Mon ivresse redescend si vite que j'ai l'impression que je vais m'évanouir. Mon estomac est sens dessus dessous et mon cœur bat à toute vitesse. Je ne sais même pas ce que je ressens. Je ne comprends pas ce qui m'arrive. Je sais juste qu'il faut que je sorte de là. Maintenant. Je sens bientôt une pression atroce dans ma tête, ma vue se brouille, les yeux me brûlent. Et je ne peux me résoudre à cesser de regarder, même si j'en ai envie. Madame l'embrasse dans le cou tandis qu'il remue la main sous sa robe. Jess rejette la tête en arrière et se mord la lèvre. Elle est beaucoup plus belle que moi, beaucoup plus sexy, beaucoup plus téméraire. J'effleure mon bras à l'endroit où est encore écrit *Fearless.* Avec son écriture. C'est ce qu'elle est et ce que je ne serai jamais. « Jess n'est pas mon genre. »

Plus il l'embrasse, plus je sens que je meurs encore un peu.

— Ashley ! m'appelle une voix non loin. Ashley, où tu étais passée ? Ça fait trois heures que je te cherche.

Je me tourne vers elle. Désespérée.

— Em, fais-moi sortir d'ici. Fais-moi sortir d'ici maintenant, je supplie.

Mia et elle me traînent hors de chez Cam. Emily reste avec moi tandis que Mia retourne à l'intérieur récupérer nos vestes. Il fait sans doute très froid dans la rue, mais je ne sens rien. J'enlève mes chaussures et j'enroule les lanières sur mes doigts pour les porter à la main. Emily ne me laisse pas seule ; Mia doit courir pour nous rattraper. Elles jettent ma veste sur mes épaules. Je les entends parler, je ne comprends pas ce qu'elles disent.

La seule chose bien réelle pour moi à ce moment-là, ce sont les larmes qui coulent à flots sur mes joues.

Je ne sais même pas pourquoi je pleure.

9.
I Almost Do

Je me réveille dans mon lit avec une douleur aiguë au crâne, asphyxiée de chaleur. Mes amies sont comme des radiateurs, chacune de part et d'autre de mon corps sous la couette. Nous n'avons pas touché au matelas que ma mère avait préparé au sol. Nous sommes toutes les trois serrées dans le lit. Je crois que c'est parce qu'elles ont pensé que j'avais besoin de réconfort. Le premier souvenir qui me vient en tête est l'image de Cam embrassant Jessica Harris, avec application, la main sous sa jupe. Ça augmente brusquement la pression que je ressens dans la poitrine. Je ne peux pas respirer. Je me redresse et me découvre pour essayer de gonfler les poumons.

— Ash, murmure Mia à ma droite. Qu'est-ce qui se passe ?

Emily se redresse à son tour et me regarde, inquiète. Je fais un geste pour indiquer que je vais bien.

— Les filles, dis-je quelques secondes plus tard, quand je commence à me sentir mieux. Qu'est-ce qui m'est arrivé, hier ?

— Tu as vu Cameron Parker peloter Jessica et tu es sortie en pleurant comme une Madeleine, raconte Emily calmement.

Elle se lève et cherche son sac sur le sol. Elle en sort des antalgiques, puis attrape une petite bouteille d'eau sur ma table de nuit. Elle la tend d'abord à Mia. J'ai l'impression que nous regrettons toutes d'avoir bu hier.

— Ce serait bien que tu nous expliques un peu, opine Mia après avoir avalé deux comprimés. Pour ce qu'on en savait, ta relation avec Cameron Parker était purement professionnelle. Non ?

Elle répète mes propres mots.

— Je ne sais pas ce qui m'est arrivé, je reconnais en prenant deux antalgiques à mon tour. J'étais très confuse, je venais d'avoir une conversation tendue avec Tyler et je voulais parler avec lui… quand je l'ai vu…

J'essaie de me rappeler ce que j'ai ressenti, ce que j'ai pensé, si toutefois j'étais capable de penser.

— Je ne le sais pas moi-même…

— Tu avais bu, tu l'as vu pratiquement en train de baiser sur ce canapé et tu t'es sentie jalouse, tranche Emily. Eh, ne te rends pas malade, même moi, j'étais verte.

Je réfléchis. Jalouse ? Est-ce de la jalousie que j'ai ressentie en les voyant ? Je ne sais pas. Je n'en ai aucune idée et je sens que je suis en train de me trahir moi-même. De trahir cette Ashley qui est fidèlement amoureuse du même garçon depuis quatre ans. Je n'ai pas le droit de ressentir quoi que ce soit pour un autre. Je ne peux pas faire ça à Tyler.

— Les filles, je crois que Cam me plaît, je prononce à mi-voix.

Elles lâchent une exclamation de surprise. Les reines du mélodrame.

— Je crois qu'il commence à me plaire... Ce n'est pas possible, pas vrai ? Je suis folle de Tyler. Vous le savez. Tout le monde le sait. Je le sais. Je suis amoureuse de lui depuis toujours. Est-ce que c'est possible que j'aie soudain envie d'embrasser son meilleur ami ?

Je les regarde à tour de rôle. Assises chacune d'un côté de mon lit, elles ne disent rien pendant un moment, et je finis par me sentir un peu hystérique sur les bords.

— C'est parfaitement normal d'être attirée par quelqu'un même si tu as des sentiments très forts pour une autre personne, opine enfin Mia.

— Bon sang, mais oui, Ash ! Moi aussi, j'ai envie d'embrasser Cameron Parker chaque fois qu'il est devant moi, affirme Emily avec un sourire rêveur. Le mec est splendide et, franchement, plus agréable que Tyler, dit-elle en haussant les épaules. Ça ne signifie rien. Simplement que c'est un garçon attirant et qu'en tant que tel, il attire des filles comme nous. Sauf Mia.

Elle l'exclut d'un geste dédaigneux avant de glousser.

— Mais nous, oui. Regarde moi, par exemple. Je suis très amoureuse de Scott, vous le savez, je ne le changerais pour rien au monde. Mais merde, chaque jour, je flashe sur un mec différent, encore plus dans une soirée comme celle d'hier. Est-ce que ça signifie que je trahirais Scott ? Jamais de la vie, se répond-elle à elle-même. Ça signifie que, j'ai beau l'aimer beaucoup, j'ai toujours des yeux sur la tête.

— OK, OK, tu m'as convaincue. Le fait que la situation d'hier m'ait perturbée ne signifie rien, en réalité. Je suis amoureuse de Tyler depuis longtemps. L'histoire avec Cam, c'est une bêtise.

Je suis surtout en train d'essayer de me convaincre moi-même. Mais les deux autres semblent d'accord avec mon argument.

— Les filles !

Nous entendons la voix de ma mère s'approcher dans le couloir. Elle passe bientôt la tête par la porte, et Emily cache la tablette d'antalgiques sous la couette à la hâte.

— Alors, cette fête ? demande ma mère joyeusement. Vous vous êtes bien amusées ?

Nous faisons toutes oui de la tête.

— Tout va bien ? insiste-t-elle.

— Bien sûr, maman.

— Je ne vous ai pas entendues rentrer.

— On a été très discrètes. On ne voulait pas vous réveiller.

— D'accord. Vous voulez prendre un petit déjeuner ? propose-t-elle.

Emily regarde sa montre et se lève d'un bond.

— Non, moi, je dois y aller, dit-elle en ramassant ses vêtements sur le sol.

— Mia et moi on descend bientôt, maman, j'annonce.

Avec un peu de chance, elle va se montrer satisfaite et nous laisser un peu d'intimité.

Une fois Emily partie et ma mère redescendue au rez-de-chaussée, je plante mon regard dans celui de Mia. Elle hausse les sourcils, un peu intimidée.

— Qu'est-ce qu'il y a ? finit-elle par demander.

— Dis-moi ce que tu faisais hier avec Blair Wells.

Je prends ma plus belle tête de méchant flic.

— Avec Blair ? Il ne s'est rien passé avec Blair, hier soir…

Je continue de la fixer, en espérant que mon langage corporel laisse entendre que je n'en crois pas un mot.

— Je vous ai vues dans la cuisine. Tu sais…

J'attrape une mèche de ses cheveux et je joue avec comme j'ai vu Blair le faire hier soir. Mia sourit, amusée.

— On parlait. Il ne s'est rien passé. Un peu de rentre-dedans, peut-être, ajoute-t-elle l'air de rien, ce qui me laisse bouche bée. Allez, Ash. C'est pareil que toi avec Cam. J'adore Gina, je ne ferais rien pour gâcher ma relation avec elle. Mais je dois reconnaître que Blair Wells m'excite un peu.

— Elle t'excite ? Quoi… ?

Elle rit tout bas.

— J'avoue que ce n'est pas vraiment quelqu'un de bien. Ne crois pas que je m'entends bien avec elle et que je vais devenir son amie. Jamais de la vie. C'est juste qu'il y a quelque chose chez elle que je kiffe. C'est tout.

C'est tout. Elle dit ça tranquillement. Depuis que Mia a fait son coming-out, je ne la reconnais pas. Elle donne l'impression d'être très sûre d'elle. C'est peut-être ça qui m'arrive, à moi, quand j'ai les yeux verts de Cam à côté. Même si je ne définirais pas ça comme de l'attirance sexuelle. Plutôt de la tendresse. Cameron Parker m'inspire de la tendresse.

Je n'entends plus parler de Cam jusqu'au lundi matin en cours de SVT. Je ne l'ai même pas croisé dans les couloirs. J'ai vu sa voiture passer devant chez moi ce matin, bien sûr. Mais pas de contact entre nous. Ça me fait presque bizarre, un jour entier sans un seul message de sa part. Je n'ai pas non plus de nouvelles de Tyler (rien d'étonnant venant de lui). Et je sais parfaitement pourquoi je n'ai pas écrit à Cameron. Je sais pourquoi j'ai passé la journée d'hier à penser à lui, sans vouloir l'appeler. Je suis fâchée. Je suis fâchée et je ne sais même pas pourquoi, puisque je n'ai pas le droit de l'être. Mais m'expliquer que Jessica n'est pas son genre pour ensuite la tripoter sur le canapé, ce n'était pas bien de sa part. Ou alors si. Je ne sais pas. Ça ne devrait pas m'affecter. Pourtant, ça m'affecte. Est-ce que je suis jalouse ? Aucune idée. Mais j'essaie de me convaincre que c'est seulement parce que cette maudite Jess est la personne la plus odieuse de la planète Terre. À part Blair, bien sûr. Et personne n'aime que ses amis fricotent avec l'ennemi, pas vrai ? Voilà, je sais donc pourquoi je ne lui ai pas écrit. Mais lui, pourquoi il ne m'a pas écrit ? Je n'en ai pas la moindre idée. Même pas un petit message. Même pas un : « Vous êtes bien rentrées ? Je ne vous ai pas vues partir. » Rien. Tu parles qu'il n'était pas en mesure de dire au revoir aux gens…

Je m'assieds à ma place deux minutes avant que la cloche sonne. Emily roule une pelle à Scott dans le couloir. Mia est à son cours de mathématiques, elle doit être en train d'échanger de petits regards avec Gina. Et Grace, aucune idée, sans doute en train d'embrasser Joe Richardson à la porte d'une classe elle aussi.

Ô monde cruel, pourquoi suis-je la seule à être célibataire alors que toutes mes amies sont casées ? *Un peu de patience, Ashley, Tyler est sur le point de succomber.* J'ouvre mon livre de SVT pour m'occuper, voilà où j'en suis niveau solitude. Si jeune. Et dans ma trousse, je trouve une boulette de papier.

Permets-moi d'en douter (du fait que t'aimes pas les crétins). C.

Je ne peux éviter de sourire. Ce message date du premier jour où nous avons parlé. Quand il n'arrêtait pas de m'envoyer des mots. Qu'est-ce qu'il était lourd ! Mais le fait est qu'il avait raison : on dirait bien que oui, j'aime les crétins.

La cloche sonne et les gens qui obstruaient la porte entrent dans la classe. Je les vois arriver. Tous les deux ensemble. Ils sont en train de parler et je vois Cam lever les yeux au ciel quand Tyler dit quelque chose avec une tête marrante. Ce dernier rit et l'autre s'éloigne. Il va directement à sa table, mais ne me regarde pas. Moi, je contemple mon blondinet préféré et il me regarde. Il me sourit discrètement, je lui réponds. Je n'ai pas le choix. C'est automatique. Puis il me tourne le dos et s'assied à sa place. Alors je reporte mon attention sur Cam, en train de déposer son sac à gauche de son bureau.

— Salut, Ash, chuchote-t-il sans beaucoup d'enthousiasme avant de s'asseoir.

— Salut, je réponds sur le même ton.

Et c'est tout. Je l'observe du coin de l'œil une fois de plus, pile quand le professeur entre dans la classe.

Cam est en train d'ouvrir son cahier. Totalement dans son monde. J'ai l'impression qu'il est aussi contrarié que moi. Pourquoi ? Quelle mouche l'a piqué ? Il se pose peut-être la même question à mon sujet.

Nous passons le cours à nous lancer des regards en coin. Je sens ses yeux chaque fois qu'ils se posent sur moi, j'imagine qu'il en va de même pour lui. Mais quand nos regards se croisent enfin, nous tournons tous les deux la tête bien vite. Comme des enfants. J'aimerais dire quelque chose pour en finir avec tout ça, mais j'ignore quoi. Je n'ai même pas de motif rationnel pour être en colère. J'ai besoin de savoir ce qui lui arrive, à lui. Finalement, c'est lui qui met un terme à notre guerre de regards silencieux en me faisant passer un mot. Je l'attrape et l'ouvre sans perdre une seconde, quitte à me faire pincer par M. Woodward.

Qu'est-ce qui s'est passé à la fête ? C.

Je fronce un peu les sourcils.

Comment ça, qu'est ce qui s'est passé à la fête ? Ce qui s'est passé à la fête, c'est qu'il a roulé des pelles à Jessica Harris comme si c'était la fin du monde. Voilà exactement ce qui s'est passé. Je retourne le papier pour écrire derrière.

C'est plutôt moi qui devrais te demander ce qui s'est passé. A.

Je le dépose sur sa table, et je le vois me lancer un regard incrédule une fois qu'il l'a lu. Il se dépêche d'attraper un autre bout de papier.

Avec Tyler, je veux dire. C.

Je le reçois et je hoche la tête. Bien sûr. Avec Tyler. J'en avais presque oublié notre plan. Mais pour l'instant, c'est la chose qui m'importe le moins, alors je retourne le papier et réponds.

Avec Jessica, je veux dire. A.

Je le vois pincer les lèvres comme s'il était énervé. Il ne me regarde même pas. Il fait une petite boule avec et me la lance sur le côté. Elle percute ma joue et tombe par terre, mais je me dépêche de la récupérer avant que le prof la trouve. Quel crétin !

Dès que la cloche sonne, je ferme mon livre d'un coup sec et ramasse mon sac à dos, prête à sortir dès que possible de cette fichue classe. Cam se lève en même temps que moi, sans ses affaires, et m'attrape par le bras avant que j'aie pu m'éloigner. Il parle à voix basse, près de mon oreille.

— On peut savoir ce qui t'arrive ? assène-t-il.

— On peut savoir ce qui t'arrive à toi ? Je croyais que Jess n'était pas ton genre, je répète d'un ton moqueur.

Je le vois sourire un peu. Le sourire le plus crapuleux que je lui aie jamais vu depuis le début de notre plan.

— Tu es jalouse, Ashley Bennet ? m'accuse-t-il d'un ton bien plus cynique que le mien, en effleurant le lobe de mon oreille de ses lèvres.

Je pousse un soupir et m'écarte, secouant le bras pour me libérer de sa main.

— Tu rêves, dis-je en le regardant d'un air renfrogné.

— C'est bien ce qui me semblait.

Il hoche lentement la tête pendant qu'il parle.

— Tu as déjà suffisamment à faire avec Tyler. Et d'après Jessica, tu as dit que je ne t'intéressais pas.

Je fronce les sourcils.

— Tu es jaloux, Cameron Parker ?

Nous pouvons tous les deux jouer à ce petit jeu.

— Tu rêves, me copie-t-il. Mais je pensais que tu avais compris que Tyler fait attention à toi seulement quand il pense que tu sors avec moi.

Il frappe là où ça fait mal.

— Alors ça ne me paraît pas très intelligent de crier sur tous les toits que je suis le dernier homme avec qui tu sortirais sur la planète Terre.

Il grogne presque.

C'est donc ça.

— Ce n'était pas non plus très intelligent de coucher avec Jess, histoire que Tyler comprenne bien que tu n'es pas du tout intéressé par moi.

— Eh ! C'était mon anniv. Laisse-moi m'amuser un peu, demande-t-il, mais je continue à le sentir tendu. Les baises d'anniversaire sont les meilleures, dit-il d'un air salace.

Tant que je suis obligée de détourner le regard.

— On a un marché, Ashley. Tu vas exécuter ta part, oui ou non ?

Sa voix semble troublée, mal assurée. Visiblement, ce n'est pas son meilleur jour. Hier, ils ont gagné le match, pourtant. Je ne veux même pas savoir dans quel état il serait s'ils avaient perdu.

— Encore heureux, je réponds avec suffisance.

— Bien. Alors rendez-vous demain après-midi à cinq heures à l'angle des rues San Juan et El Centro. Tu sais où c'est ?

J'acquiesce. C'est un peu loin et, que je sache, il n'y a rien à faire par là-bas.

— Tu pourras prendre la voiture de ta mère ? demande-t-il.

— Oui, pas de problème, je réponds alors que je n'en suis même pas sûre.

Je ne suis pas sûre non plus d'avoir envie de faire quoi que ce soit qu'il ait prévu demain. Mais le fait est que, bon sang, peu importe ce dans quoi je me suis lancée, ça fonctionne pour attirer Tyler. Et ça, c'est ce que je veux.

Cam ne dit rien de plus et ramasse ses affaires en une seconde chrono. Il me laisse plantée là sans que j'aie le temps de lui demander ce qu'il a l'intention de faire demain.

— Tyler ! je l'entends appeler quand il arrive au niveau de la porte.

C'en est presque drôle : Tyler et Emily, l'un à côté de l'autre, épient notre petite scène. Je sors à mon tour de la salle et, en passant près des deux garçons, j'entends des bribes de leur conversation.

— Mec, tu me prêterais ta moto demain après-midi ? est en train de demander Cameron.

Euh… Sa moto ? C'est quoi l'idée, là ?

— Bien sûr, répond aussitôt Tyler. C'est pour impressionner quelqu'un ? le taquine-t-il.

— Si on veut…

Emily et moi avançons derrière eux jusqu'à nos casiers. Les deux garçons qui sont en train de me rendre folle continuent leur chemin. Tandis qu'Emily ne cesse de me demander ce que m'a dit Cam à la fin du cours, une longue queue-de-cheval blonde attire mon attention. Elle fonce vers Cameron. Je n'entends pas ce qu'ils se racontent, mais Tyler leur dit au revoir et les laisse seuls. Jessica paraît très contente d'avoir mon mentor pour elle toute seule. Cam, pas tellement. Il a l'air gêné qu'elle se tienne aussi près. Son attitude est sèche, tranchante. Et quand il s'en va, avec à peine un regard, je vois clairement la tête que fait Jessica Harris. Au fond, nous ne sommes pas si différentes. Nous sommes toutes les deux amoureuses de garçons qui ne nous correspondent pas.

J'arrive à l'angle de San Juan et d'El Centro à 16 h 50. C'est ma faute, j'ai voulu partir en avance au cas où je me serais perdue. Pas de trace de Cam pour l'instant. Je gare la voiture sur le bas-côté pour ne pas bloquer le passage, mais je laisse la clé sur le contact de façon à ce que la musique continue à résonner. La radio. Je commence à saturer un peu de la playlist de Taylor Swift. J'aurais peut-être dû avertir Cam que je déteste les motos. Mais mon amour platonique est un passionné, il en a une et, c'est sûr, le jour où nous aurons un rencard pour de bon, il voudra me faire faire un tour.

Mon Dieu, tu recommences à te faire des illusions absurdes, Ashley. Maîtrise cette petite tête, s'il te plaît. C'est vrai que c'est une bonne idée de la part de Cam de me démontrer que ce n'est pas grave de monter sur une moto, seulement pour que je ne me dégonfle pas comme une petite fille quand Tyler me tendra un casque et me demandera de m'agripper à sa taille, un de ces jours. C'est une bonne idée, oui, mais c'est encore un peu tendu entre Cameron Parker et moi, alors je ne me sens pas très à l'aise à l'idée de passer l'après-midi avec lui. De fait, je ne sais même pas s'il va venir ou pas, nous n'avons pas reparlé depuis qu'il m'a proposé de nous retrouver ici hier après le cours de SVT.

Mon portable émet un son indiquant l'arrivée d'un nouveau message et je regarde l'horloge. 16 h 55. Je cherche dans mon sac sur le siège passager pour lire le message. Si c'est Cam qui annule notre rendez-vous, je vais le tuer. Je déverrouille l'écran et mon cœur s'arrête. Littéralement. Enfin, pas littéralement parce que je suis encore vivante et, avec un peu de chance, je n'aurai pas besoin d'assistance médicale, mais je crois que j'ai souffert d'une arythmie sévère et, maintenant, mon pauvre petit cœur compense par une tachycardie de malade. Je sollicite beaucoup mon muscle cardiaque, ces derniers temps. Mon organisme et moi étions si tranquilles, il y a deux semaines et un jour. Mais c'est agréable, même si ça met en danger ma santé. Très agréable. Mon écran m'indique que j'ai deux nouveaux messages de Tyler Sparks. J'ai envie de crier et de sauter et de frapper contre le volant et de sourire comme une imbécile. Alors que je ne les ai encore même pas lus. Tyler Sparks.

On dirait qu'il a encore mon numéro. Je n'en ai pas changé. Lui non plus.

Hey, Ash. C'est Tyler. On dirait que tu n'as pas changé de numéro.

J'aimerais te parler, un jour, si tu as un moment. Tu fais quelque chose cet après-midi ?

Mon Dieu. Mon Dieu. Mon Dieu. Je meurs. Merde, je meurs complètement. Heure du décès : 17 h. J'ai été heureuse de la vie que j'ai eue ces deux dernières semaines.

Il aimerait me parler. Cet après-midi. Maintenant. Maudit Cameron, qui tombe toujours si bien. Il ne pouvait pas continuer ma préparation un autre jour ? Non, bien sûr que non. Il a entraînement trois jours par semaine. Tout ça, c'est à cause du football. Tyler aussi est occupé les autres jours. Le mardi est donc la journée libre de mes garçons préférés. Quoiqu'ils ne finissent pas si tard le mercredi… ni le jeudi… Peu importe. Ce qui compte c'est que, en ce moment même, je pourrais avoir un rencard avec Tyler. Mais non. Je suis paumée au milieu de nulle part à attendre Cameron (à supposer qu'il vienne). Je pourrais faire demi-tour tout de suite et lui poser un lapin. Sauf que, désormais, grâce au second capitaine des Eagles, j'apprends à communiquer avec le sexe opposé. Je sais qu'il vaut mieux le faire lambiner un peu. Jouer les dures. Les difficiles. Démontrer à Tyler Sparks que je suis une fille très occupée qui ne court pas après lui comme un petit chien bien dressé. Alors je verrouille mon écran et respire un grand coup. Je répondrai un peu plus tard.

J'entends rugir un moteur et je reconnais instantanément la moto de Tyler. C'est un son qui est marqué au fer chaud dans mon cerveau. Je l'ai entendu tant de fois, entrer ou sortir de son garage. Je jette un coup d'œil dans le rétroviseur. Une Yamaha SCR 950. Noire, avec le réservoir blanc et rouge. C'est le seul modèle que je suis capable de reconnaître. Oui, mon obsession frôle la pathologie. À mesure qu'il s'approche, je songe que ce pourrait être lui. Jean, bottes... La veste de motard est à lui, j'en suis sûre. Le casque aussi. Il s'arrête à côté de ma portière sans arrêter le moteur et je baisse la vitre pour entendre ce qu'il a à me dire. Bon, je sais très bien que c'est Cam, mais on pourrait croire que c'est Tyler jusqu'à ce qu'il remonte sa visière et que je découvre ses yeux verts.

— Tu te lances dans le hard rock, je me moque face à sa tenue.

— Il faut savoir entrer dans la peau du personnage, plaisante-t-il sous son casque. Suis-moi.

Je suis sur le point de demander « où ? », mais il a déjà redescendu sa visière et mis les gaz. Je dois appuyer sur l'accélérateur, beaucoup trop à mon goût, pour ne pas le perdre de vue. Nous dépassons les dernières maisons et ne croisons aucune autre voiture. Des deux côtés, ce ne sont que de vastes champs de culture. Cam traverse la route pour s'arrêter devant une grille en métal qui barre une piste de graviers. Je gare la voiture sur le bas-côté pour ne pas bloquer l'accès au chemin, si toutefois quelqu'un voulait l'emprunter.

Toujours à l'intérieur, je le vois enlever son casque et secouer la tête. Ses cheveux tombent sur son front, plus en bataille que jamais. Je dois m'obliger à respirer lentement pour ne pas suffoquer. Quel spectacle ! Habillé en motard avec la Yamaha entre les jambes, on dirait un James Dean moderne. En plus beau, même. Je descends et fais le tour de la voiture pour m'approcher.

— On est où, là ? je demande en montrant les alentours. Tu m'as emmenée au milieu de nulle part pour une raison en particulier ?

— Je ne fais pas les choses sans raison, affirme-t-il, mais il donne l'impression de ne pas vouloir me regarder en face. Laisse ton sac dans ta voiture. Je ne crois pas qu'on va te le voler ici.

Il attrape un second casque accroché à la partie arrière de la selle et me le tend.

— Viens. Je t'emmène faire un tour.

Je m'assure tout de même de bien fermer la voiture avant de ranger la clé dans ma poche et d'attraper le casque. Je suis moins équipée pour l'occasion que lui, même si j'ai mis mon nouveau jean déchiré, un pull gris très moulant que m'a offert Emily et une veste en simili cuir bleu foncé par-dessus. Mais je suis en tennis, pas en bottes. Erreur de ma part.

— Je ne savais pas que tu étais aussi motard, je commente comme si de rien n'était tandis que j'écarte les cheveux de mon visage pour enfiler mon casque. Tu es une vraie pochette-surprise, Cameron Parker.

Il me scrute deux secondes, puis il se détourne.

— Tyler m'a appris à la conduire, dit-il en passant la main dans ses cheveux. Allez, monte.

Il a presque grogné ce dernier ordre. À ma surprise, le casque me va parfaitement bien. Typique de Tyler : il a un casque pour femme toujours prêt, au cas où il doive en emmener une faire un tour. Maintenant, c'est mon tour de mettre le casque de la drague. Je m'installe derrière Cam, pas très rassurée. Il m'a toujours semblé qu'on était trop exposé, à moto. La voiture offre une protection plus importante. Cameron marmonne une fois son casque enfilé, un truc comme « accroche-toi ». Il fait ronfler le moteur et la moto lutte pour ne pas partir en trombe. Je m'agrippe à la taille de Cam. Ça y est, je commence à avoir peur.

Quand la moto se met en mouvement et se faufile par le trou qu'il y a entre la grille métallique et le fossé qui contourne les champs, fonçant sur le chemin de graviers, je me dis que ce n'est pas si terrible. C'est alors que Cam accélère, faisant voler quelques pierres au premier dérapage. Cette fois, je dois me cramponner pour de bon. Je le serre de toutes mes forces et tente d'enfouir ma tête dans son dos large, autant que le casque me le permet. Nous roulons à toute vitesse pendant environ cinq minutes (pour moi, l'équivalent de l'éternité). Quand, enfin, il s'arrête et tourne la tête, je ne suis toujours pas capable de lâcher sa taille.

— Tu as eu peur ?

Sa voix est étouffée par nos casques, mais je l'entends quand même.

Je me repousse en arrière et fais non de la tête. À son rire, je comprends qu'il n'en croit pas un mot.

— Allez, à toi.

Il met la béquille et descend pour me laisser seule sur la selle.

— Pardon ?

Faites que j'aie mal entendu à cause du casque, s'il vous plaît.

— Maintenant, c'est toi qui conduis.

Il me pousse pour que je me déplace vers l'avant, confirmant mes pires craintes.

— Ne me dis pas que tu ne sais pas conduire une moto ? se moque-t-il. D'accord, dit-il d'un ton plus rassurant.

Il enlève son casque, puis m'aide à retirer le mien avec délicatesse. Il les jette sur le côté et colle ses bras aux miens, mon épaule parfaitement ajustée à sa poitrine. Je vais commencer à hyperventiler et ce ne sera plus à cause de la moto. Je l'ai presque oubliée.

— Quelques leçons de base, murmure-t-il à mon oreille.

J'essaie de faire en sorte qu'il ne sente pas que je contrôle ma respiration pour faire baisser mon rythme cardiaque. Il attrape ma main gauche et la met sur la poignée.

— Là, c'est l'embrayage.

Puis il fait de même avec la droite.

— L'accélérateur. Le frein avant, montre-t-il en entrelaçant ses doigts aux miens.

— Je ne suis pas très douée avec les véhicules, je gémis à mi-voix.

Il m'est impossible de parler plus fort.

— J'ai passé quatre fois le permis avant de le réussir.

Il rit tout bas dans mon oreille gauche.

— Tu veux impressionner Tyler Sparks, oui ou non ?

— Oui, je réponds aussitôt, mais je ne sais pas si je lui ferai grande impression en étant morte.

Il se contente de ricaner.

— Personne ne va mourir, princesse. Pas si tu suis mes instructions…

Il lâche mes mains pour déplacer mes jambes avec ses bras. D'abord la droite.

— Frein arrière, indique-t-il en me faisant palper un levier.

Puis la gauche.

— Changement de vitesse. La première vers le bas, le reste vers le haut.

Comme si ces explications sommaires allaient suffire.

— N'oublie pas d'appuyer sur l'embrayage quand tu dois changer.

J'essaie d'être attentive. Pour de vrai. Ce serait génial, de pouvoir demander à Tyler de me laisser conduire quand, enfin, il m'emmènera faire un tour en mode rencard. Ça lui en mettrait plein la vue. Je deviendrai la fille la plus sexy avec qui il est jamais sorti. À moins que Blair sache piloter une moto, bien sûr. Donc, oui, je dois être attentive aux leçons de Cam. Mais il ne me rend pas service, avec ce ton de voix, la proximité de son corps et ce parfum. Qu'est-ce qu'il sent bon !

— Comment je sais à quel moment je dois changer de vitesse ?

— Quand la moto te le demande.

Quand la moto me le demande. Je crois qu'il ne sait pas lui-même de quoi il parle.

— J'espère qu'elle sera plus claire que toi, je bougonne.

Il ne rit pas, mais je sens que ses lèvres s'étirent dans mon cou.

— On va commencer avec l'embrayage, OK ? propose-t-il.

Il me montre comment le manipuler et nous simulons un changement de vitesse sans bouger de là où nous sommes. Puis il m'explique comment accélérer et freiner en douceur pour ne pas être éjectée. Et voilà, il pense que je suis prête à partir en balade.

— Démarrer, et s'arrêter, OK, princesse ?

Il continue avec ce surnom et rit quand il m'entend souffler, une fois de plus.

— Ensuite, on essaiera de passer la seconde. Et quand tu maîtriseras, on mettra les casques et on roulera. Allez, mets la gomme.

J'essaie de me concentrer au maximum et de faire tout comme il m'a expliqué. Tout se passe à peu près bien, embrayage, première, accélérateur… jusqu'à ce que je lâche l'embrayage. Cam m'a dit d'y aller doucement, mais mon organisme au complet est trop surexcité pour prendre les choses avec flegme. La moto donne une brusque accélération et j'ai tellement peur que je manque de lâcher les poignées. Par chance, Cam, les mains sur les miennes, reprend le contrôle sur l'engin et l'affaire se termine sans blessure.

— Merde. Désolée.

— C'est bon, t'inquiète.

Il ne semble pas effrayé. Pas même un peu.

— On va recommencer plus lentement, d'ac ? Ne sois pas si pressée de mourir, Ashley Bennet. Rappelle-toi que j'aime y aller petit à petit... en passant par toutes les étapes... susurre-t-il à mon oreille, et un frisson me tord le bas-ventre.

— T'es con, j'assène, mais je ne parviens toujours pas à le faire rire.

Il m'encourage à recommencer et nous passons un bon moment à démarrer et arrêter la moto jusqu'à ce que je sois suffisamment à l'aise. Puis nous parcourons quelques mètres autour de l'endroit où nous avons déposé les casques pour que je puisse passer la seconde. Je suis en train d'y prendre goût, c'est comme pour tout : mieux je me débrouille, plus ça me plaît.

Cam se penche pour récupérer nos casques, m'enfile le mien avant de mettre le sien et s'installe derrière moi, les bras autour de ma taille. J'adore la sensation que cela me procure.

— Tu m'emmènes faire un tour, princesse ?

Je vais le faire. Seulement pour qu'il ravale son « princesse » et hallucine de la vitesse à laquelle j'ai appris.

Je commence très sûre de moi, mais je vais doucement parce que j'ai peur d'accélérer et d'avoir à changer de vitesse. Cameron lâche ma taille pour tendre de nouveau ses bras sur les miens et m'obliger à pousser l'accélérateur. Je me concentre davantage. Je ne veux pas mourir. Mais pour être honnête, c'est lui qui conduit la moto plus que moi. Il passe les vitesses à ma place. Une fois en bout de piste, il se charge de mettre la béquille, et j'éteins le contact et enlève mon casque pour pouvoir respirer.

— Ça va ? demande-t-il en retirant le sien.

J'acquiesce.

— Oui, oui. C'était génial. Mais j'ai eu un peu peur. J'ai les jambes qui tremblent.

— Ah oui ? Eh bien, tu dois encore me ramener jusqu'à ta voiture, me taquine-t-il et je fais la grimace en l'entendant. Allez, tu n'es pas si nulle ! J'ai l'impression que tu te sous-estimes beaucoup, Ashley Bennet.

— Ou alors, c'est toi qui me surestimes, Cameron Parker, je réplique aussitôt.

Nous restons tous les deux muets. Je ne voulais pas que ça sonne comme ça. Ou bien si ? Je ne sais pas. Je descends de la moto pour sentir la terre ferme. Après quelques pas, je reviens m'installer devant lui.

— Ash, dit Cam tandis que son genou droit frôle ma hanche. Je voulais te proposer quelque chose…

— Une autre proposition de M. Parker ? je demande d'une voix lasse. J'ai peur de ce que tu vas dire.

Du coin de l'œil, je le vois sourire.

— Ça fait partie du plan. Mon père m'a filé les clés de son chalet du lac Tahoe. Il paraît qu'il va faire super beau à partir de demain. Alors j'ai invité quelques potes pour ce week-end. Tyler et Blair seront là, Troy et Vanessa aussi, Ryan et sûrement Jess. Je veux que tu viennes aussi.

Il a dit « je veux que tu viennes ». Il n'a pas dit « tu devrais venir » ou « tu peux venir si tu veux », ou encore « ce serait une bonne façon de t'intégrer au groupe de Tyler ». J'ai senti mon cœur fondre pendant quelques secondes. Parce qu'il a aussi dit que Jess serait là. Jess. Avec son diminutif. Ils sont si proches que ça. Quoique, moi aussi, il m'appelle Ash, et je ne suis pas sa copine. Bref.

— Quand est-ce que tu as vu ton père ?

Il me fixe, surpris de ma première réaction.

Je me rappelle à quel point il était abattu quand il a appris que son père ne viendrait pas le voir le jour de son anniversaire, et qu'il ne comptait pas non plus venir au match du dimanche.

— Dimanche, répond-il dans un souffle.

— Il est venu au match ? je demande, presque contente.

— Non.

Je vois passer une ombre dans ses yeux verts. *Tu parles trop, Ashley.*

— Je suis passé le voir dans l'après-midi. Et il m'a donné les clés. Pour se faire pardonner d'être un si mauvais père, je suppose, dit-il avec sarcasme, mais je sens qu'au fond, il est sérieux.

— Ça te dit de venir ? Je ne vois pas de meilleur moment pour séduire ton grand amour qu'un week-end dans un chalet au lac Tahoe.

— Ouais. Avec sa petite amie au milieu.

— On va bien s'amuser.

— Et Jessica vient en tant que petite copine officielle ? je demande parce que, c'est peut-être bête, mais ça continue de me tarauder.

Il a un rictus narquois.

— En tant qu'amie, comme tous les autres.

— Je ne sais pas si ma mère me laissera partir un week-end entier avec une équipe comme la vôtre. Surtout si Tyler Sparks vient.

Et là, je suis sérieuse.

— Je peux l'appeler, si tu veux. Je suis très fort pour convaincre les mères d'être plus souples avec leurs enfants.

— Je n'en doute pas.

Je me rappelle parfaitement la façon dont il a mis ma mère dans sa poche dès le premier jour.

— Mais laisse-moi essayer d'abord.

— C'est un oui ?

— C'est un « je vais essayer ».

— Ça me va. Si Tyler te voyait en ce moment sur sa moto, il hallucinerait.

— Tu veux dire s'il me voyait sur sa moto avec toi ? je déclare d'une voix plus lascive que je le souhaitais.

— Ça, c'est un extra. Je vous ai vus parler à la fête, dit-il alors, et je me tends en remarquant que lui aussi.

Je ne sais pas pourquoi le sujet de la fête nous gêne tant. Enfin, en ce qui me concerne, je le sais.

— Vous avez progressé ? Il s'est passé quelque chose ? Vous étiez très collés l'un à l'autre, me rappelle-t-il et il me donne l'impression, pendant un moment, que ça l'énerve.

— Il était bourré. Je crois qu'il ne savait même pas ce qu'il disait. Il m'a envoyé un message tout à l'heure, je confie sans l'avoir prémédité. Il dit qu'il veut me parler.

— Et qu'est-ce que tu lui as dit ?

— Je n'ai pas encore répondu.

Il hoche la tête, très sérieux.

— C'est mieux. Attends ce week-end. Comme ça, il aura plus envie de te voir.

J'acquiesce légèrement.

— On dirait que le plan fonctionne.

Il a plus l'air de dire ça pour lui que pour moi.

— Tyler aime les filles qui savent manier une moto.

— Tyler aime les filles qui font un peu flipper, non ?

En se basant sur le modèle de Blair.

— Et avec des tatouages, renchérit-il, avant de me dévisager, sourcils levés. Tu as un tatouage ?

J'ouvre de grands yeux. La réponse est évidente, non ?

— Non, je n'en ai pas. Quoique, ça ne me dérangerait pas de m'en faire un, je réfléchis à voix haute. Discret, bien sûr.

— Je pense que c'est très sexy, une femme avec un petit tatouage. Ça t'irait bien. Ici, décrète-t-il, et il écarte mes cheveux pour effleurer ma nuque avec sa main gauche.

Un frisson parcourt ma peau, de ma nuque jusqu'au reste de mon corps, se concentrant sur mon bas-ventre. J'ai un peu chaud. J'espère que je ne rougis pas, parce que ses yeux ne se détachent pas des miens un seul instant.

— Ou ici, et il caresse mon omoplate droite pardessus ma veste. Ou ici, fait-il en effleurant la partie interne de mon poignet avec son pouce.

Mon cœur s'emballe. Étrange qu'il ne puisse pas entendre ses battements d'où il est.

— Ou ici, termine-t-il en glissant sa main sous ma veste pour toucher du bout des doigts mes côtes, en suivant la ligne du soutien-gorge, sous mon aisselle droite.

Bon sang. Je suffoque et je ne veux pas qu'il s'en aperçoive. Mais il doit parfaitement savoir ce qu'il est en train de faire. Je suis incapable de parler, et tant mieux, parce que je n'aurais qu'un mot à la bouche : « Continue. »

— Alors, partante, Mme la battante ? demande-t-il en s'éloignant brusquement.

Je ne peux que hausser les sourcils.

— J'ai eu une idée. Viens, je conduis.

Je proteste, mais c'est inutile. Je n'ai pas d'autre choix que de mettre mon casque et de monter derrière lui. Au moins, comme ça, je peux me cramponner à lui. C'est la chose dont j'ai envie à ce moment-là.

Vingt minutes plus tard, il gare la moto dans une rue aux commerces les plus divers. Nous sommes au sud de la ville, je crois que je n'avais jamais mis les pieds dans ce quartier. Il suspend son casque à son bras et je l'imite avant qu'il me traîne par la main jusqu'à la porte d'un studio de tatouage.

— Hein ? je lâche, à l'arrêt, l'obligeant à ralentir avec moi. C'est quoi, ça ? Tu es malade ?

— Tu as dit que tu aimerais te faire un tatouage, non ? Je te jure que Tyler va mourir s'il te voit ce week-end avec un tatouage tout frais sur la peau. Quel meilleur moment que celui-là ?

J'hésite un peu. J'ai envie d'être spontanée, téméraire, drôle. Le genre de fille qui décide en vingt minutes de se faire un tatouage et ne le regrette pas face au vrombissement de la machine. Mais un tatouage dure toute la vie. En tout cas, c'est l'idée. Je commence à prendre un peu peur.

— Maintenant ? Comme ça ? Ici ?

— C'est le tatoueur de mon frère. Quelqu'un de confiance.

— Alors… tu t'en fais un aussi ?

— Ouais. Même pas en rêve.

— Ah, bien sûr ! Ta phobie des aiguilles. Dégonflé, je lance en faisant semblant de tousser.

Il me regarde avec les yeux plissés.

— Je n'ai pas peur, se défend-il. C'est juste que, regarde la peau parfaite que j'ai, se vante-t-il en se caressant la joue. Ceci, mon amie, est une terre sacrée, dit-il en paraphrasant Taylor Swift.

Il me fait sourire. Qu'il est bête.

— C'est ce que je disais. Un dégonflé de première, je réplique.

Je passe devant lui pour entrer dans le salon d'un pas déterminé. Je suis une femme nouvelle, maintenant, et c'est ce que je veux être. La fille qui n'a pas froid aux yeux et arbore un tatouage. La battante qui ne recule pas au dernier moment.

Cameron se dépêche de me suivre et, quand je me retourne, il paraît sincèrement épaté. Bien. C'est exactement l'effet que je voulais provoquer.

Le propriétaire de cet atelier le connaît. Ils discutent un moment ; il lui demande s'il a dépassé son aversion pour le tatouage, mais ce ne sera pas aujourd'hui qu'il aura la chance de marquer la peau de Cameron Parker. Mon ami précise que nous venons pour moi, et le type commence aussitôt à me questionner sur le type de tatouage qui me ferait plaisir, et sur quelle partie du corps. Si je veux quelque chose de discret, il me suggère la cheville ou le poignet. Quelques croquis retiennent mon attention. J'aime les phrases ou les mots. Son écriture est très belle. Je dois juste décider quoi dire. Tous les trois, nous donnons des mots ou des phrases complètes qui pourraient m'inspirer. Aucun ne me convient, jusqu'à ce que Cam le dise avec un sourire espiègle. *Fearless.*

— On peut faire ça maintenant, si tu veux, propose le type.

L'ensemble de la surface visible de sa peau est couvert d'encre colorée.

— Je ne te mets pas plus la pression, se dédouane Cam, les mains levées. Si tu es prête à te tatouer pour un gars, ça me paraît super et je suis sûr que ça t'ira très bien, mais je ne suis pas responsable.

— OK. Faisons-le, je décide.

Je me tourne vers Cam.

— Tu viens avec moi ?

— Hein ? Moi ? Là-dedans ? Avec les aiguilles et tout ?

Je recommence à le traiter de dégonflé en toussotant, ce qui nous fait sourire tous les deux, puis j'entre dans l'autre salle avec le tatoueur. Il me demande de m'asseoir sur le fauteuil tandis qu'il imprime un modèle pour voir ce que cela donnerait sur ma peau. Nous essayons plusieurs positions sur mes poignets jusqu'à ce que je me décide. Mais au moment de valider, le stress monte. Pas à cause du tatouage. Je l'adore. Pas à cause de la douleur. Je crois que je pourrais supporter. Pas à cause du savon que va me passer ma mère. Je le surmonterai comme je peux. Mais parce que je vais me faire un tatouage pour impressionner Tyler. Et ça, c'est de la folie. Je veux devenir une rebelle au tatouage. Mais pas une idiote qui se tatoue pour un gars qui n'en a rien à faire d'elle. Ça, hors de question.

Je m'excuse mille fois auprès du pauvre homme à qui j'ai fait perdre son temps. D'après lui, il n'y a rien de grave, c'est pire quand les gens regrettent une fois que les aiguilles sont ouvertes. Je propose de le dédommager, mais il refuse tout net. Quand je rejoins Cam, je n'en mène pas large.

— Soit c'est le tatoueur le plus rapide du monde, soit tu as décidé de te faire tatouer un point, plaisante-t-il en me voyant réapparaître.

— En fait, j'ai décidé de ne pas le faire.

— Dégonflée.

Il toussote à son tour.

Je ne peux m'empêcher de laisser échapper un sourire tandis qu'il me tient la porte pour que je sorte. Il reste avec le type un moment, puis vient vers moi.

— Ne me dis rien. Non, je n'ai pas eu peur. C'est juste que, impressionner un mec ne me semble pas être la meilleure raison pour me faire un tatouage.

— Je respecte ta décision. Maintenant, tu fais partie des miens. Terre sacrée, répète-t-il avant de mettre son casque. Il est tard. Je te ramène à ta voiture.

Je ne réponds pas. J'enfile mon casque et monte derrière lui, laissant derrière moi cet essai manqué.

Nous arrivons à la voiture de ma mère en un peu moins d'une demi-heure, et je sais que Cam a fait durer le trajet rien que pour me rendre la balade à moto plus agréable. Peut-être que, maintenant que nous ne sommes apparemment plus fâchés, il n'a pas envie de se séparer de moi ? Moi non plus, je n'en ai pas envie.

Je lui rends le casque et il le raccroche à l'arrière de la selle. Je récupère mon sac dans la voiture pour consulter mon portable. Par chance, pas d'appel de ma mère. Aucun message non plus. Cam enlève son casque et secoue ses cheveux avec sa main, mais il ne descend pas de la moto. Il dit que, avant de partir, il veut vérifier ce que je réponds à Tyler. Ainsi donc, je suis ses conseils et lui envoie un message disant que je suis désolée, mais que j'étais occupée cet après-midi et que je lui dirai plus tard si j'ai un créneau dans la semaine. Très digne, très indifférente et très mystérieuse. Parfait.

— Je ne vois pas ce que tu trouves à un type comme lui.

Cam me surprend, une main sur la poignée de la moto, l'autre soutenant le casque.

— Je ne vois pas ce que tu trouves à une fille comme Jessica, je contre-attaque.

Il esquisse un sourire ironique. Puis il secoue la tête.

— Ne te méprends pas, Ash, dit-il en me regardant enfin dans les yeux. Jess n'est qu'un passe-temps pour moi. Et moi pour elle.

Il a l'air sûr de lui, mais j'en doute.

— Je n'aurai pas de relation sérieuse avec elle. Je suis un mec, c'est tout.

Il sourit avec suffisance. Ça ne lui ressemble pas de parler comme ça.

— Simplement, parfois, j'ai envie de tirer un coup et Jess est là. Il n'y a rien de plus.

— Donc, vous avez « tiré un coup » d'anniversaire et voilà, je résume.

— Oui. Elle est restée un peu après la fête, reconnaît-il sans aucune pudeur. Eh ! Ce n'est pas toujours la faute des mecs. Elle en avait plus envie que moi.

— Je ne comprends pas.

Et c'est vrai. Je ne comprends pas, pour commencer, ce qu'il lui trouve.

— Alors comme ça, vous êtes amis et vous couchez ensemble de temps en temps quand vous en avez envie. Mais elle ne te plaît pas assez pour avoir une histoire avec elle.

— Ben, tu sais ce qu'on dit ? Si tu ne peux pas être avec la personne que tu aimes, aime la personne avec qui tu es, récite-t-il d'un ton amer.

— Et qui est la personne que tu aimes, Cameron ?

Un rictus énigmatique apparaît au coin de sa bouche.

— Aucun de tes secrets n'est assez sombre pour négocier cette réponse, princesse.

Il met son casque et démarre en trombe sans même me dire au revoir.

10.
Treacherous

— Je jure solennellement que je la ramènerai saine et sauve dimanche, madame Bennet, lui promet Cameron tandis que je glisse ma petite valise dans sa voiture.

— Je n'en attends pas moins de toi, réplique ma mère.

J'ai l'impression qu'elle va finir par flirter avec lui. S'il te plaît, maman.

— Amusez-vous bien. Sois prudent, avertit-elle comme si c'était lui, son fils.

Je lève les yeux au ciel même s'ils ne me voient pas, et m'approche de ces deux-là qui continuent à plaisanter. On dirait qu'ils sont potes depuis toujours.

— Prête ? me demande Cam, qui, si gentleman soit-il, m'a laissée porter ma valise toute seule.

— Moi, oui, j'annonce avant de regarder ma mère. C'est bon, tu as terminé ? On peut y aller ?

— Encore heureux ! répond-elle, presque indignée. Allez-vous-en, allez-vous-en, et amusez-vous bien ! Appelle-moi quand tu seras arrivée, demande-t-elle une fois de plus tandis qu'elle me prend dans ses bras et que je lève encore les yeux au ciel. Je compte sur toi pour prendre soin d'elle, Cameron. Tu es pleinement responsable de sa sécurité. S'il arrive quoi que ce soit à ma fille, je te poursuivrai sans relâche.

— Maman ! je la gronde.

— Je n'en attends pas moins de vous.

Ma mère glousse.

Papa, s'il te plaît, reviens avant que maman ait une aventure avec mon ami Cameron.

— Au revoir, maman, dis-je pour mettre fin à leur délire. On fera très attention, je serai un modèle de comportement et je t'appellerai dès notre arrivée, je promets en récitant mon texte.

— Ça, c'est ma fille, dit-elle en me caressant la joue. Mais surtout, n'oublie pas de t'amuser.

Elle me reprend dans ses bras quand Cam entre dans la voiture.

— J'ai mis une boîte de préservatifs dans la petite poche de la valise, chuchote-t-elle à mon oreille.

Je la repousse.

— Maman !

— Juste au cas où, pour que tu fasses attention. Je ne te pousse pas à avoir une relation sexuelle, je te demande juste, si tu en as, de te protéger.

— Au revoir, maman, je répète en ouvrant la porte passager. Je ne suis plus très sûre de t'appeler quand j'arriverai. Ah ! Et peut être que je ne reviendrai pas, je plaisante en refermant rapidement la portière.

Ma mère donne deux petits coups sur la fenêtre et mime un téléphone avec sa main qu'elle colle à sa joue en articulant « appelle-moi, Ashley ». J'acquiesce avec patience tout en suppliant Cam de démarrer au plus vite. Il s'exécute, hilare, et donne un coup de klaxon pour saluer ma mère, qui reste plantée sur le trottoir en agitant la main.

— J'adore ta mère.

— Désolée, elle est mariée, je le taquine.

— Quel dommage !

Je lui tape le bras avec douceur. Mon portable vient de se connecter au lecteur et la musique envahit l'habitacle. Je baisse le volume pour qu'on puisse parler. Pourtant, c'est « Sparks Fly », et on sait tous les deux que c'est ma préférée.

— Je peux conduire ? je demande tout en connaissant la réponse.

— Hors de question, dit-il en même temps que moi.

Je souris.

— Quel est le programme ?

— On a rendez-vous chez Ryan pour partir tous en même temps. On remplit les voitures d'alcool et on prend la route du sud, direction le lac Tahoe. On prendra deux voitures, la mienne et celle de Ryan.

— Pourquoi nous n'avons pas pris Tyler au passage ? je demande après m'être rendu compte que cela aurait très bien pu se faire, puisqu'il habite juste à côté.

— Tyler est allé chercher Blair à moto.

— Ah…

Bien sûr. Qu'est-ce que j'espérais ? La sorcière vient avec nous, il est logique que son petit ami passe la chercher comme tout petit ami qui se respecte. Je n'ai pas parlé à Tyler Sparks de la semaine. Depuis que je lui ai promis de trouver un créneau libre. Ma semaine a été un trou béant en termes de vie sociale, mais je me devais de faire la difficile ; j'ai donc essayé de passer du temps chez Emily ou Mia pour que Tyler me voie rentrer tard et pense que j'avais un million de choses intéressantes à faire. Ce qui n'était pas vrai. Jusqu'à aujourd'hui. Parce que, partir tout un week-end avec la bande la plus populaire du lycée est une sacrée aventure. Et un risque. Et je crois que je vais devoir éteindre mon téléphone si je ne veux pas que mes amies me harcèlent pour avoir des nouvelles. (Sauf Grace qui a à moitié disparu de la circulation, absorbée par un lanceur de base-ball. Si Grace l'apprend, ma vie ressemblera à une radio du cœur.) Bref, je n'ai pas parlé à Tyler, mais nous avons passé la semaine à nous jeter des petits regards en cours et dans les couloirs. Je crois qu'il ne m'avait jamais autant observée. Même lorsque nous étions amis.

J'entends Cam siffloter la mélodie de « Today Was a Fairytale » et je ne peux m'empêcher de laisser échapper un petit sourire idiot. Qui aurait pu imaginer, il y a un peu moins de trois semaines, que Cameron Parker était un garçon si merveilleux ? Je fredonne pour l'accompagner et, du coin de l'œil, je le vois sourire à son tour. Je sais qu'il sait que nous allons chanter à pleins poumons le refrain, alors je me retiens d'éclater de rire. Et c'est parti : *« Can you feel this magic in the air ? It must have been the way you kissed me… »* Ça y est, je ne tiens plus. Il est à fond. Il se marre aussi et, quand nous arrivons en vue de l'énorme villa de Ryan Johnson, nos rires doivent s'entendre à l'autre bout de la rue. Ils sont tous là, en cercle, dans le jardin. Ils se retournent pour nous regarder.

Je descends de voiture en même temps que Cameron. Dans le garage de Ryan, j'aperçois la voiture de Vanessa Miller et la moto de Tyler. J'imagine que Vanessa est passée chercher Troy et Jessica. La voiture de Ryan est garée dans l'allée ; Cameron s'est arrêté devant. Tout le monde me scrute et je salue tout bas, un peu intimidée. Tyler me sourit, l'air content. Je détourne la tête ; pas question de lui rendre son sourire avec sa petite amie à côté. Je préfère examiner Jessica, occupée à contempler Cam, bien que celui-ci l'ignore.

— Il était temps ! plaisante Ryan en donnant une tape sur l'épaule de son ami. On a failli partir sans toi.

— Vous auriez été bien embêtés, c'est moi qui ai les clés et l'adresse, dit Cam en lui rendant son coup. On charge le matos, ou quoi ?

Les garçons se mettent à transférer des packs de bière et d'énormes sacs remplis de nourriture et de bouteilles de la voiture de Vanessa à celle de Cameron. Ils ont déjà dû charger le reste dans celle de Ryan, qui n'est pas aussi grande que celle de Cam, mais qui a pas mal de place dans le coffre. Maintenant, reste à savoir qui ira dans quelle voiture. Je croise les doigts pour ne pas me retrouver avec Jessica ou Blair.

— Du coup, comment on se répartit ?

C'est Jessica qui pose la question, et je me rends compte qu'elle n'a d'yeux que pour notre garçon aux yeux émeraude.

— Quatre et quatre, annonce Ryan. Je prends ma voiture !

— Combien de temps dure le trajet ? demande Vanessa.

— Environ deux heures, répond Cam. Vanessa et Troy, vous venez avec Ashley et moi ?

Ils acceptent et se dépêchent de faire entrer leurs bagages dans le coffre. La tête de Jessica ! Elle passe en un instant de l'incrédulité à la tristesse. Puis de la tristesse à la colère. Et cette dernière émotion est entièrement dirigée contre moi. Elle me dévisage comme si elle allait me tuer la nuit pendant mon sommeil. Ces deux jours vont être très longs, à l'évidence. Elle déplace son énorme valise jusqu'à la voiture de Ryan. Tyler et Blair, à eux deux, ont emporté moins de choses qu'elle. Un sac à dos et une sacoche. Tant mieux, car à moto, ç'aurait été compliqué à transporter.

Tyler, tandis que Ryan s'installe au volant et Blair sur la banquette arrière, attend devant la porte passager. Jessica ne monte pas non plus.

— Eh, toi ! Derrière, ordonne Cam à Troy sur un ton amusé quand il le voit faire mine de monter à l'avant.

Troy obéit avec une grimace et grimpe avec Vanessa à l'arrière. Je suis très mal à l'aise, surtout parce que Tyler et Jessica nous observent. On dirait que la situation ne lui fait pas plaisir, et qu'il ne trouve pas Cam « adorable » (contrairement à moi).

Cameron passe devant pour que Ryan le suive. C'est logique, il est le seul à connaître le chemin. Notre équipage reste silencieux durant les trois premières minutes jusqu'à ce que Vanessa prenne la parole.

— Tu as vraiment Taylor Swift dans ta voiture ?

Je me sens rougir. Je ne m'étais même pas rendu compte que ma playlist continuait de tourner, si habituée que j'étais à entendre ces chansons dans la voiture de Cam.

— Si seulement. Non, juste ses chansons, réplique Cam. C'est la musique du portable d'Ashley, explique-t-il ensuite comme si c'était la chose la plus naturelle du monde.

Je préfère ne rien dire et me renfonce dans mon siège ; je sens les yeux de l'ex-copine de Cam braqués sur moi, derrière le conducteur.

— Ah ! se contente-t-elle de répondre.

Mais le ton de sa voix est suspicieux.

Par chance, elle n'insiste pas. Troy intervient, et ce moment gênant n'est plus qu'un mauvais souvenir.

— Eh, mec ! Je ne me suis toujours pas remis de la fête de samedi, raconte-t-il, et Cam rit tout bas, les yeux sur la route.

— Tu te fais vieux, mon pote.

— Tu sais quoi ? Sir Roger me manque. Les soirées ne sont plus les mêmes, sans lui.

Qui donc est Sir Roger ? Je fixe Cam, à la recherche d'une explication, et le vois esquisser un sourire triste.

— Il nous manque, oui.

Il remarque mon regard insistant.

— C'était mon chat. Il est mort à Noël. Il a vécu dix-neuf ans, ajoute-t-il, fier.

— Celui de tes fonds d'écran ?

— C'est ça. Un sacré teufeur.

— C'est rien de le dire.

J'entends Troy de nouveau.

— Il était toujours au milieu, à nous surveiller et à renverser les verres sur les tables, depuis la première soirée que nous avons faite dans cette maison.

— Il paraît que les chats finissent par ressembler à leurs maîtres, fait valoir Cam.

— À l'évidence, toi aussi, tu es l'expert du renversement de verres, s'amuse Troy.

— Mais non, ce sont les chiens, corrige Vanessa.

J'entre à mon tour dans la conversation en pivotant un peu sur mon siège.

— Oui. On dit que les chats n'appartiennent à personne.

J'échange un regard avec Vanessa et elle me sourit un peu. Waouh ! Je ne m'attendais pas à ça. La reine des abeilles sympa avec moi ? Je dois halluciner.

— Je suis obligé d'approuver, concède Cam.

Je repense aux photos du chat sur ses fonds d'écran. Il était plus vieux que lui… Il l'a donc connu toute sa vie. Ça a dû être dur de le perdre. Mon cœur se broie en pensant à l'année qui s'est écoulée pour Cameron Parker. D'après ce que je sais, ses parents se sont séparés il y a un an, son père a pratiquement cessé d'être son père, il a quitté Vanessa (la seule fille pour laquelle il a eu des sentiments), et ni plus ni moins parce qu'elle l'a fait cocu dans son propre lit (il ne veut pas me dire avec qui). Et comme si ce n'était pas assez, son chat est mort. Pas étonnant qu'il faille lui rappeler de sourire. Mais ça ne me dérange pas. Je peux continuer de le lui rappeler toute la vie, s'il le faut.

Deux minutes plus tard, Troy et Cam monopolisent la conversation avec leur football. L'équipe des Eagles s'est améliorée sur tel point, a régressé sur tel autre... Pendant près de vingt minutes, je reste concentrée sur la musique et chante mentalement « Blank Space », loin de leurs histoires de sportifs. Quand la chanson prend fin, je réalise que la conversation s'est éteinte et que le silence est revenu dans l'habitacle. Alors se met à résonner « Shake It Off » et Cam me serre le genou avec sa main droite. Il me lance de petits regards en coin avec un sourire malicieux. Il n'a pas besoin de parler, je le reçois cinq sur cinq : il me demande de chanter. Je fais non de la tête, mais il commence à fredonner de sa voix la plus aiguë et je ne peux éviter de rire. Puis je me dis : tant pis pour le reste du monde. J'aime bien chanter avec lui.

— Vous déconnez.

Vanessa fait exprès de prendre l'air choqué mais, en réalité, on devine que ça l'amuse.

Quelques secondes plus tard, elle chante avec nous, et Troy s'unit au refrain. Si j'avais su que j'allais m'éclater et rire comme une idiote pendant ce voyage, à chanter avec deux garçons de l'équipe de foot et la pom-pom girl la plus populaire du lycée ! Et pourtant, je suis là. Je suis contente que Vanessa et Troy soient venus avec nous. Nous continuons une bonne partie du trajet à massacrer les chansons de cette pauvre Taylor, jusqu'à ce que Vanessa et moi excellions dans la partie parlée de « We Are Never Ever Getting Back Together ». À la fin, nous nous regardons, fières, tandis que les garçons beuglent le refrain une nouvelle fois.

Au bout d'une heure environ, Cam met son clignotant pour signaler à la voiture de Ryan que nous allons sortir de la route principale et nous diriger vers une station essence. Il s'arrête devant une pompe et est le premier à descendre, puis nous l'imitons. Ryan s'est arrêté derrière et eux aussi sortent pour se dégourdir les jambes.

— Qu'est-ce qui se passe, mec ? proteste l'autre conducteur.

— Je dois faire le plein, déclare Cam en saisissant le pistolet, mais Troy insiste pour qu'il le laisse faire et le lui ôte des mains. En plus, je suis sûr que Vanessa doit aller aux toilettes.

— Maintenant que tu le dis... déclare-t-elle avec un regard complice.

Bon, rien d'étonnant à ce qu'ils aient leurs petites blagues entre eux et qu'il la connaisse bien. Ils sont restés presque un an ensemble, alors... Je ne suis pas jalouse. Non, bien sûr que je ne le suis pas.

— Je viens avec toi, dit Blair, et elles s'éloignent toutes les deux en direction des toilettes.

— Eh, Ryan ! Regarde comme elle est grosse, plaisante Troy, le pistolet entre les jambes, tandis qu'il remplit le réservoir. C'est comme ça que tu les aimes, non ?

Les autres s'esclaffent.

— Moi, j'aime celle de Cam, tout le monde le sait, plaisante l'autre, et Cam fait la grimace. La tienne est ridicule.

— Ridicule ? Mais tu l'as vue, ou bien ? continue Troy en bougeant d'un côté et de l'autre, le pistolet entre les jambes.

Sérieux, les gars. Quel humour ! Je n'ai pas d'autre choix que d'écouter leurs bêtises ; l'autre option est de m'approcher de Jessica. Et ça, c'est hors de question.

— Comment on va dormir ? intervient Tyler pour changer de sujet. Il y a cinq chambres, c'est ça ?

— Cinq chambres et un canapé-lit, confirme Cam, tandis que Troy remet le pistolet à sa place.

— Je prends le canapé-lit, tranche Ryan. Pas question de dormir avec Cam, la dernière fois, il y a eu tentative d'attouchements, accuse-t-il en rigolant.

— Qui pourrait me jeter la pierre ? Tu t'es vu ? embraie Cam, qui se met en route vers la boutique pour payer.

— J'ai toujours su qu'il y avait moyen avec toi, beau gosse ! lui crie Ryan, alors que Cameron lui renvoie un éclat de rire. C'est pour ça que tu es mon préféré.

Je me dépêche de courir après Cam pendant que les autres continuent leur délire. Je sens les yeux de Jessica me transpercer le dos, mais je m'en fiche un peu, en vérité. Heureusement que les regards ne tuent pas. Pas encore.

— Hé ! dis-je à Cameron, arrivée à sa hauteur, pour attirer son attention. Laisse-moi payer l'essence.

— Quoi ? Hors de question.

Quel gentleman.

— Hors de question. Ta réponse préférée pour tout ce qui touche à ta voiture, j'assène. C'est le moins que je puisse faire, non ? Je suppose que tu ne vas pas me dire combien je te dois pour la nourriture et la boisson…

Son rictus confirme mes craintes.

— Tu es mon invitée, précise-t-il avant de me lancer un regard qui signifie « fin de la discussion ».

— Je vais devoir glisser cinquante balles dans ton portefeuille, alors.

— OK. Mais seulement s'il y a du sexe avant.

Je pousse un soupir et fais demi-tour vers la voiture, enveloppée par l'écho de son rire. Dès que j'ai rejoint les garçons, c'est au tour de Jessica de se rapprocher de Cam. Quel pot de colle ! Elle doit penser la même chose de moi. Tyler me regarde beaucoup, mais il n'ose pas venir me parler devant ses amis, j'ai l'impression. Quand Vanessa et Blair reviennent des toilettes, je décide d'en profiter pour y aller à mon tour. En revenant vers les voitures, j'entends Jessica et Cam parler à la porte de la boutique.

— Et si je dormais avec toi, ce week-end ? ronronne-t-elle.

— Je n'aime pas dormir accompagné, Jess, la rembarre-t-il. Ce week-end, je ne suis pas d'humeur. Si tu es là, c'est parce que Vanessa a insisté, pas parce que je voulais te mettre dans mon pieu.

Elle reste silencieuse. Elle me fait presque de la peine, la pauvre. Pas besoin d'être si cruel avec quelqu'un qui t'aime bien…

Je les suis à une certaine distance quand nous revenons vers les autres. Une fois près des véhicules, Cam attire mon attention.

— Hé, Ash !

Il me lance les clés de la voiture et je les attrape au vol en levant les sourcils.

— Tu conduis.

Et il continue tranquillement son chemin vers le siège passager.

— Quoi ?

— Sérieusement ? s'étonne Vanessa.

Elle affiche une mine indignée et je vois sur son visage l'expression de surprise la plus drôle que j'aie jamais vue. On dirait qu'elle non plus, il ne l'a jamais laissée conduire sa précieuse voiture.

— Dépêche-toi avant que je change d'avis, avertit Cam avant de monter.

J'entre en vitesse et règle mon siège pour pouvoir atteindre les pédales. Puis j'ajuste les rétroviseurs et je constate que les autres discutent toujours, dehors.

— Écoute, Cam…

— Si tu dis quoi que ce soit sur le fait que je t'ai laissé ma voiture, je te sors de là illico.

— Non.

Je souris. Il y a autre chose qui me tourne dans la tête depuis les blagues des garçons de tout à l'heure.

— Ryan est gay ?

— Putain, Ash ! Bien sûr que oui. Tout le monde le sait. Sérieux, dans quel bahut tu vas ?

Ce n'est pas faux. On dirait que je ne vais pas au même lycée qu'eux. Ça, ou alors je suis à côté de la plaque.

Vanessa et Troy montent à leur tour et je démarre pour revenir sur la route principale. La Honda se conduit de la même manière que celle de ma mère, c'est juste qu'elle est plus grande. Mais je suis sûre que je vais me débrouiller.

— Hé, gros !

C'est Troy, sur la banquette arrière.

— On n'a pas fini de répondre à Tyler. Comment on va dormir ?

— Ne vous inquiétez pas, les amoureux, dit Cam. Vous aurez une chambre pour vous.

— On ne demandait pas pour nous…

— Moi, ça m'est égal, soupire Cameron en se tournant vers eux. Je veux juste ne pas mettre Jess dans la même chambre qu'Ashley (je ne dis rien, mais ça me paraît génial).

— C'est mieux, approuve Vanessa.

Ça me surprend de l'entendre dire ça d'un ton si catégorique. On dirait que Jessica lui a parlé de moi, et pas en bien. Je reste concentrée sur la route. Je gère. Je n'ai qu'à suivre la direction de Carson City, Nevada. Cameron me préviendra quand il faudra bifurquer.

— Tu peux déconnecter mon portable, s'il te plaît ? je demande au bout d'un moment, à la faveur d'un silence dans la conversation animée qu'il menait avec ses amis. Je commence à détester Taylor Swift.

Il rit et cherche mon portable dans mon sac à dos pour modifier les paramètres.

— Mission accomplie ! Tiens, fais ton code, demande-t-il en me mettant l'écran devant les yeux.

Je m'exécute sans dévier de la route. Enfin, Taylor Swift disparaît.

— Pourquoi tu as fait ça ? proteste Vanessa en s'adressant à moi. Maintenant, on va se coltiner Justin Timberlake tout le reste du trajet.

— Eh ! Pas un mot sur Justin, avertit Cameron, amusé.

Mais le morceau qui commence est « Something Just Like This » de The Chainsmokers et Coldplay. J'adore cette chanson.

— J'adore cette chanson, dis-je à voix haute, avec plus d'émotion que j'en avais l'intention.

Cam a un sourire plaqué sur les lèvres.

— Moi aussi.

Pendant trois quarts d'heure, je conduis la voiture de Cameron Parker au son de la musique qu'il aime. Coldplay, Ed Sheeran, Bruno Mars et, bien sûr, Justin Timberlake. Je dois avouer qu'elle me plaît aussi. Même si je me joins aux rires de Vanessa quand Cam s'enflamme, suivant la chanson. Puis mon copilote me montre la route à prendre vers le sud du lac Tahoe. Je fais signe à Ryan de nous suivre. Alors que nous sommes presque arrivés à destination, mon portable se met à sonner dans mon sac. Cam l'attrape et regarde l'écran.

— C'est maman, annonce-t-il d'une voix goguenarde.

— Zut ! Tu peux la mettre en haut-parleur pour qu'elle ne pense pas qu'on est morts ?

— Je lui réponds, décide-t-il de manière unilatérale et il ne fait preuve d'aucune pitié face à mes protestations. Allô, madame Bennet ? Ashley est en train de conduire.

Je regarde dans le rétroviseur et croise l'expression de Vanessa. Elle a les yeux écarquillés et regarde Troy l'air de dire « qu'est-ce qui se passe entre ces deux-là ? ». Je la comprends. Même moi, ça me fait bizarre.

— Je ne devrais pas lui prêter ma voiture ? plaisante Cameron, toujours au téléphone avec ma mère.

Bon, elle ne se débrouille pas si mal. Non, nous sommes presque arrivés, il doit nous rester dix minutes. Oui, elle vous rappellera dès que nous serons garés.

Je ne dis rien quand il raccroche. Vanessa et Troy ont déjà bien assez à se mettre sous la dent avec leurs copains pour ce week-end.

Une rangée de chalets identiques se dresse le long de la rive du lac. Le petit jardin qui entoure celui du père de Cam dispose de suffisamment d'arbres pour lui procurer un peu d'intimité. Et, tout au bout, il y a un escalier qui descend directement dans l'eau. La vue est splendide, de l'énorme baie vitrée du salon. Le rez-de-chaussée est également pourvu d'une grande cuisine et d'une salle de bains. Les chambres sont en haut. Cinq. Avec deux petites salles d'eau supplémentaires. Dans la répartition, j'obtiens la plus exiguë, mais ce petit coin avec lit individuel me semble parfait. L'autre option serait de partager ma chambre avec Jess. Non merci. Cameron reste seul dans sa chambre de toujours, du moins depuis que son père a acheté le chalet. En arrivant, j'ai vu Cam parler à Ryan d'un air grave, et je crois que c'est pour ça que Ryan a fini par convaincre Jessica de partager avec lui la chambre à deux lits au bout du couloir. Même si elle a apporté ses affaires là-bas comme une petite fille en colère. Tant mieux, c'est la plus éloignée de la mienne, et j'ai Cam juste en face. Je partage un mur avec Tyler et Blair, tandis qu'entre la chambre de Cameron et celle de Jess et Ryan, il y a Vanessa et Troy. Ça me paraît équitable. Mieux vaut être seule que mal accompagnée. Quoique cela ne me dérangerait pas de partager avec Tyler, bien sûr. Ou avec Cam.

Merde, non, ça non, Ashley. Rappelle-toi ta conversation avec Mia : c'est normal qu'un beau gosse te plaise. Mais je dois être claire sur mon objectif. Qui se nomme Tyler Sparks, bien sûr.

Une fois que j'ai déposé ma petite valise et sorti mon pyjama, ma trousse de toilette et quelques vêtements qui se froissent facilement, je pars rejoindre les autres en bas. Tout le monde est descendu, je crois. Sur le palier, j'entends des voix dans la chambre d'en face. La porte est entrebâillée, mais on perçoit parfaitement la voix de Cam.

— Je parle sérieusement. Reste sagement dans ton lit. Je n'ai pas envie de faire des trucs ce week-end.

— Tu ne peux pas m'utiliser à ta convenance seulement quand ça te chante, Cam, j'entends Jessica répondre.

Elle prend brusquement un ton enjôleur.

— Allez, ne sois pas con, on va bien s'amuser… ajoute-t-elle.

— Arrête, dit Cam d'une voix plus faiblarde. Je suis sérieux.

— Je vois ça, murmure-t-elle, provocante.

Je ne veux même pas imaginer ce qui se passe là-dedans, et je crois que le mieux serait que je descende et leur laisse un peu d'intimité. Il ne manquerait plus qu'on me surprenne en train d'écouter aux portes. Soudain, j'entends quelque chose qui attire mon attention.

— J'ai déjà décliné un tas de propositions pour toi. Quand comptes-tu enfin m'inviter au bal ?

— On en a déjà parlé. Je ne t'inviterai pas. Vas-y avec qui tu veux.

— Je veux être avec toi, répond-elle aussitôt, et ça me fait presque de la peine de l'entendre. Tu ne vas pas y aller avec ta petite pouffe ? Avec Ashley ?

— Je n'ai aucune pouffe, ricane Cam. Et je ne vais pas amener Ashley. Je ne vais pas aller à ce foutu bal, point final. Pourquoi tu as tant de mal à le comprendre ? soupire-t-il, excédé.

Jessica reprend sa petite voix mignonne. Mais j'en ai assez entendu. Mieux vaut que je débarrasse le plancher avant qu'ils sortent et me trouvent là.

En bas, les garçons sont en train de ranger une quantité astronomique de bières dans le réfrigérateur, plus quelques canettes dans le congélateur. Je ne sais pas combien d'alcool ils ont l'intention d'engloutir cette nuit, mais je dirais beaucoup. Je cherche Vanessa et Blair et je les trouve ensemble dans le jardin. Elles sont en train de nettoyer une table et quelques chaises en plastique avec des chiffons. Je sors pour les aider, Blair ne m'adresse pas le moindre misérable regard, alors que Vanessa m'accueille avec un sourire et me passe un chiffon. Cameron avait raison de dire que la météo allait être estivale. Il fait une chaleur un peu humide et, même si la nuit ne va pas tarder à tomber, je suis encore en manches courtes.

Un peu moins d'une heure plus tard, tout est enfin prêt, et les autres plaisantent et rient dans le jardin tandis que je donne un coup de main à Cam pour mettre les pizzas au four. Le dîner se déroule sans encombre, bien que les canettes et les bouteilles vides s'accumulent à la vitesse de l'éclair au centre de la table en plastique. Je passe un meilleur moment que ce que j'avais imaginé, à vrai dire. Je parle à peine avec les filles. J'ai découvert que Ryan et Troy sont très sympathiques, surtout le premier. Il s'intéresse à moi et m'inclut à la conversation. Vanessa aussi est plutôt agréable avec moi. La seule chose qui m'inquiète, c'est que Blair et Jessica n'arrêtent pas de chuchoter entre elles ; je ne sais pas pourquoi, je suis sûre qu'elles parlent de moi. Et pas spécialement en bien. Cameron est assis à côté de moi et nous buvons tous les deux à un rythme beaucoup plus modéré que le reste de la bande. Moi, parce que je connais mes limites, et lui, probablement pour m'accompagner. Tyler, juste en face de moi, n'arrête pas de me jeter des coups d'œil dissimulés.

La situation devient légèrement plus inconfortable quand le repas se termine. Les convives sont plutôt enjoués à cause de tout l'alcool ingéré, et Blair propose de jouer à un jeu qui leur semble familier, et qu'ils appellent « Action, vérité ou cuite ». Ça ne me tente pas des masses. Mais les garçons paraissent enchantés à cette idée et Tyler part dans la maison chercher une montagne de verres à shots sur un petit plateau et deux bouteilles de tequila. Les règles sont simples ; Cam me les explique à voix basse pendant que les participants se répartissent les verres : quelqu'un fait tourner la bouteille, et la personne visée par le goulot a le choix entre action ou vérité. On lance une pièce pour savoir laquelle : face pour vérité, pile pour action. Celui qui refuse de répondre ou de réaliser son défi doit lancer un dé et boire autant de shots qu'indiqué. Ainsi donc, si tu refuses de répondre, tu sais déjà ce qui t'attend. Cuite. Le nom était pourtant clair. Troy pose une pièce de monnaie et un dé sur la table. Ce type a vraiment de tout dans ses poches !

— Qui commence ? demande Ryan, qui descend d'un trait une bouteille de bière, la secoue sur le gazon pour en éliminer les dernières gouttes, puis s'assure qu'elle tourne parfaitement sur la table.

Cam a mis tous les déchets dans un sac pour débarrasser la surface de plastique.

— Les dames d'abord, propose Tyler.

— Parfait, approuve Vanessa. La plus jeune d'entre nous, les filles ? C'est quand ton anniversaire, Ashley ? me demande-t-elle.

— Le vingt-trois septembre, je réponds, et je la vois faire la grimace.

— Jess.

Elle lui tend la bouteille.

— Novembre, merci, gazouille Jessica avant de l'attraper.

Je crois qu'il va me falloir plus d'alcool pour supporter ça. Surtout si c'est Jess qui fait tourner la bouteille. J'attrape ma troisième canette de bière pour en boire de longues gorgées. Cam me regarde comme si j'étais devenue folle, mais il est le seul.

— Une minute, Jess, dit Tyler. On va tout préparer.

Il remplit les petits verres de tequila à ras bord. Puis il fait un geste à la blonde pour qu'elle fasse tourner la bouteille quand elle veut. Je vois le verre tourner et tourner encore tandis que je prie dans ma tête pour qu'elle ne me désigne pas. Je pousse presque un soupir de soulagement quand je vois le col s'arrêter sur…

— Ryan, dit Jess avec un sourire espiègle.

— Jessica, répond celui-ci en l'imitant. Troy, tu lances la pièce ?

— C'est toujours Troy qui lance la pièce, précise Cameron.

Le concerné prend la pièce et la lance. Nous nous penchons pour voir le résultat. Pile. Action.

— Action, dit Jessica, et elle s'adosse à sa chaise pour réfléchir. Tu vas sortir dans la rue et crier que tu offres des pipes gratuites.

— Quoi ?

Ryan sourit en coin tandis que les garçons l'encouragent.

— Défi accepté. Je fais ça tous les jours, dans les vestiaires. Mais personne n'a encore accepté ma proposition…

Il court à la porte arrière de la maison et tous se lèvent pour aller vérifier qu'il réalise son défi. Je ne bouge pas de ma chaise. Cam non plus.

— Mollo avec l'alcool, me glisse-t-il tandis que je prends une autre gorgée. Si tu dois boire six shots à un moment donné, tu vas avoir envie de mourir.

— Tu crois que je peux jouer à ça en étant sobre ?

— Tu as bu deux bières et demie. Tu n'es plus sobre du tout.

À cet instant, nous entendons Ryan crier son texte et nous rions. Quand, enfin, ils reviennent, nous continuons le tour de table dans le sens des aiguilles d'une montre. Blair est donc la suivante à lancer. La bouteille désigne Vanessa et la pièce dit « vérité ». La sorcière lui demande si elle a déjà fait l'amour sous les gradins du stade de foot pendant une mi-temps, et Vanessa répond oui, sans aucune pudeur. J'ignore pourquoi ces choses si intimes les font rire. Mais c'est le jeu, non ? Au tour suivant, Tyler doit proposer un défi à Jessica. Il nous regarde tour à tour, elles et moi. Qu'est-ce qu'il manigance ?

— Je te défie d'embrasser Cam, lui dit-il avant de me jeter un nouveau coup d'œil.

Les autres protestent, c'est soi-disant trop facile.

— Mieux vaut que tu boives, opine Cam, de mauvaise humeur.

Jessica fait non de la tête et s'avance lentement vers notre côté de la table.

— Je peux boire à sa place ? demande Cam.

Le reste des garçons le huent. Pas question de changer les règles du jeu. Jessica passe juste entre ma chaise et celle de Cam et elle me toise, dédaigneuse, avant de s'asseoir sur ses genoux. Elle prend la tête de Cam entre ses mains. Il n'a pas l'air enchanté, mais ça ne la dérange pas. Je détourne les yeux quand elle colle ses lèvres sur les siennes. C'est insoutenable. Mais les autres l'encouragent avec enthousiasme. Quand Jessica retourne à sa place et que je reporte de nouveau mon attention sur les gens réunis autour de la table, je me rends compte que Tyler m'observe avec beaucoup d'insistance. Se serait-il rendu compte que le fait que Cam embrasse une autre fille me gêne ?

Un tour et demi de table plus tard, je n'ai été désignée qu'une seule fois, pendant laquelle Ryan m'a défiée d'enlever mon tee-shirt. Me voilà en soutien-gorge devant tous ces gens, et il commence à faire froid. Au moins, j'ai un joli soutien-gorge. C'est déjà ça. En plus, je ne suis pas la seule à avoir perdu des vêtements. Le malheur des uns… Cependant, on dirait que ma chance est terminée ; le goulot de la bouteille recommence à me choisir. Mais j'ai déjà bu trois bières entières, et c'est Cam qui a lancé, alors je crois que je peux me détendre, du moins un peu. La pièce dit « vérité » et Cameron Parker ne réfléchit pas longtemps avant de me demander, ses yeux émeraude plantés dans les miens, comme si nous étions seuls autour de la table :

— L'autre jour, quand je te l'ai demandé, tu étais jalouse, oui ou non ?

Lui aussi a bu plus que de raison.

Principalement parce qu'il a refusé de répondre à la question « avec quelle personne ici présente aimerais-tu coucher cette nuit ? ». Le dé a indiqué trois, et il les a bus les uns derrière les autres sans ciller, tandis que Ryan criait, ému, qu'il s'agissait très certainement de lui. C'est pourquoi maintenant il se peut que cela ne lui importe pas d'établir ce niveau d'intimité dans sa réponse et cette connexion entre nos regards. Et je ne suis pas non plus en pleine possession de mes moyens, et je ne veux pas mentir, mais je ne suis pas sûre non plus de vouloir dire la vérité. Tous ses amis entonnent un « ouuuh » moqueur, comme s'ils nous avaient pris en flagrant délit de déclaration ou quelque chose comme ça. Leurs ricanements s'intensifient quand j'attrape le dé. Un. Tant mieux. Je descends le shot d'un trait, les yeux de Cam braqués sur moi. Puis je tousse et râle parce que c'est dégoûtant. Ils boivent ça si tranquillement, eux.

Quand c'est mon tour de faire tourner la bouteille, je tombe sur Tyler Sparks et je retiens mon souffle, les yeux dans ses yeux, en attendant le verdict de la pièce. Cette couleur noisette va me rendre folle. Et la façon dont il fume en me regardant est la chose la plus sexy que j'aie vue de ma vie. Définitivement, j'ai pété un plomb. La pièce dit « vérité », et je sais exactement ce que je veux lui demander, même si, sans bière ni tequila, je n'aurais jamais osé.

— Comment était ton premier baiser ? je questionne en tâchant de paraître calme, même si, à l'intérieur, j'affronte un tsunami d'émotions.

Je sens que Cam se tend à mes côtés, mais Tyler se borne à me regarder, impassible. Il tire doucement sur sa cigarette avant de répondre :

— Parfait.

Il a dit ça. Tout l'alcool que j'ai ingurgité me remonte d'un coup. Si seulement nous étions seuls pour pouvoir recréer ce baiser parfait. Parce que, clairement, pour moi aussi, ça l'a été. Ses amis se foutent un peu de lui et réclament davantage de détails, mais il ne regarde que moi.

— Cette réponse me convient, je déclare, satisfaite.

En dépit des protestations, le tour passe à Vanessa, assise à ma gauche. Elle doit proposer une action à Cam.

— Tu vas embrasser Ashley, dit-elle, avec toute la désinvolture et la mauvaise humeur dont elle est capable, parce que, bonjour la blague.

Je me retourne pour sonder ces fameux yeux verts. Il hausse les sourcils comme pour me demander la permission, et je ne bouge pas d'un pouce, mais l'avertissement que lui envoient mes yeux doit être on ne peut plus clair. Les battements de mon cœur atteignent un niveau sans précédent quand il se penche sur moi. Il ne détache pas ses yeux des miens et je me sens un peu déstabilisée ; j'ai envie et pas envie en même temps, pas ici, en tout cas. Cam s'arrête près de ma bouche et ne la touche pas. À la place, il m'embrasse au coin des lèvres, sur la joue et, bizarrement, j'ai l'impression qu'on ne m'a jamais embrassée de façon si intime. Ses amis, qui patientaient en silence, râlent.

— Tu triches, l'accuse Troy. Tu l'embrasses ou tu bois.

Et tous se mettent à scander : « Tu l'embrasses, ou tu bois ! » comme des idiots.

— C'est bon.

Vanessa hausse la voix par-dessus le brouhaha.

— Comme Ashley n'y est pour rien et qu'elle ne mérite pas ta bave, je vais échanger le baiser avec Ash contre un avec Tyler. Embrasse Tyler ou bois, Cameron, dit-elle d'un air narquois.

— C'est pas juste ! crie Ryan en se levant. Et moi, alors ? Pourquoi pas moi, hein ? Tout le monde m'en veut, dans cette bande. Je vais me trouver de nouveaux amis.

Tyler joue avec ses sourcils dans le but de séduire Cam (c'est trop drôle). Cameron se lève et va vers lui, et mon blondinet se lève pour l'accueillir. Je suis forcée de m'unir aux vivats quand je les vois lèvres contre lèvres.

Cela ne dure qu'une seconde, mais je ne peux cesser de penser à l'ironie de la situation : les deux bouches qui me font le plus envie au monde sont unies en ce moment même.

— Putain ! Il est dégueu, le tabac que tu fumes, proteste Cam en revenant à sa chaise.

— Mon cul ! Tu as adoré ça, petit vicelard, raille Tyler en lui faisant un clin d'œil.

— On aurait aimé un peu plus de langue, mais je valide parce que j'ai une perle pour Instagram ! annonce malicieusement Vanessa en brandissant son téléphone.

— Eh, oh ! Faut pas abuser, on n'est pas si proches que ça ! s'indigne Tyler. Je ne crois pas que tu veuilles entamer une guerre sur Instagram avec si peu, beauté.

Cela fait taire Vanessa, mais je la vois sourire, amusée.

À compter de là, la chance me quitte définitivement. Le lancer de Jess pointe droit sur moi et, même si je la vois faire une grimace déçue quand la pièce dit « vérité », je sais que j'ai intérêt à rester sur mes gardes ; quoi qu'elle demande, ce ne sera pas agréable.

— Combien de fois tu as dû sucer Cam pour obtenir une entrée directe à sa maison du lac ? demande-t-elle.

Même si elle a plaqué un faux sourire sur son visage, la hargne émane de chaque parcelle de son corps.

Ses amis protestent, sauf Blair, que la question semble ravir. « Arrête de faire ta connasse », disent les autres, « c'est juste un jeu, c'est pas drôle »... Cam frappe un coup sur la table, hors de lui. J'ai l'impression qu'il s'apprête à ouvrir la bouche, mais je prends les devants.

— Sûrement moins de fois que toi, Jessica, je réplique tranquillement et assez fort pour qu'on m'entende par-dessus les autres.

Tout le monde se tait et retient son souffle tandis que nous nous défions du regard, chacune d'un côté de la table. Jessica grimace avant d'afficher à nouveau son rictus factice.

— D'accord, d'accord, cède-t-elle en levant les mains. Je change ma question. C'est vrai que tu es encore vierge, Ashley ?

J'entends Cam ronchonner dans sa barbe. Je sais qu'en répondant avec sincérité à cette question, je vais passer pour la bizarre du groupe. Mais je n'ai pas envie de boire un autre shot de tequila. Ou six. Et il n'y a pas de quoi en avoir honte, non ? Alors je réponds.

— Oui.

Personne ne réagit. Je suppose qu'ils n'osent pas se moquer parce que je suis nouvelle, ou peut-être qu'ils se disent que le sujet est sensible.

— Et qu'est-ce que tu attends ? me pique Jess. Le prince charmant ?

Blair se marre.

— Bon, ça suffit. Suivant.

C'est Tyler qui a pris la parole.

Blair le regarde, à la fois surprise et fâchée par son intervention. Mais elle prend la bouteille et la fait tourner sans que personne ajoute quoi que ce soit. Le goulot pointe encore sur moi. Paupières closes, je maudis ma malchance. Puis je m'oblige à affronter les yeux foncés de Blair. La pièce propose à nouveau « vérité ». Je ne sais pas si c'est mieux ou pire.

— Je vais dire tout haut ce que tout le monde pense, commence-t-elle. Avec qui tu kifferais perdre ta virginité ce week-end, Ashley Bennet ? Tyler ou Cam ?

Son ton est caustique.

— Si tu as assez de cran pour répondre à ça, je te le prête cette nuit, ajoute-t-elle avec un sourire malicieux, sans doute parce qu'elle tient la réponse pour acquise.

— Maintenant, ça suffit, dit Cam entre ses dents.

Je pose une main sur son bras pour qu'il se taise. Il ne manquerait plus qu'on se foute de moi parce que je suis la protégée de Cameron Parker. Comme si je n'avais pas assez de problèmes.

— Je parie que tu aimerais que ce soit avec toi, Blair, je l'attaque.

Elle me regarde soudain très sérieusement. Je vois dans ses yeux qu'elle sait parfaitement que je sais.

— Ah non ! Pardon, je ne suis pas ton genre. Tu préfères les blondes, pas vrai ?

Plus personne ne parle. Blair me fixe comme si elle allait se lever, briser la bouteille et me planter le tesson dans le ventre d'un moment à l'autre. La tension est palpable. Mais ce n'est pas moi qui ai commencé cette guerre. Et pourtant c'est moi qui ai envie de pleurer, de disparaître dans un trou très profond, ou de me téléporter dans mon lit pendant plusieurs mois. Je me lève alors que personne n'a osé prendre la parole.

— Excusez-moi.

J'essaie d'avoir l'air sereine mais, dès que j'ai poussé la porte en verre du jardin, je sens les larmes monter. Dans mon dos, tout le monde parle en même temps. La voix de Cam est celle qui porte le plus. Il est en train de passer un sacré savon à quelqu'un, on dirait, même si je ne comprends pas ce qu'il dit. Jusqu'à ce qu'il ouvre la porte à son tour.

— Vous êtes cons ! conclut-il. Ash ! m'appelle-t-il d'une voix douce, et j'entends le clic de la porte qui se ferme, nous séparant des autres.

Je ne veux pas qu'il me voie pleurer comme une idiote, mais je crois que mon nez se mettra à couler avant que j'arrive à ma chambre, alors je cours à la cuisine en priant pour qu'il ne me suive pas. Ce qu'il fait, bien sûr. Il ferme la porte de la cuisine derrière nous et m'attrape la main pour m'attirer doucement à lui et m'obliger à me retourner.

— Eh ! fait-il en voyant mon expression.

Une larme m'a déjà échappé. Pour retenir les suivantes, je tente d'inspirer à fond tandis que je sèche ma joue avec mon tee-shirt, toujours dans ma main. Je m'écarte pour le remettre. Inutile de me promener à moitié nue, à présent. Quel jeu débile !

— Ash, ne fais pas attention à elles, murmure-t-il, et sa voix me donne encore plus envie de pleurer. Ce sont les spécialistes des vacheries.

— C'est pas elles, Cam, j'explique à son grand étonnement. C'est moi. Regarde-moi. Je fais pitié.

Il commence à faire non de la tête, mais je ne le laisse pas parler.

— Je suis là, à essayer de me faire passer pour quelqu'un comme elles… mais en réalité, ce n'est pas moi. Tout ça pour un gars qui ne me voit pas quand je suis moi-même, et qui ne fait attention à moi que quand il pense que je suis suffisamment « cool » pour attirer son meilleur ami. La vérité, c'est que je fais partie des filles invisibles, des moins-que-rien, une loseuse pathétique qui est tombée amoureuse d'un type totalement hors de sa portée. Elles le savent. Tout le monde le sait. Être moi, ça craint, mais je ne peux pas non plus prétendre être ce que je ne suis pas…

— Tu n'as pas besoin d'être quelqu'un d'autre, Ash, déclare-t-il en écartant mes cheveux avec douceur.

Je recule d'un pas.

— Ah bon ? Tu l'as dit toi-même, non ? Si je reste moi-même, Tyler Sparks ne me remarquera jamais. Je dois être plus… moins…

Je reprends les termes qu'il a employés pendant notre première conversation, dans sa voiture.

— Eh, meuf ! Je suis Cameron Parker. Je suis un crétin, tu as oublié ?

Je renifle et ne peux éviter d'esquisser un sourire.

— Adorable, mais crétin quand même, poursuit-il. Je suis désolé d'avoir dit que tu devais changer, Ash. Parce que quand je t'ai dit ça, je ne te connaissais pas et je ne savais pas que tu étais si géniale.

— Tu dis ça seulement parce que je suis en train de pleurer, je nuance, essuyant mes larmes avec les deux mains.

— Non.

De nouveau cette voix douce.

— Si Tyler ne t'aime pas comme tu es, qu'il aille se faire voir, Ashley.

Je le dévisage entre mes larmes, abasourdie. Ses yeux émeraude sont plantés dans les miens et il est on ne peut plus sérieux.

— Qu'il aille se faire voir. Tant pis pour lui. Ce n'est pas toi qui perds, c'est lui. Il y a une tonne de mecs dehors qui se battraient pour être avec toi, Ashley Bennet, termine-t-il dans un souffle.

— Ah bon ? Cite-m'en un.

— Lewis Cooper, lance-t-il, et je lâche une espèce d'éclat de rire entre deux sanglots. Quoi ? Non ?

— Figure-toi qu'il en amène une autre au bal. Je crois que ce bateau a déjà levé l'ancre, j'essaie de plaisanter.

Mais il ne rit pas. Il m'attrape par le menton et m'oblige à croiser ses yeux.

— Il y a au moins un mec qui meurt d'envie d'être avec toi…

— Qui ?

— Ash… murmure-t-il à mon oreille.

Il fait un pas de côté quand la porte de la cuisine s'ouvre. Tyler entre comme s'il avait tous les droits du monde d'interrompre ce moment.

— Ashley ?

Je le vois froncer les sourcils quand il se rend compte que je pleure.

— Eh, qu'est-ce qui se passe ?

Je ne réponds pas et regarde Cam, mais il est en train d'examiner ses chaussures. Quand Tyler s'approche de moi, il fait demi-tour et sort de la cuisine en fermant derrière lui et en nous laissant seuls.

Mon blondinet préféré pose une main sur mon bras. On dirait qu'il ne sait pas très bien ce qu'il va dire. Et moi, je ne veux pas qu'il me voie pleurer ainsi.

C'est une chose que Cam me voie, et une autre que le témoin de mes larmes soit Tyler.

— Désolé pour ces deux-là. Ignore-les et c'est tout. Ici, personne ne les prend au sérieux.

— Ouais. Peu importe. Ce n'est pas elles, le problème, j'assure, les yeux rivés sur le sol.

— Alors c'est quoi, le problème ? Pourquoi tu ne veux pas me parler ? continue-t-il face à mon silence. Tu as passé la semaine à m'éviter.

— Ce n'est pas le moment, Tyler.

C'est vrai. Je ne peux pas gérer Tyler Sparks maintenant, quoi qu'il me veuille. On en parlera demain.

Je passe devant lui, prête à aller dans ma chambre. J'ai eu ma dose pour aujourd'hui. Cette journée a été trop longue pour moi. J'ouvre la porte de la cuisine et j'entends à nouveau sa voix dans mon dos.

— On parle quand tu veux, Ash. Je te promets que je ne mords pas.

Mon cerveau me rappelle le premier jour où nous avons parlé, Cam et moi. « Je ne mords pas. » Je ne dis rien. Je ne me retourne même pas. Je poursuis mon chemin et, en traversant le salon, je vois que les autres sont toujours dehors. Ryan et Troy sont encore assis à table à boire de la bière. Jessica et Blair sont au fond du jardin, en train de faire des messes basses et je préfère ne pas savoir sur quoi. J'aperçois le dos de Cam, assis sur les marches qui mènent au jardin, Vanessa à son côté. Elle est en train de lui raconter quelque chose et je vois qu'elle lui masse doucement la nuque pendant qu'il tient sa tête entre sa main. Je monte dans ma chambre. Demain sera un autre jour.

Assise sur mon lit, j'envoie deux messages à Emily. Dans lesquels je dis que tout va bien. Aucune envie de drames téléphoniques maintenant. Mais alors j'en reçois un autre qui n'est pas d'Emily. Cam. Il m'invite à le suivre sur Instagram. Avec ces quelques mots : « Regarde ma dernière photo. » Je m'exécute. J'ai accès à toutes les photos de Cameron Parker, et sa dernière publication est celle de samedi dernier, le jour de son anniversaire. Une photo de son bras et mon *« smile »* écrit dessus. Avec le petit cœur sur le « i » et tout. La légende dit : « Voilà la seule chose que je retiendrai de mon anniversaire. » Alors j'obéis à ma propre consigne. Je souris. Avant d'en profiter pour regarder toutes ses photos depuis 2014. Beaucoup de football, beaucoup de copains et beaucoup de chat gris. Et aussi pas mal de Vanessa. Il ne les a pas effacées. Et la seule chose que toutes ces photos ont en commun : il est vachement beau.

Près d'une heure après, les gens commencent à monter au compte-gouttes. Le dernier « bonne nuit » que j'entends est celui qu'échangent Tyler et Cam. Je ne sais pas si je vais pouvoir dormir mais, au moins, maintenant, la maison sera silencieuse et je n'aurai pas à me demander s'ils parlent de moi. En tout cas, c'est ce que je croyais. Qu'il allait y avoir du silence. Il ne se passe pas longtemps avant que les gémissements de Blair me perforent le cerveau à travers le mur. Je n'entends pas Tyler, mais vu l'état de Blair, c'est parce qu'il doit avoir la bouche occupée. Et je crois que la sorcière en fait des tonnes. Seulement pour m'embêter. Seulement pour s'assurer que je les entends. Eh bien, c'est réussi. J'attrape une veste de survêt chaude sur le dessus de ma valise, je la mets, sors de la chambre et referme la porte avec précaution. Je vais pieds nus sur la petite terrasse qui donne sur le jardin. Je m'assieds là où j'ai vu Cam et Vanessa tout à l'heure. L'absence de pollution lumineuse permet de contempler un ciel plus étoilé que jamais. Ici aussi, on peut respirer. Je vais laisser un long moment à ceux d'en haut pour qu'ils terminent leur affaire.

Une vingtaine de minutes plus tard, une voix dans mon dos me fait sursauter.

— Salut.

Je me retourne pour voir qui c'est. Vanessa. Elle porte des tongs et, par-dessus son short de pyjama, un sweat trop grand de l'équipe de foot avec le numéro soixante-deux. Celui de Troy.

— Salut, je réponds en essayant de sourire.

— Ça t'ennuie si je m'assieds avec toi un moment ?

Je me contente d'un geste pour l'inviter à s'installer. Elle s'assied sur la marche à côté de moi, sort une cigarette et m'en propose une.

— Tu fumes ?

— Non.

Elle pose le paquet, allume sa cigarette et remet le briquet sur le carton.

— C'est mieux. C'est un vice dégueu.

Les mots exacts que Cam employés.

— Cam n'arrêtait pas de le dire quand on sortait ensemble. Ça, et que je mange un bonbon à la menthe avant de l'embrasser.

Elle rigole et je souris un peu aussi.

— Je suis désolée pour le comportement de Blair et de Jessica tout à l'heure, s'excuse-t-elle à son tour. Ne cherche pas. Jess est jalouse. Et Blair… Blair s'en prendrait à quiconque regarde Tyler, ne serait-ce que du coin de l'œil. Encore heureux qu'elle ne soit pas au courant de tout.

— Non, je m'en fous, c'est pas ça qui m'empêchera de dormir non plus.

Je fais la dure.

— Non ? Ah ! Alors ce sont ces gros scandaleux de Tyler et Blair, suppose-t-elle. Ils ne savent pas être discrets quand ils font l'amour. Ils se moquent de qui est dans la chambre d'à côté.

— Et toi, pourquoi tu ne peux pas dormir ? je questionne pour changer de sujet.

— La cigarette après l'amour, plaisante-t-elle en agitant le mégot entre ses doigts. Troy ne me laisse pas fumer au lit. Il s'endort deux secondes après l'orgasme. Pas de câlins, pas de mamours, pas de confidences sur l'oreiller. Il me vole le meilleur du sexe. Mais il est si mignon que ça me fait de la peine de le réveiller. Si je ne m'endors pas tout de suite, moi, c'est à cause de Cam, qui m'a très mal habituée. En parlant de Cam…

Elle change de ton et se tourne pour me regarder en face, un genou replié.

— Qu'est-ce qui se passe entre lui et toi ?

— Il n'y a rien entre Cam et moi, je répète pour la énième fois (j'ai perdu le compte). Jessica n'a pas de raison d'être jalouse.

— Même si tu le lui disais, elle ne te croirait pas. Et moi non plus. J'étais avec vous dans sa voiture.

Tu sais combien de fois Cam a laissé quelqu'un conduire sa Honda ? Aucune. Jamais. Personne. Même pas Tyler, insiste-t-elle.

— Il n'y a rien entre nous. Sérieusement. On est amis, c'est tout. Je ne… Il ne va rien se passer entre nous.

— Et Cam est au courant ?

Sa question me surprend. Je la regarde, les sourcils froncés, avant de murmurer un « bien sûr ».

— Si tu le dis… Je dois t'avertir : Cam en vaut vraiment la peine, Ashley. Beaucoup plus que Tyler.

Je la dévisage, alarmée. Il ne manquerait plus qu'elle aussi se moque de mon amour transi pour le quarterback du lycée. Mais Vanessa n'ajoute rien.

— Si Cam en vaut tant la peine, pourquoi tu n'es plus avec lui ?

— Il te l'a raconté, non ? Il t'a tout raconté, mais je parie qu'il ne t'a pas dit avec qui.

Son rictus s'élargit, presque ironique, quand elle lit dans mon expression qu'elle a vu juste.

— Pour ma défense, je dirais que Cam et moi n'étions pas en très bons termes… même si j'admets que ce n'est pas une excuse. Ça faisait un moment que je savais qu'il avait un problème, mais il ne me parlait pas. J'ai appris par sa mère que son père avait quitté la maison et qu'ils allaient divorcer. Tu y crois ? Il ne m'avait rien dit. On était de plus en plus distants. En réalité, je crois qu'aucun de nous deux n'en souffrait, parce qu'on ne ressentait plus la même chose qu'au début. Et ce qui s'est passé à cette soirée, c'est que Cam me saoulait, et j'ai trouvé quelqu'un qui s'intéressait à moi, avoue-t-elle en haussant les épaules. En vérité, il se fout que les gens sachent ou pas ce qui s'est passé. La seule chose qui compte pour lui, c'est de protéger ses amis et leur réputation. Je ne comprends même pas pourquoi il continue à lui parler. Mais les amis passent avant tout, non ?

Elle soupire avec amertume.

— C'était Troy ? je tente de deviner.

Vanessa sourit, ironique.

— Troy ? Non. Avec Troy, ça a commencé bien après.

Je la vois se radoucir en pensant à son petit ami.

— C'était qui ?

Je ne sais pas pourquoi je demande, en réalité, je n'ai pas besoin de confirmation. Au fond, je le sais depuis le moment où Cam m'a raconté cette histoire. Mais entendre son nom prononcé à voix haute le rendra réel. Trop tard, j'ai demandé. Et Vanessa ne va pas se garder de répondre.

— C'était Tyler, dit-elle sans émotion dans la voix. Cam m'a trouvée au lit avec son meilleur ami.

11.
Girl at Home

C'est un jour nouveau sur la rive du lac Tahoe et, bien que je me sois couchée tard hier, j'étais la première debout ce matin. Ce qui est bien quand on se lève avant tout le monde, c'est que la salle de bains est toute à soi. Il fait très chaud à l'intérieur du chalet et mon portable m'a averti qu'à l'extérieur aussi, alors j'ai enfilé un pantacourt en jean et un débardeur et j'ai chaussé mes tennis pour aller me promener. Hier, la journée s'est terminée bizarrement. Très bizarrement. Je m'attendais à ce que Jessica ou Blair ne me portent pas dans leur cœur. Mais je ne m'attendais pas du tout à partager des rires et une tablette de chocolat avec Vanessa Miller à deux heures du matin. De toute ma vie, jamais je n'aurais pensé qu'il serait agréable de discuter avec elle. Or, il se trouve que c'est une fille sympa. Beaucoup plus que ce que j'aurais parié. Cam me l'avait dit, bien entendu. Et concernant Cam, c'est encore autre chose : quand Vanessa et moi sommes retournées au lit, nous avons vu Jess sortir de la chambre du garçon aux yeux verts. Elle ne nous a pas vues. On ne peut pas dire qu'elle semblait satisfaite. À vue de nez, il n'y a rien eu entre eux. Elle était contrariée.

Très, très contrariée. J'espère qu'elle ne va pas rejeter la faute sur moi, comme d'habitude.

Je retourne à la maison en longeant lentement la rive. Il fait bon, mais l'eau est gelée. Je l'ai testée en trempant la main droite et j'ai failli perdre mes doigts. Bon, peut-être qu'elle n'est pas si froide. Mais trop pour piquer une tête. Quand je remonte l'escalier qui donne accès au jardin, je suis étonnée de tomber sur Cameron, au bord du lac. Il m'adresse un sourire qui fait briller ses yeux.

— Salut. Je t'ai cherchée. J'ai cru que tu avais volé ma voiture et que tu étais partie.

Il fait mine de plaisanter, mais il est possible que cette idée lui soit passée par la tête, vu ma réaction d'hier.

— Non. Je vais bien. En plus, je ne suis pas une voleuse.

— N'importe qui dirait le contraire en te voyant boire de la liqueur de mûre au parc au petit matin, me taquine-t-il.

— Personne n'est levé ?

Il fait non de la tête et continue de me regarder dans les yeux comme s'il était prisonnier de mes pupilles. Moi, j'ai envie de reprendre notre conversation d'hier soir. Celle que Tyler a interrompue. Et de lui demander qui est ce garçon qui meurt d'envie d'être avec moi. Seulement pour qu'il me dise que c'est lui. Mais je ne suis pas tout à fait sûre que telle soit sa réponse. Et je n'ose pas.

— Que t'a demandé Tyler, hier ? questionne-t-il, et la seule mention du nom de son meilleur ami rompt le charme de ce moment.

— Je lui ai à peine parlé. Je n'en avais pas envie, je reconnais. Il ne m'a toujours pas invitée au bal, si c'est ce que tu veux savoir.

— La patience est mère de toutes les vertus, Ashley Bennet.

— Ne demande pas à une fille qui n'a pas de cavalier pour le bal de promo dans un mois d'être patiente.

Je me rappelle Jess. Jess et sa conversation d'hier avec Cam. Elle n'était pas loin de le supplier pour qu'il l'invite. Elle me fait presque de la peine. Et lui qui lui répond qu'il ne compte pas aller au bal… Ce n'est pas non plus très surprenant. Il ne cesse de l'appeler « foutu bal » depuis la première fois que je lui ai parlé.

— C'est si important, ce foutu bal ?

Et voilà. Il recommence.

— Pression sociale, je me plains. Toutes mes amies y vont en couple. Je vais être traitée de vielle fille si je débarque seule ce jour-là.

— Tu n'iras pas seule.

— Dis-le à ton pote, pas à moi. Soyons réalistes. Il est probable que je n'obtienne pas d'invitation pour le bal dans un futur proche…

— Tu ne me fais vraiment pas confiance. Je tiens mes engagements, princesse. Je t'ai promis un bal, et tu l'auras. Je t'ai promis une couronne et… si tu n'y vas pas avec un roi, tu iras avec le second aspirant au trône… lance-t-il avec un sourire espiègle.

— Qu'est-ce que ça veut dire ? je demande, sourcils froncés.

— Ça veut dire : ne t'avoue pas vaincue. Et si Tyler ne t'emmène pas au bal, je t'y amènerai, moi.

— Toi ?

Un ricanement manque de m'échapper, mais je parviens à me maîtriser.

— Tu n'iras même pas, toi.

— Qui a dit ça ?

Je me mords aussitôt la langue. Je ne suis pas censée avoir entendu sa conversation d'hier avec Jessica.

— Je l'ai déduit à force de t'entendre l'appeler « foutu bal ».

Ouf, bien rattrapé, Ashley.

— C'est vrai que je ne veux pas y aller. Avec l'année de merde que j'ai passée, j'ai autre chose à penser qu'à ce truc débile. Sans vouloir t'offenser, s'excuse-t-il en prenant conscience qu'il a devant les yeux LA fille qui rêve de cette soirée. Je n'avais pas l'intention de me pointer là-bas, c'est vrai…

Deux secondes de silence et il reprend :

— … sauf si c'est avec toi.

Je reste muette et, pendant une éternité, nous nous regardons dans les yeux sans émettre un seul bruit. Mon cœur bat très fort, je commence à être habituée.

— Tu veux un café ? propose-t-il pour détendre l'atmosphère. Ou un milk-shake au chocolat, me taquine-t-il aussitôt.

Je lui donne une petite tape sur le bras.

— Un café, ce sera bien. Je suis grande, maintenant, je plaisante et il lâche un éclat de rire avant de me tendre la main pour m'inviter à le suivre.

Je la saisis. C'est intime. Et en même temps innocent. J'adore. J'adore que nos mains se touchent, que nos doigts s'entrelacent. Et j'adore comme il me tire doucement vers la maison tandis que je le suis docilement, à un pas de distance. Je vois Vanessa se pencher à la petite porte entrouverte de l'entrée. Elle nous observe avec un petit sourire, l'air de dire « tu es sûre qu'il ne se passe rien entre vous ? ». Nous les saluons à l'unisson, elle et Troy. Cam ne me lâche pas la main jusqu'à ce que nous soyons dans la cuisine.

Nous sommes déjà en train de petit-déjeuner et d'échanger à propos du programme de la journée quand Ryan nous rejoint. En quelques secondes, tout le monde est déchaîné et mort de rire, et il appelle à grands cris tous ceux qui ne sont pas encore levés.

Nous parvenons à quitter le chalet aux alentours de onze heures du matin. Les pom-pom girls, vu leur état, n'étaient pas du tout d'accord pour partir en balade dans la forêt. Les garçons portent les sacs à dos, et ce n'est pas moi qui vais m'en plaindre. Je marche un peu en retrait, avec Cam. Aucune envie d'aller à l'avant avec les deux autres, qui n'arrêtent pas de me lancer des coups d'œil dédaigneux. C'était sans doute mieux quand j'étais invisible et qu'elles ne soupçonnaient pas mon existence. Ou peut-être pas, parce que Tyler aussi m'a pas mal reluquée au début de notre randonnée. Cela fait plus d'une demi-heure que nous marchons et Cam se contente de se maintenir à mon allure, en silence. La voix de Blair commence à m'être insupportable ; cela fait près de dix longues minutes qu'elle monopolise la conversation et on l'entend dans toute la forêt. Elle ne me laisse même pas penser en paix.

Je sens mon portable vibrer dans la poche arrière de mon jean et le récupère pour voir qui m'a écrit. Cam ?

Je lui adresse un regard interrogateur. Je n'avais pas vu qu'il tenait son téléphone à la main. Il le range et continue de marcher comme si de rien n'était. J'ouvre le message. C'est une image. L'affiche du film *Le Projet Blair Witch*. Je lâche un éclat de rire scandaleusement sonore que je regrette aussitôt, une main sur ma bouche. J'aurais pu me montrer plus discrète. Maintenant, tout le monde me regarde. Du coin de l'œil, je vois Cam se marrer. Merci pour le soutien.

— Qu'est-ce qui se passe ? veut savoir Ryan.

— Rien. Pardon, je m'excuse en verrouillant l'écran rapidement pour qu'il ne le voie pas. Mes copines m'ont envoyé un truc drôle.

Mais Cam continue de pouffer et je ne peux éviter de l'imiter.

— Et toi, qu'est-ce que tu as ? lui demande Vanessa.

— Moi ?

Il joue les étonnés.

— Rien, son rire est contagieux, c'est tout.

Vanessa me scrute, je lui réponds avec les yeux qu'il n'y a rien entre nous, mais elle recommence à me faire sa tête genre « à d'autres ». Cameron et moi ne parvenons pas à stopper notre fou rire. Chaque fois que l'un de nous se calme, l'autre laisse échapper un gloussement et c'est reparti. Les autres, nous jugeant irrécupérables, poursuivent leur route en nous laissant derrière.

Peu après, Troy exige de faire une première halte pour descendre quelques bières, parce que son sac à dos isotherme est très lourd et qu'il a « besoin d'alcool de toute urgence ». Nous nous arrêtons dans une petite clairière et nous répartissons les canettes. Moi, je n'ai pas tellement besoin de boire, parce que je rigole encore chaque fois que je croise le regard de Cam. Le simple fait d'ouvrir les canettes, qui ont toutes été secouées, amuse beaucoup les garçons. Quel enthousiasme, pour si peu. La pause finit par durer plus longtemps que prévu et je suis en train de parler avec Vanessa quand je remarque que les deux autres filles nous observent en faisant des messes basses, un peu à l'écart. Et les garçons sont là, à jouer comme des enfants, à se lancer des canettes comme des ballons, avec vigueur, histoire de se taper dessus. Vanessa et moi décidons de nous éloigner pour aller faire pipi dans la forêt, loin des regards indiscrets. Sur le chemin du retour, Vanessa me dépasse.

— À plus tard, Ash.

Avant que j'aie le temps de dire quoi que ce soit, je me rends compte que Troy l'attend, adossé à un arbre. Ainsi donc, ils vont faire des trucs dans la forêt. Quelle chance elle a ! Je poursuis mon chemin et les perds aussitôt de vue. J'entends la voix de Ryan résonner dans la clairière. Je me rapproche des autres, lorsqu'une main ferme m'attrape le bras et m'attire derrière un gros pin. J'aurais pu crier, mais la frayeur m'en a empêchée. Et ma stupeur est plus grande encore quand je tombe sur les yeux noisette les plus beaux du monde, tandis que le corps de leur propriétaire se plaque au mien sans laisser le moindre millimètre d'espace vide.

— Tyler, je murmure, incapable de m'exprimer autrement.

— On peut parler ?

— Je ne crois pas que ce soit le meilleur moment, je me débine. Ta petite copine est juste à côté.

Nous savons tous les deux que nous sommes à quelques mètres du reste de la bande.

— C'est le fait que Blair nous voie qui t'inquiète, ou Cam ? demande-t-il.

Je suis sur le point de répéter qu'il n'y a rien entre Cam et moi. Mais je me tais. Je me tais parce que, la vérité, c'est que je ne veux pas que Cam nous voie non plus.

— De quoi tu veux parler ? je rétorque, oubliant les autres, quand je vois mes pupilles se refléter dans les siennes.

Je sens son cœur palpiter à travers son tee-shirt des Giants de New York. Pourtant, même s'il bat vite, je garde l'avantage. Il est si près que je peux sentir ses muscles se tendre quand il entoure mon corps de ses bras et pose les mains sur le tronc.

— De ce qui s'est passé à la fête.

Sa réponse me prend de court. Étonnant qu'il s'en souvienne.

— Qu'est-ce qui s'est passé à la fête ?

Je voudrais avoir l'air sarcastique, mais on croirait entendre un souriceau effrayé.

— Merde, Ashley !

Il parle comme cette nuit-là, quand il m'a plaquée contre le mur. Avec du désir dans la voix.

— Tu me rends fou…

— Moi ? je m'exclame. Qu'est-ce que tu veux, Tyler ?

Nos respirations agitées se rejoignent. Je suis obligée d'entrouvrir les lèvres pour respirer, mes fosses nasales ne suffisent plus. Il regarde mes lèvres. Ses yeux sont rivés sur ma bouche. Le nœud qui s'est formé dans mon ventre est si gros que je crains qu'il le sente à travers mon tee-shirt.

— Je peux t'embrasser ?

Il me demande. Tyler Sparks me demande la permission de m'embrasser. M'embrasser, moi. Ça ne peut pas être vrai. Ça ne peut pas être en train d'arriver. Je suis tombée dans la forêt et je me suis tapé la tête. Ça doit être ça. Mais il plante ses yeux dans les miens. Mon corps est irrémédiablement attiré vers lui, il se plaque contre son abdomen sans me demander la permission. Il faudrait être complètement tarée pour refuser. À supposer que j'aie encore le contrôle de moi-même.

— Oui, je laisse échapper dans un murmure.

J'ai envie de crier, mais j'en suis incapable. Comme dans ces cauchemars dans lesquels on se rend compte qu'on ne peut émettre aucun son.

Je sens tous ses muscles se contracter. Alors qu'il ne bouge pas. C'est peut-être juste par anticipation. C'est peut-être la même chose qui m'arrive, à moi. Je respire tant bien que mal avant qu'il se penche vers ma bouche. Il bouge si lentement que ça ressemble à une torture. Je lève les yeux. À cet instant précis, le reste du monde m'importe peu. Je suis toute à lui. Je ferme les paupières. Le premier contact de ses lèvres sur les miennes est doux, délicat. Il pose sa lèvre inférieure entre les miennes, puis la recule d'un millimètre. Il a le goût de la bière et, à cette seconde, la bière me semble la plus divine des boissons. Même si, il y a à peine un quart d'heure, j'en buvais à contrecœur. Les bras ballants, je ne peux plus bouger. Tout autour de moi est silence.

Mon cerveau n'entend que le son de sa respiration, seulement la sienne. Le reste de mes sens est saturé de Tyler Sparks : son odeur, son contact, l'image de sa bouche s'approchant qui persiste dans ma rétine, sa saveur. Je ne veux rien d'autre. Il bouge. Plus près de moi. Comme si on pouvait se coller davantage. Ses bras se referment autour de moi tandis qu'il me presse contre son corps, et je suis forcée d'attraper sa taille comme si ma vie en dépendait. Ses lèvres s'écrasent à nouveau contre les miennes. Cette fois, sans douceur, sans délicatesse. Cette fois, il m'embrasse avec fougue et, moi, je laisse ma bouche s'ajuster à la sienne et ma langue recevoir la sienne, impatiente. Cela faisait quatre ans que nous t'attendions, Tyler Sparks. Bienvenue chez toi.

C'est le baiser le plus incroyable de ma vie. Le plus émouvant. Mes jambes en tremblent encore quand il s'écarte. Il est resté collé à moi plus longtemps que je ne l'aurais espéré. Une fois séparée de lui, j'ai une sensation de froid. Et de vide. Il ne devrait pas avoir à s'en aller. Jamais. Je suis incapable de prononcer le moindre mot.

— Putain ! Qu'est-ce que je vais faire avec toi ?

Il grogne, contrarié. Très contrarié. Les papillons dans mon ventre qui virevoltaient comme des fous se recroquevillent dans un coin en attendant la permission de voler de plus belle. Si elle arrive. Mon blondinet fait non de la tête plusieurs fois, me tourne le dos, puis frappe dans l'arbre d'en face. Des morceaux d'écorce séchée s'échappent, et l'écho de ce geste a beau s'éteindre en un dixième de seconde, pour moi, il est assourdissant.

Et il s'en va. Le garçon de mes rêves s'enfonce dans la forêt sans se retourner. Sans me regarder. Avec mon baiser sur les lèvres et les poings serrés.

Je m'attarde deux minutes pour permettre à mon organisme de se remettre en route. À moitié, du moins. Si je repars enfin, ce n'est pas parce que je veux m'en aller, mais parce que les autres doivent se demander où je suis passée. Et où est passé Tyler. Mieux vaut qu'ils ne nous croient pas ensemble. Alors je reviens. En arrivant à la clairière, Vanessa et Troy ne sont toujours pas revenus, ce qui m'évite les suspicions de la chef des pom-pom girls. C'est déjà ça. Mais Cam s'approche dès qu'il me voit fouiller dans mon sac à dos pour consulter mon portable.

— J'étais en train de me dire que tu t'étais perdue et que j'allais devoir venir te chercher.

— J'étais avec Vanessa, je ne risquais rien dans la forêt, je réplique, dos à lui.

— Tu es revenue toute seule et tout le monde sait où est allé Troy. Alors, si ces deux-là sont en train de s'envoyer en l'air contre un arbre, dis-moi : qu'est-ce que tu faisais ? tu les regardais ? J'ignorais que c'était ton truc, princesse.

— Pfff, je soupire en me retournant.

Il m'observe très sérieusement et je sais qu'il sait que j'étais avec Tyler. Il ne faut pas être très malin pour faire le rapprochement ; nous étions les seuls à n'être pas dans la clairière.

— Et arrête de m'appeler princesse, j'ajoute d'une voix un peu moins ferme.

Je pars rejoindre Ryan, le seul à qui je peux parler sans qu'il ait envie de m'assassiner ou d'insinuer quelque chose à propos de mes préférences sexuelles ou de Tyler Sparks. En partant du principe que ce sont deux choses différentes.

Troy et Vanessa ne tardent pas à revenir, main dans la main, en se chuchotant des choses à l'oreille qui les font rire. Ils forment un très beau couple. Ils semblent très amoureux. Beaucoup plus que ce que je pouvais imaginer en les croisant dans les couloirs du lycée.

— Hé, où est Tyler ? demande Troy quand, enfin, il parvient à détacher les yeux de sa copine.

M. Sparks met encore cinq très longues minutes à revenir. Il ne semble pas disposé à donner plus d'informations, et ses amis n'insistent pas. Ce doit être coutumier, pour lui, de disparaître de temps en temps. Ou peut-être pensent-ils qu'il est allé fumer un joint ? Qui sait. Quoi qu'il en soit, il ne m'adresse pas un regard. Il laisse Blair l'attraper par la main, puis il passe carrément un bras autour des épaules de la sorcière.

Nous parvenons à une petite plage au bord du lac, entourée de végétation et visiblement peu fréquentée. Les garçons déposent leurs sacs à dos sur un monticule à l'ombre d'un arbre.

— On se baigne ! suggère Ryan en enlevant son teeshirt et en le lançant sur le tas.

— Revoilà l'exhibitionniste, ronchonne Tyler en le voyant faire mine de baisser son pantalon.

— Le dernier à l'eau est un lâche ! provoque Ryan.

Tyler entre dans son jeu aussitôt et se retrouve en caleçon à la vitesse de la lumière. Sacré spectacle.

Bienvenue, météo estivale ! À partir de maintenant, j'espère le voir plus souvent dans sa piscine.

On dirait que je suis la seule que l'idée d'une baignade n'enchante pas. Les filles sont déjà en train de retirer leurs vêtements pour entrer dans l'eau froide du lac. Bien sûr, j'ai un peu honte. Mais il n'y a pas que ça. J'ai mis la main dans l'eau, ce matin. Elle est gelée. Vanessa et Jessica bavardent en pliant avec soin chaque vêtement qu'elles enlèvent pour les déposer sur la rive. Blair a déjà de l'eau jusqu'à la taille et râle quand Tyler l'éclabousse. Je n'ai pas l'intention d'enlever ne serait-ce qu'une chaussette. Cam s'approche, torse nu, pour voir ce qui arrive à la rabat-joie de service. Je bloque sur ses abdos quand il vient vers moi. Impossible de m'en empêcher. Cela fait pas mal d'étés que je vois le corps de mon voisin se tonifier. Mais je n'avais jamais vu Cameron Parker torse nu. Et il n'a rien à envier à son ami. Il a peut-être les pectoraux un peu moins marqués, mais ils sont parfaits. Et ce V sur son bas-ventre… D'ailleurs, il n'a toujours pas enlevé son short. Je ne peux m'empêcher de jeter un coup d'œil à son entre-jambe. S'il s'en est rendu compte, il ne dit rien.

— Tu ne vas pas te baigner ? demande-t-il. Serait-ce parce que tu portes tes culottes de grand-mère ? me taquine-t-il à voix basse.

— Pardon ? Je n'ai pas de culotte de grand-mère, j'objecte, indignée.

Il affiche un petit sourire moqueur.

— L'eau est congelée. Sans moi.

— Ah… alors c'est ça.

Il hoche lentement la tête.

— Dégonflée, dit-il dans une toux mal feinte, comme le jour où il m'a amenée chez le tatoueur.

Je roule un peu des yeux.

— Ah ! Pardon, tu ne m'as pas bien entendu ? Dégonflée, répète-t-il distinctement.

Vanessa et Jess nous regardent. Je leur tourne le dos, mais je sens leurs yeux plantés sur nous. Ça ne m'empêche pas de sourire aux bêtises de Cameron.

— Je ne suis pas venue ici pour attraper une pneumonie, je précise avec suffisance.

— Non ? fait mine de s'étonner mon crétin adorable. Et pourquoi tu es venue, alors ?

Il prononce cette phrase d'un ton beaucoup plus sensuel que ce à quoi je m'attendais, et il s'approche.

— Pour te voir en caleçon de papi, je plaisante pour entrer dans son jeu.

Il pose les doigts sur l'élastique de son short et le baisse un peu avant de le laisser tomber sur le sol. Je regarde. Comment faire autrement ? Il l'a fait exprès, non ? il porte un boxer noir à l'élastique gris. Je ne veux pas m'attarder pour voir s'il épouse son corps mais, oui, c'est le cas, il ne m'a pas fallu longtemps pour m'en rendre compte.

— Vœu exaucé. À toi.

— Hors de question. On n'a pas pris une seule serviette. On va mourir d'hypothermie. Les trouillards sont ceux qui écrivent l'histoire, Cameron.

— Et moi qui pensais que tu avais du cran, soupire-t-il en jouant les dégoûtés.

Il me fait un signe de tête discret vers l'arrière et je vois Blair jouer avec Tyler. Maudite soit-elle.

— Passe-moi ça.

Il m'enlève mon sac et fouille à l'intérieur malgré mes protestations. Il en sort mon stylo, se place derrière moi en attrapant mon poignet droit et le manipule pour écrire dessus. *Fearless.* J'ignore si on nous voit et je ne veux pas le savoir. La chaleur de son corps me fait oublier mes craintes. Je me tourne pour lui faire face et, sous son regard attentif, je défais un bouton de mon pantacourt, et je le baisse un peu, mes yeux plantés dans les siens. Il avale sa salive avec difficulté. J'enlève mes chaussures avec mes pieds, un sourire au coin des lèvres, et finis par retirer complètement mon pantacourt. Une chance que j'aie mis des sous-vêtements assortis, aujourd'hui.

— Tu as besoin d'aide ? propose Cam en essayant de prendre l'air langoureux, sans succès.

Je suis peut-être nerveuse, mais M. Parker n'est pas en reste.

— Non, merci. Je vais juste tremper mes pieds, je le fais enrager en lui tournant le dos et en marchant vers le lac.

Il pose une main sur ma hanche pour m'arrêter.

— Tu as dix secondes pour enlever ton tee-shirt si tu ne veux pas que je te lance dans l'eau avec. Dix… neuf…

J'essaie de tenir bon, mais il est capable de mettre sa menace à exécution alors, à deux, j'enlève mon tee-shirt, le jette sur le côté, puis me mets à courir vers le lac avant qu'il m'y lance. Il me rattrape vite, me prend par les jambes et me hisse sur son épaule. À cette seconde, j'ai fortement conscience que je suis en sous-vêtements grenat, que mes fesses sont probablement trop près de son visage, et qu'il peut donc les regarder à sa guise.

— Non, non, arrête, je supplie. Je vais entrer seule, et il ralentit comme s'il hésitait. J'entre toute seule, promis.

Il poursuit son chemin sans me lâcher.

— Non ! je crie dans son dos tandis que nos rires se mêlent. Arrête ! Lâche-moi ! Cam ! Non !

Je me débats, mais c'est inutile et, au fond, je ne veux pas qu'il me lâche.

— Cameron, je suis sérieuse !

Je n'obtiens qu'un éclat de rire de sa part quand il entend son nom complet.

Nous entrons dans l'eau peu à peu. Le froid ne semble pas le déranger. Et moi, ça commence à ne plus tellement me gêner qu'il me porte sur son épaule comme un sac à patates. Parce que, de là où je suis, j'ai une vue imprenable sur son cul. Et Cameron Parker est très bien foutu. Quand l'eau lui arrive à la taille, il me lâche d'un coup. Je tente d'atterrir sur mes pieds pour ne pas finir trempée, en vain. Même mes cheveux sont mouillés. Après m'être frotté les yeux, la première chose dont je prends conscience, c'est que nous avons du public. Si Jessica était déjà jalouse, elle va me mettre la tête sous l'eau pour me noyer dès qu'elle en aura l'occasion. Je secoue la tête pour éclabousser Cam, mais il s'en fiche. Alors je saute sur son dos et le tire par les cheveux pour essayer de le couler. Sans succès, je suis trop menue. Tandis que je lutte avec lui, j'aperçois Tyler pas loin de nous. Blair est pendue à son cou. Mais c'est moi qu'il regarde. Nous. Et il ne semble pas ravi de ce qu'il voit.

Cam se baisse un peu, juste assez pour que je glisse et me retrouve face à lui. Il m'attrape par la taille et, sans que je m'en rende compte, mes jambes entourent ses hanches. Nous sommes très proches et il m'attire à lui, seulement sous l'eau. À la surface, nos corps semblent plus éloignés qu'en réalité. Mais en dessous, je sens que mon bas-ventre frôle des parties de son corps que je ne devrais pas frôler.

— L'eau est parfaite, Ash, tu ne trouves pas ?

— Plus agréable que ce que je pensais.

Je repousse son torse pour m'élancer vers l'arrière. S'il est déçu, il ne le montre pas et se borne à mettre la tête sous l'eau pour émerger en faisant gicler une tonne de gouttelettes d'eau. Je râle, mais il sourit. Avec lui si proche, c'est impossible de mourir gelée.

Il commence à faire nuit quand je raccroche, après avoir rassuré ma mère pour la quatrième fois : nous nous amusons beaucoup, et je n'ai pas utilisé un seul des préservatifs qu'elle a mis dans ma valise. Je suis sortie dans le jardin parce qu'à l'intérieur, il n'y avait pas moyen d'entendre ce qu'elle disait. La soirée a déjà commencé. Alors que nous n'avons pas encore dîné. Je contemple les eaux tranquilles du lac pendant quelques secondes. Je ne sais plus quelle idée ruminer, à présent : l'intense baiser que Tyler m'a donné, ou le contact du corps de Cam sous l'eau ? Le baiser devrait gagner. Cela fait quatre ans que c'est toujours le même qui gagne. Je n'aime pas tellement le changement.

Je suis prête à retourner à l'intérieur encrasser mon foie, puisque boire semble être le passe-temps favori de mes camarades. Je tombe sur Tyler assis sur le porche, en train de finir une cigarette, les yeux rivés sur moi. Depuis combien de temps il est là ? Aurait-il entendu la conversation avec ma mère ? Le coup des préservatifs ? Oups ! Il me sourit quand nos yeux se croisent. Ce garçon doit être bipolaire. D'abord il m'embrasse, ensuite il détale comme un dingue, maintenant il sourit. Fou à lier. Peu importe. Je l'aime même comme ça. Il termine sa cigarette et l'écrase dans le cendrier à côté de lui. Puis il se lève et vient vers moi. Nous nous arrêtons l'un en face de l'autre, à un mètre et demi de distance.

— Pas la peine de me dire qu'il faut qu'on parle pour ensuite partir en courant, j'anticipe.

Il semble surpris.

— J'allais dire que je suis désolé.

À mon tour d'être surprise.

— Mais, Ashley, tu ne comprends pas… à la fête…

— À la fête, tu étais complètement ivre, Tyler. J'imagine que tu ne te souviens pas de grand-chose…

— Je me rappelle ce que j'ai dit, m'interrompt-il d'une voix ferme. C'est ta faute. Tu n'avais qu'à rester à ta place, avec tes copines, ne pas venir aux soirées et, surtout, ne pas sortir avec Cam.

Mon portable me glisse des mains. Il m'a rendue nerveuse, avec son discours. Je me souviens des mots de Cameron. Tyler Sparks ne supporte pas que son pote ait une fille qu'il ne peut pas avoir. Manifestement, il a vu juste. Je me penche pour récupérer mon téléphone et je vois les marques de brûlures sur son vieux pantalon avant de lever les yeux vers son visage. Il me tend la main pour m'aider à me relever, mais je la refuse. Puis je range mon portable dans ma poche en me redressant.

— Cam et moi sommes juste amis, je répète.

— Je me contrefous de ce que vous êtes, grogne-t-il à nouveau. J'ai besoin que tu sortes de mon monde.

— Ton monde, je répète, incrédule. Qu'est-ce qui se passe ? Je ne suis pas assez bien pour ton petit cercle de gens populaires ? Pour les pom-pom girls ? Pour l'équipe de foot ? Pas assez bien pour aller dans le même lycée que toi ? Je devrais déménager ?

— La ferme.

Je ne m'attendais pas à un ton si dur de sa part.

— La ferme, parce que je commence à avoir envie de te faire taire en t'embrassant. Je ne veux pas que tu me fasses ça encore une fois.

— Ça ne va pas, dans ta tête.

Je suis excédée, mais mon cœur bat à toute allure.

— Que je te fasse quoi ? Je ne te fais rien. C'est toi qui viens et repars comme si tu avais une double personnalité.

— Oui, soupire-t-il. Le problème, ce n'est pas toi, Ashley. Ça n'a jamais été toi. Le problème, c'est moi. Je suis foutu, je suis un putain de connard et un abruti. C'est plus facile de l'être quand tu n'es pas dans les parages.

— C'est quoi, ton problème avec moi ?

— Tu es trop bien pour moi, Ash, dit-il.

Soudain, j'ai presque un flashback de toutes les fois qu'il a dit la même chose à propos de ses parents.

Si seulement il savait combien de fois j'ai pensé exactement le contraire.

— Toi, je ne te ferai pas souffrir. Alors ne rends pas les choses plus compliquées, bordel. Éloigne-toi de moi.

Et il me laisse seule avec l'écho de ses dernières paroles : « Éloigne-toi de moi. » Mais c'est lui qui s'éloigne (et non l'inverse) vers la maison.

Je suis perdue. Alors que je pensais déjà avoir eu ma dose de confusion pour aujourd'hui. C'est pour ça que Tyler voulait me parler. Pour me dire qu'il ne veut pas me parler. Qu'il souhaite que je m'éloigne de lui. Que je sorte de son monde. Moi qui rêve depuis quatre ans d'y entrer à nouveau. En plus, son monde possède maintenant beaucoup plus que ce que j'avais imaginé. Parce que son monde inclut aussi Cameron Parker.

C'est précisément ce dernier qui me colle une bouteille dans la main quand je retourne au salon. Il me questionne sur ma mère et tente de plaisanter, mais je n'en ai pas envie. Je ne suis pas du tout dans l'ambiance. J'ai déjà bien assez à faire avec mes pensées.

— Laisse l'étiquette, me murmure Cam à l'oreille, comme un ordre.

Je ne m'étais même pas rendu compte que j'étais en train de l'arracher. Qu'est-ce que ça peut bien lui faire ? Je lui décoche un regard sévère. Je n'ai pas envie de jouer. Ses yeux verts me lancent un avertissement que je décide d'ignorer, tout en arrêtant malgré tout de triturer cette maudite étiquette.

Durant le repas et tout le reste de la nuit, Cam s'assure que j'aie toujours une bouteille dans la main. Nous sommes les seuls à savoir que c'est toujours la même.

Chaque fois qu'il va à la cuisine jeter nos bouteilles vides et en rapporter de nouvelles, la mienne revient remplie de limonade. Les injonctions de mon crétin adorable m'avaient presque énervée, mais je me réjouis de l'avoir écouté. Suivre le rythme de la bande aurait pu m'achever. Cameron Parker est là pour veiller sur moi. Les autres filles n'ont pas cette chance, ou bien si, ça dépend de quel point de vue on se place. Leurs petits amis les encouragent à boire toujours plus pour voir qui tiendra le mieux. J'ai l'impression que Blair va gagner. Vanessa est sur le point de rouler sur le sol. Jessica, pour sa part, boit à son rythme, sans s'arrêter. Elle ne semble pas passer la meilleure nuit de sa vie. Je suppose que c'est ma faute. Je comprends qu'elle m'accuse. Si je n'étais pas là, elle aurait (ou non) couché avec Cam, mais dans tous les cas, elle n'aurait pas eu à le voir collé à moi constamment. Que c'est douloureux, la jalousie !

Finalement, Ryan et moi sommes les derniers à aller dormir. Nous restons sur le canapé à parler de nos séries télé préférées. Nous en avons quelques-unes en commun, et la conversation se prolonge tandis que nous recommandons à l'autre celles qu'il n'a pas vues. Quand nous montons, tout l'étage est sombre et calme. Nous nous souhaitons une bonne nuit à la porte de ma chambre et il s'éloigne vers la sienne, au bout du couloir. J'enfile mon pantalon de pyjama. Long, fin et entièrement vert (il ne m'a pas semblé approprié d'emporter mes imprimés chatons ou cœurs). Et un petit débardeur blanc parce qu'il fait toujours chaud dans le chalet. Je prends ma trousse de toilette et je vais à la salle de bains pour pouvoir aller aux toilettes et me laver les dents.

Quand je reviens, je porte la main à ma poitrine pour m'assurer que mon cœur est toujours là. Un infarctus, ce serait le minimum. Heureusement, je ne suis pas du genre à crier comme ces filles terrorisées dans les films d'horreur. Parce qu'il y a quelqu'un, là. Assis sur mon lit. Et si nous n'avions pas eu cette conversation dans le jardin il y a quelques heures, je jurerais qu'il s'agit de Tyler Sparks.

— Ce concept « d'éloignement » est nouveau. Tu es sûr que tu as bien saisi ce que signifie « près » et « loin » ? je souffle, agacée, après avoir fermé la porte pour que personne ne nous entende.

Il se met debout devant moi, l'air coupable. Je trouve. Mais il ne dit rien. Il ne me laisse pas parler non plus. Il supprime la distance qui nous sépare et m'attrape par la nuque, si fort qu'il me fait presque mal (ce n'est pas moi qui vais m'en plaindre). Pas tant que la douleur m'amène à coller mes lèvres aux siennes comme si nous avions besoin de l'autre pour respirer. Et respirer est précisément ce que j'ai oublié de faire. Peu importe. Je veux bien mourir asphyxiée s'il doit en être ainsi. L'impulsion de son corps qui me cherche pour se fondre avec le mien nous fait tituber jusqu'au placard. Ma trousse de toilette tombe, je crains qu'on nous entende. Mais il ne s'arrête pas, et je le laisse me plaquer contre le meuble, répondant à son baiser du mieux que je peux. La langue se fait indispensable, à ce stade, et nous laissons les nôtres jouer à leur guise, sans limites (au bout de quatre ans, elles seraient de trop). Les papillons envahissent chaque recoin de mon corps et je les laisse voler. Très haut. J'enfonce mes doigts dans les mèches blondes sur sa nuque et c'est encore plus incroyable que tout ce que j'avais imaginé. Il passe les mains sous mon tee-shirt et, sans cesser de m'embrasser, caresse mon ventre et mes côtes. Sa main droite découvre que j'ai déjà enlevé mon soutien-gorge. Et quand il pose sa main chaude sur mon sein et pince mon téton, je me sens mourir. C'est la meilleure fausse mort que j'aie jamais expérimentée.

— Putain ! murmure-t-il en s'écartant à peine de mes lèvres. Putain, Ashley ! Qu'est-ce que je fais ? Qu'est-ce qu'on fait ?

Il parle si bas qu'on dirait qu'il ne veut pas que je l'entende. Il est ivre, c'est une certitude.

D'une main, je tire sur le col de son tee-shirt tandis que l'autre, posée sur sa nuque, m'aide à me rapprocher. Cette fois, c'est moi qui l'embrasse. Il répond avec ferveur. Je colle mon corps contre le sien autant que possible tandis qu'il met ses mains sur mes fesses et m'attire fermement contre ses hanches. Je n'ai jamais eu aussi chaud de ma vie. Je ne veux pas que le froid revienne. Mais quand je sens sa main chercher ma poitrine à nouveau, je m'écarte. *Merde. Merde, Ashley, tu es une imbécile*. Néanmoins, il y a quelque chose au fond de moi qui m'oblige à arrêter. Et ce n'est pas la vierge qui est en moi. Je le repousse, les mains sur son torse. Il me regarde, dérouté.

— Tyler, arrête. Non, pas comme ça. Blair est dans la pièce à côté.

— Elle est complètement assommée, dit-il comme si c'était censé me rassurer. Elle ne se rendra compte de rien.

— Mais moi, oui.

— Ashley, s'il te plaît…

Je me laisse faire parce que je n'ai plus beaucoup de volonté, à cette seconde.

— Je ne peux pas m'en aller, susurre-t-il, sa bouche contre la mienne. Je ne peux pas m'en aller. Tu mérites quelqu'un de mieux. De vraiment mieux. Quelqu'un comme Cam. Mais je ne veux pas…

Il est en train de délirer, je ne vois que ça.

— Je ne veux pas que tu sois avec Cam. S'il te plaît, ne sors pas avec lui. Je veux que tu sois avec moi. Avec moi. Rien qu'à moi…

Il m'embrasse encore. Je suis en train de fondre dans ses bras. Personne ne pourrait stopper mon cœur à ce stade. Moi aussi, je veux être avec lui. C'est ce que je veux. Être avec lui. Mais je dois me rappeler qu'il a toujours une copine. Et que ça ne peut pas se passer comme ça.

— Arrête, je demande en reculant d'un pas. Tant que tu seras avec Blair, c'est impossible.

— Je me contrefous de Blair, putain ! Je veux être avec toi…

Je sonde ses yeux noisette en m'efforçant de le croire. Il paraît sincère.

— … mais je ne suis pas pour toi.

— Ça, c'est à moi d'en décider, je réplique sans détacher mes yeux des siens. Ne dis pas que tu n'es pas à la hauteur. Ni pour moi ni pour personne. Ce n'est pas vrai, Tyler.

— Tu vois toujours le côté positif… dit-il, amer.

— Parce que je crois en toi.

Il me regarde de nouveau droit dans les yeux et je constate que toutes ses défenses sont tombées. On dirait un enfant perdu qui a besoin d'être rassuré.

— Voilà pourquoi je ne veux pas être ton échappatoire. Ni un coup d'un soir pour te vider la tête.

— Tu ne l'es pas, rétorque-t-il, indigné. C'est pas ça, Ash. Seulement que j'ai besoin de toi... maintenant... j'ai besoin de toi...

Il lâche le second « j'ai besoin de toi » collé à mon oreille avant de m'embrasser derrière le lobe et dans le cou. Je suis sur le point de me laisser aller encore. Non. *Rappelle-toi que ce n'est pas ce dont tu avais rêvé. Un mec bourré en plein conflit émotionnel pour ta première fois ? Non merci.*

Je m'écarte et sors de la chambre. Je l'entends juste derrière moi. J'ai besoin d'un endroit où je pourrai réfléchir. M'éloigner. Où je suis sûre qu'il n'osera pas me suivre. Et je sais exactement quel est cet endroit. Le seul refuge au monde qui peut concurrencer les bras de mon quarterback. Alors j'entre dans la chambre de Cam et je ferme lentement la porte derrière moi, abandonnant Tyler dans le couloir.

J'aperçois la silhouette de Cam dans le lit, le drap remonté jusqu'aux hanches. Il est tourné sur le côté et ne bouge pas. Il doit dormir, il ne m'a pas entendue entrer. Je me glisse sous les draps à ses côtés. Il bouge et lâche une sorte de grognement.

— C'est moi, dis-je dans la pénombre.

— Ash, murmure-t-il, et je ne sais pas s'il dort toujours ou s'il est réveillé. Qu'est-ce qui se passe ?

— S'il te plaît, je peux dormir avec toi ?

Je me souviens de l'avoir entendu dire à Jessica qu'il préférait dormir seul. Mais avec un peu de chance, il disait ça seulement pour se débarrasser d'elle ?

— Bien sûr, chuchote-t-il, et il se blottit contre moi.

Je me rends compte qu'il est torse nu. Il place sa tête sur l'oreiller tout proche de la mienne. Et il ne bouge plus. Je me sens plutôt en sécurité, ici, à côté de lui. Sa respiration régulière me détend aussitôt. Bon, d'accord, ce n'est peut-être pas l'endroit idéal pour réfléchir.

Mais c'est là que je veux être à ce moment précis.

12.
Tell Me Why

Je me réveille le lendemain matin, le bras de Cam autour de la taille. Je suis couchée sur le côté, dans la même position que lui. Son torse frôle mon dos et sa jambe est fléchie de telle manière que son genou touche l'arrière de ma cuisse. Je sens son souffle régulier dans ma nuque. Il dort toujours. J'aimerais me tourner pour le regarder dormir, mais quand je bouge, très lentement, je crois que mes cheveux chatouillent son visage. Il s'écarte doucement et ses petits yeux verts chargés de sommeil s'ouvrent. Il me voit. Et il sourit. Autant que le lui permet son demi-sommeil.

— Excuse-moi…

Il m'embrasse doucement l'épaule, retire son bras et me laisse plus de place dans le lit.

— … qu'est-ce que tu fais là ? questionne-t-il en enfouissant sa tête dans l'oreiller.

— Tu m'as dit que je pouvais rester dormir avec toi, j'explique avec un accent coquin.

— Oui, confirme-t-il en roulant sur le ventre, coudes appuyés sur le matelas pour se redresser.

Il m'observe à travers ses cheveux en bataille.

— Tu m'as laissé les cinquante balles dans mon portefeuille ? Pour le sexe de cette nuit ?

Je lui tape le bras et le vois sourire.

— Il n'y a pas eu de sexe cette nuit.

— Ah, non ? Merde, j'ai dû rêver, alors.

Il fait mine de réfléchir.

— Tu es sûre ? insiste-t-il avec une expression salace.

Je ris.

— Enfoiré, je l'insulte, et c'est lui qui rigole. Je suis désolée d'être venue me réfugier dans ton lit.

— Pas moi. Qu'est-ce qui t'est arrivé ?

Je réfléchis un moment avant de répondre. Qu'est-ce que je peux lui raconter ? Je ne suis pas sûre de vouloir qu'il sache tout, même si ce qui s'est passé avec Tyler est une grande avancée dans notre procès de Salem. Je me tourne sur le côté et il fait de même. Nos visages se font face sur l'oreiller.

— Tyler est venu dans ma chambre, je raconte à voix basse. Il était bourré et il m'a dit des trucs incohérents.

Je passe sous silence l'histoire des baisers, de la langue et de ses mains sous mon tee-shirt. Ça, il vaut mieux le garder pour moi.

— Il disait qu'il voulait que je m'éloigne de lui et que je le laisse tranquille, et en même temps, qu'il voulait être avec moi…

Je me tais parce que je m'embrouille. Je ne sais pas vraiment ce que je veux expliquer. Cam m'observe, très sérieux. Il laisse passer quelques secondes avant de parler.

— Je croyais que c'était ce que tu voulais. Qu'il ait envie d'être avec toi.

— Pas comme ça. En plus, le plan, c'était de se débarrasser de la sorcière et d'obtenir une invitation au bal, pas vrai ? Pas une aventure sans lendemain avec un gars bourré au lac Tahoe. Ce n'est pas ça que je veux, je réfléchis à voix haute.

— Peut-être que Tyler n'est pas celui que tu imaginais, dit Cam avec une pointe d'amertume dans la voix.

Je cherche ses yeux, mais il ne me regarde plus.

— Qu'est-ce que tu veux dire ?

— Rien, lâche-t-il, résigné.

Il se lève et je me redresse pour l'observer. Qu'est-ce qui lui prend ? Il est en caleçon et je ne peux éviter de contempler son corps. Il est temps que je m'en aille. Je sors du lit à mon tour et me dirige lentement vers la porte. Je l'entends me dire qu'il me laisse passer à la douche en premier. Quel gentleman. J'écoute avant d'ouvrir ; le couloir est silencieux. Malheureusement, quand je sors, je tombe sur Vanessa et Troy. Ils me regardent, perplexes, et je sais qu'ils peuvent parfaitement apercevoir Cam en caleçon derrière moi. Merde. Je ne sais plus où me mettre. Personne au monde n'avalera qu'il ne s'est rien passé dans cette chambre.

— Bonjour, salue Vanessa comme si de rien n'était, et nous répondons à l'unisson.

Ils poursuivent leur chemin et je lance un coup d'œil à Cam, qui hausse les épaules. Puis je referme la porte pour lui laisser un peu d'intimité. Je n'ai pas fait un pas vers ma chambre que Tyler sort de la sienne. Qui est aussi celle de Blair, bien entendu. Nos regards se croisent, mais nous restons muets. Il se contente de baisser les yeux avant de descendre. *Belle manière de commencer la journée, Ashley.*

Après la douche, je range mes affaires. Ces deux jours ont été intenses. J'ai hâte de rentrer à la maison, de parler avec Emily et de réfléchir. Et il y a de quoi faire. Il est clair qu'ici, je ne peux pas. Une fois à table pour le petit déjeuner, Blair a une sale tête et cache ses yeux derrière d'énormes lunettes de soleil. Vanessa se targue d'être en réalité la grande gagnante du concours de shots, parce qu'elle a su s'arrêter à temps et accepter sa défaite. Jessica est très sérieuse. Trop, à vrai dire. On ne dirait même plus qu'elle veut me tuer. Bon, peut-être un peu. Mais je la sens plus triste qu'autre chose. Je vais être obligée d'intervenir. Même si je ne la supporte pas.

— Tu devrais parler à Jessica, je susurre à Cam en le suivant dans la cuisine pour l'aider à débarrasser les tasses du petit déjeuner.

Il se retourne, hausse les sourcils, puis se dirige vers l'évier.

— Quoi ?

— Je… Je ne sais pas ce qui se passe entre elle et toi. Et je ne veux pas le savoir, je précise avant qu'il se remette à m'accuser d'être jalouse. Mais apparemment, tu n'as pas compris qu'elle ne te voit pas comme toi, tu la vois.

Il ne dit rien, mais ses yeux sont interrogateurs.

— Elle est à fond sur toi, Cam.

Parfois, pour ce qui est des sentiments féminins, on dirait que les mecs ont besoin qu'on leur mâche tout le travail.

— N'importe quoi !

— Et tu es super dur avec elle, je continue sans relever.

Il fait mine de protester, mais je continue.

— Je ne te dis pas d'entrer dans son jeu, il ne manquerait plus que ça. Mais je crois que certains de tes propos la blessent plus que tu ne le penses.

— Sérieusement ?

Il commence à douter.

— J'ai pourtant toujours été très clair… je crois.

— Peut-être que pour elle, ce n'est pas aussi clair.

Je hausse les épaules l'air de dire « regarde-moi ! L'exemple incarné des illusions stupides qu'on peut se faire ».

— Je vais lui parler.

J'acquiesce avant de le pousser pour faire la vaisselle à sa place. C'est impossible d'être plus adorable que Cameron Parker.

Le retour à la maison se fait bien plus rapidement que l'aller. La répartition entre les voitures est la même. Je me réjouis de ne pas devoir voyager avec Jessica ni avec Blair. Ni avec Tyler, parce que l'ambiance est électrique entre nous. J'espère que personne ne l'a remarqué, mais pour moi, c'est presque insupportable. Cam conduit en silence et, cette fois, il ne chante pas. Je ne sais pas très bien ce qui s'est passé tout à l'heure avec Jess, seulement que ça a duré plus d'une heure et que, quand ils sont revenus, il semblait serein et elle, plutôt triste. Là, il est sérieux. Mais c'est peut-être parce que sa musique n'est pas aussi géniale que la mienne. Je devrais peut-être reconnecter Taylor Swift pour réchauffer l'atmosphère.

Chose difficile, étant donné que Vanessa et Troy roupillent durant la majeure partie du trajet.

Il est presque dix-neuf heures quand nous arrivons chez Ryan ; il faut dire qu'on n'a pas mal traîné après le déjeuner. Moi, j'ai envie que chacun s'en aille et me laisse seule avec Cam, histoire qu'il me raconte (peut-être) sa discussion avec Jess ce matin. Mais alors que Troy et Vanessa sortent leurs bagages de la voiture, Tyler prend la parole.

— Les gars, pourquoi est-ce que Cam ne ramènerait pas Troy chez lui, et Vanessa, Jess et Blair ? suggère-t-il.

Je me retourne pour voir ce qu'il compte faire de moi.

— Ça vous fera moins de détours. Et moi, je raccompagne Ashley à moto, puisqu'on va au même endroit.

Blair le dévisage avec surprise, puis ses yeux dévient jusqu'à moi. Elle a le même regard que Jessica au lac. Je ne sais pas si c'est une très bonne idée.

— Ça me semble logique, approuve Troy.

Il lâche la valise qu'il était sur le point de sortir du coffre de Cam.

Je regarde le garçon aux yeux émeraude et il me regarde aussi l'air de dire « s'il te plaît, Ash, ne pars pas avec lui ». Mais il ne prononce pas un mot.

— Je ne crois pas qu'on puisse mettre ma valise sur ta moto, j'opine.

Tyler se contente de sourire.

— C'est à ça que sert le porte-bagages.

Il s'approche du coffre de Cam et prend ma valise sans m'en demander la permission.

— Ça passe, tu vas voir.

Nous sommes les premiers à partir, en trombe. J'adresse mon dernier regard à Cam. Appuyé contre sa portière, il a l'air frustré de n'avoir pas pu me raccompagner. Idem pour moi.

Tyler conduit comme un dingue. Je ne me sens pas autant en sécurité qu'avec Cam le mardi précédent. Même quand c'était moi qui conduisais. Mais ma peur de mourir est compensée par l'émotion que me procure le fait de pouvoir m'accrocher au corps de mon amour.

Une fois arrivée, je me dépêche de récupérer ma valise pour rentrer chez moi. Tyler prend le casque que je lui tends sans rien dire. Je fais deux pas pour m'éloigner en murmurant un merci.

— Ash ?

Je me retourne. Je n'ai pas le choix.

— Pourquoi tu es allée dans la chambre de Cam, hier soir ?

Je ne dis rien.

— Il s'est passé quelque chose avec lui ?

— Bien sûr que non. J'ai pensé que tu ne me suivrais pas là-bas.

Il acquiesce sans conviction. Puis il braque ses yeux sur moi.

— J'ai toujours envie de t'embrasser, Ashley, dit-il d'une voix rauque.

— Tu as toujours une petite amie, Tyler.

Je tourne les talons et rentre chez moi. Avant que la tentation prenne le dessus.

Dix minutes. Sans mentir, dix minutes. Ça fait seulement dix minutes que je suis à la maison et ma mère est déjà en train de me rendre folle. Oui, elle est définitivement pire qu'Emily. D'ailleurs, étonnant qu'Emily ne soit pas venue fourrer son nez dans mes affaires, elle aussi. Tant mieux, j'ai déjà bien assez à faire avec une sur les deux. Tandis que je range mes vêtements et mets le linge sale à part, ma mère se dépêche d'ouvrir le petit sachet de la valise et de sortir la boîte de préservatifs. Elle est encore scellée, bien sûr.

— Je savais que je pouvais te faire confiance.

Pourquoi a-t-elle mis une boîte de préservatifs dans ma valise, alors ? Si quelqu'un comprend ma mère, qu'il la garde. Franchement, si je pouvais la voir un jour sur trois, je crois que je m'y ferais.

— Oui, bon. C'est parce que, pendant les orgies, on a décidé de ne pas utiliser de contraception, vu qu'on se moque des risques…

— Que tu es drôle. J'espère que c'est un mensonge parce que, même si je veux être grand-mère un jour, ça me paraît un peu précipité.

Je prends un air blasé.

— Et comment ça s'est passé avec Cam ? Dis-moi la vérité… Vous vous êtes embrassés ?

— Non, maman.

Heureusement, elle ne me demande pas si j'ai embrassé quelqu'un d'autre. Parce que si ma mère se rendait compte que je flirte avec Tyler Sparks, alias le drogué, et qu'en plus il a une petite amie, je crois qu'elle ferait un AVC. Si moderne soit-elle.

Il doit être près de vingt-deux heures quand j'entends Tyler sortir de son garage sur sa moto. Je cours à la fenêtre mais, quand j'arrive, il a déjà disparu. Je parie que les cris qui viennent de chez lui s'entendent dans toute la rue. On dirait qu'il a eu une énorme dispute avec ses parents. Les deux. En temps normal, c'est juste Mme Sparks. Ce doit être du lourd. Je lui envoie un message pour lui demander s'il va bien, mais au moment d'aller me coucher, il n'a toujours pas répondu.

Quand j'arrive au lycée le lundi matin, toujours pas de réponse. Cam n'est pas venu chercher Tyler ce matin, et je ne le vois pas sortir de chez lui. En fait, je ne suis pas sûre qu'il soit rentré hier soir. Ce qui me surprend vraiment et m'inquiète un peu, c'est que je ne vois pas non plus Cam en cours de SVT. Leurs sièges demeurent vides toute l'heure.

— Pose ton portable une bonne fois et raconte-nous tout, exige Emily, assise à notre table habituelle à l'heure du déjeuner. J'aurais dû dire à la grand-mère de Scott de fêter son anniversaire un autre jour et aller chez toi hier soir au lieu de dîner avec la famille. Ash ? Reviens parmi nous.

Je lève les yeux. Mes amies sont assises du même côté, face à moi, et sont pendues à mes lèvres. Toutes les trois. Je range mon portable après avoir envoyé un message à Cam pour lui demander où ils ont bien pu passer. Pas de nouvelles de Tyler non plus.

— Je ne peux pas croire que tu aies évolué dans les hautes sphères ces trois dernières semaines et que tu ne m'aies rien dit, me reproche Grace.

— Tu avais déjà bien assez à faire avec ton lanceur de baballes, se moque Mia.

Aïe ! Trois copines amoureuses et moi en pleine embrouille sentimentale avec les footballeurs. Nous voilà bien. Grace a été mise au courant de plus ou moins tous les sujets. Au départ, j'ai cru qu'on allait devoir appeler une ambulance, mais elle s'est finalement plutôt bien contrôlée (pour une fille comme elle). Elles exigent que je leur livre tous les détails de mon week-end au lac Tahoe. Je commence donc par Jessica et Blair et le petit jeu de vendredi soir. Ensuite, je parle de l'attitude trop mignonne et super attentionnée de Cam tout le week-end. Mais je ne rentre pas dans les détails. Je ne leur dis pas non plus que j'ai passé la dernière nuit dans son lit. À quoi bon ?

— Alors, et qu'est ce qui s'est passé avec Tyler ? s'impatiente Grace.

Bien sûr, elle n'était pas à l'anniversaire de Cam et elle n'a pas été témoin de mes accès de jalousie. Il ne lui vient même pas à l'esprit que Cameron Parker puisse m'intéresser autrement que comme un moyen pur et simple d'obtenir ce que je veux. C'est comme ça que ça devrait se passer. Et je n'ai pas envie de le lui expliquer. Pas l'envie ni le temps, parce que ça ne va pas tarder à sonner et je n'ai pas encore raconté le plus important.

— Les filles, j'exige votre discrétion maximale sur cette affaire, je demande, et toutes lèvent deux doigts de la main droite.

Notre serment de silence.

— Tyler m'a embrassée, samedi, dis-je à voix basse en m'assurant que personne à part elles ne peut m'entendre.

Là, c'est l'apocalypse. Elles crient, elles se lèvent, elles se rasseyent, elles s'interrompent entre elles, elles ouvrent grand la bouche à la recherche d'oxygène pour leurs cerveaux maltraités. Un vrai scandale. Heureusement que j'avais demandé de la discrétion.

Au milieu de tout ce tapage, mon portable vibre dans ma poche. Je me dépêche de le sortir pour voir qui c'est. J'espère que c'est la réponse à l'un des messages que j'ai envoyés.

Cam. Bien sûr.

Je vais bien. Je suis avec Tyler.
Il s'est embrouillé avec ses parents
et ils l'ont viré de chez lui.
Hier on s'est couchés tard…
je te raconterai.

Ensuite, un autre message.

Mes petits mots en SVT t'ont manqué ?

Je souris. Impossible autrement. Et la réponse est oui. Évidemment.

— Hé, meuf ! Reviens parmi nous et commence à raconter TOUT DE SUITE, ordonne Emily. Pose ce putain de téléphone !

Elle se penche pour essayer de me le prendre, mais je l'esquive. Je suis un peu inquiète pour Tyler. Ses parents l'ont jeté de la maison. Qu'est-ce qui a bien pu se passer ? Et comment va-t-il ? Mais les reloues en face de moi continuent d'exiger des précisions. Alors j'expédie le récit de mes aventures avec Tyler sans entrer dans les détails, alors que c'est précisément ce qu'elles demandent.

— Et Blair ? demande Mia quand j'en arrive à notre rencontre nocturne.

Je leur ai dit qu'il était reparti dans sa chambre, pas que c'est moi qui avais fui dans le lit de Cam.

— Pour le moment, il est toujours avec elle. Je lui ai dit que s'il voulait qu'il se passe quelque chose entre nous, il allait devoir la quitter, mais je ne sais pas si je peux lui faire confiance.

— Mon Dieu ! Tu te rends compte, Ash ? Ton amour de toujours ! Finalement, tu vas aller au bal avec lui, s'enflamme Emily à voix basse. Cameron Parker est un génie. En plus d'être sublissime. Où faut-il appeler pour en avoir un comme celui-là ?

— Essaie avec le numéro de Scott. Mais au télé-achat, ils sont souvent défectueux, n'aie pas peur du résultat, plaisante Mia avec un sourire espiègle.

Emily rit aux éclats. Pauvre Scott. C'est le meilleur petit ami du monde. Un de ces jours, on devra lui ériger un monument.

La cloche annonce la fin de la pause. Mes amies râlent ; elles veulent plus de potins. Je suis obligée de promettre que je mangerai avec elles pour terminer de disséquer ces derniers jours. Tandis que nous marchons vers les casiers, j'en profite pour envoyer un message rapide à Cam.

Première fois en 3 semaines que je capte de quoi parle Woodward. Ce n'était pas intéressant. Alors, oui, j'aurais aimé un petit mot. Tu as entraînement cet aprèm ?

Je suis en train de ranger mon portable quand quelqu'un se plante devant moi et frappe l'armoire à ma gauche, provoquant un écho dans tout le couloir. Je lève les yeux et me retrouve nez à nez avec rien de moins que le beau minois de Jessica Harris. Il ne manquait plus que ça.

— Regardez-moi ça, revoilà la fouineuse. Quoi de neuf, Ash ?

Elle emploie mon diminutif de façon méprisante.

— Contente de toi ? Satisfaite ?

— Eh bien, je n'ai pas à me plaindre en ce moment, c'est vrai.

J'essaie de ravaler ma peur. Mais pour être sincère, je n'en mène pas large.

— Tu as un problème ?

Son rictus s'estompe et elle me regarde, plus en rogne que jamais.

— Toi, crache-t-elle. Tu es mon putain de problème ! Tu as demandé à Cam de venir me dire qu'il ne voulait rien de sérieux ? Qu'il ne sortirait jamais avec moi ?

En plus d'être fâchée, elle semble blessée.

— Non. J'ai dit à Cam de te parler pour clarifier les choses, parce qu'il se comportait comme un con et qu'il ne te traitait pas bien, je ponctue.

Elle émet un rire ironique.

— Tu es une putain de fouille-merde.

Elle a raison. Je n'aurais pas dû me préoccuper de ce que Cam faisait ou non avec elle. J'ai pensé que les choses seraient plus faciles s'ils se parlaient franchement. Je suis une fouille-merde. J'aurais dû me mêler de mes affaires. Mais ça partait d'une bonne intention. Ce que je voulais, c'était aider cette ingrate de Jessica. Même si je ne l'apprécie pas. C'est l'intention qui compte, non ? Non. Sans doute pas. J'ai merdé, c'est tout.

— Je t'ai prévenue. Et tu continues à ne pas m'écouter, dit-elle comme si elle grondait un enfant. Tiens-toi à bonne distance de Cameron Parker. Ne me dis pas qu'il ne t'intéresse pas pour ensuite aller dormir avec lui.

Elle a un rictus sournois.

— Personne ne me battra à ce petit jeu. Je pense que tu ne sais pas où tu as mis les pieds, Ashley. Et crois-moi, tu vas bientôt le savoir.

Après avoir craché ces derniers mots, elle s'en va d'un pas ferme, la dignité en personne perchée sur des talons.

J'accuse un peu le coup ; cette fille fout les jetons. Et elle n'est pas réputée pour son caractère affable. Mes amies me rattrapent en me tirant par les bras. Elles ont sûrement tout entendu. Mais elles ne posent pas de questions. Pas encore.

Cam m'envoie un dernier message juste avant que j'entre en cours.

> Moi j'y vais. Tyler, sans doute pas.
> Il a rdv avec Blair, bien sûr.

Plante-moi un poignard dans le cœur et fais-le tourner pour bien me faire souffrir, Cameron Parker. Tyler a rendez-vous avec Blair ? Ça ne ressemble pas à un rendez-vous de rupture. Même si, hier, il m'a ramenée à sa place sur sa moto. J'imagine que la sorcière est furax. Encore heureux que je ne l'aie pas croisée dans les couloirs. Pour l'instant.

Il est près de dix-neuf heures quand je gare la voiture de ma mère sur le parking derrière le terrain de foot. En descendant, j'aperçois celle de Cameron deux files plus loin, près des gradins. Je m'assure que Jessica n'est pas là avant de m'approcher. On dirait que non. Blair non plus. Ni Vanessa. Tant mieux. Les garçons sont en train de courir autour du terrain, harassés. Il serait peut-être temps de les laisser partir, les pauvres. Je repère Cam tout de suite grâce au numéro imprimé sur son maillot. Quand ils portent leurs casques, pas moyen de les différencier autrement. Je regarde le reste des joueurs, anxieuse, mais il n'y est pas. Pas de numéro neuf. Tyler n'est pas venu s'entraîner. J'avais beau m'y attendre, je suis déçue. Les joueurs passent devant les gradins. Le seize se détache et fonce vers moi.

— Hey, me saluent ses jolis yeux verts derrière son casque. Qu'est-ce que tu fais là ?

Il a un peu de mal à parler, à bout de souffle, mais il sourit quand même.

— Je venais voir si tu avais un moment pour discuter. Tu m'as fait un peu peur avec ton « je te raconterai », ce matin.

— Tu as eu peur, répète-t-il. Pour moi ou pour Tyler ?

Dans sa question, je sens une pointe d'ironie que je décide d'ignorer.

— Pour tous les deux.

Ça me semble la plus sage des réponses. La plus sincère, en tout cas.

— Parker ! nous interrompt la voix de l'entraîneur. Deux tours de terrain supplémentaires !

Cam fait la grimace. Je recule d'un pas en m'excusant du regard et en articulant « dé-so-lée » pour que ça ait plus d'effet.

Il hausse les épaules et se retourne. Se ravise et revient vers moi.

— Tu m'attends ?

— Bien sûr, dis-je avec un sourire.

Il a l'air content.

— Parker ! Trois !

Merde !

— Merde ! marmonne-t-il en même temps.

— Vas-y ! je l'encourage avec un petit rire.

Avant que ce soit quatre. Avec un clin d'œil, il se remet à courir seul, loin derrière le reste du groupe.

L'entraîneur ne tarde pas à siffler la fin de l'entraînement. Cependant, il fait signe à Cam de continuer. Je me sens un peu coupable. Je rends leur salut à Ryan et à Troy et discute quelques secondes avec eux, puis ils disparaissent dans les vestiaires. Cam court toujours. Et moi, je le suis du regard durant deux tours entiers de terrain. Quand il passe une dernière fois à côté de moi, je lui annonce que je vais l'attendre sur le parking pendant qu'il prend sa douche.

Lorsqu'il s'approche de moi, on dirait quelqu'un d'autre. Ça change beaucoup, de le voir en tenue de ville. Il me plaît davantage. Pantalon chino noir, tennis et tee-shirt blancs. Et encore, il ne fait pas aussi chaud que ce week-end. Il porte son sac de sport à l'épaule et le soutient de la main droite. Ses cheveux mouillés lui gouttent sur les yeux et il me sourit tandis qu'il sort sa clé de voiture. Je me décolle de la porte passager de la Honda pour l'accueillir.

— Je te dépose quelque part, princesse ?

Je lui adresse mon pire faux sourire, mais il n'est pas dupe.

— Merci, mon chevalier, mais j'ai pris mon propre carrosse, aujourd'hui.

— Tu as emprunté la voiture de ta mère juste pour venir me voir ? Je suis un crétin sacrément veinard.

Il ouvre sa porte arrière et jette son sac en vrac à l'intérieur.

— Qu'est-ce qui s'est passé ? je questionne, soudain sérieuse.

Il fait la grimace et contourne le véhicule. Une fois devant sa portière, il me regarde.

— Venez dans mon bureau, nous allons en discuter, suggère-t-il en bon homme d'affaires.

Je monte aussitôt. Avant lui. Je m'assieds sur le côté, la jambe gauche repliée sous mes fesses pour pouvoir le regarder en face. Lui s'installe correctement sur son siège et tourne la tête vers moi.

— Tyler est un idiot.

Il soupire, comme si cette explication suffisait. Je plisse le front (il m'en faut davantage). Il lâche un grognement et continue.

— Il est rentré chez lui, sa mère a pris son sac à dos pour mettre son linge à laver et elle a trouvé un sachet de beuh dans un de ses pantalons.

Je ferme les yeux et appuie ma tête contre le dossier. Ceci explique les cris entendus hier soir chez lui, et que la discussion implique aussi son père.

— Ils l'ont viré de la maison, dis-je.

— Oui, mais avant ça, il a fait ce que n'importe lequel d'entre nous ferait dans une situation pareille, explique-t-il avec un rictus résigné. « C'est pas à moi, c'est à un ami. »

Il se voit obligé de préciser, vu la façon dont je le regarde.

— Et, bien sûr, qui de mieux que Cameron pour porter le chapeau ?

— Il leur a dit que c'était à toi ? je m'insurge.

Quel enfoiré !

— Il leur a dit que c'était à moi. Ensuite, il m'a demandé s'il pouvait venir chez moi. J'ai dit oui. Mais quand il est arrivé, sa mère avait déjà appelé la mienne.

Il hausse les épaules.

— Ma mère n'a pas cru un seul mot de ce que je lui ai raconté, et elle a dit qu'il était hors de question que Tyler reste à la maison. Et moi non plus. Que je n'avais qu'à aller chez mon père.

Il fait la grimace pendant que je me couvre la bouche.

— Alors c'est ce qu'on a fait : on est partis chez mon père. Parce que mon père n'y est pas, bien entendu. Il est à San Francisco jusqu'à mercredi.

Je dois prendre quelques secondes pour digérer ce qu'il vient de dire. Tyler le met dans une situation impossible alors qu'il n'a rien demandé et, pourtant, il le laisse squatter chez son père. Incroyable.

— Pourquoi ? je demande.

Il me dévisage comme s'il n'avait pas compris ma question.

— Pourquoi tu le laisses rester avec toi après ce qu'il a fait ? C'est sa faute si on t'a jeté de la maison, non ?

Il esquisse un sourire en coin. Triste.

— C'est mon meilleur ami.

— Pourquoi ? je répète. Un meilleur ami ne passe pas son temps à te planter des couteaux dans le dos.

— Tyler n'est pas quelqu'un de mauvais, au fond. C'est juste qu'il agit sans réfléchir, et qu'il ruine tout ce qui est autour de lui.

Il recommence avec son sourire triste.

— Il s'en veut. Moi aussi, ça m'arrive de me planter. À quoi servent les amis, sinon ? À être présent même quand tu foires tout.

Sa façon de penser me semble admirable. Sa loyauté aussi. On dirait que Tyler Sparks l'a déjà mis dans le pétrin un paquet de fois et, malgré tout, il continue à le défendre. Je ne comprends pas. Est-ce qu'il ne devrait pas lui en vouloir au moins quelques jours ? Ça ne ferait sûrement pas de mal à cette tête de linotte qui fait les choses « sans réfléchir ».

— Cam, je sais pour Vanessa et Tyler, je balance.

Il se tourne vers moi, interloqué.

— Elle m'a tout dit, même si je m'en doutais. Un meilleur ami ne fait pas ça. Comment c'est possible que tu n'aies même pas réagi ?

— Bien sûr que j'ai réagi ! C'est juste que tout est relatif.

Il se tourne pour me regarder.

— Je ne veux pas fausser ta vision de Tyler, Ash. Il a toujours été là pour moi, depuis qu'on se connaît. Même s'il lui arrive de faire le con.

— Et on peut savoir ce qu'il a fait pour toi ?

Il va falloir qu'il argumente, parce que l'image de mon amour platonique s'est beaucoup détériorée ces derniers temps. Je ne sais même plus s'il en vaut la peine.

— Je t'ai menti, l'autre jour.

Je me tais, sidérée. Il a menti ? À propos de quoi ?

— Quand j'ai dit que j'étais allé une seule fois en garde à vue et que c'était entièrement la faute de Tyler… Ce n'était pas à cause de Tyler.

Cameron Parker en prison par sa propre faute ? Ça ne lui ressemble pas. Puisqu'il a même payé vingt balles pour une bouteille beaucoup moins chère avant que je la vole. Ça ne colle pas avec le personnage. Je me tais et garde les yeux rivés sur lui, impatiente qu'il m'explique.

— En revanche, c'est ce que j'ai dit à ma mère, plaisante-t-il.

— Qu'est-ce que tu as fait ?

— Début février, l'année dernière, ça n'allait pas très bien à la maison et moi non plus, je n'allais pas bien.

Pour résumer, j'ai détruit la bagnole de mon père avec une batte de base-ball.

— Quoi ?

Je ne peux m'empêcher de laisser sortir ma voix la plus criarde. Je ne m'attendais pas du tout à ça. La voiture de son père ? Ce n'est pas logique.

— La Mercedes.

Il sourit un peu, sarcastique.

— Elle était flambant neuve. Il venait de se l'offrir pour Noël.

— Pourquoi tu as fait ça ? je demande doucement.

Je ne veux pas qu'il pense que je le juge sans savoir.

— Le samedi, mon frère m'a appelé en pleurant d'Eugene, dans l'Oregon. Rob n'avait jamais pleuré, Ash. Jamais. C'est le type le plus costaud que je connaisse, déclare-t-il, presque fier. Mon père venait de l'appeler pour lui dire qu'il ne le considérait plus comme son fils et qu'il allait arrêter de lui payer la fac.

Je ne dis rien, mais ce qu'il raconte me fait souffrir presque tout autant.

— Ensuite, mes parents se sont embrouillés comme presque tous les jours. Je ne parlais de ces choses-là qu'avec Tyler. Chez lui non plus, ça n'allait pas fort, alors on peut dire qu'on faisait la paire. On est allés faire un tour à la tombée de la nuit et on a découvert la nouvelle caisse de mon père sur le parking d'un motel. Il était avec une autre femme. Alors je suis allé à la boutique de sport la plus proche, j'ai acheté une batte et j'ai détruit sa putain de Mercedes. En entier.

Il esquisse un petit sourire qui ressemble plus à une moue.

— Tyler ne l'a même pas touchée. Pas une éraflure. Il faisait juste le guet. Il a dû se louper, parce qu'on nous a coincés. J'étais tellement en colère que je me foutais des sirènes, de la police, de la prison. Je voulais juste bousiller la voiture. Tyler n'est pas parti. La police est arrivée et il est resté avec moi. Et quand on nous a arrêtés, il a prétendu que c'était lui. Que j'avais essayé de l'en empêcher. Pour que mon père ne me déshérite pas, moi aussi.

Maintenant, oui, son visage grimace.

— J'ai appelé ma mère, elle est venue avec mon oncle qui est avocat, ils m'ont sorti de là en un rien de temps. Ma mère n'a jamais su que c'était la voiture de mon père. Simplement que Tyler avait explosé une bagnole. Venant de lui, ça ne l'a pas tellement surprise. En fin de compte, la mère de Tyler aussi l'a fait sortir, notamment parce que mon père n'a pas porté plainte. On peut dire que je lui en devais une, non ?

Je ne dis rien pendant quelques secondes, occupée à essayer de digérer cette histoire. Tyler porte le chapeau à sa place. Cam en arrive à détruire une voiture avec une batte. C'est une chose que je pouvais attendre de Tyler, mais pas de lui.

— Et lui, combien il t'en doit, maintenant ?

Cam fronce les sourcils comme si je n'avais rien compris.

— Il est toujours chez ton père ? je questionne pour changer de sujet. Et lui, il en pense quoi ?

— Il n'en sait rien, bien sûr. Il n'a jamais porté Tyler dans son cœur. Pas avant le coup de la voiture, et encore moins ensuite.

— Et pourquoi il n'a pas porté plainte ?

— Quelqu'un l'a convaincu de ne pas le faire.

Il hausse les épaules.

— Ou peut-être qu'il s'est dit que Tyler avait une bonne raison de détruire sa caisse.

— Une bonne raison ?

— La femme qui était avec mon père. C'était sa mère.

J'ouvre la bouche et je le vois sourire en coin, content de son petit effet.

— Tu vois, pour cette nuit-là, je ne lui en dois pas une, mais deux. Une pour avoir porté le chapeau à ma place, l'autre pour m'avoir laissé bousiller la voiture seul. Je suis quasi sûr qu'il en avait envie, lui aussi.

13.
Mean

Je ne peux éviter de laisser échapper un sourire quand le premier petit carré de papier plié en quatre atterrit sur ma table en cours de SVT, le mardi. Trois semaines après le premier. J'ai l'impression qu'une éternité s'est écoulée depuis ce jour, parce que je connais Cam infiniment mieux. Comme si on était amis depuis toujours. Je m'assure que personne ne me voie avant de l'ouvrir, les mains sous la table.

Tu as déjà réfléchi au fait que les organismes unicellulaires sont incroyables ? Je suis fan des amibes. Le parasitisme m'a toujours paru une stratégie de vie brillante. C.

Je ris tout bas tandis que M. Woodward continue son laïus sur les unicellulaires et les pluricellulaires.

Je suis plus Cryptosporidium. Mais je devrais me mettre au commensalisme. Tu sais que je n'aime pas abuser. A.

Je le vois sourire en coin en lisant mon mot. Je ne tarde pas à en recevoir un autre.

Tu es trop gentille, Ashley Bennet. Je ne t'ai rien appris, ces trois dernières semaines ? C.

Pas assez. Je crois qu'il me reste encore beaucoup à apprendre de Cameron Parker. Et quoi qu'il en soit, j'ai encore envie de continuer à le voir, même s'il n'a plus rien à m'enseigner. Je crois que je ne me lasserai jamais de l'avoir à côté. Jamais.

Tu as un plan pour cet aprèm ? Quoique, je ne sais pas si tu peux surpasser celui de mardi dernier. On peut dire que je suis une motarde expérimentée. A.

Il doit laisser passer un moment avant de répondre parce que M. Woodward nous épie du coin de l'œil. Quand, enfin, je reçois sa réponse, elle me déçoit un peu.

J'ai déjà un truc cet aprèm. C.

Je crois que je fais une grimace avec les lèvres. Pourvu qu'il n'ait rien vu. Il n'a pas à savoir que je meurs d'envie de passer l'après-midi avec lui à faire ce qui lui passe par la tête. Je ne réponds pas. Aussi, je m'étonne qu'il me fasse passer un autre petit mot.

Mais si tu veux, tu peux venir avec nous. Jamais je ne t'exclurais d'un plan amusant comme celui-là. C.

Je hausse les sourcils. Qu'est-ce qu'il mijote ? Il lève les yeux au ciel de façon théâtrale et écrit sur un nouveau bout de papier.

J'ai promis à ton frère de l'amener jouer au base-ball cet après-midi avec un ami lanceur. Désolé, mais il y a du boulot avec lui. C.

Je le regarde, interloquée. Personne ne m'a rien dit. Ni lui, ni Eric, ni ma mère. À croire que Cameron Parker est plus intégré à ma famille que moi. Il hausse les épaules en guise de réponse aux interrogations que lui transmettent mes yeux.

Dix minutes plus tard, la cloche sonne.

— Tu veux venir ? me demande Cam tandis qu'il se lève de son siège et met son sac sur son épaule.

Je me lève aussi.

— Le base-ball me semble un sport extrêmement ennuyeux, je déclare avec un sourire innocent.

— Tu es très peu patriote, princesse.

— Quand est-ce que tu as donné rendez-vous à mon frère, et pourquoi je n'étais pas au courant ?

Il fait la moue comme si j'étais très lourde et très indiscrète.

— Vendredi, pendant que tu terminais de préparer ta valise, j'ai discuté avec lui. Ta mère a trouvé que c'était une bonne idée, fait-il remarquer, et cette fois c'est moi qui fais la moue.

Quel lèche-bottes !

— Toi et moi, on ne se raconte pas tout, n'est-ce pas ? Tu veux que je te passe mon agenda complet ?

Il me fait un clin d'œil quand il me voit râler.

— Si tes activités ont un rapport avec mon petit frère, oui, je précise en avançant vers la porte.

Il se dépêche de me suivre sans un mot. Emily m'attend, comme d'habitude. Et Tyler attend Cam. Du moins, c'est ce que je croyais. Jusqu'à ce qu'il demande :

— Ash, tu as un moment ?

Je me tourne vers Cam presque malgré moi. Il est aussi surpris que moi. Mais sa surprise ne semble pas aussi agréable que la mienne. Emily est carrément bouche bée. Je referme sa mâchoire en passant à côté d'elle tandis que je fais signe à Tyler de me suivre. Nous nous éloignons un peu de nos amis, qui se mettent à parler. Parler entre eux, je veux dire. Emily va faire un malaise. Je la vois d'ici. « Cameron Parker m'a parlé. Je meurs ! Littéralement ! » Heureusement que je la connais bien. J'entraîne Tyler dans un recoin, à l'entrée d'une salle déserte.

— Qu'est-ce qui se passe ? je demande quand nous sommes enfin loin des oreilles indiscrètes.

— Tu sais que mes parents m'ont viré de chez moi, dit-il d'un ton plaintif.

Ça me fait presque de la peine.

— Pas parce que tu me l'as raconté toi-même, mais, oui. Tu aurais au moins pu répondre à mon message.

— Ouais. Je suis désolé. Je dors chez le père de Cam.

— Ça aussi, je le sais.

J'ai hâte de savoir ce qu'il attend de moi. J'en ai presque mal au ventre. Faites qu'il dise encore qu'il a envie de m'embrasser. Qu'il le dise encore.

— Cam ne sera pas là cet après-midi. J'ai pensé que, peut-être, tu pourrais passer. Seulement pour parler ! précise-t-il en voyant ma grimace.

Une maison vide pour nous deux ? Je ne suis pas sûre que ses intentions soient très innocentes.

— Tu es la seule à qui je peux parler de ça, ajoute-t-il pour m'amadouer.

Je reste captivée par ces yeux noisette qui appellent au secours. Peut-être qu'il a besoin de parler. Peut-être qu'il a besoin d'une amie. Une épaule sur laquelle pleurer. Ça, c'est moi. Sûr et certain. Ça devrait être moi, non ? Je suis sur le point d'accepter. Mais quelque chose m'arrête. Un bras tatoué et une queue-de-cheval noir corbeau tournent à l'angle du couloir et s'arrêtent derrière lui. Est-ce qu'on se tient trop près l'un de l'autre ? Sans doute trop à son goût, j'imagine.

— Tyler, dit Blair Wells dans son dos.

Mon blondinet sursaute.

Je fais non de la tête à son dernier regard interrogateur. J'espère que le message est clair. Ce n'est pas « non, je ne veux pas venir », c'est plutôt « non, pas comme ça ». « Comme ça » signifiant : tant que tu seras avec la sorcière. Il ne fait rien pour m'indiquer qu'il a compris. Il se contente de murmurer « à plus » et s'éloigne avec elle.

Génial, tous mes super plans sont tombés à l'eau. Pas de Cam ni de Tyler. Je vais passer l'après-midi enfermée à réviser. Cela dit, il serait peut-être temps que je me rappelle que les examens ne sont pas dans si longtemps.

C'est justement à l'ennui mortel qui m'attend que je pense pendant qu'Emily bavasse à côté de moi, en fin de matinée, sur le chemin de la sortie.

Je ne prête pas vraiment attention à mon amie, parce qu'elle n'arrête pas de répéter depuis deux heures que Cameron Parker a une voix incroyable, et qu'il lui a parlé comme si elle était du même rang social que lui. Oui. Hallucinant, Em. Bon, pour elle, il se peut que ça le soit. Elle ne connaît pas aussi bien Cam que moi. Et tant mieux. Je veux être celle qui le connaît le mieux.

Je vois Blair foncer sur moi, et toutes mes pensées sont remplacées par une seule : elle va me tuer. Elle va vraiment me tuer.

— Viens là deux secondes, grogne-t-elle en arrivant à ma hauteur.

Elle me pousse à l'intérieur d'une salle vide tandis qu'Emily proteste.

La sorcière me plaque contre la porte, de façon que mon amie ne puisse pas entrer pour tenter de me secourir.

— Comment ça va, Blair ? je demande de ma voix la plus aimable.

On ne sait jamais, avec un peu de chance, elle verra mon côté humain et ne sera pas capable de m'assassiner.

— Ça allait bien mieux avant de savoir que tu existais.

Je reste sérieuse parce qu'il me semble que ce n'est pas le moment de plaisanter.

— Première chose, qu'est-ce que tu sais ?

Ça m'interpelle. Je m'attendais à un « tiens-toi loin de Tyler », semblable au « tiens-toi loin de Cam » de

Jessica, hier. Lamentable, tous ces avertissements et menaces. Parce qu'il se trouve que ce sont mes deux garçons préférés au monde. Je dois réfléchir quelques secondes avant de me rendre compte qu'elle fait référence à Mia. Bien sûr. Son histoire avec Mia.

— Mia est une de mes meilleures amies. Mais ne t'en fais pas pour ça. Les ragots ne sont pas mon passe-temps favori. Jamais je n'irais raconter quelque chose qu'elle ne veut pas que je raconte.

Blair esquisse un sourire énigmatique.

— Qui croirait une minable comme toi, de toute façon ? Ah ! Autre chose, Ashley.

Elle se rapproche à nouveau de moi après avoir fait mine de me laisser m'en aller.

Elle est si proche que je pourrais dire à quatre-vingt-dix pour cent de fiabilité ce qu'elle a mangé aujourd'hui. Hormis Tyler Sparks. Ça aussi, je le sens. Son tee-shirt embaume son parfum.

— Si tu comptes me faire ta déclaration, ne te donne pas cette peine.

Je me sers de mon sens de l'humour comme bouclier. Elle fait vraiment flipper, cette fille.

— Tu n'es pas trop mon genre.

Elle affiche un rictus sournois et prend mon visage dans sa main en me serrant les joues pour me faire une tête de poisson. Elle me fait mal. Pour bien insister, elle éloigne ma tête de la porte et frappe avec force contre celle-ci.

— Si je te revois près de Tyler, je t'éclate ta petite tête à claques. Pigé ?

Je ne peux presque pas bouger.

— Dis oui.

Je hoche la tête autant que me le permet la pression de sa main.

— Bien. Mais tu sais quoi ? dit-elle plus calmement en me relâchant. Je ne te crois pas.

Et elle sourit. La sadique.

— Non, je ne te crois pas. Je ne sais pas pourquoi, d'un coup, tu as cru que tu pouvais séduire tous les mecs de l'équipe de foot. Tu ne peux pas, Ash, me précise-t-elle au cas où je persisterais dans mon erreur.

Elle prononce mon nom sur le même ton que Jess.

— Tu as besoin d'une piqûre de rappel, on dirait. Ouais, on va faire ça.

Emily continue de crier mon nom en poussant la porte de l'autre côté. De toute façon, je ne l'entends presque pas. Et je suis incapable de parler.

— Casse-toi de là, assène-t-elle.

Je me retourne sans me faire prier et ouvre la porte pour retourner dans le couloir. Emily manque de tomber dans la salle. Elle a l'air d'avoir très envie de remonter les bretelles à Blair Wells, alors je l'attrape par le bras et la tire au pas de course vers la sortie. C'est ce que font les meilleures amies. Elles se sauvent la vie. Et je viens juste de sauver celle d'Emily.

Cela fait une demi-heure que je me penche à la fenêtre chaque fois que j'entends un moteur, pour voir si c'est Cam qui ramène Eric à la maison. Impossible d'étudier dans ces conditions. J'ai trouvé le moyen d'être dans la douche quand il est venu le chercher, je n'ai donc pas pu le voir. Cela fait maintenant plus de trois heures et c'est pratiquement l'heure de dîner, il me semble donc qu'ils devraient déjà être là.

Je m'écarte de la fenêtre et dévale l'escalier quand, enfin, la Honda blanche entre dans mon champ de vision. Arrivée au rez-de-chaussée, je vois ma mère à la porte. Comme moi. Mais en pire. Ce n'est plus vraiment une ado, à vrai dire. Nous sortons dans le jardin en même temps à l'instant où Eric bondit du siège passager, dans sa tenue des Giants, casquette sur la tête et batte à la main. Cam éteint le moteur et descend avec nonchalance, un sourire amusé sur les lèvres. Il porte un tee-shirt des Dodgers (sans la casquette) ainsi qu'un pantalon noir et des baskets. Je m'attendais presque à le voir en uniforme complet, lui aussi.

— Maman ! s'exclame Eric en courant vers nous. J'ai fait un *home run* !

Le pauvre. Il se réjouit tant. Tandis que Cam avance vers moi, je hausse des sourcils interrogateurs.

— Du calme, Ash, il parle de base-ball, chuchote-t-il quand il est suffisamment proche.

— Triple idiot.

Il s'esclaffe et lance la balle à Eric, qui l'attrape avec une facilité surprenante.

— Tu sais que la batte et le gant ne s'utilisent pas en même temps, pas vrai ? je taquine mon frère.

Ce dernier se contente de ricaner puis continue de raconter avec enthousiasme à ma mère qu'il sait déjà faire plein de choses, et qu'il sera le meilleur joueur de base-ball quand il entrera au lycée. Sacrés délires de grandeur, ce petit bonhomme. Ma mère lui demande de garder son récit pour le dîner et s'avance pour saluer Cam.

— Il n'a pas été trop lourd ?

Cam rit.

— Absolument pas. C'était super. D'ailleurs, on recommencera quand vous rentrerez du Japon, d'accord, vieux ? demande-t-il à Eric.

Mon frère répond « carrément » avec beaucoup d'enthousiasme. Moi, je fronce les sourcils. Pour commencer, d'où est-il si complice avec mon petit frère ? Ensuite, comment sait-il que nous allons passer les vacances de printemps au Japon ? Ce n'est pas moi qui le lui ai dit. Eric a la langue bien pendue. Bon, d'accord, ce n'est pas non plus un secret.

— Tu restes dîner, mon chou ? propose ma mère en employant à nouveau ce surnom un peu trop intime pour s'adresser à un ami de sa fille.

— Ç'aurait été volontiers mais, aujourd'hui, je ne peux pas, madame Bennet, s'excuse-t-il. Un autre jour, j'en serais ravi.

— Va pour un autre jour. Je vous laisse, dit-elle quand elle se rend enfin compte qu'elle est de trop.

Elle s'éloigne vers la maison en demandant à Eric d'aller ranger ses affaires, de se changer et de se laver les mains pour dîner.

Dès que nous nous retrouvons seuls dans le jardin, Cameron me sourit. Soudain, je me sens intimidée, comme si je me retrouvais face au garçon qui me plaît, à la porte de chez moi, après un rencard génial. À me demander s'il va m'embrasser ou non. C'est bête, hein ?

— Alors comme ça, la semaine prochaine, tu vas au Japon et tu n'as pas proposé de me rapporter des sushis ? plaisante-t-il.

— Je ne voulais pas te le dire parce que je savais que tu me demanderais de te rapporter un souvenir. On va voir mon père. On prend l'avion samedi soir.

Il acquiesce. Bien sûr. Eric le lui a déjà raconté.

— Nous revenons le vendredi parce que mon père a un cours intensif de je ne sais quoi à la fin de la semaine.

— Ton frère me l'a déjà dit.

Quelle pipelette, cet Eric !

— Tu dois rentrer chez toi pour que Tyler ne dîne pas seul ? je le titille.

— Non, je vais dîner chez ma mère. Elle m'a fait venir pour avoir une discussion sérieuse sur la drogue.

Il fait mine de blaguer mais, au fond, je parie que c'est exactement ce qui va se passer.

— Avec un peu de chance, elle acceptera que je rentre au bercail. Seulement pour que je ne sois plus chez mon père quand il reviendra.

Son expression se durcit. Je ne devrais pas, mais je commence à détester son père.

— Ta mère n'est pas de garde ?

— Non, elle est du matin, cette semaine. Je dois lui manquer, l'après-midi et le soir. Et je suppose qu'elle n'aime pas que je reste chez mon père.

— Tu vas laisser Tyler se débrouiller seul avec lui ?

— Tyler n'a jamais été viré de chez lui plus de deux nuits, avec celle-là ça fait trois, mais je parie qu'il sera de retour demain. Je dois y aller, Ash, ajoute-t-il, et j'acquiesce, un peu déçue. Inutile d'aggraver mon cas en étant à la bourre au dîner.

— Bonne chance avec ta mère.

Cette fois, c'est moi qui fais un pas en avant et l'enlace, sur la pointe des pieds. Il répond en me serrant contre son torse.

— Merci d'avoir entraîné Eric, dis-je en m'écartant lentement. Le base-ball, c'est très important pour lui.

— C'est un plaisir. Je me suis presque plus amusé que lui.

— Tu me raconteras comment s'est passé le dîner ?

— Je t'envoie un message dès que c'est terminé, promet-il en partant vers sa voiture. Ah ! Vendredi, il y a une fête chez Troy. Réfléchis à ta tenue. On se voit demain, Ashley Bennet, me salue-t-il.

Il ouvre sa portière et se retourne encore une fois.

— Joli ensemble, au fait, se moque-t-il en montrant les vêtements d'intérieur que je porte.

— Dégage.

Il monte dans sa voiture dans un éclat de rire qui me laisse un sourire sur les lèvres. Quel crétin ! Une deuxième fête ce vendredi ? Je crois que je sature déjà, question vie sociale.

Eric papillonne autour de moi tout le temps où nous mettons la table, Cam par-ci, Cam par-là. Ma mère nous sert avec un petit sourire amusé et Eric revient à la charge.

— Dis, Ashley, est-ce que tu vas te marier avec Cam ? demande-t-il, taquin, après quoi je soupire et ne dis plus rien.

Pas question d'entrer dans son jeu.

— Moi, ça me va. Cam est génial. Tu devrais sortir avec lui, si tu le fais pas déjà. Il sait jouer au base-ball. Et il a une voiture trop cool.

— Raison principale pour sortir avec quelqu'un, j'ironise. Une voiture trop cool. Oh ! Et le coup du base-ball, ça m'a convaincue. Exactement ce que j'ai toujours cherché chez un garçon.

— En tout cas, il me plaît plus que Tyler, commente mon frère.

Je le fusille du regard, mais j'entends ma mère ricaner dans sa barbe, à croire qu'elle pense que je ne l'entends pas. Je jette un coup d'œil interrogateur à ma mère.

— Moi aussi, il me plaît plus que Tyler, opine-t-elle.

Je soupire, exaspérée. Bien obligée. Et je me mords la langue. Il faut une patience infinie pour les supporter, ces deux-là.

Le lendemain matin, dans le bus, je pense à lui. À lui et au dîner qu'il a passé avec sa mère, au-delà du « c'est bon, elle me laisse rentrer au bercail » qu'il m'a envoyé hier soir.

Mia monte à l'avant-dernier arrêt et nous parlons de ma rencontre fatidique de la veille avec Blair. Mais au moment où nous franchissons le portail, j'ai la nette impression que ce ne sera pas une journée comme les autres.

Chaque paire d'yeux que je croise se retourne sur mon passage. Alors qu'aucune d'entre elles ne m'a jamais adressé plus d'un coup d'œil. À mesure que nous avançons, les chuchotements s'unissent aux regards : un bourdonnement que je ne comprends pas, mais qui se révèle assourdissant. Je sens qu'ils parlent de moi. Ensuite viennent les ricanements. Je suis sans doute écarlate, j'ai chaud, je pourrais tomber dans les pommes à tout instant. Mon cœur bat à mille à l'heure et, en même temps, j'ai l'impression qu'il s'est changé en pierre tant il est lourd. Je ne sais même pas pourquoi. Je n'ai aucune idée de ce qui se passe. C'est presque pire. Mon niveau d'anxiété n'a jamais été aussi élevé.

Emily et Grace accourent. Je ne sais plus quoi penser. Qu'est-ce qui se passe ? Elles parlent en même temps et je ne comprends rien. Soit elles s'expriment trop rapidement, soit mes connexions neuronales fonctionnent au ralenti.

— Em.

Je n'entends presque pas ma propre voix par-dessus le martèlement de mon cœur.

— Qu'est-ce qui se passe ?

— Regarde.

C'est Mia qui répond, juste à côté de mon oreille droite.

Je me tourne pour regarder le mur. Les gens s'écartent en riant afin de me laisser profiter du spectacle. Pour la première fois en quatre ans de lycée, je sens que je suis sous les feux des projecteurs. Tout le monde me scrute, sans exception.

Et je les vois. Comment ai-je fait pour ne pas les voir plus tôt ? Il y en a partout. Des tonnes d'affiches A4 placardées tous les deux mètres dans les couloirs, sur les casiers, sur les portes des salles. Et c'est moi. En couleurs. On me voit penchée face à Tyler, qui se tient de dos, dans le petit jardin du chalet du lac Tahoe. On distingue très bien mon visage. Et si je ne savais pas qu'à ce moment-là j'étais en train de ramasser mon portable par terre, même moi, je croirais que je suis en train de lui faire une fellation. Putain ! Et ce n'est pas tout. Au-dessus de la photo est écrit : « Rien de pire que les saintes nitouches », en majuscules et en gras. En dessous, au milieu de la feuille : « Leur problème, c'est qu'elles ne savent pas se décider. » Et plus bas, une autre photo de moi endormie dans le lit de Cam. Celle-ci est moins nette, à cause de la pénombre, mais on nous reconnaît parfaitement. Les bretelles blanches de mon débardeur ayant disparu de la scène, on dirait que je suis nue, le drap à hauteur de la poitrine. Cam est torse nu, lui aussi, son bras autour de ma taille. Au bas de la feuille apparaissent mes pseudos Twitter et Instagram, @ashben, et le hashtag #triobennet.

Je me retourne : des yeux et des dents luisent de toute part. Je veux mourir. Pour de vrai. Je veux disparaître de ce lycée pour toujours. Mieux, de la ville. Ou de l'État. Peut-être que déménager en Europe serait la solution. J'ai un nœud dans la gorge, mais je ne veux pas me mettre à pleurer devant tous ces gens. Je ne peux pas. Il faut que je sorte de là. Je suis sur le point de prendre mes jambes à mon cou quand Blair Wells et Jessica Harris apparaissent devant moi.

— Ça alors, Ashley ! s'exclame Jess. Qui aurait imaginé ça ? Tu t'es bien amusée au lac Tahoe, hein ?

Blair ne dit rien mais son regard est clair : « Premier avertissement ».

Je devrais sans doute bouillir d'envie de les frapper. Ressentir de la colère et les haïr comme jamais je n'ai haï personne dans ma vie. En vérité, je suis tellement bouleversée et mortifiée que je m'en sens incapable. Autour de moi, tout le monde guette ma réaction, en silence. Un potin croustillant de plus à se mettre sous la dent.

— Vous auriez dû placarder vos propres photos.

Je m'exprime de la voix la plus ferme que je trouve.

— Vous n'auriez pas eu besoin de galérer avec Photoshop.

Je les dépasse et marche vers les toilettes les plus proches, mes amies sur les talons. Nous avons à peine fait quelques pas que nous entendons un vacarme au fond du couloir, près de l'entrée. Je me retourne malgré moi. Ils arrivent. Tous les deux ensemble. Ils n'ont pas l'air gênés que les gens les montrent du doigt. Ils doivent être habitués. Le scandale provient précisément de Cameron, qui avance furieux dans le couloir et arrache toutes les affiches qu'il trouve sur son passage. Je me recentre sur le fait de courir vers les toilettes et laisse son écho derrière moi.

— Qui a fait ça, putain ? crie-t-il.

C'est la dernière chose que j'entends avant d'entrer dans les toilettes des filles et de me mettre à pleurer comme une idiote.

Mes amies me rassurent toutes en même temps : ce n'est pas grave, ce n'est pas grave... C'est la seule chose à dire, j'imagine. Que faire d'autre ? Grace surveille la porte pour s'assurer que personne n'entre. Emily tapote sur son portable à toute vitesse, tandis que Mia m'enlace et me frotte le dos.

— C'est bon. J'ai signalé les photos, annonce Emily comme si cela avait le pouvoir de m'apaiser.

Mais non. C'est tout le contraire. Elle m'envoie directement aux Enfers. Signaler ? Des photos ? Avec son portable ? Qu'est-ce que... ?

— Quelles photos ? je hurle comme un porcelet qu'on sépare de sa mère.

Je me penche sur mon sac pour sortir mon téléphone.

— Ashley, non... m'avertit Mia en essayant de me l'enlever.

Je montre les dents. Et, dans mon état actuel de nervosité, je suis capable de mordre. J'arrive enfin à le déverrouiller. Heureusement qu'il était en mode silencieux. Plus de cent notifications. Mon écran ne suffit plus à toutes les afficher. Facebook, Twitter, Instagram. Les deux photos de l'affiche étiquetées sur tous mes réseaux sociaux. Moi aussi, je signale. Et j'enlève mon tag. Mais je sais que ça ne sert à rien. Il est trop tard. Mon compte Twitter est inondé de commentaires dans lesquels on me mentionne. Des commentaires que je ne veux pas lire, mais que je ne peux m'empêcher de voir en diagonale. Des choses comme : « Tu caches bien ton jeu @ashben », « Les plus naïves sont les plus dégueulasses @ashben », « Deux pour le prix d'un @ashben », « @ashben les suce par deux ». Et un long chapelet d'injures du même genre ; « #triobennet » accumule plus de deux cents tweets. Et il n'est que huit heures du matin. Le hashtag de l'affiche n'est pas le seul à circuler sur Internet. Quelqu'un en a créé un autre qui semble les faire marrer davantage : « #ashleybennetdécidetoi ».

— Ne regarde pas ça, me conseille Mia sans oser tenter de me prendre encore mon téléphone.

Je le jette avec rage au fond de mon sac et m'assieds par terre, adossée au mur carrelé. Mon amie s'installe à côté de moi, la tête sur mon épaule. Emily est sur le point de dire quelque chose quand nous entendons du bruit près de la porte.

— Ashley !

C'est la voix de Cam, et je n'ai pas envie de le voir.

Je ne peux pas. Encore moins dans cet état. Je ne cesse de pleurer comme une imbécile. Ni de trembler. C'est le pire moment de ma vie. Sans l'ombre d'un doute.

— Eh ! tu n'as pas le droit d'entrer ici, le bloque Grace.

Je ne le vois pas, mais je sais que c'est Cam qui insiste pour entrer dans les toilettes des filles. Emily court porter main forte à Grace.

— Ash !

J'entends à nouveau le garçon aux yeux verts. Mais à cet instant, même ses iris ne parviendront pas à me remonter le moral.

— Cameron, tu n'as rien à faire ici, dit Emily, très sérieuse. Va-t'en.

— Je veux seulement savoir si elle va bien, explique-t-il de cette voix vibrante que je connais si bien, maintenant. Une seconde et je m'en vais. Je te le jure, Emily.

— Bien sûr qu'elle ne va pas bien, souffle Grace. Ce n'est pas le bon moment. Tu lui parleras plus tard.

Cam râle, frustré. Mais il cède. Et il s'en va. Le silence s'installe dans les toilettes pendant de longues secondes. Jusqu'à ce qu'Emily le brise.

— Tu sais quoi ? Tu devrais sortir d'ici la tête haute. Tout le monde pense que tu as couché avec les deux capitaines des Eagles. Tu es la nouvelle héroïne de la classe moyenne du lycée.

Je ne vais pas en cours de la matinée. Je reste la première heure enfermée avec mes amies dans les toilettes. Puis Mme Edwards vient me chercher et les renvoie en cours. Ensuite, je passe trois heures à courir à droite et à gauche pour parler à la prof, à la psychologue, au proviseur. À tous, je prétends que j'ignore qui a fait ça. Être la cafteuse de ce maudit lycée est bien la dernière chose dont j'ai besoin. Le proviseur me donne la permission de rentrer chez moi et appelle ma mère pour qu'elle vienne me chercher.

Maman est très en colère. Pas contre moi, bien sûr. Elle ne se contente pas de m'attendre au portail, elle entre dans le bâtiment. Droit vers le bureau du proviseur. Heureusement que l'heure du déjeuner est passée et que les gens sont en cours, sinon, elle serait capable d'interroger tous mes camarades jusqu'à débusquer le coupable. Quand, enfin, je monte dans la voiture et qu'elle fonce vers la maison, mes larmes se sont taries. Je m'absorbe dans la contemplation du paysage pour m'empêcher de réfléchir. Inutile de préciser que cela fait quatre heures que mon portable est éteint. Je ne le rallumerai peut-être jamais. Du moins, pas avant d'avoir effacé tous mes comptes sur les réseaux sociaux. Et changer de numéro. Juste au cas où.

— Qui a fait ça ? demande ma mère au feu rouge, après cinq minutes de silence.

— Je ne sais pas, je répète automatiquement comme depuis ce matin.

— Comment ça, tu ne sais pas ? Combien vous étiez, au lac Tahoe ?

La vache. Maman tire des conclusions très rapidement.

— Comment tu sais que c'était au lac Tahoe ?

Que ma mère ait vu ces satanées photos et l'affiche au complet est encore plus humiliant que le reste.

— Ce sont les seules nuits où tu n'as pas dormi dans ton lit. Et ce n'était pas ton lit.

Je me cache derrière mes mains. Il ne manquait plus que ça.

— Maman… C'est des mensonges, tout ça. Ces photos sont truquées. Ce n'est pas vrai. J'ai dormi avec Cam, mais je n'étais pas nue. Il ne s'est rien passé du tout. Et à propos de Tyler…

— Tu n'as pas besoin de te justifier, me coupe-t-elle. Je sais comment est ma fille et je sais que ces photos ne sont pas ce qu'elles semblent être. Je veux juste que tu me dises qui t'a fait ça.

— Maman…

— Ce n'est pas Cam, quand même ? s'insurge-t-elle soudain.

— Quoi ? Bien sûr que non ! Comment veux-tu que ce soit Cam ? Et Tyler non plus, je précise avant qu'elle ouvre la bouche.

— Je croyais que tu ne savais pas qui c'était. Cela te fait moins de suspects. Qui d'autre était au lac ? La petite amie de Tyler.

— Je ne sais pas qui c'est, maman. Qu'est-ce que ça peut faire ? L'essentiel, c'est que je ne retournerai plus jamais au lycée. Tu es déjà en train de demander mon changement d'établissement, j'espère.

— Oui, clairement.

Et elle rigole. Quel manque d'empathie !

À peine arrivées à la maison, maman m'envoie me coucher et me monte mon plaid préféré, celui que je prends toujours devant la télé, avec une infusion « détente ». Elle me confisque mon téléphone. Et mon ordinateur. Pour que je ne sois pas tentée de lire ce que les gens racontent sur les réseaux. Comme si j'avais envie de le faire. Je ne comptais pas rallumer mon portable un jour, de toute façon.

Mes trois amies se présentent à la maison à l'heure du goûter et maman nous propose une collation à toutes les quatre, en faisant semblant de ne pas écouter, tandis qu'elles me racontent ce qui s'est passé pendant la journée. D'après elles, la majeure partie des gens ont déjà oublié. Comme si j'allais les croire. Mais ce sont mes amies, et elles n'ont pas d'autre choix que de proférer quelques pieux mensonges. Je comprends. Je sais que mon changement d'établissement et mon déménagement imminent sur le Vieux Continent seront durs pour elles aussi.

— Cameron Parker était fou de rage, m'informe Grace à voix basse quand nous nous retrouvons sans commère adulte dans les parages. Il s'est pris le bec avec quelques mecs dans les couloirs. Et il a fait un petit speech en cours de physique-chimie à propos des connards qui se servent des hashtags.

— Sérieux ?

— Oui, embraie Emily. Il s'est aussi engueulé avec Jessica et Blair. À ce qu'il paraît, il leur a passé un sacré savon.

Cam prend ma défense. Comme toujours, ces derniers temps. Mia prétend qu'il n'a pas arrêté de demander de mes nouvelles de toute la matinée. Il est même venu s'asseoir un moment avec elles pendant le déjeuner pour voir si elles avaient du nouveau. Mais elles ne savaient pas grand-chose non plus. J'étais dans le bureau du proviseur, voilà.

— Et Tyler ? je questionne après qu'elles ont terminé d'encenser Cameron.

J'ai vu la réaction du garçon aux yeux verts ce matin. Mais je n'ai pas lu beaucoup d'émotion chez Tyler Sparks. En fin de compte, il est concerné, lui aussi. Comment l'a-t-il pris ?

— Tyler ne s'est pas battu et n'a pas fait de discours, mais à midi, il a mangé avec les gars de l'équipe, rapporte Emily. Pas avec Blair. Il ne l'a même pas approchée. Je crois qu'ils se font la gueule. Normal. Elle l'a inclus dans ses crasses alors que c'est son copain. Les gens bavent pas mal sur Tyler et Cam, aussi. On leur a demandé s'ils étaient amis au point de partager les filles.

— Tyler Sparks doit se foutre que les gens pensent que tu l'as sucé en plein air. Au contraire. Les garçons aiment se vanter de ça, commente Grace. Tu verras que, demain, tout sera rentré dans l'ordre et que la journée sera de nouveau mortellement chiante, Ash, essaie-t-elle de m'encourager en me prenant la main par-dessus la table.

— Demain ? Je ne sais pas ce qui va se passer au lycée demain. Je ne le sais pas et je m'en fiche. Je ne compte pas remettre les pieds dans ce bahut, plus jamais.

Je parle d'une voix ferme, comme je l'ai fait avec ma mère.

— J'ai juste une question, recommence Emily. Pardon, mais... qu'est-ce que tu faisais exactement dans le lit de Cameron Parker ?

Quand elles s'en vont de chez moi, je suis fatiguée de donner des explications. Si même mes amies les plus proches doutent, qu'y a-t-il à attendre du reste de mes camarades ?

Il est plus de dix-huit heures et je suis dans ma chambre en train d'essayer de lire un roman (en vérité, je contemple le plafond et me morfonds sur ma terrible vie sociale toutes les cinq minutes), quand ma mère m'appelle. J'ai de la visite. Étonnant ; si c'était encore une de mes copines, elle l'enverrait directement dans ma chambre. Je n'ai aucune idée de qui ça peut être. Ma mère a déjà ouvert la porte et il est trop tard pour lui demander de prétendre que je ne suis pas là. Je sors et descends l'escalier à contrecœur.

— Vanessa ?

Je m'étonne de la trouver sur le pas de la porte.

— Qu'est-ce que tu fais là ?

— Je suis venue voir comment tu allais, dit-elle avec un sourire hésitant mais sincère. Tu as un moment ?

Vanessa Miller vient se présenter chez moi et me demande tranquillement si j'ai un moment. Il faut le voir pour le croire. Cela me surprend même qu'elle sache où j'habite. Enfin, ils savent tous que je suis la voisine de Tyler. Ce n'est pas si difficile à déduire.

— Bien sûr. Allons dehors, si tu veux.

J'ai choisi un lieu stratégiquement éloigné des oreilles de ma mère. Je ne veux pas la traiter d'indiscrète encore une fois, mais aucun autre adjectif ne la définit mieux que celui-là.

Vanessa s'assied à côté de moi sur les marches qui mènent au jardin. Elle semble mal à l'aise et se tord les mains quelques secondes avant de parler.

— Je suis vraiment désolée pour ce qui s'est passé.

— Ouais, je soupire et je songe qu'elle a dû tout gober, comme les autres.

Elle m'a vue sortir de la chambre de Cam le dimanche matin, et elle a vu qu'il était en caleçon.

— Je voulais juste te dire ça. Que je suis désolée. Et que je n'ai rien à voir dans toute cette saloperie.

— Je sais que ce n'était pas toi.

C'était clair depuis le début. Impossible de ne pas accuser ces deux sorcières qu'elle a pour amies.

— Ce n'est pas seulement que ce n'était pas moi, Ash, insiste-t-elle. Je te jure que je n'avais aucune idée de ce que préparaient Jess et Blair. Je n'arrive pas à croire qu'elles aient fait une chose pareille. Elles se sont comportées comme de vraies garces, et…

— Je n'en attendais pas moins de leur part, j'ironise.

— On est tous de ton côté. Les garçons et moi. Tu as parlé à Cam ?

— Euh, non, je reconnais.

Vanessa plisse le front. Comment aurais-je pu parler à Cam ? J'ai fichu le camp ce matin et voilà. Je n'ai parlé à lui ni à personne d'autre.

— Il était inquiet. Il a essayé de te joindre toute la journée. Le prof de philo l'a même viré parce qu'il n'arrêtait pas de regarder son téléphone.

Elle a un léger sourire.

— De m'appeler ? Je ne lui ai pas parlé, je répète.

Je prends soudain conscience que mon portable est resté éteint toute la journée. Depuis que ma mère l'a emporté, je l'ai complètement oublié. Je panique un peu à l'idée de le rallumer.

— Tu devrais l'appeler, si tu as le temps et si tu en as envie. Je crois que je ne l'avais jamais vu si en colère. À un moment, j'ai cru qu'il allait les tabasser. En tout cas, c'est mal barré pour Jess, parce qu'il lui a clairement fait comprendre qu'il ne voulait plus jamais qu'elle s'approche de lui.

— Mon portable est éteint. Il est saturé de la merde de Twitter, j'explique pour éviter le sujet Cam et Jessica.

— Quoi ? Bloque les commentaires.

— Je ne sais pas comment on fait. Je pensais effacer tous mes comptes.

— Tu es folle ! s'exclame-t-elle. Je t'aide, si tu veux. Mes comptes à moi sont protégés à mort. Tu n'es pas la première à qui ça arrive.

Elle a probablement raison. Et elle est si populaire qu'elle doit recevoir beaucoup plus de messages que moi. Pas plus que moi aujourd'hui, ça, non. Mais au quotidien, oui. Je crois que j'ai besoin d'aide pour me préserver de toutes ces mentions de merde dont sont remplis les réseaux sociaux. Je vais chercher mon téléphone et l'allume en revenant près d'elle. Il met quelques secondes à réagir, puis les notifications arrivent en cascade. Mais ce ne sont pas les réseaux que je consulte en premier. J'ai huit appels en absence de Cameron. Huit. Mon harceleur personnel. Et une tonne de messages de sa part. Vraiment. « Tu vas bien ? », « Tu es rentrée chez toi ? », « S'il te plaît, appelle-moi », et tant d'autres qui me disent de ne pas m'en faire, que les gens oublieront vite, et toutes ces choses que mes amies m'ont déjà dites. J'ai aussi un message de Tyler. Un seul. « Ça va, Ash ? » Je ne réponds à aucun des deux. Je me connecte sur les réseaux sociaux en évitant les notifications, pendant que Vanessa m'indique quelles options choisir pour que mon compte soit blindé, tant pour les visites que pour les commentaires d'inconnus, et ce, même si on me mentionne. Elle me montre aussi comment bloquer les hashtags indésirables. Il y en a un peu plus que ce matin. #ashleybennetdeviergeaputain et #ashleybennetlapaysannequicouchaitaveclesrois sont les plus utilisés à l'heure qu'il est.

Vanessa reste avec moi plus d'une heure. Je lui en suis reconnaissante. Après avoir bloqué tous mes réseaux et m'avoir épargné la lapidation publique, elle me raconte les situations similaires dans lesquelles elle s'est retrouvée. Ça me console un peu de savoir qu'un tas de trucs désagréables ont été balancés à propos de la fille la plus cool du lycée, qui pourtant est là et continue d'être numéro un sur la liste de la future reine du bal. Cam a sans doute raison : les gens finiront par passer à autre chose. Un jour. Finalement, nous parlons de tout et de rien et elle réussit presque à me faire oublier cette journée d'enfer.

Vers 19 h 15, la moto de Tyler arrive au bout de la rue. Il porte un gros sac à dos sur les épaules. Les affaires qu'il a emportées quand ses parents l'ont flanqué à la porte, j'imagine. Il braque en direction de son garage. On dirait que Cam avait vu juste : ils le laissent sûrement rentrer chez lui. Il enlève son casque et se tourne vers nous, à une dizaine de mètres de distance.

— Hello, dit-il et nous lui rendons son salut d'un signe de la main. Tu vas bien, Ash ?

Je réponds « oui » sans plus d'explications. Sa mère sort l'accueillir pendant qu'il ouvre la porte du garage et il n'ajoute rien non plus. Il range sa moto et rentre avec Mme Sparks.

Un quart d'heure plus tard, Vanessa me montre le bout de la rue.

— Je me disais, aussi, il en met un temps à arriver ! plaisante ma nouvelle amie.

La voiture blanche de Cam se gare face à nous, derrière celle de Vanessa. Quand il descend, je constate que ses cheveux sont plaqués en arrière, mouillés. Il est sûrement venu droit de l'entraînement. Vanessa se lève.

— Bon, je dois y aller.

Elle me presse l'épaule.

— À demain, Ash.

Je lui réponds sans enthousiasme parce que, à vrai dire, je continue de penser que je ne retournerai pas en cours. Elle donne une petite tape affectueuse sur le flanc de Cam, qui répond « à demain ». Puis il s'approche enfin mais, au lieu de s'asseoir, il se penche face à moi.

— Hey ! fait-il avec un léger sourire. Tu vas bien ?

Voir ses magnifiques yeux émeraude me fait du bien. Un peu de paix pour mon âme tourmentée. J'ignore comment il parvient à faire ça.

— Je suis désolé pour ce qui s'est passé.

— Ce n'est pas entièrement ta faute.

Il hausse les sourcils, faussement indigné.

— Comment ça, « pas entièrement » ?

— Au fond, tu as quoi... un quart de culpabilité ? C'est toi qui as insisté pour m'« intégrer au groupe social ». Sans ton idée, rien de tout ça ne serait arrivé. Alors assume ta part de responsabilité, je dis mi-sérieuse, mi-amusée.

— Je suis désolé. Je ne savais pas que ces deux-là réagiraient comme ça. Oublie-les, elles ne méritent pas de réussir à te faire du mal, même si elles en ont envie. En plus, tout le monde sait comment elles sont.

— Ah bon ? C'est toi-même qui m'as dit que Jessica Harris aboyait beaucoup mais qu'elle ne mordait pas, je lui rappelle.

Il sourit. L'imbécile. Comme si c'était drôle.

— Ce n'est pas mordre, ça, Ash. C'est pisser en levant la patte pour voir qui arrive le plus haut. Ne les laisse pas pisser plus haut que toi, dit-il avec une grimace.

J'acquiesce lentement, gênée par ce qu'il vient de dire. Qu'est-ce qu'il attend de moi ?

— Et alors quoi ? Je dois pisser plus haut qu'elles ? Je crois que tu ne t'es pas encore rendu compte à quel point je suis petite.

Il rit. Doucement. Et son rire se répand à l'intérieur de moi et m'apaise. C'est comme s'il me disait « ce n'est pas si grave, Ash. On peut encore rire ». Et c'est peut-être vrai.

— Je ne veux pas que tu pisses plus haut ! Je t'en supplie, n'essaie pas de pisser sur tous les réverbères du coin. Ce que tu devrais leur dire, c'est que tu ne vas pas entrer dans leur jeu. Et rien de plus. Tu vaux beaucoup mieux que ça, même si tu n'y crois pas, Ashley Bennet.

Je fais non de la tête. Je n'y crois pas, personne n'y croit. Et le problème, à présent, ce n'est pas elles. Elles étaient le problème tant qu'elles planifiaient leur petite vengeance. Désormais, le problème va au-delà. Désormais, tout le monde partage, commente et se fout de ma gueule.

— C'est facile de dire ça, je réplique. Tu peux ne pas entrer dans leur jeu, toi. Parce que tu es un garçon et, si les gens pensent que tu as couché avec moi, eh bien, on te donne une tape dans le dos et voilà. Mais quand tu es une fille, les choses ne fonctionnent pas ainsi. Ce n'est pas pareil d'être le gros macho que d'être la chaudasse du lycée.

Ça m'énerve, à force. On ne peut pas faire plus injuste.

— Oublie-les. Cela ne va durer que jusqu'à ce qu'ils aient un nouveau ragot sur lequel inventer des hashtags stupides, me console-t-il. Demain ça se sera calmé, tu verras. Après-demain, il n'y aura que les imbéciles pour en parler. Et après les vacances de printemps, personne ne se rappellera cette histoire. Quand tu rentreras du Japon, ce sera terminé.

— Je ne vais pas rentrer du Japon, je dramatise. Je vais dire à mon père que je reste vivre avec lui, je prendrai des cours intensifs de japonais et je passerai mon bac là-bas.

C'est une excellente idée, maintenant que j'y pense.

— Ne me brise pas le cœur, beauté, demande Cam en mettant les mains sur sa poitrine. Qu'est-ce que je ferais, moi, ici sans toi ? J'ai besoin que tu me rapportes des sushis, tu te souviens ?

Je le pousse un peu, il perd l'équilibre et tombe à la renverse dans l'allée. Je ne peux m'empêcher de rire. Il prend l'air indigné en se relevant.

— Bon, c'est possible que je rentre pour te rapporter quelque chose. Mais je ne reviendrai pas au lycée. Je finirai l'année à distance, j'explique.

Ça ne sonne pas si mal.

— Hors de question. Demain, je te récupère quand je passe prendre Tyler et tu viens au lycée avec nous. Et si quelqu'un veut nous montrer du doigt, qu'il ait le courage de le faire devant nous, décrète-t-il en s'asseyant à côté de moi.

— Hors de question. Il ne me manquait plus que ça, qu'on nous voie tous les trois ensemble à la première heure.

— Je ne vais pas te laisser le choix.

— En plus, je n'ai pas envie de voir la tronche de ces deux-là. Non. Sans moi, merci.

Cam se tourne et cherche mes yeux.

— Tu n'auras pas à les voir. Elles ont été virées pour trois jours. Mais comme il y a les vacances de printemps au milieu, je pense que ce sera seulement deux. Demain et vendredi, elles ne seront pas là. Tu as maintenant une excuse en moins pour refuser de m'accompagner en classe.

— On les a virées ? Comment ? Pourquoi ? Je n'ai dit à personne que c'étaient elles.

— Toi, non. C'était moi.

J'écarquille les yeux.

— J'ai parlé au proviseur. Et ne t'en fais pas, je leur ai déjà dit, à elles, que c'était moi et pas toi.

— Tu es dingue ? je proteste. Pile ce qu'il me fallait. Que tout le monde dise que je suis la protégée de Cameron Parker.

— Ça te semblerait si mal ? questionne-t-il, mais je sens du cynisme dans ses propos et je sais qu'il est sur le point de dire une bêtise. J'ai toujours pensé que le rôle de garde du corps m'allait mieux à moi qu'à Kevin Costner.

Je souris. Parce que je ne peux pas m'en empêcher.

— Crétin, je siffle.

— Quoi ? C'est tout ? Je crois qu'il te manque l'adjectif, me reproche-t-il et il s'avance vers moi jusqu'à ce que nos jambes se frôlent. Un crétin… quoi ?

— Tu es un crétin adorable, Cameron Parker, je reconnais avec un petit sourire.

— C'est beaucoup mieux comme ça, dit-il doucement.

Et il m'entoure les épaules d'un bras pour me serrer contre lui, la bouche dans mes cheveux. Pour la première fois de cette journée, je me sens en sécurité.

14.
Style

— Bonjour, me salue Cameron quand je monte sur la banquette arrière à 7 h 28 du matin. Tu pourrais passer devant, tu es arrivée la première.

Je vois étinceler ses yeux quand ils rencontrent les miens. Je secoue légèrement la tête, mais je ne dis rien. Mes efforts pour tenter de ne pas aller au lycée aujourd'hui ont été vains. Mon père, dans son appel quotidien d'hier, a dit qu'il n'en était pas question. « Dans tes rêves, Ash », a affirmé ma mère comme si elle avait dix-sept ans et non pas la quarantaine avec deux enfants. Et Cam m'a envoyé un SMS dès qu'il s'est garé devant : « Sors de chez toi et monte dans ma voiture si tu ne veux pas que j'entre te chercher moi-même. » On peut dire que je n'ai pas vraiment eu le choix. Mais ce moment me terrifie. Cela me terrifie de penser que dans une demi-heure, je foulerai ces couloirs et tout le monde se retournera pour me regarder et ricaner, comme hier. Je suis si nerveuse que je ne peux cesser d'agiter les jambes.

Tyler monte sur le siège passager d'un bond et jette son sac à ses pieds.

— Yo, mec ! salue-t-il en fermant la portière. Salut, Ash.

Cam ne démarre pas tout de suite et tend la main vers moi.

— Passe-moi ton portable.

Je n'ai pas la force ni l'envie de discuter à cette heure-ci, alors je le déverrouille et le lui tends. Il le connecte à l'ordinateur de bord en quelques secondes et me le rend. Puis il prend la direction du lycée. Il passe la première chanson dès qu'il en entend la première note et, même si je ne sais pas pourquoi il le fait, je l'en remercie. Parce que écouter « Sparks Fly » avec Tyler assis juste à côté pourrait m'être fatal.

— J'ai toujours été curieuse de savoir pourquoi vous partez d'ici avant moi et arrivez au lycée plus tard que le bus, je déclare distraitement pour penser à autre chose qu'à mon humiliation publique.

Quoique, si Tyler se demande comment je sais à quelle heure il part, ça pourrait devenir tout aussi humiliant. *C'est mieux quand tu te tais, Ashley*. Mais mon quarterback ne fait aucun commentaire et Cam me répond en me regardant dans le rétroviseur, amusé.

— Eh bien, tu vas découvrir notre secret le mieux gardé. Le petit déjeuner des champions.

— Le petit déjeuner des super-héros, renchérit Tyler.

— Le petit déjeuner des vainqueurs, continue Cam.

— Le petit déjeuner des titans.

— Le petit déjeuner des glorieux.

— Le petit déjeuner des téméraires.

— Le petit déjeuner des stars.

— Le petit déjeuner des demi-dieux.

— Le petit déjeuner des tarés, j'interviens pour mettre fin à leur délire.

Même eux doivent sentir que c'était en train de partir en sucette. Ils éclatent de rire en m'entendant. Mon Dieu ! c'est probablement la plus belle bande-son que j'aie jamais entendue. Un oscar pour ces deux-là, s'il vous plaît ! J'aime les entendre rire séparément, mais alors là…

Le petit déjeuner des héros se trouve être servi dans une cafétéria trois rues à côté du lycée. Cam se gare entre deux voitures juste devant la porte du petit local.

— C'est moi qui y vais, aujourd'hui, dit-il à Tyler. Ash, un latte ?

J'acquiesce. Ça me touche qu'il se rappelle comment j'aime mon café, quoique cela ne fait que quatre jours qu'il m'en a préparé un au lac Tahoe.

— Macchiato, Tyler ?

Celui-ci confirme.

— Ça marche.

Cam sort de la voiture et je le regarde marcher vers l'établissement. Un vrai top model, aujourd'hui. Pantalon chino noir, Converse foncées, pull blanc rayé. Je cesse de le contempler quand je prends conscience que Tyler s'est retourné pour m'observer. Lui aussi est un dieu vivant avec son jean troué, ses bottes militaires et son tee-shirt gris sous sa veste en cuir. Il ébouriffe un peu ses cheveux avant de parler.

— Comment ça va ?

Je me contente de hausser les épaules.

— Je suis désolé de ne pas être passé te voir hier. J'avais une soirée à la maison, soupire-t-il avec amertume.

— Peu importe. Je vais bien. Les choses se sont arrangées avec tes parents ?

— Plus ou moins. Tu viens à la fête, demain, chez Troy ?

Je le dévisage pendant quelques secondes. Sérieusement ? Il me demande si je vais venir m'amuser avec tous ces gens qui se sont éclatés à me casser du sucre sur le dos ? Non merci.

— Je ne crois pas, j'élude. Je ne suis pas fan des soirées.

— J'aimerais bien que tu viennes, confesse-t-il avec un regard intense.

Plus que ce que je peux supporter à 7 h 40 du matin.

— Tyler, ne recommence pas.

Je grogne. Parce que, même si je suis folle de lui, je ne suis pas d'humeur.

— Ashley, je vais quitter Blair.

Je plante mes yeux dans les siens, sidérée. Je ne m'attendais pas à ça. Il ne se détourne pas d'un millimètre. Peut-être pour me prouver qu'il ne bluffe pas. Ça ne m'empêche pas de penser qu'il parle comme ces hommes qui promettent à leur maîtresse qu'ils vont divorcer mais ne le font jamais.

Avant que j'aie le temps de répondre, Cam revient avec un sachet et trois gobelets sur un plateau en carton. Il répartit les cafés, puis sort quelques fruits coupés et des pains au chocolat. Il me connaît mieux que moi-même, apparemment.

— J'ai pris la liberté de lui demander de mettre quelques copeaux de chocolat par-dessus ton café, me dit-il avec un petit sourire.

Je me vois dans l'obligation de lui rendre la pareille.

— Vous êtes très attentionné, monsieur Parker.

Du coin de l'œil, je vois la tête que fait Tyler. Je crois que j'ai minaudé sans m'en rendre compte.

— Normalement, le petit déjeuner des champions se limite aux fruits, explique le brun. Mais aujourd'hui est un jour spécial. Nous avons une invitée.

Au moment où il démarre, je m'étonne de le voir passer les chansons jusqu'à s'arrêter sur une en particulier.

— Voilà une dose de motivation pour aujourd'hui.

Je souris. Mais je ne vais pas chanter. Pas avec Tyler dans la voiture. N'empêche, je crois qu'il a choisi le morceau le plus adapté. « Shake It Off »

Heure du déjeuner. Mes amies n'arrêtent pas de se rappeler, surexcitées, comment les gens ont réagi en nous voyant débarquer, ce matin. Ils ont à peine osé lâcher quelques ricanements. Parce que Cameron Parker me tenait par la main, et que personne n'a envie de se mettre à dos le mec le plus populaire du lycée. En vérité, il s'est transformé en garde du corps toute la matinée. Au moins, là, il me laisse passer un moment tranquille avec mes amies, pendant qu'il mange avec ses coéquipiers. Tyler aussi.

— Je ne pige pas pourquoi je ne suis pas invitée à cette fête, ronchonne Emily. L'une de vous peut bien m'inviter, non ?

Son regard passe de Mia à moi.

Nous haussons les épaules. Nous sommes de simples convives. Nous n'avons pas le pouvoir d'inviter qui que ce soit. De toute façon, je ne compte pas aller à cette fête stupide chez Troy Cruz.

— Je ne vais pas y aller, je déclare.

— S'il te plaît, Ashley, viens, me supplie Mia une fois de plus. Qu'est-ce que je vais faire, là-bas, sans toi ?

— Et qu'est-ce que je vais faire, moi, là-bas, avec cette idiote de Jessica et cette sorcière de Blair ? Et avec une bande de débiles qui ne vont pas arrêter de se moquer de moi ?

Et s'il n'y avait que ça. Ce matin, j'ai trouvé une tonne de mots dans mon casier avec de très, très nombreux numéros de téléphone de gars intéressés par « une petite pipe ». Tant que Cam était avec moi, ils n'ont rien osé me dire de vive voix, mais j'ai vu leurs regards. Et ce n'était pas agréable. Pas du tout.

— Si tu n'y vas pas, elles gagnent, me rappelle Grace.

Ça me parle. Cameron me l'a déjà dit quantité de fois, aujourd'hui.

— Je serai là, moi, insiste Mia. Et Gina. Et Cam. Je crois que les garçons de l'équipe ont été briefés pour prendre soin de toi, ajoute-t-elle avec un sourire. Si tu as la moitié de l'équipe de foot de ton côté, personne n'osera s'en prendre à toi.

— Oui, ils sont tous très sympas jusqu'à ce qu'ils aient deux verres de trop dans le nez, je grogne. Va leur rappeler ce que les capitaines leur ont demandé quand ils seront bourrés... Même la mascotte va me réclamer une fellation.

Mes amies rient. Les idiotes. Je ne plaisantais pas. Et elles ne me font pas rire.

— Peut-être que l'un d'eux t'intéressera, insinue Emily.

Je lui montre le majeur de ma main droite. Et elle se gondole encore plus.

— Et pourquoi Gina a le droit de t'inviter, toi, et tu n'as pas le droit de nous inviter, Em et moi ? insiste Grace en s'adressant à Mia quelques secondes plus tard.

— Je ne savais pas que Vanessa était pote avec Gina, je commente distraitement en buvant la dernière gorgée de mon Coca.

— Ash, c'est sa cousine, m'apprend Mia en me regardant comme si j'avais un problème grave, une maladie incurable, un Alzheimer avancé.

— Ah bon ?

Soupir général : « Punaise, Ash ». C'est peut-être vrai que je ne fais pas partie de ce lycée. Je ne suis jamais au courant de rien.

L'heure du déjeuner se termine et, au moment où j'entre dans le couloir, une silhouette apparaît à côté de moi. Cam, sûrement, qui d'autre ? Je me retourne, prête à tomber sur ses yeux verts, mais ce n'est pas lui. Tyler Sparks.

— Second tour de garde, me dit-il avec un sourire espiègle. J'espère que ça ne te dérange pas.

— Euh... non, non, bien sûr que non. Mais tu n'as pas besoin de me suivre partout comme si j'étais la reine d'Angleterre.

— Rien à voir. On fait ça juste parce que tu es plus belle.

Oui, il plaisante. Mais moi, ça me bloque les poumons. *Rappelle-toi de respirer, Ashley.*

Et heureusement que je suis en train d'essayer de me concentrer sur mon souffle, parce qu'un type qui passe à côté de moi me flanque un coup d'épaule qui manque de me le couper.

— Excuse-moi, fait-il en se penchant sur moi. Tu te tapes seulement les joueurs de foot, ou ceux de basket aussi ? Je ne dirais pas non à une petite pipe de ta part. Il paraît qu'elles sont divines.

Avant que je puisse ne serait-ce que comprendre ce qui est en train de se passer, Tyler l'a déjà plaqué contre une rangée de casiers dans un fracas assourdissant. Il le tient fermement par le col du tee-shirt.

— La ferme, tête de nœud. T'as intérêt à disparaître avant que j'aie le temps de compter jusqu'à trois.

— Désolé, mec.

Avec un rictus sournois, les mains levées, le type fait un pas sur le côté.

— Je pouvais pas savoir que tu la voulais pour toi tout seul, puisque tu partages tout avec Cameron Parker… Mais si tu veux te la réserver, c'est que ça doit être une pute de luxe, non ?

Les muscles de la mâchoire de Tyler se contractent. Il va exploser. Je me moque désormais des propos de cet imbécile de basketteur, je redoute plutôt la réaction de mon sauveur. Il n'est pas rigoureusement connu pour sa patience et il a la réputation de s'enflammer au quart de tour. Sans lui laisser le temps d'ajouter quoi que ce soit, il lui balance un crochet du droit en plein dans le nez. Son adversaire vacille un peu, mais il ne tombe pas et s'élance aussitôt sur lui. La bagarre attire les curieux, qui semblent très amusés par le spectacle et ne comptent pas intervenir. Je suis la seule à m'efforcer de me faire entendre par-dessus le vacarme pour demander à Tyler d'arrêter. Je ne veux pas qu'il se batte pour moi. Ce n'est pas ce que j'ai voulu. Je tente de le tirer par le bras, mais il est tellement enragé qu'il a sûrement oublié pourquoi il se battait. Il me repousse et m'envoie percuter le côté d'un casier. Je vois des étoiles. Presque littéralement.

À cet instant, Cam apparaît à mes côtés et m'entraîne loin du cercle de curieux avec beaucoup plus de délicatesse que son ami.

— Ça va ? me demande-t-il en cherchant mes yeux.

Je me contente de hocher la tête ; je suis incapable de parler. Il me fait un signe du menton à son tour et disparaît aussi rapidement qu'il est venu. Je l'aperçois au milieu de l'assistance, en train d'essayer de les séparer. Résultat, il prend deux coups de plus que ce qu'il avait mérité, mais il parvient à sortir Tyler de la baston. Ils s'arrêtent très près de moi tandis que quelqu'un traîne l'autre imbécile au fond du couloir. Cam a la lèvre en sang et Tyler, le visage marqué et les jointures des doigts toutes rouges.

— T'es con ? Tu veux qu'ils te virent à nouveau ? l'engueule Cam.

— Qu'est-ce que tu voulais ? hurle Tyler en retour. Il fallait bien que quelqu'un casse la gueule à ce fils de…

Son regard croise le mien et il se tait. Je sens que Cam m'examine aussi, mais je suis captivée par ces yeux noisette et mon corps ne me permet pas de tourner la tête.

— Tu vas bien ? demande Tyler.

C'est la première fois que je l'entends employer ce ton à la fois tendre et inquiet avec moi. J'acquiesce lentement.

— Et toi ?

Il hoche la tête à son tour, mais je m'approche quand même pour l'inspecter, une main sur sa joue. Il a une sale marque qui risque d'empirer dans les heures qui viennent. J'entends un grognement frustré à côté de moi. Quand je parviens à me sortir de cette emprise, Cam a disparu.

Bien entendu, vendredi après-midi, à l'heure à laquelle commence la fête, je ne suis pas habillée et je n'ai pas l'intention de le faire. Mia a beau m'avoir bombardée de messages vocaux (« s'il te plaît, s'il te plaît, s'il te plaît, s'il te plaît »), ça a cessé d'avoir du sens pour moi.

Un unique coup de klaxon me fait pencher la moitié de mon corps par la fenêtre. Tout ça pour voir Cameron descendre de sa voiture… et il n'est pas seul.

— Merde ! je marmonne avant de rentrer et de refermer la fenêtre d'un coup.

Un, deux, trois. Sonnette. Un, deux, trois. Ma mère.

— Ashley ! Cam est là !

Je me penche dans l'escalier, la mine grave. Je ne peux pas y croire. Je ne vais pas pouvoir échapper à cette soirée. Cameron Parker est très lourd. Mais ajouté à cela le pouvoir de persuasion de Vanessa Miller, je peux déclarer forfait.

— Salut, Ash ! dit-elle joyeusement.

Et pendant ce temps-là, Cam bavarde avec ma mère. J'imagine qu'elle est en train de lui demander de me ramener saine et sauve après la fête, qu'elle n'en attend pas moins de lui et que, oui, c'est important qu'on s'amuse bien. Je lève les yeux au ciel sans même les avoir entendus. Ils se sont encore rapprochés pendant la conversation qu'ils ont eue mercredi, avant son départ. Quand elle lui a demandé qui était responsable de mon humiliation publique, où étaient le vrai et le faux dans cette histoire, et quand Cam a promis de prendre soin de moi au lycée.

— Hey, me saluent ses yeux émeraude peu après. Je t'ai amené la meilleure styliste que je connaisse pour qu'elle te pomponne. Je sais que tu n'as pas très envie de faire la fête et que tu n'aurais pas fait d'efforts. Allez vous faire belles, termine-t-il sur un ton espiègle.

Ma mère lui offre à boire. Et tous les deux s'en vont à la cuisine. J'espère qu'ils ne vont pas finir par fricoter sur la table, parce que bon. *La vache, Ashley, trop dégueu !*

Vanessa monte en courant l'escalier et je l'entraîne dans ma chambre. Au fond, la pauvre n'est responsable de rien, elle est seulement venue m'aider. Le fauteur de troubles est celui qui profite de la limonade maison de ma mère dans la cuisine.

— Cette robe est parfaite, commente Vanessa en la sortant du placard.

Évidemment. Une de celles que Cam a choisies le jour de la virée shopping. Noire avec un décolleté plongeant, quoique moins moulante que celle que j'ai portée la dernière fois. Je vais dans la salle de bains pour me changer. Sous-vêtements compris, car avec ce genre de robes, il faut s'attendre à ce qu'on voie ta culotte à tout moment. J'ai opté pour mon ensemble noir à dentelle. C'est le plus joli que j'aie, et de loin. Et probablement le plus sexy. La robe me va comme un gant, je dois l'admettre. Ensuite, Vanessa nous maquille. Cette fille est une artiste. Elle me fait un chignon haut qui rassemble tous mes cheveux, même les plus courts, mais laisse quelques mèches lâches. Je crois que je n'ai jamais été aussi belle.

— Elles seront là, non ? je questionne quand elle se place face à moi pour admirer son œuvre.

— Qui ? murmure-t-elle comme si elle ne savait pas de qui je parlais.

— Vanessa…

— Je suppose que Blair va se pointer avec Tyler.

Mon cœur rétrécit. C'est presque douloureux. Tyler m'a dit qu'il allait la quitter. Il est censé être fâché avec elle après ce qu'elles ont fait. Mais pour ce que j'en sais, ils sont toujours ensemble.

— Jess ne viendra pas, ajoute-t-elle, et je hausse les sourcils. Cam ne peut plus la voir en peinture, Ryan ne lui adresse plus la parole « en guise de mesure disciplinaire », et moi, je lui ai dit que je préférais qu'on évite les drames et que ce serait mieux qu'elle reste chez elle. Du coup, Troy lui a demandé de ne pas se pointer là-bas. Je crois qu'elle ne l'a pas très bien pris. Mais il est temps qu'elle assume les conséquences de ses actes, on dirait une petite fille capricieuse. Pour Blair, on ne peut rien faire, Ash. Ça, ça concerne Tyler. Troy n'oserait jamais dire à ses potes qui ils ont le droit ou non de ramener à ses soirées.

Je me sens un peu mieux en sachant que, au moins, j'échappe à l'une d'entre elles. Même si je sais que le problème ne se limite pas à elles. Mais je ne vais pas me sentir si seule ni hors sujet, là-bas. Il y aura Mia et Gina, et je sais que Troy et Ryan ne seront pas désagréables avec moi. Vanessa non plus. Et bien sûr, Cam sera là. Quoique, si Tyler vient avec la sorcière, ça ne va pas me faciliter la tâche. Il n'y a plus moyen de faire marche arrière. Après le temps qu'a passé Vanessa à m'aider à me préparer, je dois aller à cette maudite fête. Cameron ne me laissera pas le choix, de toute façon.

Vanessa l'appelle quand nous descendons l'escalier. Ma mère et lui apparaissent aussitôt. Il me regarde avec gravité pendant quelques secondes, puis me sourit.

— Tu es superbe.

Le visage de Vanessa s'illumine. Elle recommence avec son « tu es sûre qu'il ne se passe rien entre vous ? ». Je remercie le gentleman que j'ai en face de moi, qui est lui-même plutôt élégant, si je dois être sincère. Cette fois-ci, il a troqué ses baskets contre des tennis plus classes. Avec ce chino bleu qui lui va si bien. Et une chemise blanche à petits carreaux qui souligne ses biceps.

— Qu'est-ce que vous êtes beaux, les enfants ! s'émeut ma mère. Allez, allez-y, et amusez-vous bien. Tu ne vas pas avoir froid, ma puce ?

Elle joue parfaitement son rôle de mère, regard inquiet et tout.

Je lève la main droite pour qu'elle voie que je porte une veste. Elle semble satisfaite.

— On y va, les filles, propose Cam.

Arrivée à la porte, je l'entends dire à Cameron :

— Si tu bois, ne prends pas la voiture.

— Bien sûr que non, madame Bennet, répond-il de sa plus belle voix d'enfant de chœur. Aujourd'hui, c'est moi qui fais le taxi. Je ne bois pas au cas où quelqu'un aurait besoin que je le ramène.

Il n'en faut pas plus pour que ma mère pense que c'est le garçon le plus charmant du monde. Même si son « aujourd'hui, je ne bois pas » implique qu'il le fait le reste du temps. Mais ma mère s'en moque. Elle n'entend que ce qu'elle veut entendre.

Cam ouvre la voiture à distance et fait signe à Vanessa d'entrer. Il se plante devant moi.

— Ash, dit-il à voix basse, je sais que je suis un enquiquineur, que j'ai amené Vanessa pour bien te mettre la pression, que je suis très lourdingue... Mais, si tu préfères, on zappe cette putain de fête, on ramène Vanessa, et toi et moi, on va quelque part pour respirer.

Il est adorable.

— Respirer, je répète, radieuse.

— Oui. Respirer.

Nous nous regardons dans les yeux. Si cette pauvre Vanessa n'était pas en train de nous attendre dans la voiture, je pourrais rester là toute la nuit, à essayer de compter les différentes nuances de vert dans ses incroyables iris.

— Ça me plairait, je chuchote. Mais je crois que je veux aller à cette fête. Si je n'y vais pas, elles gagnent, pas vrai ?

Cam acquiesce. Je ne sais pas s'il est content que je cède, ou déçu parce qu'il aurait préféré que j'aille avec lui respirer, seul à seul.

À peine suis-je entrée dans la voiture que Vanessa, sur la banquette arrière, me tend une canette de bière pour me mettre dans l'ambiance. Cameron rouspète : il est absolument interdit de consommer de l'alcool dans sa voiture. Nous nous moquons de lui et trinquons au baptême alcoolique de la Honda. S'il finit par oublier ses protestations, selon lui, c'est uniquement parce que nous sommes très jolies et qu'il a un faible pour les filles bourrées.

Quand nous arrivons chez Troy, la maison grouille de monde. Cette fois, c'est Vanessa et non Cam qui me prend par la main pour m'entraîner à l'intérieur. Troy nous ouvre et roule à Vanessa un incroyable patin avant de nous laisser passer. Je me sens presque gênée, main dans la main avec la fille qu'on embrasse. Mais Vanessa me conduit dans la chambre de Troy pour ranger nos vestes et son sac plein de maquillage avant d'aller chercher quelque chose à manger. Je croise un tas de visages familiers et, pour le moment, personne ne dit rien sur mon supposé trio. Pour le moment. Ryan me serre dans ses bras et me fait pirouetter deux fois avant de nous laisser nous approcher de la table couverte de boissons, derrière le bar de la cuisine. Je ne vois Tyler nulle part.

Ni Blair, et tant mieux. Vanessa est en train de me préparer un mélange tequila-bière (« très faible en tequila », d'après elle, même si je la vois pencher dangereusement la bouteille), quand quelqu'un s'accroche à mon cou, dans mon dos. Je serre ses bras avec enthousiasme et lui mordille le poignet avant de me retourner. C'est Mia, bien sûr. Elle a au moins deux bières à son actif, pour ce que j'en vois.

— Meuf, tu es venue ! s'exclame-t-elle. Qu'est-ce que tu es belle.

— C'est l'œuvre de Vanessa, je raconte.

Nous regardons l'intéressée, qui sourit fièrement. Gina est là, à côté de sa cousine. Elle paraît très contente de me voir.

— Trinquons à la gloire d'Ashley, qui est parvenue à faire en sorte que toutes les filles qui n'ont pas confiance en elles découvrent que, oui, c'est possible d'emballer les footballeurs ! plaisante Gina.

L'entendre en parler ainsi me fait rire, alors qu'hier, c'était le plus grand de mes malheurs.

Vanessa remplit quatre gobelets en plastique d'un fond de tequila et chacune en prend un pour trinquer.

— Toutes avec moi, propose Gina.

Je me joins à elles volontiers.

— Tout le monde peut choper les footballeurs !

Nous crions si fort qu'on nous siffle, et les Eagles qui sont dans les parages approuvent en riant.

— Ce qui est difficile, c'est de ne pas les choper ! lance quelqu'un au fond de la salle.

— Tout est plus facile, pour vous, les filles.

La voix de Ryan, dans mon dos, m'arrache un rire.

Je passe un long moment là, à côté des boissons, à trinquer et à danser avec ces trois filles. Je suis contente d'être venue. Ç'aurait été dommage de manquer ça.

Je suis en train de danser avec Gina quand je sens des bras m'encercler la taille. Un corps musclé se serre contre moi et un murmure me parvient à l'oreille droite.

— Comment ça se passe, princesse ?

Ce ton narquois. Ce « princesse » si irrévérencieux qu'il me donne envie de le lui faire oublier à base de… je ne sais pas très bien de quoi. Ou alors si, mais je ne suis pas censée vouloir ça. Il me lâche quand je me tourne. Et même si je devrais me rebeller contre ce surnom et lui reprocher les trop grandes libertés qu'il prend avec mon corps, ces derniers temps, je lui souris en miroir.

— Ça se passe très bien. Merci, monsieur. Et vous ?

Je joue avec le premier bouton de sa chemise. Je sais que je ne devrais pas faire ça. Mais m'amuser avec Cam, c'est la seule chose que me réclame mon corps.

— Ben, pas aussi bien que toi, apparemment.

Il prend mon verre et le renifle avant de me le remettre dans la main avec une grimace.

— Vanessa, non ? devine-t-il. Bière-tequila… Tu es sûre d'avoir envie de boire ça ? Tu attaques fort.

— Je suis sûre que j'ai besoin de boire ça, je réponds et il doit voir dans mes yeux que boire pour oublier est vital, là tout de suite.

— Très bien. Il faudra que je m'occupe de toi alors.

J'écarte avec soin une mèche sombre qui tombe sur son œil droit.

— Tu es un bien meilleur garde du corps que Kevin Costner, j'affirme. Et toi ? j'enquête alors en lui ôtant son verre de la main pour le renifler comme il a fait avec le mien. Ça ne sent pas l'alcool. Rappelle-toi que tu as promis à ma mère de ne pas boire.

Il éclate de rire. Je goûte sa boisson.

— Coca-Cola ? Cameron Parker, tu es le plus coincé de cette fête.

— Quelqu'un doit rester sobre pour te raccompagner chez toi quand tu ramperas sur le sol, me taquine-t-il en récupérant son verre. Ash… Tu es très jolie, ce soir.

Je m'étire un peu plus sur mes talons et l'embrasse à la commissure des lèvres. Là où il m'a embrassée pendant le jeu « Action, vérité ou cuite ». Je recule, mais il place ses mains sur mes hanches, l'une très chaude, l'autre plus froide à cause du gobelet qu'il tient. Alors j'oublie tout. Je me moque d'où nous sommes et de qui nous entoure. Je me moque que tout le monde pense que je couche avec lui et avec son ami en même temps. Tout m'est absolument égal parce que mon corps vibre, et si Cameron Parker m'embrasse à cet instant, ce sera le meilleur baiser de ma vie.

Mais le raffut qui est en train de se former à la porte d'entrée nous fait nous retourner tous les deux. Cam écarte ses mains de moi. Et mon cœur dégringole à terre, voire plus bas, quand je comprends que les acclamations des joueurs des Eagles sont destinées à un Tyler tout juste arrivé. Et que ce Tyler tout juste arrivé tient une sorcière par la main. Blair Wells. Tellement impassible. Tellement exempte de remords.

Tellement propriétaire du garçon qui, hier, m'a affirmé qu'il allait la quitter. Il faut que je prenne une profonde inspiration. Non, ce ne sera pas suffisant. Je bois une très longue gorgée du verre que j'ai dans la main. À mes côtés, Cameron pousse un soupir à fendre l'âme. Son attitude a changé du tout au tout. De détendu, proche, joueur, il est devenu sérieux et distant. Je l'interroge du regard.

— Amuse-toi bien, Ash.

Il se penche pour m'embrasser doucement la joue. Viens me voir si tu as besoin de moi. Et mollo avec la tequila, d'ac ?

— Cam ! j'appelle alors qu'il s'éloigne à grandes enjambées.

Mais il ne m'entend pas. Ou bien il fait comme si.

— Tu es sûre qu'il n'y a rien entre Cameron Parker et toi ?

Cette petite voix légèrement moqueuse... Ce n'est pas Vanessa. C'est sa cousine Gina. On sent qu'elles ont des gènes en commun.

Tyler ne s'approche pas. Nous n'échangeons que deux regards. Au premier, il paraît très étonné de me voir ici, presque mal à l'aise. Normal ; en définitive, je lui ai dit que je ne viendrais pas, je suppose qu'il n'avait donc pas besoin de cacher la sorcière. Pris la main dans le sac, Tyler Sparks. Le second regard ressemble à ceux de toujours, sourire en coin compris. Sauf que cette fois, je ne le lui rends pas. Je garde mon sourire pour moi parce qu'il a le bras sur les hanches de sa petite amie et ce n'est pas ce sur quoi nous nous étions mis d'accord.

15.
Better Than Revenge

J'en suis à deux bières-tequila, trois shots, plus la bière que j'ai bue dans la voiture de Cam, quand je monte avec Vanessa dans la salle de bains des parents de Troy. La porte de cette pièce est barrée avec de la Rubalise et un panneau « sens interdit » imprimé sur une feuille. Cependant, je suis pistonnée. Je suis avec la petite amie de l'hôte, qui a un accès illimité à toute la maison. Je dois reconnaître que je suis déjà pas mal éméchée. Mais je me sens bien. J'ai encore la maîtrise de moi-même, chose étonnante, mais qui me rend fière. Ma tolérance à l'alcool doit être en train de s'améliorer. Vanessa passe aux toilettes en premier. Quand je sors à mon tour, elle est assise sur le matelas des parents et me tend un verre. Le troisième mélange bière-tequila. Elle tapote le lit à côté d'elle pour que je m'asseye.

— Parfois, j'ai besoin de faire une pause en soirée, m'explique-t-elle.

Elle aussi a l'air saoule. Normal, elle a bu presque deux verres de plus que moi.

— C'est une horreur, cette musique que les garçons mettent.

— Moi, je m'amuse bien, je commente. Je pensais que cette fête serait un enfer et que tout le monde allait se foutre de la fille qui taille des pipes et n'arrive pas à choisir entre les deux capitaines de l'équipe de foot.

— Et tu y arrives ?

Je fronce les sourcils.

— Tu es capable de choisir entre les deux ? demande-t-elle.

Ça ne me dérange pas. Elle me questionne comme le ferait Emily, ça me met en confiance.

— Je sais que tu prétends que Cam et toi êtes juste amis. Je sais que c'est tout ce que vous êtes pour le moment, mais permets-moi de me dire qu'il est possible que ceci ne soit pas exactement ce que vous voulez être.

— Je n'en suis pas capable, j'avoue.

L'alcool me pousse à dire la vérité.

— Cam me trouble un peu. Et Tyler… Pour Tyler, c'est compliqué, je soupire. Je suis vraiment une sainte nitouche qui n'arrive pas à se décider.

Vanessa éclate de rire.

— Hé, Ash ! Même si tu avais envie de coucher avec toute cette foutue équipe… sauf avec mon mec, s'interrompt-elle en me montrant du doigt.

— Non, non, pas ton mec, j'affirme très sérieusement, et nous rions toutes les deux.

— … tu pourrais coucher avec qui tu veux, cela ne changerait pas le fait que tu es une meuf géniale, Bennet.

Je suis presque émue d'entendre ça.

— Et qui je suis pour te juger ? Tu parles à celle qui a couché avec trois des quatre garçons de sa bande de potes. Et le quatrième est gay.

Elle est très sérieuse, mais quand nos regards se croisent, nous ne pouvons nous empêcher d'éclater de rire.

— Cam est un mec fabuleux, Ashley, reprend-elle, soudain grave. Franchement. Tyler Sparks ne lui arrive pas à la cheville sur beaucoup de plans.

— Oui, mais je suis folle de Tyler depuis quatre putains d'années, je me lamente.

Elle me regarde avec un petit sourire.

— Cam n'est pas attiré par moi, Vanessa, j'ajoute.

— Tu en es sûre ? Ce n'est pas l'impression qu'il donne.

J'essaie d'y réfléchir un moment, mais ça me dépasse. Je fais non de la tête.

— Et tu en es où avec Tyler ?

— Hier, il m'a dit qu'il allait quitter Blair, je raconte amèrement avant de prendre une autre gorgée de mon verre. Mais comme tu le vois…

— Il t'a dit qu'il allait la quitter pour toi ?

Je souris face à sa réaction. Je la comprends. Cela semble absurde à tout point de vue.

— Bon, il n'a pas dit ces mots-là exactement, mais je suppose que c'était plus ou moins le message, oui.

— Et il se pointe ici ce soir avec elle comme si de rien n'était ?

Elle est presque indignée. Ça me réconforte. Au moins, j'ai une alliée de plus.

— On y retourne ? je propose, parce que je commence à me rendre compte que j'en ai peut-être un peu trop dit. Je dois surveiller Mia et ses shots de tequila.

Quand nous revenons nous perdre parmi les fêtards qui envahissent le rez-de-chaussée (et une bonne partie du jardin) de Troy Cruz, il apparaît clairement que Mia a besoin d'être surveillée, ou du moins accompagnée. C'est justement sur Troy que nous tombons en premier. La dernière fois que je l'ai vu, il était avec Cam, mais ce dernier a disparu.

— Où est Cam ? lui demande Vanessa sans autre formalité.

— Il est allé raccompagner ta cousine en voiture. Ils doivent déjà y être, ça fait un moment qu'ils sont partis.

— Gina ? nous questionnons toutes les deux en même temps.

Merde ! Il faut que je trouve Mia. Si Gina est rentrée chez elle, cela ne peut signifier qu'une chose : il s'est passé un truc. Et mon amie est seule, perdue dans cette fête. Je presse légèrement le bras de Vanessa pour dire que je m'en vais et j'entends Troy répliquer : « Combien de cousines tu as ici ce soir ? » Je fais deux fois le tour de la salle en scrutant les visages sans parvenir à mettre la main sur Mia. Je reçois au passage un ou deux commentaires grossiers en rapport avec ma récente (et non méritée) célébrité, mais je décide de laisser couler. Je n'aurais pas pu trouver meilleure comparaison parce que, quand je sors dans le jardin, je constate qu'il commence à tomber une pluie fine. Mon amie n'est pas là. Sur la route, à ma gauche, je vois la voiture de Cam s'approcher, mais je n'ai pas le temps de l'attendre.

Je le verrai plus tard. Je tape le numéro de Mia sur mon téléphone en retournant au salon. Ça sonne, elle ne répond pas. Je dois esquiver quelques danseurs et deux couples qui n'ont pas trouvé de meilleur endroit pour se peloter que la piste de danse. Et je la vois. Assise au bout d'un canapé poussé contre le mur, elle sirote son gobelet en plastique, le regard dans le vague.

— Mia !

Je me plante devant elle. Elle me remarque, mais elle ne dit rien.

— Qu'est-ce qui s'est passé ?

— Je suis lâche, Ashley. Je ne suis pas capable de reconnaître que j'aime une fille et que je veux aller avec elle au bal. Je devrais me foutre de ce que les gens pensent, mais… je n'y arrive pas.

Elle se lève. Elle a l'air plutôt fâchée contre elle-même, me semble-t-il. Elle murmure entre ses dents qu'elle va rentrer et marche vers les baies vitrées qui communiquent avec le jardin.

— Attends.

Je la rattrape par le bras.

— Raconte-moi ce qui s'est passé avec Gina. Pourquoi elle est rentrée chez elle ?

— On s'est embrouillées. Elle allait m'embrasser et j'ai eu la trouille, je lui ai dit « pas ici ». Pas ici. Elle, elle en a marre de se cacher et elle ne le fera plus, pour moi ni pour personne. Je crois qu'elle a rompu, en fait. Elle a dit que c'était pas la peine que je la rappelle tant que je ne serai pas sortie du placard.

Elle lâche une sorte de rire ironique, mais c'est plus un gémissement, en fin de compte.

— Et pourquoi tu ne l'as pas embrassée ?

— Comment ça, pourquoi ? s'étonne-t-elle, et elle montre la pièce. Regarde autour de toi, Ash. Cet endroit grouille de gens. Qui ne perdent pas une occasion de se foutre de ceux qui ne sont pas comme eux. Qui sont différents. Et je ne veux pas être celle qu'on montre du doigt au lycée.

— Moi non plus. Et regarde-moi, j'essaie de l'encourager.

Mais elle ne sourit même pas.

— Mia, tu ne peux pas cesser d'être toi-même à cause de ce que pensent les gens. Tu me l'as dit, à moi, et à Em et à Grace.

Elle acquiesce.

— Oui, mais c'est vous. Pas le reste du monde.

— Justement, je continue d'un ton plus doux, et elle me regarde dans les yeux. Nous. Celles qui comptent pour de bon. Tout le reste, ceux qui sont ici et les autres, ils peuvent aller se faire voir. Ce qui compte, c'est ce que tu penses, toi.

— Je sais que tu as fait preuve de courage en venant à cette fête et en démontrant à tout le monde que tu te moquais de ce qu'on disait de toi sur Twitter. Mais tu ne comprends pas. Tu ne peux pas comprendre. Ce n'est pas pareil d'être celle qui se tape les footballeurs que celle qui embrasse une autre fille au milieu d'une fête. Parce que tu es hétéro et qu'en tant qu'hétéro, c'est pas grave, tu vois ?

— Ne sois pas injuste, je lui demande. On s'en fout des autres, Mia. On s'en fout d'être hétéro ou gay ! On est des personnes, toi et moi. Moi, je ne te mets aucune étiquette. Je t'adore toujours autant, tu es exactement la même qu'il y a un mois, et j'adore Gina et je ne veux pas que tu la perdes juste parce que tu ne peux pas l'embrasser en soirée. Qu'ils aillent se faire voir ! je crie plus fort, et deux garçons qui passent à côté m'approuvent sans savoir de quoi nous parlons.

— J'ai peur, gémit Mia au bord des larmes. Tu n'aurais pas peur, à ma place ?

— Moi aussi, j'ai peur, je confirme. Mais s'ils doivent parler, qu'ils parlent ! On va sortir du placard, Mia Logan. On va dire à ces connards que nous ne sommes ni hétéros, ni lesbiennes, ni bisexuelles, ni rien qu'on puisse étiqueter.

Même si c'est la tequila qui parle à ma place, je me sens très vaillante à cette seconde, et je veux que Mia prenne conscience qu'elle peut l'être aussi.

— On est Mia et Ashley et on fait ce qui nous chante parce qu'on se fout complètement de ce que pensent ces imbéciles.

— On s'en fout ?

Elle hésite encore.

— Moi, oui. Et toi ?

— Moi aussi.

Je m'avance et pose une main sur sa nuque pour l'attirer à moi. Elle a la saveur de la bière et du rhum et ses lèvres sont beaucoup plus douces que celles de tous les garçons que j'ai embrassés dans ma vie. Elle est un peu mal à l'aise au début mais, quand un type se met à siffler à côté de nous, elle intensifie la pression de sa bouche contre la mienne. Je crois que nous sommes toutes les deux conscientes que notre baiser est en train de monopoliser l'attention ; tant et si bien que nous avons désormais un cercle de garçons autour de nous, qui nous encouragent à continuer. Et on le fait. Seulement pour les provoquer davantage. Pour nous prouver à nous-mêmes qu'on en est capables, qu'on se fiche de ce qu'ils pensent. On joue avec les lèvres de l'autre autant qu'on en a envie tandis que les commentaires grossiers s'élèvent autour de nous et nous glissent dessus. On entend même des soupirs de déception au moment où on se sépare.

Mia me regarde, les yeux écarquillés comme un lapereau effrayé. Néanmoins, je lis dans le bleu de ses iris une étincelle de détermination. De courage. De fierté.

— Maintenant, on va chercher Gina et tu vas lui dire que tu es sortie et que tu as fermé ce satané placard à double tour.

Mia m'enlace, après quoi quelques types nous proposent de recommencer notre petit spectacle en sous-vêtements contre rémunération.

— Tu es une amie en or, Ash, me dit Mia en s'écartant de moi.

— Eh ! Fais gaffe de pas tomber amoureuse. Tu es super mignonne et tu embrasses du feu de Dieu, mais je crois que je préfère quand même les garçons.

— Tu n'es pas mon genre non plus.

— Tu les préfères avec une autre orientation sexuelle ?

— Je préfère Gina, déclare-t-elle.

Je lui souris. Je regarde alentour un moment et, parmi tous ces types qui bavent, les yeux rivés sur nous, je vois Cam. Il ne bave pas, mais il hausse les sourcils, incrédule, dès que nos regards se croisent.

Je tire Mia par le bras et la conduis vers lui.

— Tu es une vraie pochette-surprise, déclare-t-il, reprenant ce que je lui ai dit le jour où nous avons conduit la moto de Tyler.

Il plaisante, mais, au fond, j'ai l'impression qu'il est un peu jaloux.

— Tu peux raccompagner Mia chez Gina, s'il te plaît ? je demande.

J'entrelace même mes mains sous mon menton pour l'implorer. Il regarde Mia et elle hausse les épaules en guise d'excuse.

— Bien sûr, cède-t-il.

Puis il me regarde à nouveau et se penche à mon oreille.

— Mais fais-moi le plaisir de me confirmer que tu aimes toujours les garçons et promets-moi de n'embrasser personne d'autre jusqu'à ce que je revienne.

Ça sonne comme une blague, mais je crois que ça ne l'est pas.

Et cette précision, « n'embrasse personne d'autre jusqu'à ce que je revienne », ça me vrille l'estomac jusqu'au bas-ventre. Est-ce que ça signifie : « n'embrasse personne d'autre jusqu'à ce que je t'embrasse, moi » ? J'aimerais bien. Merde ! Merde ! Merde ! Cameron Parker me plaît. Il me plaît énormément. Il me plaît tant que je quitterais cette maudite fête pour partir avec lui respirer n'importe où, même si, une fois là-bas, cela ne me dérangerait pas de me passer un peu d'oxygène en échange de ses lèvres.

Je sais que c'est l'alcool qui parle à ma place, ou plutôt qui me pousse à dire la vérité. Je m'approche de son oreille et je lui dis à voix basse :

— Promets-moi que tu vas revenir bientôt pour que j'aie quelqu'un à embrasser.

Personne ne m'en voudrait de fondre là, tout de suite, au milieu du salon de Troy Cruz, parce que la puissance de son regard pourrait parachever en quelques secondes le changement climatique déjà entamé. Faire fondre ces putains de pôles.

— Je reviens bientôt.

Mon cœur se brise. Là, tout de suite, je ne veux pas qu'il s'en aille. Je ne veux pas qu'il s'écarte d'un millimètre, pas une seule seconde.

Mais je dois penser à Mia. Alors je fais un dernier câlin à mon amie et je les laisse s'en aller.

Ryan me récupère au milieu de la piste de danse dès qu'il me voit seule et je me consacre à boire un peu plus et à danser avec lui tandis que je lance des regards anxieux vers la porte. Vingt minutes plus tard, je suis en train de me dire qu'il ne va plus tarder, quand un type super mignon se plante face à moi. Et je n'y vois qu'un problème : ce n'est pas Cameron Parker. Et c'est sûrement très surprenant, genre, vraiment beaucoup, mais je suis déçue.

— Tu as allumé tout le monde avec ton petit spectacle, tout à l'heure, dit Tyler avec un sourire en coin.

Ryan s'évapore en quelques dixièmes de seconde ; par sa propre volonté ou parce que Tyler lui a fait passer un message avec ses yeux ? Je l'ignore. Mais le fait est que nous nous retrouvons seuls. Entourés de gens, mais seuls.

Et moi, la tequila me pousse à être provocante. Beaucoup plus que le souhaiterait Cam à cet instant.

— Toi aussi ? je demande.

— Moi plus que les autres.

— Ne te fais pas trop d'illusions, Tyler. Je ne vais pas me lancer dans un plan à trois avec toi et ta petite copine. Contrairement aux apparences, je ne suis pas bisexuelle. Désolée de te décevoir.

— Dommage. Mais tu ne me déçois jamais et, de toute façon, je ne supporterais pas de te partager avec quiconque.

J'ignore s'il parle de Blair, ou de Cam. Peut-être des deux.

— On est d'accord là-dessus, alors.

Il fronce les sourcils. Il aurait déjà dû comprendre que le fait de se présenter ici avec sa petite amie n'allait pas me faire sauter de joie, non ? Ou peut-être qu'il a vraiment une double personnalité et qu'un des deux Tyler ne sait pas ce que dit ou fait l'autre.

— Je veux m'éloigner de toi, Ashley, mais je n'y arrive pas.

Ce ton tourmenté que j'ai entendu plus d'une fois me surprend.

— Eh bien, moi, je ne sais plus si je veux me rapprocher de toi, Tyler, même si c'est possible.

Je ne peux pas croire que je suis en train de dire ça. Je ne peux pas croire que je suis en train de dire ça à l'amour de ma vie. Et je ne peux pas croire qu'il est là, face à moi, et que je garde encore l'image de Cam dans un coin de ma tête. Ce n'était jamais arrivé. Et Tyler a l'air un peu blessé. Peut-être qu'il ne s'y attendait pas.

Peut-être qu'il ne supporte pas l'idée que quelqu'un le repousse. Et ce n'est pas non plus ce que je veux. Mais il est toujours avec la sorcière, où qu'elle soit, et j'ai rencontré quelqu'un d'autre. Je crois que j'ai rencontré quelqu'un d'autre. Qui me plaît. Il me plaît beaucoup.

— Regardez qui voilà.

Je me tourne vers la droite et croise le sourire ironique de Blair. Quelle chance.

— Quoi de neuf, Ash ? demande-t-elle. Le premier avertissement ne t'a pas suffi ? Il t'en faut un autre ? Parce que là, tout de suite, je ne vois pas le défenseur des causes perdues autour de toi.

Elle fait référence à Cam, j'imagine.

— C'est peut-être le moment d'avoir une petite discussion, toi et moi.

— Je ne peux pas dire que j'en rêve, mais c'est vrai qu'en parlant, on se comprend mieux, Blair, je me moque, enhardie par l'alcool. Tu as quelque chose à me dire ?

— Écoute, petite idiote… commence-t-elle, et elle pince une des bretelles de ma robe pour me menacer avec plus de force.

Tyler nous sépare aussitôt et se place devant moi, faisant rempart de son corps.

— OK, Blair. Ça suffit, avertit-il, sérieux.

Elle nous observe tour à tour, décontenancée que son petit ami ait pris ma défense.

— Qu'est-ce qui te prend ? Vous, les mecs, vous vous prenez tous pour des héros sans cape à devoir défendre les demoiselles en détresse, ironise-t-elle. Elle n'est pas si innocente, Tyler. Laisse-moi lui dire ses quatre vérités et ensuite on se barre, je ne veux plus que tu l'approches.

— Sinon, tu peux te barrer toute seule, Blair, dit Tyler fermement.

J'en ai le souffle coupé. C'est la dernière chose que j'attendais de la part du quarterback le plus beau du monde, mais qui choisit si mal ses petites copines.

— Hein ?

On dirait que Blair non plus ne s'y attendait pas.

— Une seconde. Quoi ? Tu as l'intention de rester ici avec elle ?

— Le problème, ce n'est pas elle, c'est toi. Tes petits numéros commencent à me gonfler, poupée.

Et il l'appelle poupée. Sérieusement ? Je ne sais pas très bien quoi ressentir, parce que, d'un côté, tout se déroule comme je l'avais prévu. Blair est à un cheveu de se perdre dans l'oubli, en tout cas je l'espère. Jess et elle, depuis leur mauvais coup, sont tombées en trois jours. Et je n'ai même pas eu à planifier ma vengeance. Encore mieux. Ce n'est pas une chose pour laquelle je suis particulièrement douée. Mais d'un autre côté, je ne suis plus tellement sûre que Tyler soit la personne que je cherche. Même si j'ai passé ces quatre dernières années à le croire.

— Je sais ce qui se passe. Tu es un putain de justicier qui doit toujours se ranger du côté du plus faible, lance-t-elle.

— Ce qui se passe, c'est qu'elle me plaît plus que toi.

J'aurais presque envie de plaquer ma main sur ma bouche. En fait, je le fais. Je meurs. Littéralement, comme dirait Emily. J'ai dû mal comprendre. Peut-être que l'alcool me donne des hallucinations. Quoi qu'il en soit, mon cœur menace de briser mes côtes. Mon sang est en train de quitter mes artères. Faites qu'il irrigue mes organes vitaux, je ne suis pas en état d'approvisionner cet organisme en état de choc.

Elle a dû avoir la même hallucination que moi parce qu'elle vient de coller une gifle retentissante à Tyler. On l'a entendue jusque dans le jardin, je pense. Mon amour platonique (qui est de moins en moins platonique, apparemment) porte la main à sa joue et se frotte la mâchoire. Comme s'il n'en avait pas eu assez avec la bagarre d'hier dans le couloir.

— Va en enfer, Tyler. C'est fini entre nous ! crie la sorcière tandis qu'elle s'éloigne, verte de rage.

Les gens s'écartent pour la laisser passer. Personne n'a envie de se mettre sur le chemin de Blair Wells, encore moins quand elle est d'humeur massacrante.

Tyler se tourne vers moi. J'ai toujours la main devant ma bouche. Mais je m'oblige à la porter à son visage pour écarter sa propre main et le caresser là où son ex-copine vient de le frapper. Il me regarde dans les yeux. Je ne sais pas comment réagir. Voilà la vérité.

— Tu parlais sérieusement ? je demande, à voix basse, et pendant un moment je doute qu'il m'ait entendue. Je te plais plus qu'elle ?

Il caresse ma joue à son tour.

— Tu me plais plus que quiconque, Ash.

Il recule, retire sa main et m'oblige à faire de même. Je le vois douter pendant quelques secondes.

— Depuis quand ?

— Putain ! Depuis toujours, grogne-t-il. Mais c'est pas une bonne idée... Je ne sais pas... Peut-être, oui... murmure-t-il pour lui-même. Tu vas me compliquer la vie. Et moi, je vais foutre en l'air la tienne... Tu ne sais même pas si tu en as envie... Mais même si tu voulais, même si on voulait, je ne veux pas déconner avec toi.

— Je n'arrive pas à réfléchir, je reconnais.

Il acquiesce.

— Moi non plus. J'ai l'esprit embrouillé, Ash. Il vaut mieux que je rentre chez moi. Je m'en vais.

Il fait deux pas vers la porte. Mon for intérieur me crie de ne pas le laisser partir. Cette ancienne moi que j'ai peu à peu enfouie pour laisser place à une Ashley améliorée. C'est elle qui crie. De plus en plus fort. *C'est l'amour de ta vie, idiote ! C'est le mec que tu attendais. Ne le laisse pas s'en aller comme ça ! Ne le perds pas de façon si bête.*

Je cours derrière lui et le dépasse pour me planter devant lui.

— Tyler. Et si ça valait la peine de se compliquer la vie ? J'ai trouvé. On ne prend aucune décision ce soir, toi et moi. On ne peut pas. On va se donner quelques jours. La semaine prochaine, je vais au Japon, toutes les vacances de printemps. Et si on y réfléchissait pendant ce temps-là ? Et si on prenait une semaine pour décider si ça vaut le coup de se compliquer la vie ?

Tyler prend une minute pour digérer ce que je viens de dire. En tout cas, c'est l'impression que j'ai. Après quoi il hoche doucement la tête, un petit sourire au coin des lèvres.

— OK. Une semaine pour réfléchir si ça vaut le coup de se compliquer l'existence, il répète. Pour moi, c'est clair. Mais je penserai à toi, Ashley. Mieux vaut que je m'en aille.

J'acquiesce. Mais je ne m'écarte pas. Je prends son visage entre mes mains pour l'obliger à se pencher un peu et à joindre ses lèvres aux miennes. C'est un baiser très doux, très chaste, innocent. Mais on devra se contenter de ça pour le moment.

Je bats en retraite vers la cuisine, sans un au revoir, le ventre à l'envers. Et pas à cause de l'alcool. Pas cette fois. Il y a un mois, jamais je n'aurais imaginé dire à Tyler Sparks que j'avais besoin d'une semaine pour savoir si, oui ou non, j'avais envie de sortir avec lui. Mais je n'aurais pas cru non plus qu'il envisagerait de réfléchir à cette question. Et la tentation est toujours très grande. Il continue de traîner avec lui une grande partie des cellules de mon organisme. Il est toujours Tyler Sparks.

Quelqu'un m'attrape fort par les hanches et m'entraîne dans la cuisine, ouvre une porte et me pousse dans un petit garde-manger rempli de nourriture. Je me retourne, choquée par cette brutalité. C'est Cam. Si je suis fâchée, qu'est-ce qu'on peut dire de lui ? Je me souviens de la conversation qu'on a eue avant qu'il parte. Je m'en souviens très bien et mon cœur s'emballe un peu. Je lui ai promis de n'embrasser personne jusqu'à son retour. Quoique, techniquement, s'il a vu ce qui s'est passé avec Tyler, c'est parce qu'il était déjà revenu.

— Qu'est-ce que tu fous ? me crie-t-il, face à face dans cet espace réduit. C'était quoi, ça ? C'est quoi, ton problème ?

Il est super énervé, mais je vois passer d'autres émotions dans ses yeux. La tristesse. La déception. La douleur. C'est moi qui l'ai blessé comme ça ? Je le comprends, même si je n'arrive pas totalement à comprendre. Je le comprends parce que je me souviens combien ça m'a blessée quand il a embrassé Jessica Harris le soir de son anniversaire. Même si je ne suis pas sûre qu'il lui arrive la même chose qu'à moi.

— Quoi ? je réponds sur le même ton. C'est quoi ton problème ?

On se regarde dans les yeux, tous les deux en colère, pendant quelques secondes. Il s'adoucit un peu et cela me rassure. Mais je lis toujours de la peine dans son regard et j'ai besoin de savoir pourquoi. La tequila recommence à parler pour moi.

— Tu es jaloux, Cameron ?

Je lui retourne la question qu'il m'a posée la dernière fois que nous nous sommes retrouvés dans cette situation. En colère sans raison rationnelle.

Il pousse un soupir. Il se tourne même un peu. Et il secoue lentement la tête comme s'il luttait intérieurement.

— Dans tes rêves.

C'est son choix, en fin de compte. Il me regarde à nouveau, moqueur.

— Je veux juste savoir ce qui s'est passé, là dehors…

— C'était notre plan, non ? Ce foutu procès de Salem, *Le Projet Blair Witch*. C'était l'idée, non ?

Je le provoque un peu, afin de voir s'il accepte de dire que les choses ont évolué depuis que nous avons passé ce stupide pacte. Mais il ne dit rien.

— La sorcière a été brûlée. Je ne faisais que suivre le plan. Et j'ai toujours besoin d'un cavalier pour le bal. Ce n'était pas ce que tu avais prévu, Cameron ? j'insiste.

— Non ! grogne-t-il avec rage. Ce n'était pas ce que j'avais prévu. Ce baiser de merde n'était pas prévu. C'était bidon, précise-t-il, et il me dévore à nouveau des yeux. Ce n'est pas comme ça que les *bad girls* embrassent, Ashley Bennet.

Je soutiens son regard quelques secondes dans un silence de plus en plus tendu.

— Ah bon ? je souffle. Et comment elles embrassent, alors ?

Mon pouls est plus déchaîné que jamais, mais je n'ai plus assez d'oxygène pour me préoccuper de mes problèmes cardiovasculaires. Ses yeux sont passés de la douleur à la détermination, de la tristesse au désir. Je crois. L'écho de ma voix n'est pas encore retombé que son corps se plaque contre le mien. Sans précaution. Sans hésitation. Sans peur. Il saisit mon visage dans ses mains avec fermeté, les pouces sur mes joues, et ses autres doigts me chatouillent le cou et effleurent mes cheveux. Sa bouche se fond avec la mienne. Tellement qu'on dirait qu'elles étaient destinées à ne faire qu'une. Il m'embrasse avec désespoir, et ce torrent d'émotions qui bouillonne à l'intérieur de lui et qu'il me transmet me semble familier parce qu'il ressemble au mien. Mes neurones ont grillé au premier contact de sa langue sur la mienne. Mon bas-ventre se tord, les papillons s'échappent, envahissent mon ventre, qui en réclame plus. Quelques instants plus tard, Cameron laisse de côté la fureur de notre premier rapprochement et le baiser devient plus doux, délicat, sans cesser d'être intense. Je le laisse donner le rythme, sa bouche toujours collée à la mienne. Je mets ma main gauche sur son dos pour l'empêcher de s'éloigner, bien qu'il ne semble pas avoir l'intention de le faire, et ma main droite escalade son torse.

Cam relâche la pression de ses mains sur mon crâne et les laisse glisser sur mon cou puis mes épaules en me chatouillant un peu. Il me serre contre lui. Et nos bouches ne s'arrêtent pas. Ce baiser est extraordinairement parfait. Quand je note que notre soif l'un de l'autre est en train de tarir, je lui mords doucement la lèvre inférieure. Il répond en attrapant ma lèvre supérieure avec les siennes. Puis il s'écarte d'un millimètre et nos halètements s'entrecoupent. Il n'y a peut-être plus assez d'air dans cette pièce. Ou peut-être n'est-ce pas d'air dont nous avons besoin en cet instant. Alors je me lance de nouveau contre sa bouche et je la trouve qui m'attend, entrouverte. Cette fois, c'est un baiser court, mais avec la même magnitude émotionnelle. Il desserre son étreinte avant que nos lèvres se séparent. Je m'écarte aussi sans trop savoir quoi dire ou quoi faire.

Cam recule en silence. Il écarte sa frange et m'esquive quand je tente de chercher ses yeux. Je ne sais toujours pas comment je suis censée réagir. Et maintenant ? J'étouffe. Et l'attitude fuyante de Cameron me tue. Je fais deux pas et j'ouvre la porte d'un coup sec pour retourner à la fête. Je ne l'entends pas me suivre.

Les soirées, ce n'est pas mon truc. Deux soirées à mon palmarès et je n'ai récolté que de la confusion, toujours plus. Là, tout de suite, la seule chose que je veux, c'est boire pour oublier. Ne plus avoir à réfléchir. Je ne peux pas réfléchir. Et je sais qui va m'aider à atteindre cet objectif.

Au bout d'une heure ou deux (qui sait ? et qui s'en soucie ?), Vanessa et moi martelons le bar avec application pour réclamer un autre shot à Ryan, qui nous les sert, avec du sel à mettre sur le dos de la main et des rondelles de citron à chaque tournée. Je commence à apprécier la tequila. Je ne prends plus le temps de la savourer, de toute façon. Je me suis à peine rendu compte que la fête avait pris fin. Quoi qu'il en soit, nous sommes presque seuls : Ryan, Troy, un autre joueur de l'équipe et deux filles complètement ivres. Plus Vanessa et moi, qui sommes nous aussi complètement ivres.

— Terminé. Je ne vous sers plus, annonce Ryan quand je glisse de mon tabouret, penche dangereusement vers le sol, et m'agrippe au bar tout en frappant une énième fois le marbre.

— Barman ! Un autre shot ! j'exige en criant, et Vanessa et moi nous esclaffons.

— Barman ! crie-t-elle à son tour. Servez mon amie !

J'ai beau essayer, je n'arrive pas à remonter sur le tabouret. Ça fait beaucoup rire Vanessa et, je ne sais pas pourquoi, moi aussi.

— Ça suffit. On y va.

J'entends une voix ferme, masculine, en même temps que des bras me soutiennent pour me maintenir debout.

— Je te ramène chez toi.

J'ignorais qu'il était encore là. Un bras autour de ma taille, il m'oblige à m'accrocher à son cou pour m'aider à marcher jusqu'à la sortie.

— Bouhhh ! le hue Vanessa. Cameron Parker est un rabat-joie !

— Non ! Chuuut, dis-je à Cam en posant un doigt sur mes lèvres. Ma mère ne doit pas me voir dans cet état... Non...

— Évidemment. Je ne dois ramener personne d'autre à la maison, pas vrai ? demande-t-il à Troy (je crois).

A priori, personne n'a besoin de lui parce que, soudain, je marche sous la pluie, et Cam se dépêche de me faire asseoir sur le siège passager de sa voiture. Il disparaît un moment pendant que je dors à moitié, la tête entre le dossier et la vitre. Je manque de tomber quand il ouvre la porte, et je l'entends râler en mettant mon sac sur mes genoux avant de me rasseoir correctement et d'attacher ma ceinture. Il sent drôlement bon quand il se penche sur moi. C'est la seule chose à laquelle je peux penser, les yeux à peine entrouverts. Il sent divinement bon.

Il monte à son tour en voiture et démarre, mais il ne quitte pas la place de parking. Il me caresse le front et guide ma tête doucement pour que je la rappuie sur le dossier.

— Ça va ? questionne-t-il. Tu te paies une belle cuite, soupire-t-il.

Sa main est toujours sur mon front, en tout cas j'en ai l'impression. Taylor Swift est déjà en train de chanter dans les haut-parleurs de la voiture et je ferme les yeux, tout sourire.

— Cam, dis-je à mi-voix. Tu sais quoi ?

— Tu adores Taylor Swift, devine-t-il en démarrant enfin la voiture.

— Oui. J'adore Taylor Swift. Et je t'adore, toi.

16.
You Belong With Me

La première chose que je fais en me réveillant : porter les mains à ma tête. J'ai atrocement mal. Ma dernière gueule de bois, à côté, ce n'était rien. Ça, c'est une vraie cuite. Pendant un moment, je me sens totalement incapable ne serait-ce que de bouger du lit… de ce lit… qui n'est pas le mien. Mon mal de crâne s'intensifie, mais je le surmonte parce qu'à cet instant, le plus important est de savoir où je peux bien me trouver. C'est un lit deux places, avec une fenêtre sur la gauche. Trop de lumière. Trop pour mon hypersensibilité actuelle. Je plisse les yeux tandis que je tente d'explorer les alentours. Une porte sur le mur de droite. Deux tables de chevet. Une armoire. Très grande. Un bureau près de la fenêtre. Une énorme étagère. Dessus, un tas de trophées de football. En forme de ballon.

Je suis dans le lit de Cam.

Mon Dieu !

Qu'est-ce que je fais là ?

Face à moi, un tas de papiers et de photos sont épinglés sur un tableau en liège. Oui, c'est sûr que c'est la chambre de Cam. Des photos de l'équipe, d'autres avec ses amis, et beaucoup avec ce chat appelé Sir Roger. Sur l'une d'elles, Cam est minuscule et tient le chaton sur ses genoux. C'est l'image la plus craquante que j'aie jamais vue. Le chat est adorable. Et Cam aussi. Les premiers souvenirs d'hier qui me reviennent en mémoire le concernent. Lui et notre baiser. Merde.

Je grogne quand je sens la douleur marteler mes tempes et je me blottis sous l'édredon en cachant ma tête pour éviter la lumière. Je ne me souviens pas d'être arrivée chez Cameron. Je ne me souviens de rien depuis qu'il m'a fait sortir de chez Troy et que je suis montée dans sa voiture. Pourquoi je suis là ? Pourquoi il ne m'a pas ramenée chez moi ? Que s'est-il passé cette nuit ?

J'entends le clic que fait la porte en s'ouvrant. Je me penche et je vois la tête de Cam apparaître très lentement. Il essaie d'être discret. Mais dès qu'il voit mon œil ouvert, il reprend son rythme normal.

— Hé, salue-t-il tout bas. Tu es réveillée.

Il entre dans la chambre sans prendre la peine de fermer la porte et s'approche du lit avec un verre rempli d'un liquide épais, à la couleur pas du tout appétissante.

— Qu'est-ce que je fais là ?

C'est la première chose que je demande, les yeux mi-clos à cause de la lumière.

— Tu es devenue folle quand j'ai essayé de te ramener chez toi. Tu ne t'en souviens pas ?

Je fais non de la tête.

— Tu étais complètement bourrée. Tu disais que ta mère allait te tuer et te découper en petits morceaux et qu'elle t'emmènerait au Japon dans une valise. Puis qu'elle ferait pareil avec moi pour t'avoir laissée boire. Dans ces conditions, ça m'a semblé trop risqué de te raccompagner là-bas.

— C'est vraiment mieux que ma mère mobilise l'armée pour chercher mon cadavre dans les eaux du fleuve Sacramento ? j'ironise, parce que je commence à m'inquiéter de la potentielle souffrance de ma mère, qui n'a pas eu de nouvelles de moi durant toute la nuit et une partie de la matinée.

— Tu m'as laissé lui envoyer un message, me rappelle-t-il sur un ton très apaisant, comme s'il était en train de parler à quelqu'un qui fait une crise d'angoisse. Je lui ai écrit en me faisant passer pour toi et je lui ai dit que tu restais dormir chez Mia, enfin, que je restais dormir chez Mia. Mais je crois qu'elle n'y a pas cru…

— Hein ?

Je n'arrive pas à digérer ce que j'entends. Ma tête va exploser. J'aperçois mon portable sur la table de chevet de droite. Juste à côté de l'endroit où est assis Cam, au bord du lit. Je l'attrape. J'ai plusieurs nouveaux messages, mais je me concentre sur la conversation avec ma mère. Là, pas de messages non lus. Trois SMS ont été échangés à quatre heures du matin. Deux sont de moi, c'est-à-dire de Cam. Il explique effectivement que je vais bien, mais que la fête a duré plus longtemps que prévu et que je préfère dormir chez Mia pour qu'on ne rentre pas chacune de notre côté. Plutôt convaincant, pour un message écrit par quelqu'un d'autre.

OK. Je t'attends demain pour le déjeuner. Passe le bonjour à Cam, oups... à Mia ☺

A répondu ma mère. Elle a mis un clin d'œil. Un maudit clin d'œil. Cam me regarde, amusé, tandis que je me mords la lèvre et secoue la tête. Pendant une seconde, je fais le vœu d'avoir une autre mère. Une qui ne me fasse pas honte ainsi.

— Allez, prends ça, me propose-t-il quand je pose mon portable.

Il me tend une boîte d'antalgiques et le verre que je l'ai vu rapporter. J'accepte les comprimés, mais j'examine le liquide avec méfiance.

— C'est le remède du père de Ryan contre la gueule de bois. C'est dégueu, mais ça marche. Prends-le, ça va te faire du bien. J'imagine que tu n'es pas au top, ce matin.

Je fais la grimace, mais quand il faut... Cam a sûrement une plus grande expérience que moi. Quand je suis sur le point de me redresser un peu, je sens le contact du drap sur ma peau. Je veux dire, ma peau. Ma peau nue. Je suis en sous-vêtements. Mon satané ensemble noir. Je regarde alentour de moi. Et je le vois. Mon sac est sur la chaise du bureau, et ma robe... aussi.

— Cam ?

Il me tend toujours le verre.

— Pourquoi je suis en sous-vêtements ?

— Sérieusement ?

Il sourit. Toute cette situation semble beaucoup l'amuser.

— Tu ne te souviens vraiment pas de ce qui s'est passé cette nuit ?

— Tu m'as enlevé ma robe ?

Je suis un peu contrariée. C'est un attentat à la pudeur, même si ce n'est pas hyper grave non plus.

— Si seulement, soupire-t-il, et je grommelle.

Il rit.

— Tu as enlevé ta robe toute seule en descendant de la voiture. Tu as dit que tu ne voulais pas rentrer et que tu voulais aller danser, puis tu t'es déshabillée pour piquer une tête dans la piscine. Il pleuvait des cordes, Ash.

Il se marre.

— Tu as jeté ta robe par terre, je crains qu'elle soit un peu sale. Je n'ai pas pu faire grand-chose parce que je devais déjà t'empêcher de sauter dans l'eau complètement ivre à quatre heures et demie du matin.

Je me cache dans mes mains. Ça ne peut pas être vrai. Je ne me souviens de rien de tout ça.

— Tu me fais marcher.

— Non, pas du tout. Je t'ai juste enlevé tes chaussures. Ce n'est pas mon genre de profiter des filles bourrées et… tu sais, j'aime bien y aller doucement…

— Ne me refais pas le coup des bases ou je vais devoir te tuer, j'avertis.

— Ha ! Je vois que tu connais bien mes goûts, princesse. Tu étais très drôle, reconnaît-il, et quand je jette un coup d'œil entre deux doigts, je vois qu'il m'observe avec tendresse.

— Tu m'as saoulée pour pouvoir te payer ma tête ?

— Tu t'es saoulée toute seule. Et tu n'as pas besoin d'alcool pour être drôle, Ashley.

Je ne réponds rien. Je mets les comprimés dans ma bouche et prends le verre de ses mains après m'être redressée, en m'assurant que le drap couvre ma poitrine. Le breuvage est atroce. Cam rit en voyant ma tête dégoûtée.

— Bois. Je te jure que tu te sentiras mieux après.

Je dois me pincer le nez pour pouvoir avaler. C'est un mauvais moment à passer, mais j'espère que Cameron a raison et que ça va guérir ma gueule de bois.

— Ash, demande-t-il une fois que j'ai terminé de boire et déposé le verre sur la table, tu ne te rappelles rien de ce qui s'est passé hier ?

— Rien depuis que tu m'as fait entrer dans ta voiture.

— Et la fête ?

J'ai le réflexe de détourner le regard, mais mes yeux ne me répondent pas. Ils restent plantés dans les siens. Prisonniers dans le vert le plus merveilleux que j'aie jamais rencontré.

— La fête, si, je m'en souviens.

Quelques secondes de silence et c'est lui qui tourne la tête en premier. Il se racle la gorge, gêné, puis se lève et ramasse le verre.

— Tu peux prendre une douche, si tu veux. Il y a des serviettes propres dans le placard de la salle de bains, choisis celle que tu veux et… euh… je peux te passer des vêtements propres.

Il est si nerveux qu'il trébuche presque avant d'ouvrir la porte de son placard et de farfouiller dans un tiroir.

— Tu aimes les canards ?

Il me montre un sweat vert de l'université de l'Oregon, avec Donald Duck qui sort du « O » sur le logo.

— Qui n'aime pas ? Ça m'ira très bien. Merci.

Il le lance au pied du lit.

— Parfait. Je te laisse te lever. La salle de bains est en face. Dès que tu es prête, je te ramène.

Il est déjà à la porte quand je pense à quelque chose.

— Cam… Et ta mère ?

— Elle est du matin, aujourd'hui.

— On est samedi, non ?

— Ouais. Elle n'a pas les mêmes week-ends que tout le monde. Ça tombe parfois les jeudi-vendredi, ou les lundi-mardi, ça dépend.

— Ah ! Et tu as dormi où, toi ?

— Au sous-sol. Pour qu'elle ne me voie pas en allant travailler. Si elle ne t'a pas entendue vomir dans les toilettes quand on est rentrés, précise-t-il, et il fait une grimace moqueuse en voyant ma tête. Ouais, c'était un peu crade, mais au moins, tu n'as pas dégueulé dans ma voiture ni sur le tapis de l'entrée. Tu es la fille bourrée la plus attentionnée que j'aie rencontrée. Je serai en bas.

Et il ferme la porte derrière lui.

Très bien, Ashley. Debout. Je passe un peu plus de temps que prévu à examiner ses photos et ses trophées. Ce n'est pas tous les jours qu'on a accès à ce degré d'intimité avec Cameron Parker.

Dans la douche, je ne peux éviter de me remémorer notre baiser. Le souvenir se répète inlassablement, comme l'un de ces gifs. Le seul problème, c'est que je ne sais plus où on en est. Et que Cam semble nerveux, voire gêné par rapport à ça, mais j'ignore si cela signifie qu'il aimerait recommencer ou qu'il regrette.

Je ne crois pas être un modèle de mode quand je descends à l'étage inférieur avec le sweat de Cam et mes sandales à talon. Au moins, j'ai pu défaire le chignon que Vanessa m'avait fait et j'ai trouvé un peigne pour démêler ma queue-de-cheval avant de me laver les cheveux. C'est déjà ça. Je tiens ma robe à la main ; Cameron se dépêche de m'apporter un sac pour que je puisse la mettre à l'intérieur. Il est prêt à me ramener, en jean, tennis et tee-shirt gris.

Nous n'en reparlons pas, et, en réalité, nous ne parlons pas d'autre chose non plus. Cam conduit en silence tandis que je me consacre à la découverte de mes messages non lus. Les plus récents sont de Vanessa.

Hey, collègue de tequila !
Comment ça va depuis hier ?

Ici, la chambre de Troy
n'arrête pas de tourner.

Heureusement que je suis pas chez moi.

Au fait, le prince charmant avait l'air en colère quand il t'a traînée hors d'ici (en tout cas, je crois me rappeler ça au milieu des trous – ou des gouffres – de ma mémoire). J'espère qu'il ne t'a pas pris la tête sur le chemin du retour, il est un peu grincheux avec les gens bourrés, quand il est sobre.

Appelle-moi et raconte.

Tu viens au match demain ?

Je tape une seule réponse pour tous ses messages, même si je me garde de lui dire que j'ai dormi chez Cam. Je dis simplement que le prince grincheux s'est très bien comporté avec moi. Et que, cette nuit, je pars au Japon jusqu'à la fin de la semaine prochaine. Je l'appellerai plus tard.

Puis je passe à la conversation suivante. Emily.

Meuf. Meuf. Meuf. Appelle-moi dès que tu te lèves. J'ai besoin de savoir ce qui s'est passé hier soir ! J'ai failli mourir quand je suis sortie du ciné et que j'ai lu ton message.
Il me faut les détails ! Appelle-moi !

Je ne lui réponds même pas. Ce sera mieux de l'appeler directement, dès que je serai rentrée.

Conversation suivante. Mia.

> Ash, si ma mère appelle, dis-lui que je suis chez toi, que je ne peux pas lui parler parce que je suis sous la douche ou que j'ai une diarrhée explosive, ce que tu veux ! Mais fais en sorte que ce soit convaincant.

> Ah, au fait. Je suis chez Gina. Je me suis servie de toi comme alibi. Tu me couvres ? Je te revaudrai ça.

Heureusement que sa mère ne m'a pas appelée. Tu parles d'un duo. Chacune se sert de l'autre comme excuse. Même si, en réalité, ce n'est pas ma faute mais celle de Cam. On dirait que les choses se sont arrangées avec Gina. J'espère qu'elle a passé une bonne soirée.

Je regarde Cam. Il est très beau, même concentré sur la route. Mais il le serait encore plus s'il s'arrêtait et m'embrassait. C'est juste que je ne suis pas vraiment sûre qu'il en ait envie. Nous arrivons chez moi et il gare la voiture face au portail. Il se retourne pour me regarder, sans éteindre le moteur. Cela signifie qu'il ne compte pas rester.

— Et voilà, juste devant votre porte, mademoiselle.

— Vous êtes un vrai gentleman, monsieur Parker. Je suis désolée d'avoir été un boulet du début à la fin.

— Tu ne l'as pas été tout le long. Seulement la majeure partie, me taquine-t-il, et je lui donne un petit coup sur le bras.

Il rit tout bas et je ne peux m'empêcher de penser qu'il devrait y avoir cette ridicule chorale de poissons, de crustacés et d'oiseaux de *La Petite Sirène*, sur la banquette arrière, en train de chanter « décide-toi, embrasse-la ». Mais il n'y a personne qui nous dit quoi faire et nous facilite les choses. Je me mordille les lèvres, par gêne et non par stratégie de séduction, mais aussitôt, je constate que j'ai attiré son attention. Maintenant, il regarde ma bouche et non mes yeux.

— Ce serait mieux que tu rentres, Ash, lance-t-il soudain en détournant la tête. Et n'oublie pas mon souvenir du Japon.

— Bien sûr que non.

Je souris légèrement même si je suis un peu déçue.

— Je te raconterai comment se passe le voyage, j'ajoute.

Il hoche la tête. Je me penche vers lui et lui embrasse la joue, plus longtemps que nécessaire.

— Merci de m'avoir raccompagnée, je murmure en m'écartant à peine. Et merci pour la mixture anti-gueule de bois. Et pour le sweat. Et pour avoir pris soin de moi cette nuit. Et pour m'avoir offert un refuge, j'énumère.

— La liste des faveurs que tu me dois est en train de s'allonger gravement. Je vais devoir songer à me faire rémunérer.

— Je suis ouverte aux suggestions, j'affirme de ma voix la plus sensuelle.

Il déglutit, nerveux. Ou gêné. Je ne sais pas très bien ce qui se passe dans sa tête à cet instant.

— Je te les enverrai par mail. Pour que tu y réfléchisses quand tu seras au Japon.

— Parfait, alors.

Je tire la poignée et ouvre la portière. Je suis déjà sur le trottoir quand je l'entends m'appeler.

— Ash, dit-il en se penchant. Passe de bonnes vacances.

Je lui souhaite la même chose avec un sourire avant de fermer la porte et de courir jusque chez moi.

Je fonce vers l'escalier. Avec un peu de chance, j'aurai le temps de monter dans ma chambre et de me changer avant que maman m'intercepte. Mais je n'arrive même pas à la deuxième marche.

— Ashley ! m'appelle-t-elle de la cuisine.

J'entends la télévision dans le salon. Au moins, Eric est occupé.

— Oui, maman ? Je suis là. Je monte me changer pour manger, je la préviens et je cours à l'étage supérieur.

— Pas si vite, jeune fille.

Raté. Je m'arrête à deux marches de l'objectif et me retourne lentement. Ma mère m'observe du bas de l'escalier. Je prends un air innocent.

— C'était comment, chez Mia ? demande-t-elle.

C'est un piège. Je sais que c'est un piège. Mais que faire ? Si on était dans un film, je trouverais une réplique géniale et elle goberait tout, mais je finis par bredouiller sans parvenir nulle part.

— Eeeehhh… bien… euh…

Je suis un peu nulle, niveau réflexe.

— Voilà.

Elle sourit et, quand je lui rends son sourire, elle prend subitement son plus beau visage de méchant flic.

— Ashley Bennet, ne mens pas à ta mère !

Je me mords la lèvre en demeurant très, très sérieuse et très, très silencieuse.

— Tu crois que je ne viens pas de te voir descendre de la voiture de Cam ? Et ce sweat n'a pas l'air d'être à toi. Ni à Mia… Quelles conclusions tu tires de tout ça, toi ?

Au moins, elle me donne l'opportunité de m'expliquer.

— Eh bien… que tu es bien curieuse… et aussi très observatrice ? je tente.

Elle soupire avec patience.

— En fait, Cam passait par hasard chez Mia et s'est proposé de me ramener. Et comme j'ai oublié ma veste hier soir à la fête parce que… euuuh… il pleuvait et Vanessa m'a prêté un K-way… il faisait trop froid pour sortir avec une petite veste et… bien sûr, Cam est un vrai gentleman, tu sais, alors il a proposé de me prêter son sweat pour que je n'aie pas froid et… voilà ce qui s'est passé. Rien de plus. Donc je me change et… l'affaire est close, je conclus, et je me tourne pour finir de monter l'escalier.

— La prochaine fois que tu voudras mentir à ta mère, assure-toi que ton amie est au courant. La mère de Mia a appelé et j'ai dû lui dire que vous étiez toutes les deux endormies, raconte-t-elle, un peu contrariée.

Je me retourne pour la regarder.

— Une fois, pas plus. Je suis ta mère, pas votre copine.

— Merci, maman ! je m'exclame, soulagée.

Si Mia s'était fait griller elle aussi, elle s'en serait pris une bonne.

— Ne me remercie pas encore, cette nuit, nous avons onze longues heures de vol pour discuter, toutes les deux… menace-t-elle.

Je fais une grimace. Enfin, je suis dans ma chambre. J'enlève mes chaussures et enfile un legging, mais je n'enlève pas le sweat de Cam. Si je pouvais, je ne l'enlèverais jamais. Je prends mon portable et appelle Emily en guise de première mesure urgente à la crise qui me frappe soudain.

— Meuf, qu'est-ce qui s'est passé ? me crie-t-elle à peine elle décroche, et je dois éloigner un peu le téléphone de mon oreille. J'ai vu sur Twitter que tu t'étais lâchée hier soir, que tu ne te contentais plus des pipes, mais que tu faisais aussi dans le cunni, que tu avais rayé Blair Wells de la carte et que le quarterback était tout à toi. C'est chaud bouillant !

— Bonjour à toi aussi, chère amie, j'ironise.

— Bonjour. Tu passes des sacrées soirées, dis donc ! Plus je lis, plus je meurs. Je meurs, Ash !

— Là, tout de suite, j'ai un problème plus grave que ce que les gens racontent sur les réseaux, je déclare pour qu'elle se recentre un peu.

— Quel problème ?

— Je crois que je suis en train de tomber amoureuse de Cameron Parker.

Le silence dure près de cinq secondes. Je suis sur le point de lui demander si elle est toujours là quand j'entends de nouveau sa voix, haute et claire.

— Je suis chez toi dans vingt minutes.

Et elle raccroche.

— Maman, Emily vient manger ! je crie en descendant l'escalier. Emily arrive, je répète d'une voix plus calme une fois dans la cuisine. On peut lui donner quelque chose à manger ?

Ma mère fait la grimace. Mais elle ne dit pas « non » non plus. Ce n'est pas dans sa nature de refuser de nourrir quelqu'un. Peu importe qui.

— Je te rappelle que cette nuit nous partons pour le Japon et que tu n'as pas encore fait ta valise. Si Emily reste là tout l'après-midi, tu vas finir par voyager sans culottes.

— T'inquiète. Je ferai ma valise en parlant avec Em.

— Quand vous vous mettez à jacasser, vous n'êtes pas capables de faire quoi que ce soit d'autre. Et on peut savoir quelle est cette chose si urgente que vous devez vous raconter ?

— Tout est urgent quand on s'apprête à prendre l'avion dans moins de douze heures pour le Japon, maman, j'explique, les yeux au ciel.

Cette femme ne comprend rien à rien.

Elle me scanne de haut en bas pendant un instant, un sourire au coin des lèvres.

— Tu ne devais pas te changer ? se moque-t-elle.

— C'est fait. J'ai mis un legging et des tennis.

Elle ne cesse de sourire.

— Hum ! Tu as de la chance que j'aime bien Cam.

Elle montre le sweat.

— Ou peut-être que c'est lui qui a de la chance.

Je pique un morceau de carotte pour aller le croquer dans le salon, histoire de voir ce que mon frère regarde à la télé.

Presque trois heures et un résumé détaillé plus tard, Emily et moi nous concentrons enfin sur ce qui compte vraiment : je me suis entichée du second capitaine de l'équipe. Emily est passée par toutes les émotions possibles tandis que nous épluchions chacun des comportements que j'ai eus hier soir. En tout cas, ceux dont je me souviens. Elle s'est même sentie indignée parce que j'ai embrassé Mia alors que c'est elle, ma meilleure amie officielle, et par conséquent la première fille que je devrais embrasser. C'est ce qu'elle dit. Cette meuf est incroyable.

— Vous vous êtes embrassés ! répète-t-elle une fois de plus.

— Moins fort ! je demande en plaçant avec application six culottes dans les coins de ma valise, pour profiter un maximum de l'espace disponible.

— Vous vous êtes embrassés ! redit-elle un ton plus bas.

— On s'est embrassés, je confirme.

Je délaisse la valise et m'assieds à ses côtés, au pied du lit.

— Je fais référence à Cameron… De quel baiser tu parlais, toi ? me taquine-t-elle.

Je lui pince le bras doucement. Elle le frotte en lâchant un petit rire. Elle a raison : en une semaine, je suis passée de zéro baiser depuis septembre à trois baisers avec trois personnes différentes en une nuit. Sans oublier mes baisers avec Tyler au lac Tahoe, bien sûr.

— Moi aussi, je faisais référence à Cam, je soupire. Qu'est-ce que je vais faire, Em ?

— Qu'est-ce que tu vas faire ? Tu vas l'appeler sur-le-champ et lui dire de ramener ses fesses pour t'embrasser à nouveau !

— Il aurait pu m'embrasser, ce matin, mais il ne l'a pas fait. Peut-être que c'était juste l'excitation, qu'il voulait m'apprendre à embrasser Tyler et qu'il a perdu le contrôle.

Emily secoue la tête lentement. Elle me regarde comme si j'étais débile. Je le suis peut-être, un peu.

— Il savait très bien ce qu'il faisait, si tu veux mon avis. Meuf, tu dirais que tu aimes plus Cam que Tyler ? demande-t-elle prudemment.

Je reste silencieuse parce que je ne sais pas quoi répondre. Ce que je ressens pour Tyler existe depuis si longtemps que je ne peux pas imaginer que quiconque au monde puisse me le faire oublier en moins d'un mois. Car il ne s'est même pas passé un mois. Mais je ne peux pas non plus éviter de penser que j'ai sûrement accumulé trop de sentiments pour Tyler Sparks, que j'idéalise mon amour de jeunesse, que j'ai cru que c'était réel jusqu'à ce que je vive une expérience vraiment réelle. Si on m'interrogeait à cet instant, je choisirais Cam. Mais peut-être que demain, je répondrais exactement le contraire.

— Tu réfléchis ! crie Emily. Mon Dieu, Ash ! Mon Dieu ! Jamais. Jamais. Je veux dire ja-mais. Tu n'as jamais douté quand quelqu'un t'a demandé si tu préférais Tyler. Jamais ! Même pas pour Tom, et tu es sortie six mois avec lui. Tu sais quoi ? Ça doit être de l'amour. Marie-toi avec Cameron.

— Et s'il ne ressent pas la même chose que moi ? je me lamente sans relever. Bon, le fait est qu'il ne ressent pas la même chose. Rappelle-toi, tout ça fait partie du plan pour éliminer la sorcière.

— La sorcière n'est plus là. Est-ce que Cameron Parker est toujours là ?

— Je suppose... Em, ça fait quatre ans que je suis dingue de mon voisin. Ce n'est pas de la pure folie de le laisser échapper juste quand lui aussi veut être avec moi ? J'ai attendu ça si longtemps. J'en ai rêvé. J'ai prié pour ça. J'en ai fait le vœu en soufflant mes bougies d'anniversaire. Et... et je crois que c'est en train de se réaliser. Tout ce que je voulais. Quelle personne saine d'esprit laisserait s'envoler une occasion pareille ?

— Aucune, me surprend mon amie. Aucune, Ash. Mais tu sais quoi ? Quand tu tombes amoureuse pour de bon, tu ne redeviens plus jamais saine d'esprit.

Finir cette satanée valise. C'est ce que je dois faire. *Finis ta satanée valise, Ashley.* À quel point est-ce difficile pour une personne lambda de faire sa valise pour un séjour d'une semaine ? Sûrement moins que pour moi. Mon esprit n'arrête pas de vagabonder. La pensée qui domine est le doute qui m'assaille depuis hier soir : peut-on être amoureuse de deux personnes à la fois ?

La réponse de maman quand Emily le lui a demandé, au déjeuner, comme si elle parlait de la pluie et du beau temps, a été la suivante : « Je n'ai pas la science infuse, mais en me basant sur mon expérience, je dirais que non. Que l'un des deux n'est pas un amour véritable. Il faut juste savoir lequel. » Et voilà où j'en suis. Voilà ce qui est en train de me tuer. Savoir lequel.

Pour couronner le tout, mon tee-shirt préféré a disparu. Je suis un peu désespérée ; cela fait près d'une demi-heure que ma mère a congédié Emily (en découvrant qu'il n'y avait que six culottes dans ma valise au bout d'une heure et demie) et qu'elle et Eric sont partis dire au revoir à ma grand-mère. Je suis restée là parce que ma valise n'était pas terminée. Du coup, si ma grand-mère ou moi mourons pendant cette semaine d'absence, j'aurai à jamais ce poids sur ma conscience. Mais je ne vais quand même pas me promener au Japon en culotte, n'est-ce pas ? Je ne trouve rien à me mettre. Je ne sais pas non plus s'il va faire chaud ou froid, même si papa prétend qu'il fait bon. Son thermomètre interne ne fonctionne pas exactement comme le mien, je le crains. *OK, Ashley, cesse de divaguer et concentre-toi.* Où peuvent être mon jean et mes deux tee-shirts favoris ? Lavés. Étendus. D'accord, commençons par là.

Je descends l'escalier quatre à quatre et je sors par la porte de la cuisine pour vérifier sur l'étendoir, à l'arrière du jardin. Zut ! Ils ne sont pas là. Il n'y a rien ici. Je consulte ma montre. Une heure pour partir vers San Francisco si on veut arriver à l'aéroport suffisamment à l'avance. Ma mère et mon frère seront de retour d'un moment à l'autre. Et si maman ne me trouve pas avec ma valise fermée devant la porte, je suis fichue.

J'entends le moteur d'une voiture se rapprocher et je reste paralysée quelques secondes. Pourvu que ce ne soit pas ma mère, pourvu que ce ne soit pas ma mère... Je me penche au coin de la maison pour voir la rue. Et mon cœur s'arrête. Presque littéralement. Parce que ce n'est pas la voiture de ma mère qui se gare devant chez nous. C'est celle de Cameron Parker.

Je vais à sa rencontre d'un pas tranquille. Il est en train de descendre de sa voiture. Il n'a pas l'air d'avoir froid, dans son tee-shirt gris, alors que je supporte très bien mon sweat... Merde. Le sweat. Je porte son fichu sweat comme une satanée groupie. Je suis ridicule. Mais je n'ai plus le temps de courir me cacher chez moi et de me changer.

— Salut, dis-je dans son dos.

Il est en train de prendre quelque chose sur la banquette arrière. Il sursaute. J'essaie de réprimer un rire.

— Hey, Ash.

Il m'adresse un sourire radieux. De ceux qui sont irrésistibles. Même si, en vérité, dans ces moments-là, n'importe quel sourire est irrésistible, pour moi.

— Qu'est-ce que tu fais là ?

« Il fallait que je te voie une dernière fois avant que tu t'en ailles. » « Je ne pouvais pas te laisser partir sans qu'on parle de ce qui s'est passé à la soirée. » « J'avais à nouveau envie de t'embrasser. »

— Je suis venu te rendre ça, dit-il en soulevant la veste que j'ai laissée hier chez Troy.

Beaucoup moins romantique, mais sympa quand même.

— Je ne savais pas si tu étais encore là, mais c'était sur mon chemin, alors j'ai décidé de tenter ma chance. Au cas où tu aurais voulu l'emporter.

— Ah…

Je m'approche pour prendre la veste.

— Merci, Cam. Ce n'était pas la peine, ce n'était pas si urgent. Mais merci.

— De rien.

Il me regarde dans les yeux. On dirait qu'il veut ajouter quelque chose et qu'il n'ose pas. Je me dis que ce serait peut-être cool de ma part de lui rendre son sweat. Ce serait logique.

— Eh, attends, je demande, et je crois que je rougis.

Ouais. Calme-toi, Ashley.

— Je me change et je te rends ça. Puisque tu es là…

— Pas la peine, tu me le rendras plus tard. D'ailleurs, il te va mieux qu'à moi.

D'accord, j'ai les joues rouges, mais lui aussi. Il se frotte la nuque de sa main droite comme s'il ne savait pas quoi faire.

— J'en ai pour une seconde, j'insiste. Attends-moi.

Mais il ne m'attend pas. Il me suit quand j'avance vers la maison. Et il continue de dire avec insistance que cela n'a pas d'importance. Qu'il n'en aura pas besoin pendant les vacances. Que je le lui rendrai à mon retour. Que je n'ai qu'à l'emporter au Japon pour penser à lui.

Il a dit ça. Il. a. dit. ça. « Emporte-le au Japon, comme ça tu penseras à moi. » Je n'ai pas besoin d'un sweat pour ça. Sûr et certain.

Je me retourne vers lui. Tous les deux, au bord de la piscine. Il ne dit rien de plus. On croirait presque que la dernière phrase lui a échappé. Moi, j'ai l'impression que mon cœur vient de finir un marathon.

— Et tu n'oublieras pas de me rapporter quelque chose, reprend-il enfin avec un sourire canaille.

On dirait qu'il tente de se rattraper. Comme s'il essayait d'ôter de l'importance à ce qu'il vient de dire. Si tant est que ça en ait. Est-ce que ça en a vraiment ? Autant ? Est-ce que ça en a pour lui ?

— Bon, je ne vais pas l'emporter avec moi, mais je n'ai pas le temps de te le rendre maintenant, car je dois m'en aller dans moins d'une heure et je n'ai toujours pas fini ma valise.

— Je ne veux pas te retarder. Mais pourquoi tu ne peux pas me le rendre maintenant ? s'intéresse-t-il d'un air innocent.

Comme s'il ne connaissait pas à la réponse.

— Parce que je ne porte rien en dessous, je précise sans écarter mes yeux des siens.

Il sourit et hoche légèrement la tête.

— Alors il vaut mieux que tu le gardes encore un peu. Ce sweat prend de la valeur avec le temps, ajoute-t-il, coquin.

— Ne me dis pas que tu vas le vendre à l'un de mes récents admirateurs ? De ceux qui m'ont laissé des petits mots dans mon casier ces deux derniers jours ?

Je feins la déception, la mine boudeuse.

Il fait un pas et nous sommes maintenant suffisamment proches pour qu'il atteigne mes lèvres rien qu'en se penchant.

— Jamais de la vie. Tu as bien lu tous ces mots ?

Il adopte soudain un ton plus détendu.

— Peut-être qu'il y en avait un de moi…

— Avec ton numéro de téléphone et un dessin obscène, comme ceux des autres ? je tente. Ce n'est pas ton style, Cameron Parker.

— Non. Il dirait : « Félicitations, Ashley Bennet, tu as maintenant ta place parmi les candidates à la royauté du lycée. Tu es officiellement une *bad girl*. » Et ensuite, j'aurais dessiné une bite. Seulement parce que nous les mecs, on aime bien faire ça.

— Et moi qui croyais que tu étais différent…

— Ashley, dit-il en redevenant sérieux. Je ne suis pas seulement venu te rendre ta veste, avoue-t-il, et mon estomac ne fait qu'un tour, comme dans la première descente d'un grand huit. Même si cette excuse m'arrangeait…

Mon Dieu ! Qu'est-ce que je fais ? Qu'est-ce que je dis ? Je suffoque.

— Et… pourquoi tu es venu, Cameron ? je demande avec mon plus beau battement de cils.

— Ben… Je voulais juste te dire au revoir, te souhaiter un bon voyage… te voir…

Il se tait. Ses yeux croisent les miens. Je sens que, même si j'essaie, je ne pourrais pas parler. Pourquoi est-ce qu'il ne m'embrasse pas une bonne fois ? Embrasse-moi et arrêtons nos bêtises. Mais il continue.

— Ce matin, c'était un peu bizarre.

— Bizarre, je répète.

— Oui. Tu étais dans mon lit, tu ne te souvenais de rien et tu n'avais pas de robe… Tu m'as piqué mon sweat préféré…

— Je me souviens de ce qui s'est passé hier.

— Qu'est-ce qui s'est passé hier ?

Il regarde mes yeux. Mes lèvres. Puis il descend plus bas. Il doit songer que je ne porte rien sous son sweat. Je commence à stresser. Mais ce petit ton irrévérencieux m'a donné envie de jouer. J'examine discrètement son jean. J'ai l'impression qu'il n'a rien dans les poches. En tout cas, pas de portable. Alors je lui adresse mon meilleur sourire de garce.

— Tu sais ce qui est bien dans le fait d'être une *bad girl*, Cam ?

— Quoi ?

Il revient à mes yeux.

— Tu sais toujours quand c'est le moment de faire redescendre la température, dis-je en me moquant.

Et je le pousse dans la piscine. Vu qu'il ne s'y attendait pas, il n'oppose aucune résistance. Et il tombe tout habillé. Quand il émerge, il secoue la tête pour écarter ses cheveux mouillés de son visage. Et moi, je glousse, tant que j'en ai oublié ma maudite valise à moitié prête. Allez, Cam, jouons un peu.

— L'élève a dépassé le maître, murmure-t-il en nageant tranquillement quelques instants.

Puis il s'appuie sur la margelle avec les mains pour s'extraire de l'eau.

— Tu sais quoi, Ash ? dit-il distraitement. L'eau est parfaite… très chaude…

Je recule parce que je ne peux pas m'enfuir (je ris trop). Et probablement parce que je ne le veux pas non plus. Il enlève ses tennis avec ses pieds et s'avance vers moi.

— Je suis… désolée ? j'essaie de dire pour voir s'il fait preuve de pitié.

Il secoue la tête.

— Cam… sérieusement… je dois aller… finir ma valise…

Mais j'enlève déjà mes chaussures parce que je sais qu'il sera inutile de le supplier. Ni de courir.

— La valise, répète-t-il. Tu aurais dû penser à la valise avant. Maintenant c'est trop tard, Ash.

Il tend la main et je crie en essayant de reculer, mais il m'attrape par le bord du sweat et m'attire contre lui.

Je me laisse faire. Je rebondis contre son torse et il m'entoure de ses bras pour m'immobiliser. Et me mouiller.

— Comment tu veux que je m'en aille comme ça, moi, maintenant ? demande-t-il à mon oreille. Tu ne penses jamais à ma caisse ? D'abord de la bière, ensuite des fringues trempées… Ashley, Ashley… Quel sera ton châtiment ?

— Non… je supplie.

Mais je ne peux pas m'arrêter de rire, tout doucement, tandis que je le sens sourire à mon oreille. Il n'a aucune pitié. Bien évidemment. Je n'en attendais pas moins. Il me soulève et saute à nouveau dans la piscine avec moi dans les bras. Je remonte rapidement à la surface quand il me lâche. Lui tarde un peu plus à sortir. Il écarte les cheveux de son visage et me sourit. Je le rattrape pour essayer de lui faire boire la tasse, mais c'est impossible. J'aurais déjà dû l'apprendre au lac Tahoe. Nous jouons un moment dans l'eau. Qui est plutôt froide. Peu m'importe. Je crois que je suis en train de gagner la bataille, ou peut-être qu'il me laisse gagner. Il finit par m'acculer contre la margelle. Je me maintiens sur la pointe des pieds, de l'eau jusqu'aux épaules. Il pose ses mains de part et d'autre de mon corps pour m'empêcher de reculer.

— Bon, murmure-t-il près de mon visage. Et maintenant, princesse ?

Toujours ce ton sarcastique.

— Tu n'es plus si courageuse, hein ?

Mon organisme est à l'arrêt. Tant mieux. Que toutes mes fonctions vitales se mettent en pause. Je n'ai besoin de rien d'autre que du contact du torse de Cam contre ma poitrine sous l'eau pour survivre.

— Si, je le suis.

Embrasse-moi.

— Oui, tu l'es.

Il a un sourire tendre. Il paraît presque fier.

Embrasse-moi. Embrasse-moi. Embrasse-moi. Je suis sur le point de le dire à voix haute. Si j'étais vraiment courageuse, je le ferais. Nous sommes très proches. Ce n'est pas si difficile de gommer la distance qui nous sépare. Je pourrais le faire, moi. Je pourrais. Mais je ne bouge pas. Je continue de contempler ses yeux émeraude. Ces secondes durent une éternité. *Embrasse-moi.* Je vais le dire.

Mais ce n'est pas la peine. Il avance lentement vers moi. Mon ventre fait un tour sur lui-même. Je suis à l'envers. Et je m'en fiche. C'est la sensation la plus hallucinante du monde. Je ferme les yeux et entrouvre les lèvres au premier contact de sa bouche. C'est doux. Très tendre. Ça ne ressemble pas à la fougue de notre baiser d'hier à la fête. Et pourtant, c'est pareil. Son corps se colle davantage au mien, même s'il ne bouge pas les mains. Je sens tout. Tout tient dans ce baiser à cet instant. Il n'y a rien d'autre. Je n'entends que nos peaux qui se frôlent, je ne perçois que son contact, l'odeur de son après-rasage. Et c'est merveilleusement enveloppant. Comme une bulle dans laquelle nous sommes les seuls à pouvoir entrer. Je ne voudrais la partager avec personne d'autre. Il saisit ma lèvre inférieure entre les siennes, très délicatement, puis me couvre la bouche à nouveau avec plus de profondeur. Plus d'intensité. Cette fois, il n'y a pas de langue, mais nous jouons avec les lèvres de l'autre d'une manière plus intime que je ne pouvais l'imaginer. Je ne veux pas que cela se termine. J'annulerais bien le Japon pour passer ma semaine ici à l'embrasser.

Je rouvre les yeux. Ses paupières, toujours fermées, s'ouvrent lentement. Nos regards se croisent.

— Et ta valise, Ash ?

Je ne vois pas sa bouche, mais ses yeux brillent. Je ronchonne. Je ne réponds plus de rien. Cameron me pousse légèrement pour séparer son corps du mien, mais son regard joueur m'incite à le suivre. Les yeux au ciel, je lui réponds par une grimace. Et en levant le nez, je le vois. À la seconde fenêtre de l'étage de la maison d'en face. La chambre opposée à la mienne. Tyler Sparks regarde vers la piscine. Il a tout vu.

Tout se passe très rapidement alors. Est-ce mon visage qui change, ou le fait que mon regard s'attarde un peu trop dans cette direction ? Cam se retourne et regarde à son tour. Sans un mot, il revient vers moi et me soulève par les hanches comme si je ne pesais littéralement rien, m'assied au bord de la piscine, puis pousse sur ses bras et sort avec une agilité étonnante. Il ramasse ses tennis et les secoue pour en ôter l'excès d'eau avant de les enfiler.

— J'y vais, annonce-t-il d'une voix neutre. On s'est assez donné en spectacle pour aujourd'hui.

— Cam…

Il marche déjà à grandes enjambées vers sa voiture.

— Amuse-toi bien au Japon, Ash.

Et il s'en va.

Je ne le comprends pas. Je le comprends, mais je ne le comprends pas. Je comprends que ce baiser ait pu ne pas être aussi spécial pour lui que pour moi. Je comprends que rendre Tyler jaloux faisait partie de son plan. Je comprends que nous avions un pacte et qu'il a dû apercevoir son ami par la fenêtre. Je comprends que Tyler Sparks ne supporte pas que son meilleur pote sorte avec une fille qu'il ne peut pas avoir. Mais ce que je ne comprends pas, c'est que tout ceci ait pu ne pas être réel. Comment peut-il m'embrasser ainsi s'il ne ressent pas la même chose que moi ?

Je reste plantée dans le jardin deux minutes. Peut-être moins, je ne sais pas. Il fait trop froid pour rester ainsi trempée dehors. Je passe près de la piscine et ramasse la veste que m'a rapportée Cam. Puis je me change et me sèche les cheveux aussi vite que je peux. Je suis sonnée. Incapable de réagir à ce qui vient de se passer. Pour le moment. J'erre dans la maison. Je trouve mon pantalon et mes tee-shirts dans le tas d'affaires à repasser. Je mets tout dans ma valise, même si c'est froissé. Je suis en train de boucler la fermeture Éclair quand j'entends la porte d'entrée.

— Ashley ! J'espère que tu es prête parce qu'on s'en va maintenant !

— Oui, maman ! je lui crie en passant la tête dans le couloir.

Mon portable émet un « bip » sur mon lit. Je l'attrape pour voir qui m'écrit.

Tyler.

Je n'ai pas besoin d'une semaine.
Sors avec moi.

Je sens que ma tête va exploser. Pour de bon. Je n'en peux plus de ce maudit « trio Bennet ». Un hashtag à succès, mais un enfer pour moi. Je ne sais plus où se situe la réalité. Le garçon qui m'embrasse sûrement pour rendre jaloux son ami ? Ou celui qui se souvient qu'il veut de moi uniquement lorsqu'il me voit avec un autre ?

Je réponds.

Je pars au Japon dans 10 min.

La réponse ne tarde pas à arriver.

À ton retour. On se voit le samedi.
Je t'invite à dîner.

J'hésite. Beaucoup. Parce que je préférerais mille fois que la photo de profil qui s'affiche sur mon écran soit celle de Cam. Ça ne l'est pas. Mais c'est ce que Cam cherchait. Pas moi. Il m'a embrassée pour ça, non ?

En mode amis ?

Mieux vaut éclaircir les choses. Parce que je ne sais pas si je peux faire confiance à mon jugement ou si j'interprète mal tous les satanés signaux de tous ces satanés types.

Il répond aussitôt.

En mode rencard.

Il répond aussitôt, mais pas moi. Avant, j'ai besoin de savoir une chose. Je fais une capture d'écran et l'envoie à Cam. Avec un simple message. Simple, mais clair. La balle est dans son camp.

Est-ce que je devrais sortir avec lui ?

Je t'en supplie, dis non. Dis non, Cam. Dis non. Dis non.

Maman m'appelle en criant du rez-de-chaussée. Si je ne bouge pas mes fesses, ils vont s'en aller sans moi. Je range mon portable dans ma poche et je porte ma valise dans l'escalier. Leurs bagages sont déjà dans la voiture. Je fais mine de m'intéresser à la visite chez mamie. Quelle mauvaise petite-fille je fais.

Nous avons déjà quitté la ville direction San Francisco quand mon portable me notifie l'arrivée d'un message. Mon cœur s'accélère quand je constate qu'il est de Cam. Mais il se brise lentement quand je le lis.

Tu devrais sortir avec lui.

17.
Sweeter Than Fiction

Ça y est, tu es à San Francisco ?

Son message me parvient alors que nous ne sommes dans la voiture que depuis dix minutes. Le voyage retour a été très long et j'ai à peine pu dormir. Je déteste l'avion. Nous sommes déjà sur le chemin de la maison, même si j'ai tenté de convaincre ma mère qu'il valait mieux passer la nuit ici. Comme si nous n'avions pas déjà assez de kilomètres dans les pattes. Impossible de la faire changer d'avis quand elle s'est mis quelque chose en tête. « Ce n'est qu'une heure et demie, nous serons tout de suite à la maison. » Mais je sais qu'elle est fatiguée. À présent, Eric dort sur la banquette arrière tandis que j'essaie par tous les moyens de rester éveillée pour tenir compagnie à ma mère et faire en sorte qu'elle ne s'endorme pas au volant.

L'arrivée du message m'a prise de court. Et m'a complètement réveillée. Mon ventre se noue en le lisant. Anticipation. J'ai très envie de le revoir. Très. Six jours à penser à lui. À lui. Ça me semble naturel.

Je tape une réponse. Peut-être que j'aurais dû lui écrire avant. Mais il est plus de deux heures du matin. Je pensais qu'il dormait. Non, il répond. Il veut que je le prévienne quand je serai arrivée. Est-ce que le vol s'est bien passé ? Il sait parfaitement que je hais l'avion, alors j'imagine que cette dernière question est chargée d'ironie. Crétin.

Va te coucher, Cam.

Il recommence à taper un message.

Je dormirai mieux quand je te saurai saine et sauve dans ton lit.

Je souris. Puis je me force à gommer cette expression de mon visage. Je ne dois pas prendre mes désirs pour des réalités. La réalité, c'est que Cameron Parker n'a pas passé six jours (contrairement à moi) à penser à m'embrasser. Et j'ai un rencard demain soir. Ce fichu rencard dont je rêve depuis des années. Et, bien sûr, ce n'est pas avec lui. Peut-être que si Cam me le demandait, j'annulerais ma soirée avec Tyler. S'il me le demandait, je changerais de partenaire sans y réfléchir à deux fois. Mais il a été plutôt clair sur le fait que je devais sortir avec Tyler. Il n'est pas intéressé. Dans ces circonstances, je ne peux pas abandonner mes plus profonds désirs de ces quatre dernières années pour rien. Pour rien. Parce qu'il n'y a rien entre Cameron et moi.

Et ce malgré le fait que nous avons échangé toute la semaine, plus qu'avec n'importe qui d'autre. Même le groupe WhatsApp avec mes amies n'a pas été aussi actif. Personne n'a reçu autant de photos que lui. Et il en réclamait encore. Et Tyler... Tyler m'a envoyé deux messages pour me demander comment se passait mon séjour au Japon. Ça ne m'a pas perturbée plus que ça de ne pas avoir de ses nouvelles. Maintenant que je suis de retour, je dois changer un peu d'état d'esprit. Demain, je sors avec Tyler Sparks et il faut que ce soit le rencard le plus hallucinant de ma vie. Je suis certaine que ça va l'être. Tant que je me rentre dans la tête que Cam n'est pas une option.

Je range mon portable et bavarde avec maman pour l'occuper. Nous comparons ce que nous avons aimé ou non du voyage. Ma mère et moi avons des goûts assez différents, c'est clair. Mais il y a une chose sur laquelle nous sommes d'accord : l'essentiel, c'était d'être avec papa. Il m'avait beaucoup manqué.

Enfin dans mon lit. Saine et sauve. Voilà ce que j'annonce à Cam dans le dernier message que je lui envoie avant de dormir. Et, même s'il est quatre heures du matin, il répond.

Dors bien, princesse.

Je me lève tard, pourtant je sens que je n'ai pas assez dormi. Il faudrait que je me repose plusieurs jours pour récupérer. Je ne crois pas que je souffre du décalage horaire, je n'ai pas l'impression que c'est le matin, comme au Japon, mais j'aimerais pouvoir dormir au moins douze heures de plus. Impossible, bien sûr. Ce soir, j'ai un rencard. Et, avant, j'ai quelque chose à faire.

Plusieurs notifications sur mon portable. Aucun message de Cam. Mes amies me racontent leurs aventures et me questionnent sur mon rendez-vous de ce soir. Emily et Mia ne rentrent pas de vacances avant le lendemain, mais elles organisent déjà nos retrouvailles autour d'un milk-shake pour se raconter les derniers potins. Sept jours sans se voir, c'est une éternité. Tyler aussi m'a écrit. Il demande comment s'est passé le retour, et si je suis assez en forme pour notre rendez-vous de ce soir parce qu'il meurt d'envie de me voir. Il écrit ça comme ça : « Je meurs d'envie de te voir. » Est-ce que dix-neuf heures, ça me convient ? Eh bien, oui, pourquoi pas. Je ne dis pas que je meurs d'envie de le voir. Même si mon ancienne moi est en train de faire de petits bonds intérieurement.

On se voit à 19 h derrière chez nous.

Parfait. Je prends une douche, j'enfile un slim noir, un tee-shirt gris et un blazer beige avec, bien sûr, mes Converse blanches montantes, et je défais ma valise juste assez pour trouver ce que je cherche. Un petit paquet que je glisse dans mon sac à dos. Prêt pour quand je sortirai. Nous nous faisons livrer le repas à domicile, car maman n'a pas le courage de cuisiner. Personne n'en a le courage. Alors nous mangeons face à la télé et, dès que nous avons terminé, je lui demande les clés de la voiture.

— Je veux que cette valise soit vidée d'ici demain, Ashley, m'avertit-elle avant que je sorte.

Ma mère, toujours si détendue. Je la déferai dès que je reviens. Si j'ai le temps avant mon rendez-vous avec Tyler.

Je fais une pause technique sur la route pour acheter deux cafés dans un bistrot du quartier. Je crois que j'en ai besoin si je ne veux pas m'endormir à mon rendez-vous de ce soir avec Tyler. Et ce serait malpoli de ne pas en apporter un autre, non ?

Je sonne, les nerfs en pelote. Je meurs d'envie de le voir. Oui. Celui-là, oui. Sa mère m'ouvre la porte et me sourit poliment avant de me demander ce que je veux.

— Est-ce que Cameron est à la maison ? je questionne.

Elle semble brusquement se souvenir de moi. Du premier jour de notre projet, quand nous nous sommes croisées chez elle et que Cam nous a présentées.

— Ah, oui. Il est derrière, il devait réparer la clôture. Viens, passe par ici.

Elle se montre plus aimable et plus détendue que la première fois. Elle m'accompagne jusqu'à la cuisine et m'ouvre la porte de derrière. Je la remercie et m'avance sur le petit rectangle de gazon. J'ai la sensation que Mme Parker a fermé la porte et qu'elle est retournée à ses affaires. Rien à voir avec maman.

Cam est penché en avant, en train de donner de petits coups de marteau sur la clôture en bois. Est-ce qu'il y a une chose que ce garçon ne sache pas faire ? Il porte un short de sport et un tee-shirt noir. La chaleur printanière arrive à Sacramento et, pour moi qui étais loin toute la semaine, le changement de température est évident. Quand il s'arrête de frapper, je suis suffisamment proche pour lui parler. Je le vois écarter sa frange.

— Bonjour, monsieur, je salue.

Il se retourne aussitôt, un clou entre les dents. Je l'ai effrayé ? Peut-être. Aussitôt, il retire le clou et m'adresse un large sourire.

— Eh bien, qu'avons-nous là ? Fraîchement arrivée du pays du Soleil-Levant.

Il se lève pour me faire face.

— Qu'est-ce que tu as fait à tes cheveux ?

Oh, c'est vrai ! Mes cheveux. J'ai opéré un léger changement d'apparence au Japon. Ce n'est pas non plus si énorme. J'ai simplement coupé un peu les pointes, je me suis fait une frange et j'ai fait un léger balayage pour que mes pointes soient plus claires que ma couleur naturelle, châtain sombre.

— Ça te plaît ? je lui demande en haussant un sourcil.

— Tu es très belle, Ash.

Il fait un pas vers moi et m'enlace brièvement.

— J'aurais pensé que tu étais toujours en train de dormir. Qu'est-ce que tu fais là ?

— Je dormirais bien trois jours d'affilée mais, tu le sais, dormir, c'est surfait, il y a trop de trucs à faire en une journée, je l'imite en le regardant dans les yeux.

Ses yeux. Leur couleur m'avait un peu manqué. Ou beaucoup. Il éclate de rire. Ça aussi, ça m'avait manqué. Un peu.

— J'ai pensé que tu aurais peut-être un moment pour un café ?

Je lève ma main gauche pour lui montrer le sac en papier que j'ai apporté.

— Cappuccino saupoudré de cacao.

Il sourit. On dirait que j'ai vu juste. Il accepte volontiers et me fait signe de le suivre. Nous nous asseyons sur des fauteuils en bois sur la terrasse de derrière, près d'une petite table basse.

— Raconte. C'était comment, le Japon ? Comment va ton père ? me demande-t-il comme s'il ne le savait pas déjà.

— Qu'est-ce que je peux te dire de plus ? Tu as eu tout le compte rendu en direct quand j'étais là-bas.

— Oui, mais ce n'est pas pareil de lire un message que de t'entendre le dire, explique-t-il avec un sourire espiègle. Raconte-moi ce qui t'est arrivé au temple de l'Eau pure.

Il se marre en voyant ma tête. Évidemment. Cameron Parker. Le crétin. La première chose qu'il fallait qu'il demande, c'est mon anecdote la plus ridicule de tout le voyage. Bien qu'il me l'ait déjà fait raconter trois fois. Y compris par message vocal.

Nous bavardons un moment. Mon voyage, mon père, ses vacances… C'est comme s'il ne s'était rien passé entre nous. À croire qu'on ne s'est pas embrassés avant mon départ. Deux fois. D'un côté, je préfère, parce qu'on peut parler et rire comme des amis, sans tension, comme nous le faisions jusqu'à la soirée chez Troy. On peut boire un café tranquillement. D'un côté, j'aimerais aussi pouvoir lui dire la vérité. Que je n'ai pas cessé de penser à lui. Que je meurs d'envie de l'embrasser à nouveau.

— Je ne t'ai pas rapporté de sushis, j'avoue.

— Putain, tu me déçois trop, Ash, exagère-t-il, mais il ne peut se départir de son sourire.

— Oui, bon…

Je hausse les épaules.

— Je me suis dit que ce n'était pas une bonne idée d'enfermer du poisson cru pendant quinze heures dans une valise. Mais je t'ai apporté autre chose, j'ajoute, mystérieuse, avant d'ouvrir mon sac à dos.

Il lève les sourcils. Je souris.

— Sérieux ? Il ne fallait pas, proteste-t-il en prenant le petit paquet que je lui tends.

Il fait environ la taille d'une balle de base-ball, même s'il paraît plus petit entre ses mains.

— Je sais, je confirme, mais je l'ai vu et j'ai pensé à toi.

Il me regarde dans les yeux et je reste sans voix. Il a presque l'air ému.

— Tu as pensé à moi, répète-t-il d'un ton qui me donne la chair de poule.

— Ou… ouvre-le, je bredouille.

Il le déballe avec soin. Trop lentement à mon goût. J'ai vraiment hâte de lui expliquer. Je ne suis pas sûre qu'il va l'aimer, même si, quand je l'ai acheté, j'étais convaincue que c'était le cadeau idéal. Il sort avec beaucoup de délicatesse la petite figurine ronde de papier mâché peint en rouge, doré et noir. Ses yeux sont blancs.

— C'est une poupée *daruma*, j'explique tandis qu'il l'observe. C'est comme un porte-bonheur qui aide à réaliser ses souhaits. L'idée, c'est qu'elle te motive et t'aide à travailler pour obtenir ce que tu veux. Tu exposes ton projet et tu peins un de ses yeux.

Je montre les yeux vides et nos mains se frôlent. Ça me fait l'effet d'une décharge électrique.

— L'autre œil, il faut le peindre quand tu auras atteint ton objectif, en signe de gratitude. Chaque fois que tu verras son unique œil peint, tu te souviendras de continuer à travailler pour réaliser tes rêves. En plus, elle ne tombe jamais, j'ajoute, et je la lui ôte des mains pour la poser sur la table et lui montrer que la petite poupée revient toujours à sa position d'origine, même si on la renverse.

— Ça symbolise la persévérance.

Je marque une pause. Nous regardons tous les deux la poupée, je me demande comment il la trouve.

— Quand je l'ai vue, j'ai pensé à ton match de la semaine prochaine et à l'université de l'Oregon…

Avant que j'aie pu donner davantage d'explications, il m'attire à lui, un bras autour de mes épaules, la bouche dans mes cheveux.

— Merci, Ash.

J'ai à nouveau la chair de poule.

— Je l'adore. Tu peins l'œil avec moi ?

Il ne me laisse pas répondre et file dans la maison. Il en ressort avec un tube de gouache noire et un pinceau fin. Je le dévisage, surprise.

— Ma mère aime gribouiller des trucs de temps en temps.

Au lieu de retourner à sa place, il s'assied derrière moi, glisse une jambe de chaque côté de mon corps et m'entoure de ses bras pour attraper la poupée. Immobile, je sens son souffle sur mon dos et le mouvement de ses cuisses quand il ouvre le tube de peinture et plonge le pinceau dedans.

— Quel œil doit-on peindre en premier ?

— Je ne sais pas, je réalise soudain. J'imagine qu'on s'en fiche.

Personne ne m'a dit le contraire ni ne m'a spécifié qu'il fallait les peindre dans un ordre particulier. J'imagine qu'il devrait choisir celui qui lui semble le plus pratique. Le droit, dans son cas.

— Comment ça, tu imagines qu'on s'en fiche ? dit-il, quasi indigné, à mon oreille. Imagine si je fais les choses de travers et que tout foire ?

Je ris.

— Peu importe, peins-en un des deux et voilà.

— Très bien. C'est ta responsabilité.

Je le regarde tracer un petit rond noir avec beaucoup d'application au centre de l'œil droit. Ça rend plutôt bien.

— Voilà, c'est fait. Il n'y a plus qu'à attendre qu'ils m'envoient la lettre d'acceptation.

— Ça ne fonctionne pas comme ça, j'avertis, amusée. Tu dois fournir des efforts et ne pas perdre de vue ton objectif. Donc, je suis désolée mais, ce samedi, tu devras jouer ce match.

— Eh ben. C'est le pire cadeau qu'on m'ait fait.

Je m'appuie contre sa poitrine sans réfléchir. Ça me semble simplement normal. C'est ce que j'ai envie de faire. Il ne bouge pas. Il me laisse m'adapter à son corps, ma tête sur ses épaules, mon crâne frôlant sa joue. Je sens la cadence de son souffle. Enfin, il parle. Ce n'est qu'un murmure, qui me chatouille le lobe de l'oreille. Mais le message me parvient très clairement.

— Ash, tu en es où avec Tyler ?

Il me semble percevoir une pointe de tristesse dans sa question. Je m'écarte de lui et tourne la tête pour le regarder. Il m'observe. Il ne paraît pas triste. Plutôt sérieux. Intéressé. Dans l'attente.

— J'ai rendez-vous avec lui à dix-neuf heures, je l'informe dans un filet de voix.

— Bien. Il faut que tu sortes avec lui.

Il se lève, passant sa jambe avec précaution derrière moi, et reprend sa position initiale. J'ai l'impression d'être passée du printemps à l'hiver. Et je suis un peu déboussolée. Il faut que je sorte avec lui ?

— Qu'est-ce que tu vas mettre ? me demande-t-il en prenant un ton beaucoup plus neutre.

Je hausse les épaules.

— Ash ! me gronde-t-il. Tu devrais mettre ton pantalon en cuir. Et des bottes, pas tes Converse.

Il montre mes pieds avec un mépris mal dissimulé.

— Avec un haut sexy, mais pense à emporter la veste que tu as mis la fois où sommes allés au parc en pleine nuit. Tu vas avoir froid, là où il va t'emmener.

Je le regarde, les sourcils froncés. D'une, parce qu'il est un peu autoritaire. De deux, parce que sa dernière phrase est très perturbante.

— Comment tu sais où il va m'emmener ?

Ce n'est pas si grave, mais mon cœur se lamente à chaque battement. « Il faut que tu sortes avec lui. »

— Pas difficile, raille-t-il avec un rictus cynique. Il emmène toutes les filles au même endroit le premier soir.

Il dit ça l'air de rien. Alors qu'en réalité, ce qu'il veut dire, c'est : « Tu n'es qu'une de plus, ma jolie. »

— Tu vas me laisser un peu de mystère, ou tu comptes me spoiler tout ce qui va se passer ? je réplique, excédée.

Quand nos regards se croisent, il semble contrarié. Soudain, l'ambiance est tendue entre nous. Qu'est-ce qui s'est passé ?

— Il va t'amener à moto. S'il te plaît, fais attention quand tu essaieras de l'impressionner avec tes talents de conductrice, il ne freinera pas à ta place. C'est mieux si tu ne te casses rien cette nuit. Vous irez prendre à emporter dans le restaurant d'un ami de ses parents. Italien. Et vous dînerez à la lueur de la lune dans une zone reculée de Old Sac. Avec vue sur le fleuve, le pont et le chemin de fer. C'est pas mal. J'ai volé son idée pour un rencard avec Vanessa, une fois.

— Génial, je murmure entre mes dents.

— Et… Ashley, ponctue-t-il. Tu m'appelleras quand tu seras rentrée pour me raconter comment ça s'est passé ?

À 18 h 50, je ne suis toujours pas maquillée. Et je suis nulle en maquillage. Si seulement Vanessa était là… En cinq minutes, je serais parfaite. Mais elle et

Troy sont au bowling. Avec Ryan, Cam… et, pour ce que j'en sais, Jessica. Cam n'était pas sûr que cette dernière vienne. Il ne l'a pas revue depuis ce fameux mercredi. Et il n'avait pas l'air d'avoir très envie de la revoir aujourd'hui, mais, est-ce une raison pour cesser de voir ses amis ? Je n'ai pas arrêté d'interroger Vanessa au sujet de la blonde pendant notre conversation quotidienne. Nous parlons beaucoup, dernièrement. Elle sait que je sors avec Tyler ce soir. Bien sûr. Tout le monde va le savoir. Tyler est le seul qui ne sera pas au bowling avec la bande.

J'ai les nerfs en pelote. Et mon stress va crescendo. Je suis sur le point de sortir avec mon amour platonique. Pour un vrai rencard. Et maintenant que je me suis autopersuadée que ce « il faut que tu sortes avec lui » signifie définitivement que Cameron Parker ne veut pas sortir avec moi, je me recentre sur mes émotions. J'ai libéré mon ancienne moi. Et elle est morte de trouille. Ma première tentative de pose d'eye-liner est un échec total. Je n'y arriverai pas. Pas sans aide.

— Maman !

Je lance un cri vers le rez-de-chaussée. Que je dois répéter parce que, apparemment, le volume de la télé est à fond.

— Tu peux venir m'aider, s'il te plaît ? je réclame quand, enfin, elle me répond.

Ma mère me demande d'abord si je compte sortir habillée comme ça. Si elle ne m'en empêche pas, elle n'a pas non plus l'air emballée. Je crois que ce n'est pas pour les vêtements en soi, mais parce que ce style n'est pas mon style habituel. Elle tient pour acquis que je vais sortir avec Cam et je raconte que la bande va au bowling (ce n'est pas un mensonge) pour qu'elle tire ses propres conclusions. Elle met plus de temps que je le pensais à réussir un maquillage naturel. J'attrape mon sac et pars en courant parce qu'il est quasiment 19 h 10.

— Demain tu n'échapperas pas à cette valise, Ashley !

Évidemment, je n'ai pas eu le temps de m'en occuper. Je suis déjà à la porte de derrière. La rue est plongée dans le silence. Je m'approche de la clôture avec prudence. Je crains un peu que Tyler m'ait posé un lapin. Mais non. Il est là, sur sa moto, moteur éteint. Son casque appuyé sur le réservoir d'essence et l'autre, le mien, à l'arrière de la selle. Il porte un pantalon déchiré duquel dépassent des bottes en cuir marron assorties à sa veste. Ses cheveux blonds sont bien peignés en arrière. Il est magnifique, c'est irréfutable. Irrésistible. Il lève les yeux vers moi quand il m'entend fermer le portail. Ça fait bondir mon cœur. Et il sourit. Mon Dieu, les étincelles ne jaillissent pas, elles fusent. Dans tous les sens. Je lui rends son sourire. Il est moins éclatant que le sien, j'en suis sûre.

— Salut.

Il range son portable dans sa veste et la ferme.

— J'étais sur le point de t'appeler pour savoir si tu avais changé d'avis.

— Non, non. Je n'ai pas changé d'avis, j'affirme.

Je suis un peu intimidée, maintenant que je l'ai devant moi. Comment est-on censé réagir quand on vit son rêve ? J'ai beau y avoir pensé de nombreuses fois, la réalité ne ressemble jamais à la fiction.

— Tu es incroyable, lâche-t-il, et je sens mes joues s'empourprer. Ça te va très bien, les cheveux comme ça.

— Merci.

Merde. Ce n'est pas très fluide. C'est une situation étrange. Comme au début de chaque premier rencard, quand tu réfléchis à la façon de briser la glace et que tu pries pour que tout se passe bien. Je suis mal à l'aise.

Il me tend mon casque. Oui, c'est mieux. Allons-y.

— Je t'emmène dans un endroit plus agréable pour que tu me racontes comment s'est passé le Japon.

Je monte derrière lui et j'attends qu'il démarre. Sur ce premier point, Cam avait raison. Il m'amène à moto. Voyons ce que nous réserve la suite.

Étape après étape, toutes les prévisions de Cam s'accomplissent. Balade à moto. Resto italien. Deux points pour Cameron Parker le devin. Il ne nous manque plus qu'Old Sac et ce sera carton plein. En réalité, je m'en fiche. Je me fiche que ce soit le même rencard pour toutes ses conquêtes parce que, ce soir, c'est moi qui suis là et c'est ce qui compte. Je n'avais jamais pensé être « une de plus » pour Tyler Sparks. De là à être l'unique, donc…

L'ambiance se détend un peu pendant qu'on attend notre nourriture à emporter. Tyler se penche vers moi, à l'entrée du restaurant.

— Tu vois ce serveur, là-bas ? Le gros ?

Il montre un homme qui sert une table au fond.

— C'est le type qui m'a fait fumer ma première clope. Ça faisait deux jours qu'on avait emménagé, on est venus dîner là parce que le propriétaire est un ami de mes parents et moi, pour me rebeller, je voulais m'échapper par la porte de derrière. Il était en train de fumer là-bas pendant sa pause et, au lieu que je fugue et que je m'en tire avec une belle engueulade, il m'a proposé de fumer avec lui. Cette nuit a suffi à satisfaire mon besoin de rébellion.

— Sérieusement ?

Je souris en écoutant son histoire.

— Tu crois que je devrais aller lui dire qu'à cause de lui, maintenant, je fume presque un paquet par jour ?

— Dénonce-le immédiatement. Un million de dommages et intérêts pour atteinte à ta santé.

Je l'entends rire doucement. Et je lève les yeux pour contempler son visage. Lui aussi me regarde. Je ne peux pas croire que ce moment est en train d'arriver pour de vrai. Je ne peux pas croire que, pendant une seconde, ce sourire m'a moins plu que celui de Cam.

— Qu'est-ce que tu as vu, au Japon ? demande-t-il pour changer de sujet. Des poissons à trois yeux ? Fukushima irradiée ? Hiroshima dévastée ?

— Je ne suis pas allée par là-bas, mais je pense qu'Hiroshima est très florissante, par les temps qui courent. Non, je n'ai vu que de belles choses.

— Tant mieux. Tu le mérites.

Un serveur s'approche avec le sac contenant notre commande. Tyler sort sa carte et insiste pour m'inviter quand je fais mine de chercher la mienne. Il ne lâchera pas l'affaire. Et je baisse les armes quand il affirme, avec un clin d'œil, que c'est moi qui l'inviterai au prochain rendez-vous.

Nous revenons à la moto pour chercher un endroit où manger. Si possible avec une vue imprenable. Si possible un peu plus au calme.

Old Sac. Évidemment. Je commence à en vouloir à Cameron Parker d'avoir gâché le rendez-vous de ma vie. LE rendez-vous. En majuscules. C'est ce qu'il devrait être. C'est ce qu'il doit être, même si je ne peux me montrer impressionnée par le décor que mon partenaire a choisi. Il gare la moto dans un coin reculé. La vérité, c'est que c'est parfait pour un rencard : presque pas de pollution lumineuse, intimiste, et le coucher de soleil pile en face à nous. On dirait qu'il a tout calculé.

J'enlève mon casque et contemple les couleurs rougeâtres au-delà du fleuve. Le coucher de soleil se reflète dans l'eau. C'est magnifique. Tyler a enlevé son casque. Il arrange ses cheveux, met la béquille avec précaution et descend. Puis il me tend la main. Je la saisis, même si je suis parfaitement capable de descendre toute seule. Nous nous asseyons sur le quai en pierre au bord du fleuve, les jambes suspendues dans le vide, notre sac-repas entre nous deux. Le pont se trouve à notre gauche, à quelques mètres. Les voies ferrées à peine un peu plus loin dans notre dos. C'est un endroit paisible et la petite route qui nous a menés jusqu'ici demeure déserte.

Nous partageons la nourriture ; il ouvre une canette de bière qu'il a rapportée de chez lui et moi la bouteille d'eau que nous avons commandée au restaurant. Aujourd'hui, je ne veux pas boire. J'ai besoin d'être absolument consciente de ce qui se passe.

— C'est magnifique, je commente distraitement en contemplant les ondes qui se forment sur l'eau au contact de la brise naissante. Parfait pour un rencard. Tu ramènes toutes tes conquêtes ici, Tyler ?

J'emploie un ton railleur. Parce que j'imagine qu'il niera. Moi, je connais la vérité. Il a ramené ici l'ensemble des filles avec qui il est sorti. Pas étonnant. Si je connaissais un lieu aussi parfait pour séduire quelqu'un, moi aussi, j'en userais et j'en abuserais.

— C'est vrai que j'ai ramené pas mal de filles, dit-il comme si cela n'avait pas d'importance.

Comme si j'étais une amie, et non celle qu'il essaie d'impressionner cette nuit.

— Depuis que j'ai découvert cet endroit, je suis persuadé que c'est le décor de mon rencard idéal. Je n'avais pas compris que le rencard que j'ai en tête n'a pas tant à voir avec le lieu qu'avec la compagnie… Et la compagnie n'a jamais été celle dont je rêvais… jusqu'à aujourd'hui.

Il me regarde dans les yeux. Je dois me tourner un peu pour le contempler à mon aise. Ces pupilles noisette. Celles de tous mes fantasmes et de tous mes rêves de romance. Mes yeux à moi font-ils partie de ses fantasmes ?

— J'amenais les filles ici parce que je ne pouvais pas te ramener, toi, Ash, dit-il dans un murmure.

Je sens mes poils se hérisser sur ma nuque. Il ne m'a même pas effleurée. Je ferme les yeux et secoue la tête.

— Je ne te crois pas.

— Je comprends. Laisse-moi te prouver que je suis sérieux. Après tout, ce n'est que notre premier rendez-vous.

— Le premier de combien ?

— Beaucoup plus que ce qu'on peut compter, j'espère.

Il ouvre sa boîte-repas et prend une fourchette en plastique dans le sac.

— Mais d'abord, il faut profiter de celui-là, alors mange avant que ce soit froid.

Il est beaucoup plus détendu, désormais. Je prends une première bouchée de pâtes et vante la nourriture. Elle est excellente. Nous mangeons sans cesser de parler. Plus aucune trace de la sensation étrange qui m'avait envahie au début. Plus de gêne. Et je ne peux pas croire que moi, moi, l'idiote qui bafouillait chaque fois qu'elle croisait le quarterback des Eagles, je suis là à bavarder avec lui tranquillement. Je sais à qui je dois cette récente confiance en moi. Mais à cet instant, je ne veux pas penser à lui. Je ne veux pas avoir à comparer. Parce que ce rendez-vous avec Tyler se passe bien mieux que ce que j'avais imaginé et je ne veux pas qu'il perde de son éclat si je m'imagine Cam à sa place. Il se peut que ce ne soit même pas réel. Si c'était Cameron et non Tyler que j'avais en face de moi à ce moment précis, la bulle dans laquelle je me trouve depuis notre baiser exploserait peut-être. Je vais donc laisser Cam de côté. Interdit de penser à lui pendant le reste de la nuit.

Mon plat de pâtes est divin et celui de Tyler est aussi délicieux. C'est moi la première qui ose lui voler un peu de son dîner sans lui en demander sa permission ; nous finissons par partager nos plats. Quand nous ramassons les restes pour les jeter plus tard à la poubelle, il fait déjà noir. La lune est décroissante, cette nuit. Nous pouvons même apercevoir quelques étoiles. Les plus brillantes. Le clapotis de l'eau et le chant des grillons sous nos pieds rendent le décor ultraromantique. Mais Tyler n'a pas réessayé de se montrer romantique. Il n'a pas insisté avec cette histoire de rencard idéal. Et je préfère. Parce que je suis plus à l'aise sur des sujets moins importants, au fond.

— Laisse-moi deviner... Université de Yale.

— Stanford, je corrige.

— Stanford est très près d'ici. La côte Est ne t'appelle pas ?

— J'aime la Californie. Tu as tellement hâte de quitter Sacramento ?

— J'aime la Californie, m'imite-t-il. Mais Los Angeles sonne mieux que Sacramento, tu ne crois pas ? Qu'est-ce que tu veux étudier ?

— La psychologie, je réponds sans hésiter.

Tyler claque des doigts.

— J'en étais sûr. Ça te va bien. C'est très facile de parler avec toi.

Je ne dis rien, mais croiser ses yeux noisette et en rester prisonnière remplace les paroles depuis longtemps. L'ambiance se tend soudain. Je crois qu'il pourrait m'embrasser d'une seconde à l'autre. Et ce ne serait pas déplacé. Je passe un très bon moment avec Tyler Sparks. Je suis très à l'aise avec lui, comme quand nous avions treize ans et que nous venions de nous rencontrer. Voilà pourquoi je suis folle de ce quarterback depuis tout ce temps. Sa présence est si magnétique qu'elle me fait presque graviter vers son corps. Cette attitude de *bad boy* qui, au fond, ne cherche qu'à être secouru... J'ai toujours su que si quelqu'un dans ce monde pouvait le comprendre, c'était moi. C'était évident, non ? Depuis le début. Et maintenant, je ne suis plus seulement ça.

Je ne suis plus seulement la fille avec laquelle il est facile de parler, ou une épaule sur laquelle pleurer. Je suis beaucoup plus. C'est ce que j'ai appris ce dernier mois. Et ce que je dois prouver au type dur et suffisant que j'ai en face de moi. *Montre-lui quelque chose d'inoubliable, Ashley*. C'est l'heure d'agir.

Je me lève et tends la main vers lui. Il me regarde, dérouté.

— Tu me prêtes les clés de ta moto ?

Il hausse les sourcils.

— J'aimerais faire un tour. Si tu veux, je t'emmène.

— Euh… Tu sais conduire une moto ?

— Tu vas le vérifier par toi-même, je propose avec une moue espiègle.

Il sort ses clés de sa poche et me les tend. Mais au moment où je veux les attraper, il les retire.

— Une seule égratignure à mon bébé et tu auras affaire à moi. Je sais où tu habites, Ashley Bennet.

Je lui souris avec prétention et me lance sur lui pour attraper les clés. Tyler m'attrape par le poignet et me fait basculer sur ses genoux. Nos bouches sont à quelques ridicules centimètres. Mais je profite de ce qu'il regarde mes lèvres pour m'emparer des clés. Je me relève et tends la main pour faire mine de l'aider à se lever. Il m'observe avec beaucoup plus d'intérêt que durant la première partie du rendez-vous. Même s'il attrape la main, il se lève tout seul. Il me suit jusqu'à la moto. Je suis la première à monter et je le vois hésiter.

— Tu as peur, Tyler ?

— Je ne connais pas ce mot, se vante-t-il. Je n'aime pas monter derrière. J'espère que tu comprends que je fais une exception rien que parce que c'est toi, prévient-il en s'asseyant derrière moi, son corps collé au mien. Il faut que je mette mon casque ?

— Ça dépend à quel point tu flippes.

Je l'entends lâcher un rire juste derrière moi.

— Très bien. Montre-moi ce que tu sais faire.

Replier la béquille demande plus d'efforts que ce que je pensais, mais je crois que j'ai réussi à faire en sorte qu'il ne voie pas trop que je suis tétanisée. Assis derrière moi, Tyler maintient la moto en équilibre et je fais tourner la clé pour démarrer. J'enclenche la première et tourne l'accélérateur pour faire un peu de bruit dans le vide. Je parie que ça lui plaît.

— Attends, me demande-t-il à l'oreille avant que je démarre. Laisse-moi me tenir. Seulement au cas où.

Et il s'agrippe à ma taille de façon beaucoup trop intime pour qu'il ne s'agisse que de sécurité.

— Si tu as peur, dis-le, je ralentirai.

Avant qu'il ait pu ouvrir la bouche, j'accélère et lâche l'embrayage. Je n'ai eu qu'un jour de pratique et il s'est passé pas mal de temps depuis ; c'était trop beau d'imaginer que j'allais pouvoir totalement contrôler la moto. Je démarre beaucoup plus rapidement et plus violemment que je l'espérais. Pourtant, je parviens à la dompter et à ne pas nous tuer dans la minute. J'arrive même à passer la seconde. Nous faisons quelques mètres sur la route déserte et je me dis que, si Cam m'avait appris à faire une roue arrière, Tyler Sparks serait tombé à mes pieds cette nuit. Mais bon, veiller à ne pas avoir d'accident me suffit amplement.

— Tyler, dis-je quand nous prenons de la vitesse, tu pourras me dire quand je dois changer de vitesse ?

Mort de rire, mon passager lâche ma taille, et, sans même le voir, je sens qu'il tend les bras sur le côté, le visage au vent.

— Je viens de découvrir que tu ne connais rien aux motos, poupée.

Je souris. Il va falloir qu'il retire ce « poupée » sur-le-champ. Personne ne m'appelle poupée. Même pas Tyler Sparks. Je freine d'un coup, un peu plus fort avec la roue avant, de façon que le corps de mon amoureux s'écrase un peu contre le mien.

— Tu disais quelque chose ?

— Putain, Ash ! murmure-t-il à mon oreille en même temps qu'il met la béquille.

Il me pousse, une main sur ma tête, tandis que de l'autre, il m'incite à faire volte-face. Je m'exécute et passe les jambes par-dessus la moto pour me retrouver à califourchon vers l'arrière. Face à lui.

— Il n'y a rien de plus sexy qu'une fille avec une moto entre les jambes, déclare-t-il, les mains sur mes hanches. Faux. Tu serais encore plus sexy si tu m'avais, moi, entre les jambes.

Il pose ses mains sur mes fesses et m'approche de lui jusqu'à ce que nos hanches se collent et que je doive passer mes jambes par-dessus les siennes.

— Pas une rayure sur ta moto, je me vante. Tu pourrais reconnaître mon mérite…

— Je t'apprends quand tu veux à changer les vitesses, se moque-t-il sans décoller son regard de mes yeux.

Je recule quand il s'approche. Je veux qu'il meure d'envie de m'embrasser. Avec un sourire en coin, il se rapproche à nouveau.

— Tyler, je l'arrête, ton portable n'arrête pas de vibrer.

Je le sens dans sa poche. Il ronchonne et, pendant un moment, je crois qu'il va l'ignorer, mais il finit par le sortir. L'appareil continue de vibrer. Il le déverrouille et le consulte distraitement.

— C'est rien. C'est Troy. Il demande si je sais ce qui arrive à Cam ce soir.

Il me raconte ça l'air de rien, mais ça me plaît moyennement.

Entendre le nom de Cam m'a fait ressentir une pointe de culpabilité. D'où ça sort ? *Ashley, ressaisis-toi, tu allais si bien jusque-là.*

— Il dit qu'il est insupportable.

Il appuie sur le bouton pour éteindre son portable. On dirait qu'ils ne vont plus nous déranger, maintenant.

— Tu as une idée de ce qui arrive à Cam, Ash ? demande-t-il.

Son ton est légèrement moqueur.

— Je ne veux pas parler de Cam, j'annonce.

Je me mordille la lèvre en voyant comme il me regarde.

— Bien. Moi non plus.

Il pose une main sur ma nuque et se lance contre mes lèvres. Et elles sont plus que disposées à l'accueillir. Mes mains se promènent librement sous le cuir de sa veste ouverte, et je fais remonter mes caresses jusqu'à ses épaules. Il entoure mes hanches avec son autre bras et m'attire à lui. Nous sommes cernés par le silence, uniquement troublé par le son strident des grillons. C'est ma langue qui gagne la bataille de l'exploration de la bouche de l'autre, et l'explosion de sensations qui parcourt mon corps est presque trop forte. Presque. Nous avons les lèvres jointes et mon corps est déjà en train de crépiter, il réclame plus. Plus. Beaucoup plus de chatouillis. Beaucoup plus de papillons. Beaucoup plus de langue. Beaucoup plus de chaleur. Beaucoup, beaucoup plus de Tyler Sparks. Jusqu'à ce qu'il n'en reste plus.

Il est plus de minuit quand Tyler gare la moto à l'entrée de son garage. J'ai perdu la notion du temps, collée à ses lèvres. En fait, depuis l'instant où nous avons laissé nos bouches s'effleurer, nous n'avons pas beaucoup parlé. Tyler embrasse très, très bien. Tellement qu'il faut une sacrée dose de volonté pour ne pas rêver d'aller plus loin. Il n'a pas essayé. Et ce n'était pas l'envie qui manquait, à l'évidence. Heureusement. Je suis quasi sûre que j'aurais eu du mal à le stopper.

Je descends de la moto, j'enlève mon casque et je le pose sur la selle. Tyler retire le sien sans descendre. Je me penche vers lui et lui caresse les cheveux des deux mains tandis que ma bouche se fond encore quelques minutes avec la sienne. J'ai du mal à accepter que ça s'arrête. Je pourrais l'embrasser toute la nuit.

— Bonne nuit, je murmure.

Il lâche un grognement et je me retourne pour marcher vers chez moi. Je l'entends me suivre. Il m'attrape par la taille et me fait pivoter pour attraper mes lèvres de nouveau. Je ne résiste même pas et laisse échapper un petit rire à la fin.

— Je t'accompagne à la porte.

Je hausse les sourcils, ébahie. Je ne connaissais pas cette facette gentleman de Tyler Sparks.

— Tu peux me voir entrer chez moi de ta porte, je me moque. Je ne crois pas qu'on va me séquestrer sur les cinq mètres qu'il me reste à parcourir.

— C'est peut-être moi qui vais te séquestrer, susurre-t-il, malicieux. Je t'accompagne parce que c'est notre premier rendez-vous, et je veux que ce soit ton plus beau premier rendez-vous.

— Très bien.

Je me remets à avancer, Tyler sur mes talons. Je me tourne vers lui une fois la clé insérée dans la serrure.

— Merci de m'avoir raccompagnée, monsieur. Surtout que ce détour vous a fait perdre beaucoup de temps.

Encore un bisou. Puis il s'en va, en marche arrière. Je le regarde, amusée, tourner la tête deux ou trois fois pour s'assurer qu'il ne va pas tomber en descendant les marches de la terrasse.

— J'ai passé une très bonne soirée, Ash.

Il est trop mignon.

— Moi aussi.

— Bon, ben… j'y vais, décide-t-il, et je l'encourage avec une moue moqueuse.

Il fait mine de se tourner, mais il revient à la charge.

— Ash ? Je me demandais… si tu avais déjà un cavalier pour le bal.

Mon cœur s'arrête. Ou pas loin. Je secoue la tête, le souffle court. Je ne peux pas faire plus pour l'instant. Tyler reprend la parole, un petit sourire charmeur sur les lèvres.

— Tu aimerais aller au bal avec moi ?

18.
Stay, Stay, Stay

— Ashley ?

— Oui. Je suis rentrée, maman, je chuchote à la porte de ma chambre.

— Tu as passé une bonne soirée ? questionne ma curieuse de mère d'une voix endormie.

— Oui. Bonne nuit.

Je suis obligée de couper court à la conversation, sinon elle est capable de se lever et de nous préparer des verres de lait pour que je lui raconte comment s'est passé ma soirée au bowling. Bien sûr, ce serait un peu difficile, étant donné je n'ai pas mis un pied au bowling aujourd'hui.

Une fois mon pyjama enfilé, je me laisse tomber sur mon lit avec un soupir en m'efforçant de ne pas sourire. Je ne veux pas agir comme une gamine idiote qui vient d'avoir un rencard parfait avec l'amour de sa vie. Même si je suis seule. C'est pourtant la vérité : ce rencard a été parfait à de multiples points de vue. Je roule sur le matelas et m'étire pour attraper mon sac par terre et récupérer mon portable. Dès que je le branche au chargeur, l'écran s'illumine et affiche une notification que j'avais passée sous silence. Comment j'aurais pu entendre mes messages, occupée que j'étais à embrasser Tyler encore et encore ? Je le déverrouille et entre dans l'application de messagerie. Je sens un pincement dans la poitrine. C'est Cam.

Comment ça s'est passé ?
Tu n'es toujours pas rentrée ?

Il l'a envoyé à 22 h 45. Ça fait presque deux heures. je lui ai promis de l'appeler quand je rentrerais. Mais il est trop tard, là. Je décide de me contenter d'un bref SMS. Il est sûrement en train de faire la fête avec ses amis, ce n'est de toute façon sans doute pas le meilleur moment pour discuter.

Je viens de rentrer. Pardon,
je n'ai pas entendu ton message.
Ça s'est plutôt bien passé.
On s'appelle demain ?

Je pose le téléphone sur la table de chevet, me glisse sous les draps et viens juste de remonter ma couette quand un appel fait vibrer mon portable. Cam. Je me penche et déconnecte le chargeur avant de faire glisser la touche verte.

— Cam ?

— Ash, chuchote-t-il. Qu'est-ce qui s'est passé ?

Il paraît un peu angoissé. Qu'est-ce qui lui prend, de m'appeler à cette heure-ci ? Il ne devrait pas être en train de boire un verre quelque part avec ses amis ?

— Où tu es ? Vous n'êtes pas sortis après le bowling ?

— Pas moi. Je suis rentré. Alors, ce rencard ? insiste-t-il. Italien et Old Sac ?

Pas de cynisme dans sa voix cette fois, mais c'est peut-être parce qu'il parle vraiment très doucement.

— Et moto, je confirme. Mon talent inné pour la conduite l'a fait halluciner, je plaisante et je l'entends rire tout bas.

— Tu as passé une bonne soirée ? C'était comme tu l'imaginais ?

— J'ai passé une super soirée, je confesse. L'endroit était magique, le dîner délicieux et Tyler… Tyler s'est très bien comporté. Un vrai amour. Je crois que c'était mieux que ce que j'avais imaginé.

Je dis ça parce que c'est la vérité. Et parce que Cam a demandé. Au final, ce plan délirant qu'il m'a proposé il y a un mois dans sa voiture, un mardi après les cours, a été concluant. Qui aurait pu le parier ? Ce qui est sûr, c'est qu'il n'y a désormais plus de sorcière et que Tyler m'a invitée à ce « foutu bal ».

J'attends quelques secondes pour donner à Cameron le temps de répondre. On a peut-être été coupés ? J'écarte le portable de mon oreille, mais je constate que l'appel est toujours en cours ; les secondes défilent.

— Cam ?

Je l'entends soupirer.

— Je suis content pour toi, murmure-t-il. On dirait que tu as enfin eu ton rencard parfait. C'est bien. Je voulais juste m'assurer qu'il ne s'était pas comporté comme un con avec toi… Alors super. Génial. À un de ces quatre, OK, Ash ?

Il s'apprête à raccrocher.

— Cam, je le devance.

— Dis-moi.

— Il y a autre chose.

Je dois lui dire pour le bal. Ça faisait partie du deal, non ?

— Il m'a demandé d'aller au bal avec lui. Pardon, à ce foutu bal.

— Ah...

Il met quelques secondes à reprendre la parole.

— Et... qu'est-ce que tu as répondu ?

Je fronce les sourcils. Comment ça, qu'est-ce que j'ai répondu ? Qu'est-ce que c'est que cette question ? Je pensais que la réponse était évidente. Une fille sans cavalier à trois semaines du bal de promo ne peut pas réfléchir. Et encore moins lorsque celui qui propose est son fichu amour platonique.

— Ben... je lui ai dit que oui, b-bien sûr, je bafouille.

Encore ce silence. Cette conversation est en train de se transformer en l'une des plus gênantes de ma vie (sachant qu'avec ma mère, je suis plutôt servie question conversations malaisantes).

— Bien sûr, répète Cameron. Eh bien, je suis content, Votre Majesté, dit-il d'une voix plus assurée. On peut dissoudre notre alliance, alors. Tu as accompli ta part du marché et tu nous as libérés de la sorcière. La mienne est accomplie aussi ; tu vas avoir le foutu bal dont tu rêves. Ça a été un plaisir de faire affaire avec toi, Ashley Bennet.

Sa voix est toujours éteinte.

— J'espère que Tyler te traitera comme tu le mérites. Et on se croisera en classe, j'imagine.

J'accuse le coup. Pour quelle raison étrange cela sonne-t-il comme un adieu ? On est amis, non ? On est devenus amis, au fil du temps, pendant ce mois de travail en commun. Il est tard, je suis fatiguée et encore ivre des baisers de Tyler. Je n'ai plus les idées claires.

— Cam, qu'est-ce que tu veux dire par là ? « On se croisera en classe » ? « Tu imagines » ? Quoi ?

— On avait un deal. Et il est terminé. J'ai bien choisi mon associée, Ashley, ça saute aux yeux. Mais on en a fini avec le procès de Salem, je crois.

— Je ne suis pas en train de parler du procès de Salem.

— Il est tard, Ashley, me coupe-t-il. Bonne nuit.

Pas le temps de répliquer, Cameron a déjà raccroché. Sans attendre que je lui souhaite une bonne nuit à mon tour.

Le dimanche, c'est jour de réunion avec les filles. Grace fait une tournée en voiture pour toutes nous récupérer, puis nous filons au centre commercial, là où ils font nos milk-shakes préférés. Pendant que je les attendais, j'ai vu Tyler sortir sur sa terrasse, mais j'ai à peine eu le temps d'échanger quelques sourires et deux, trois mots avec lui. Il m'a demandé si j'avais un moment pour qu'on se voie ensuite, mais j'ai préféré ne rien promettre. Et le laisser un peu lambiner.

J'ai envoyé plusieurs messages à Cameron. J'ai la sensation que je devrais lui parler, mais la conversation d'hier s'est terminée de façon si étrange que je ne sais plus vraiment où nous en sommes. Il ne m'a pas répondu.

Mes amies ont presque terminé leur milk-shake. Le mien est encore plein de fraises et de crème : je n'ai pas arrêté de parler depuis qu'elles m'ont supplié de leur raconter en détail mon rendez-vous d'hier soir. Maintenant que je leur ai livré ma version en long et en large, toutes les trois me dévisagent, l'air béat, comme si elles avaient elles aussi vécu un rencard merveilleux. C'est peut-être le cas de Grace. Quoi qu'il en soit, elles vivent à travers moi. Une fois de plus. Parasites d'émotions.

— La vache, meuf ! Après quatre longues années, tu as enfin chopé Tyler Sparks au clair de lune ! Comme quoi, quand on veut, on peut. Qu'on ne vienne pas me dire que les rêves ne se réalisent pas, est en train de s'exclamer Grace, et je peux presque voir ses yeux étinceler derrière ses lunettes de soleil. Quand est-ce que tu vas le revoir ?

— Je meurs, soupire Emily. Je meurs, Ash ! Je te jure que je meurs ! Est-ce que tu t'es entendue ? Le dîner, la lune, le rencard parfait, la moto, le roulage de pelle… le bal de promo ! Je veux aller au bal avec Tyler ! hurle-t-elle.

— Chuuuut ! crions Mia et moi en même temps.

— Quoi ? Tu crois que les gens ne vont pas capter quand tu arriveras à son bras ? Ce n'est pas un secret. Je suis à deux doigts de le publier sur Twitter. Je crois que je vais créer des nouveaux hashtags pour l'occasion : #ashleybennetcendrillonmoderne ? #ashley bennetdunéantaufirmament ? Il vous faudrait un nom de couple… Hmmm… Qu'est-ce que vous pensez de « Tash » ? #lecoupledelannée, #Tash, #jemeurs,

#maisjemeurscomplètement… continue-t-elle pratiquement en apnée.

— Em a raison, même si on ne va pas utiliser ses hashtags, déclare Grace. Ashley, meuf, tu es la fille la plus populaire du lycée. Tout le monde parle de toi ! Je sais qu'on t'a dit que l'affaire du trio Bennet passerait en deux jours, mais c'est un mensonge. Tu es la plus détestée, la plus enviée et la plus admirée par toutes les strates sociales du lycée. Donc, si tu sors avec le quarterback, je crains que ça ne soit pas facile à cacher. Tout le monde veut savoir ce que tu deviens.

— Je n'ai jamais voulu être populaire, je grommelle.

Je commence à me dire que Grace a raison ; je n'aime pas où cela nous conduit, je ne veux pas que mon nom circule sur toutes les lèvres, je ne veux pas qu'on scrute chacun de mes faits et gestes, je ne veux pas qu'on me critique dans mon dos. Mais je suppose que je l'ai bien cherché, à force de souhaiter toutes ces années que Tyler me remarque, et en acceptant l'absurde proposition de Cameron Parker. Et en volant dans les plumes de Jessica Harris et de Blair Wells.

— Tu voulais sortir avec Tyler Sparks, ma chérie, je crois que ça fait partie du package, compatit-elle.

— Détends-toi et profite de tes quinze minutes de célébrité, conseille Emily. Et surtout, profite de cet incroyable rencard que tu as eu hier et de ceux qui vont suivre… Je meurs de jalousie, meuf ! trépigne-t-elle.

Peut-être qu'elle a raison. Les gens n'ont qu'à dire ce qu'ils veulent, je ne vais pas me plaindre de voir tous mes absurdes fantasmes de romance prendre vie.

Mais quelque chose m'empêche d'être totalement heureuse. Je ne suis pas la seule à l'avoir remarqué.

— On est toutes super excitées, sauf toi, constate Mia. Qu'est-ce qui se passe ? Ton rencard était parfait, tu as embrassé l'amour de ta vie et il semble qu'il ait envie de recommencer. Je pense que tu n'avais jamais sérieusement envisagé d'aller au bal de promo avec Tyler Sparks. Alors je me demande... Pourquoi tu n'es pas contente ?

Elles attendent toutes les trois ma réponse, impatientes. Je me mords l'intérieur de la joue en réfléchissant à ma réponse. Je ne me comprends pas moi-même. Je suis contente, c'est une certitude. Comment pourrais-je ne pas l'être ?

— Et revoilà sa petite amie qui la connaît si bien, murmure Emily pour se moquer de Mia.

— Mais si, je suis contente, j'affirme avant qu'elles se remettent à commenter notre baiser lesbien à la fête de Troy Cruz. Bien sûr que je suis contente. Ne sois pas bête.

Emily fait exprès de boire bruyamment ce qui reste de son milk-shake, puis grimace quand on se retourne pour la dévisager, mais son attention se porte exclusivement sur moi.

— C'est à cause de Cam ?

Cette simple question déchaîne chez moi un torrent d'émotions. J'ai envie de pleurer. Rien que je ne puisse pas contrôler. Mais c'est quand même très troublant. Cam. Que va-t-il se passer avec Cam ? Je ne réponds pas. J'allume mon téléphone resté sur la table. Pas de notification. Cameron n'a répondu à aucun de mes messages depuis ce matin.

— Qu'est-ce qui se passe, avec Cam ? s'intéresse Grace en nous regardant à tour de rôle, Emily et moi.

— Il ne se passe rien avec Cam, je me dépêche de couper avant de lancer à Emily un regard d'avertissement.

— Qu'est-ce que Cam vient faire là-dedans ? Tu viens de sortir avec Tyler, meuf, me rappelle Mia.

J'acquiesce. Elle a raison. Elles ont toutes raison. C'est la chose la plus palpitante qui me soit arrivée depuis mon premier baiser. Comme par hasard, tout tourne autour du même garçon.

— Oui. Je suis contente, les filles, vraiment. C'est juste que j'ai du mal à réaliser. Et vous savez, à cause du voyage, j'ai l'impression de n'être pas encore vraiment là, je me justifie.

Elles font comme si elles me croyaient. C'est plus facile pour tout le monde comme ça.

— En parlant de Cameron Parker.

Grace reprend après quelques secondes de silence.

— Je l'ai vu, l'autre jour. C'était mercredi, je crois. Oui, oui, mercredi. Je sortais du ciné avec Joe et il était devant la porte de Macy's avec Jessica Harris, explique-t-elle comme si ça n'avait pas d'importance.

— Quoi ?

Je crie presque, et Grace me dévisage, étonnée.

— C'est impossible, je commente plus calmement. Il m'a dit qu'il n'avait pas vu Jessica depuis le mercredi des affiches.

— Ah bon ? Eh bien, j'ai l'impression qu'il t'a menti.

Mon amie hausse les épaules.

— Je t'assure que c'était eux. Il la tenait par le bras et ils étaient plutôt proches. Demande à Joe ! Il les a vus comme moi.

Je ne dis rien. Pendant qu'elles embraient sur la relation de Grace avec ce joueur de base-ball nommé Joe Richardson, j'en profite pour réfléchir. Que faisait Cam avec Jessica mercredi dernier ? Et pourquoi m'a-t-il menti ? Aurait-il de nouveau une liaison avec elle ? Je prends mon portable et lui envoie un message de plus. Qui se joint aux précédents sans réponse.

Je passe chez toi dès que j'ai terminé avec les filles.

Et cette fois, il répond. Il ne se passe pas plus de trois minutes avant que mon portable émette un « bip ».

Je passe la journée avec mon père.

Rien de plus. Au fond, une manière très élégante de me dire qu'il n'a aucune intention de me voir aujourd'hui. Je me demande comment se passent les choses avec son père, qu'il n'avait pas vu pendant les vacances de printemps. Mais je m'abstiens de poser la question. De toute façon, il est plus qu'évident que Cameron Parker ne veut pas me parler. Même si je ne comprends pas très bien ce qui lui arrive.

Au final, je suis la seule à avoir besoin d'être raccompagnée. Quand Grace et moi partons, cela fait un moment que Scott est passé chercher Emily, et Gina vient juste de rejoindre Mia. Elle m'a remerciée d'avoir raisonné Mia à la soirée de Troy, mais elle s'est aussi assurée que j'avais bien compris que, si je recommençais à rouler des pelles à sa copine, j'étais morte. Elle disait ça pour rire. Je crois. J'ignore comment, soudain, je me suis transformée en cette fille que personne ne veut voir tourner autour de son partenaire. Il se trouve que, tout compte fait, je suis une rebelle populaire. Je ne sais même pas comment j'en suis arrivée là.

Je ne suis pas encore à la porte de chez moi que j'entends un sifflement à ma gauche. Tyler est appuyé contre notre clôture mitoyenne, tout en noir, un sourire espiègle sur le visage. Je le regarde, bras croisés, disposée à attendre qu'il parle le premier. Il ne le fait pas. Il se contente d'un signe de tête m'invitant à le suivre derrière nos maisons. Et je le fais. Je le suis dans la ruelle où nous avons fumé cette cigarette il y a quatre semaines. Tyler ne se retourne pas une seule fois pour vérifier que je lui emboîte le pas. Il doit être très sûr de lui. Il s'immobilise près de l'échelle de secours et fait volte-face. Je m'arrête à deux pas de lui. Il remue un doigt pour que je m'approche. Et j'obéis. Hypnotisée. Une fois que je suis collée à lui, il m'attrape par les hanches et m'embrasse. Sans prononcer un mot. Pour quoi faire ? Les mots sont en trop, à ce stade. Je me laisse faire et, quelques secondes plus tard, j'ai les bras autour de son cou et je lui rends son baiser avec fougue. Il me pousse doucement contre le mur et se place entre mes jambes en caressant ma cuisse sous ma robe. Je suis en train de faire glisser mes mains sur son torse par-dessus son tee-shirt quand il s'écarte un peu.

— Bonjour, Ashley.

J'en profite pour arranger ma robe. Ce qui est sûr, c'est que je n'ai qu'une envie : l'embrasser à nouveau et laisser sa chaleur me consumer un peu. Mais je sais que je ne peux pas être si imprudente. Pas avec Tyler Sparks. Si je ne fais pas un peu la difficile en essayant de lui faire croire que c'est moi qui tiens les rênes, il est probable qu'il s'ennuie aussitôt. Je dois être la *bad girl* qu'il veut. Même si cela me coûte énormément.

— Hey, Tyler, comment ça va ? je demande en m'appuyant sur l'échelle.

Il me suit comme un petit chien et se plante à nouveau face à moi, mais je pose un doigt sur sa joue et le dévie de sa trajectoire quand il essaie de m'embrasser encore.

— Bien, merci. Hier, j'ai eu un rencard génial avec une fille incroyable. Je n'ai pas cessé d'y repenser. Et toi ?

— Moi, j'ai eu un rencard pas mal, dis-je l'air de rien. Et aujourd'hui, j'ai pas mal de choses à faire, je m'excuse en faisant mine de m'en aller par où nous sommes venus.

Il m'attrape par la taille et me fait revenir jusqu'à lui. Il est très beau. Et j'ai envie de l'embrasser et de perdre la notion du temps, comme hier soir. Je resterais bien ici avec lui la moitié de ma vie, parce que, en réalité, rien n'est plus important ou attirant à cet instant. Mais je ne peux pas. Je dois maintenir son intérêt. Conserver ma posture. C'est harassant de séduire le beau gosse du lycée.

— On se voit demain ? propose-t-il. L'après-midi. On pourrait aller faire un tour à moto.

— Demain, tu n'as pas entraînement ?

Ça m'étonne. Et pas qu'un peu.

— Ouais. Peu importe. Ça ne fait rien si je n'y vais pas, assure-t-il avec ce petit sourire espiègle.

Il me contamine presque. Mais je parviens à me maîtriser. Je dois faire ce que j'ai à faire. Et lui a certaines obligations envers son équipe, même si sa proposition me tente beaucoup.

— Ça ne fait rien ? je répète. Ce n'est pas ce samedi, le match le plus important de la saison ?

— Il paraît. Ça dépend à qui tu demandes. Pour moi, ce match est moins important qu'une balade avec toi, murmure-t-il avant de se pencher pour m'embrasser le cou.

Je ferme les yeux tandis que ses lèvres parcourent ma peau frissonnante. J'adore. S'il continue ainsi, juste un peu, je pourrais perdre la tête. Alors je m'écarte.

— D'accord. Si ce n'est pas pour toi, fais-le au moins pour l'équipe. Pour tes amis.

« Pour Cam. » Je garde cette dernière phrase pour moi. Je ne veux pas prononcer son nom. Je ne veux pas penser à lui maintenant, même si, d'une certaine façon, je ne parviens pas à l'éviter.

Tyler ronchonne. Il s'écarte davantage et me regarde. Finalement, il acquiesce.

— OK. Tu as raison. Tu es la voix de la raison, se moque-t-il. J'irai m'entraîner. Et si on se voyait ensuite ?

— On verra. Allez, j'y vais.

Je le bouscule légèrement de l'épaule en passant à côté de lui. Il ne dit rien, mais je sais qu'il s'est retourné pour me voir partir. Je souris, dos à lui, puis j'essaie de me contrôler et d'adopter une posture sérieuse avant de me retourner. Il est sur mes talons.

— Au fait, Tyler…

Mais je n'ajoute rien. À la place, j'attrape le col de son tee-shirt et je l'oblige à unir sa bouche à la mienne une fois de plus. Voyons si j'obtiens un baiser qui le laissera sur sa faim. Une sortie triomphale. Pression ferme, langue juste ce qu'il faut, et légère morsure au moment où je m'écarte. Je le regarde dans les yeux et me mords les lèvres avec un sourire espiègle avant de m'éloigner vers chez moi.

Je crois que j'ai été pas mal. Et je crois que Tyler doit penser la même chose. Hourra pour l'Ashley nouvelle version qui, en plus d'être une *bad girl*, est une vraie séductrice ! Cam serait fier. Ou pas. Probablement pas.

— Ashley ! Tu vas rater le bus ! Pourquoi tu traînes autant ce matin ?

La voix de ma mère me parvient du rez-de-chaussée alors que je suis déjà prête, sac sur l'épaule et tout, collée à ma fenêtre. Je fronce les sourcils. Comment ça, je vais rater le bus ? Il n'est même pas sept heures et demie. Cameron n'est pas encore passé et n'a pas klaxonné. Tyler n'est pas encore sorti de chez lui en courant avec un croissant dans la bouche. Ils ne sont pas encore en route vers leur petit déjeuner des héros.

Je regarde mon réveil. 7 h 35. Merde. Je sors en courant de ma chambre et descends les marches quatre à quatre. Je crie « au revoir » à ma mère tandis que je cours vers l'arrêt de bus. Ce n'est pas comme ça que commencent mes journées, d'habitude.

Dès que Mia et moi arrivons au lycée, je repère la voiture de Cameron sur le parking. Je n'ai pas pu les rater ce matin. C'est impossible. Même si Cam était venu chercher son ami quelques minutes plus tôt, j'aurais entendu le klaxon. Sûr et certain. Nous sommes en train de franchir le portail quand j'entends le vacarme d'une moto dans mon dos. Je me retourne. Eh oui. C'est Tyler, qui vient en classe à moto aujourd'hui. Trop bizarre. Je n'ai pas le temps de l'attendre pour le questionner, Emily vient d'arriver et nous entraîne, Mia et moi, vers l'intérieur du bâtiment en racontant que Scott est venu la chercher hier avec un énorme bouquet de fleurs. Au fond, elle a beau se plaindre, c'est elle la plus chanceuse.

Cette fois, aucun capitaine de foot ne protège mes arrières. Quand j'arrive à mon premier cours, j'ai déjà dû supporter pas mal de chuchotements, de petits regards et de ricanements. Sans parler des commentaires grossiers (et la majeure partie ne provenait pas des garçons).

Je ne vois ni Tyler ni Cam avant le cours de SVT. Je suis déjà assise quand Tyler entre en classe. Seul. Décidément, quelque chose ne tourne pas rond, ce matin. Rien n'est plus comme avant les vacances de printemps. Une seule semaine et le monde tel que nous le connaissions a complètement changé. Tyler ne me regarde pas et se laisse tomber sur son siège comme si assister à ce cours était la pire torture au monde. Mais où est donc passé Cam ?

En réponse à mes questions, Cameron Parker entre à toute vitesse dans la classe, pile en même temps que M. Woodward, qui lui adresse un regard mauvais mais ne peut pas l'accuser d'être en retard, puisqu'ils arrivent en même temps. Il vient s'asseoir près de moi. Mais il ne me regarde pas. Il ne me salue pas non plus. Il s'assied et sort son livre de son sac comme si je n'étais pas là. À quelques ridicules centimètres de distance.

Le cours commence, et si Cam s'est rendu compte que je n'arrête pas de le regarder, il ne le montre pas. Il paraît même attentif. Ça, oui, c'est bizarre. Je ne peux pas l'avaler. Il est très sérieux. Trop. Peut-être parce que, hier, il était avec son père ? Je sais pertinemment que tout ce qui est en rapport avec ce fichu M. Parker l'affecte. Et qu'est-ce que je peux faire moi ? Il ne m'a pas adressé un seul regard. Et il ne semble pas avoir l'intention de le faire.

J'arrache un bout de papier à la fin de mon cahier et lui écris un mot. Juste un. En fin de compte, je me suis promis de le lui rappeler chaque fois qu'il en avait besoin, non ? À cet instant, il est clair qu'il en a besoin plus que jamais. Je m'assure que M. Woodward ne me voie pas avant de le déposer sur le bord de sa table. Mon cœur accélère quand ses yeux verts croisent les miens. Mais son regard est sévère et il le détourne aussitôt. Il ne sourit pas en lisant mon mot. Loin de là. Il se contente de le ranger entre les pages de son cahier comme si je n'avais rien envoyé. Mais qu'est-ce qui se passe avec ce type ?

Peu après, je ne peux pas me retenir, je rédige un autre mot. Pour lui demander ce qui lui arrive et s'il va bien. Il fait exactement la même chose qu'avec mon message précédent. Sans un regard. Au troisième message, je suis de plus en plus nerveuse et je me moque de savoir que M. Woodward peut m'attraper.

On peut se parler après les cours ?
- ☐ Oui
- ☐ Peut-être
- ☐ Même pas dans tes rêves les plus fous, princesse

Il le range une nouvelle fois et je pousse un soupir agacé. Alors je le vois arracher un bout de papier de son propre cahier. Mon cœur bat à toute allure quand il le dépose sur ma table.

Arrête de m'envoyer des mots. J'ai atteint mon objectif et tu as eu ce que tu voulais. J'avais raison depuis le début : tu aimes les crétins. C.

Qu'est-ce que ça signifie ? Devrais-je le prendre comme un accès de jalousie ? On dirait. Ou peut-être que c'est ce que je veux que ça soit. Il me l'a déjà dit par téléphone samedi, après mon rendez-vous avec Tyler : notre deal est terminé. Mais il n'y avait pas que ça entre nous. Ou alors si ?

Je ne réfléchis pas, j'arrache un bout de papier de manière impulsive. Sinon je ne l'aurais pas fait. Je plie le papier et tends le bras vers sa table. Je ne fais même pas attention au prof. *Grave erreur, Ashley. Grave, grave erreur*. Parce qu'il me voit. Il vient directement vers moi avant que j'aie pu donner le mot à Cam.

— Ashley Bennet, dit-il du ton le plus sérieux que je lui aie jamais entendu, même quand il reprend Tyler, c'est dire. Je ne sais pas ce qui vous arrive, depuis quelque temps. Donnez-moi ça.

Il se poste devant moi et tend la main. Je refuse de lui donner mon fichu mot, bien sûr. Mais il y a des choses contre lesquelles on ne peut pas lutter, et l'autorité de M. Woodward dans sa classe en fait partie.

— Voyons, qu'est-ce qui est si important que ça ne puisse attendre la fin des cours ? Peut-être que ça intéresse aussi le reste de vos camarades.

Je me ratatine sur mon siège. Les joues me brûlent et tout le monde me regarde. Y compris Tyler. Tout le monde, sauf Cam, qui continue à griffonner sur son cahier comme s'il n'était pas concerné. C'est parce qu'il ne sait pas ce que dit le mot. Parce qu'il ne s'y attend pas. Moi, je le sais. Je le sais et si le prof le lit à voix haute, il faudra peut-être me conduire à l'infirmerie pour cause de crise de panique. Je la sens déjà qui m'oppresse la cage thoracique. M. Woodward déplie la boulette et la lit d'abord dans sa tête. Après quoi, il me lance un regard noir et la range dans la poche de sa veste.

— Ashley, vous restez après la classe. Je ne veux pas voir circuler un mot de plus.

Et c'est tout. Il opère un demi-tour et continue son explication comme si de rien n'était. J'enfouis mon visage entre mes mains quelques secondes. Je vais devenir dingue. Je veux que personne dans cette classe ne sache ce que je disais à Cameron Parker. Je ne veux pas que Tyler le sache. Pas même Emily. Et, maintenant que j'ai eu le temps de reconsidérer la situation, je ne veux pas qu'il le sache non plus. Je ne veux pas que Cam apprenne ce que j'étais sur le point de lui dire.

Quand le cours se termine, le garçon aux yeux verts se lève comme un ressort et fonce hors de la salle sans me laisser le temps de réagir. Je ne pouvais pas non plus faire grand-chose : M. Woodward est déjà en train de m'appeler à son bureau. J'échange un regard avec Emily et Tyler avant qu'ils sortent, puis je me plante devant le bureau du prof.

— Je suis vraiment désolée, M. Woodward.

— Ma salle de classe n'est pas un salon de thé où le badinage a sa place.

Si je n'étais pas aussi intimidée et anxieuse, ça me ferait sûrement rire de l'entendre dire « badinage ». Mais ça ne me fait pas rire. Non. Pas du tout.

— Je le sais. Je suis désolée, je répète, parce que je ne sais pas quoi dire d'autre.

— Vous êtes une élève brillante, mademoiselle Bennet, dit-il sans que cela sonne comme un compliment. Et je vous trouve très distraite, ces derniers temps. Vous devriez surveiller vos fréquentations. Si je peux me permettre, Cameron Parker n'est pas une bonne fréquentation. Rendez-vous service et cherchez ailleurs.

Je ne réponds pas. Je suis indignée par ce que je viens d'entendre. Il se trompe. Sur toute la ligne. Cam n'est peut-être pas le meilleur élève de son fichu cours, mais cela ne signifie pas qu'il n'est pas quelqu'un de bien. Une bonne personne. Une des meilleures fréquentations que j'aie eu la chance d'avoir.

Le prof sort le mot de sa poche et me le rend. Je le range dans la poche arrière de mon slim noir. Il me fait signe de m'en aller, mais avant que j'aie tourné les talons, il poursuit :

— Si je vous reprends en train de faire circuler le moindre mot en classe, je le lirai à voix haute devant tous vos camarades.

Je ne dis rien. Je ne me retourne même pas. Je sors de la classe, sac à dos sur l'épaule. Emily m'attend quelques pas plus loin.

— Qu'est-ce qui s'est passé ? Meuf, tu verrais ta tête ! Qu'est-ce que tu disais, dans ce mot ?

— Rien. Peu importe, je la coupe en marchant vers nos casiers.

Emily me suit en silence et me laisse ranger mes affaires sans insister. Mais sa résignation est trop belle pour être vraie. Sur le chemin du réfectoire, elle remet le sujet sur le tapis.

Alors je me dis : tant pis. Il faut bien que j'en parle à quelqu'un. Je le sors et le lui tends. Elle le déplie anxieusement, à quelques mètres de la porte du réfectoire. Je vois son visage se décomposer au fur et à mesure. Elle écarquille les yeux.

— Il ne l'a pas lu ?

— Il ne l'a pas lu.

— Mais, Ash ! Qu'est-ce qui se passe, avec Tyler ? demande-t-elle à voix basse en regardant autour d'elle pour s'assurer qu'on ne nous espionne pas.

— Il ne se passe rien avec Tyler. Je ne sais pas. Je ne sais pas, je confesse. Je suis horrible, non ? C'est vrai que je suis prise dans un maudit triangle amoureux et que je n'arrive pas à me décider.

— Que ressent Cam ?

Je la regarde dans les yeux. Comme si j'étais censée le savoir. Comme si j'étais censée disposer de toutes les informations. Ce que ressent Cam. Ce que ressent Tyler. Ce que je ressens, moi. Ce serait tellement plus simple. Je ne suis même pas sûre du dernier point, alors tout est beaucoup plus complexe que ça en a l'air.

— Je n'en sais rien. Il ne me parle plus, pour l'instant. Je n'ai aucune idée de ce qui lui passe par la tête.

— Est-ce qu'il est jaloux ? envisage ma meilleure amie.

— Tu rêves, je soupire.

Un sourire m'échappe. C'est exactement ce qu'il dirait.

— Tu dois lui parler, me conseille-t-elle.

— Ouais.

Je lui enlève le message des mains et j'en fais de menus morceaux sans qu'elle dise rien. Pour que personne ne puisse plus jamais le lire. Il vaut mieux. Même si je sais parfaitement ce qu'il disait, moi. Chacun de ses mots.

Le crétin que j'aime, c'est toi. A.

J'entre dans le réfectoire à la suite d'Emily mais ne la suis pas dehors. À la place, je m'approche de la table des footballeurs. Tyler est là, pas Cam.

— Ryan, je l'appelle quand il passe devant moi. Tu sais où est Cam ?

— Là où il va dès qu'il a envie de disparaître, j'imagine, dit-il avec nonchalance.

Je fronce les sourcils.

— Au gymnase.

Je le remercie et retourne dans le couloir en criant à Emily que je les rejoindrai plus tard. J'entends qu'on m'appelle dans mon dos. Tyler trottine derrière moi.

— Hey ! salue-t-il à une distance prudente.

Il ne manquerait plus que quelqu'un pense qu'il a une relation avec moi, hein ? Je m'en veux de penser ainsi, mais ça en a tout l'air. Hier, dans une ruelle déserte, il ne détachait pas ses lèvres de moi mais ici, au milieu du lycée, il n'ose pas s'approcher à moins d'un mètre.

— Qu'est-ce qui se passe ? je demande pour qu'on en finisse.

— Je te retourne la question. Qu'est-ce qui se passe ? Tu cherches Cam ?

Je soupire. Je n'ai pas envie de jouer à ça. Si je lui disais que Cameron Parker me plaît beaucoup, il serait sûrement bien plus intéressé et il m'embrasserait même dans les couloirs, qui sait.

— Eh bien, oui. Je voulais lui parler.

— Ashley… il y a quelque chose entre Cam et toi ? demande-t-il, peu sûr de lui.

— Non, je réponds fermement. Pourquoi tu me le demandes à moi et pas à lui ? Tu es venu à moto, ce matin. Il ne t'a pas accompagné. Qu'est-ce qui s'est passé ?

C'est bizarre, c'est le moins qu'on puisse dire. Il doit le reconnaître. J'ignore ce qui s'est passé entre eux, mais ça me semble logique de demander. Tyler a un rictus ironique.

— Ouais. Cam et moi, on ne s'entend pas terrible, ces derniers temps, dit-il comme si c'était la chose la plus naturelle du monde.

Je fronce à nouveau les sourcils.

— Vous ne vous entendez pas ? Qu'est-ce que ça veut dire ? Depuis quand ?

— On a eu une engueulade débile la semaine dernière.

— À propos de quoi ?

— Des conneries, Ash. Cam est très caractériel.

Et c'est lui qui dit ça.

— Tout va bien. Ne t'inquiète pas.

Il sourit en voyant comme je le regarde.

— Ça lui passera.

— Ça lui passera, je répète, incrédule.

Si ma meilleure amie était fâchée contre moi depuis une semaine, je ne serais pas si sereine.

— Bon, on se parle plus tard, Tyler, d'accord ?

Je ne lui laisse pas le loisir de répondre et traverse le lycée au pas de course jusqu'à la porte du gymnase. Il y a une salle qu'utilisent principalement les footballeurs, je suppose que c'est là que je dois chercher.

Quand j'entre, il est là, mais il n'est pas seul. Vanessa Miller se tient à côté tandis qu'il soulève des haltères qui ne semblent pas particulièrement légers. Il s'est changé ; short de sport et débardeur. Les muscles de ses bras et de ses épaules se dessinent de façon irrésistiblement attractive.

Il me regarde pendant une seconde puis tourne la tête et continue de soulever ses poids comme si je n'étais pas là.

— Bon, ben, je vous laisse, déclare Vanessa en allant vers la porte.

— Non, l'arrête Cam. Inutile que tu t'en ailles. Ashley ne reste pas.

Je fais deux pas déterminés vers lui. J'ai presque envie de le frapper.

— On peut savoir ce qui te prend ?

— Je m'en vais, insiste Vanessa.

— Ne t'en va pas, putain ! aboie Cameron en laissant tomber les haltères au sol.

Les poids font un bruit exagéré, mais je ne recule pas.

— Maintenant, c'est toi qui me harcèles, tu sais ?

Il s'adresse enfin à moi.

— Je ne suis pas dans un bon jour, Ashley. Je n'ai pas envie de parler.

Comme si ça allait me suffire. Comme si j'allais lâcher « oh, d'accord, pas de souci » et repartir comme je suis venue. Ça ne se passera pas comme ça.

— Écoute, je n'y comprends rien. Je ne sais pas ce qui t'arrive ni pourquoi tu te comportes comme un imbécile ni pourquoi Tyler et toi ne vous parlez plus…

— Ah…

Il a un rictus ironique.

— Demande à ton petit copain, on va voir s'il te le dit.

— Tyler n'est pas mon petit copain, je précise tout d'abord. Et je suis en train de te le demander à toi.

Du coin de l'œil, je vois que Vanessa est on ne peut plus gênée. J'ai de la peine pour elle, mais je ne peux pas laisser couler.

— Je n'ai plus rien à faire avec toi. Je croyais que c'était clair, le contrat est terminé. Au fait, joli déguisement, Ash, ajoute-t-il en montrant mes vêtements.

Tout ce que je porte, je l'ai acheté avec lui le vendredi du relooking. Je ne peux pas croire qu'après tout ça, il critique les vêtements qu'il m'a pratiquement forcée à acheter. Il n'est clairement pas dans son meilleur jour. Et on ne peut pas discuter avec lui. Il se comporte comme un abruti. Pour de bon.

— Connard ! je lâche avant de tourner les talons.

À la fin des cours, je sors avec Emily et Scott. Le petit ami de ma copine a proposé de me raccompagner en voiture afin qu'Emily et moi ayons plus de temps pour parler des événements de la matinée. Et il y a de quoi faire. En plus de l'affaire Cam, quelqu'un a écrit « pute » sur mon casier en grosses lettres bien rouges. J'ai mon idée sur l'auteur de ce message, mais, en vérité, je n'ai croisé ni Jess ni Blair de la journée. Sans compter les réflexions qui fusaient dans les couloirs, les mots anonymes dans mon casier et les hashtags sur Twitter qui n'en finissent plus. Il y en a même de nouveaux, c'est à celui qui sera le plus original.

Nous sommes en train de marcher vers la voiture de Scott quand je vois Cam entrer dans sa Honda. Il est seul. Je m'excuse auprès de mes amis et cours me glisser sur le siège passager avant qu'il ait le temps de démarrer. Il me dévisage, surpris, quand j'apparais à ses côtés. Puis il lève les yeux au ciel.

— D'accord, dit-il, et ça m'étonne qu'il soit enfin prêt à engager la discussion. Je ne vois pas pourquoi j'aurais à me justifier mais, apparemment, il faut que je le fasse. Ashley, je ne sais pas ce que tu veux de plus. Qu'est-ce que tu veux ? questionne-t-il en me regardant dans les yeux.

Pourtant, j'ai l'impression qu'il est fuyant. Ce n'est peut-être qu'une impression.

— Qu'est-ce qui s'est passé ? je demande. Samedi, tout allait bien quand je suis venue chez toi. Et maintenant ? Qu'est-ce que j'ai fait ?

« Sortir avec Tyler », murmure une petite voix dans ma tête. Mais c'est précisément lui qui m'a presque ordonné de sortir avec lui. Ça ne peut donc pas être ça, si ?

— Tu n'as rien fait, précise Cameron d'une voix plus douce. Simplement, nous en avons terminé avec le procès de Salem. Tu nous as libérés de la sorcière, merci beaucoup. Et Tyler t'a invitée au bal. C'était le deal. La mission est accomplie. Donc, merci, Ash. C'est fini.

Je fronce les sourcils. Ça ne peut pas être réel. Impossible que Cameron Parker, mon crétin adorable, me dise que tout ce qui s'est passé ce dernier mois faisait partie d'un deal et rien d'autre. Lui qui m'a amenée faire de l'escalade pour que je « respire » quand j'étais triste. Lui qui m'a répété que j'étais une fille incroyable et que beaucoup de garçons mourraient d'envie d'être avec moi. Lui qui a emmené mon frère jouer au base-ball.

Lui qui a pris soin de moi quand j'étais ivre. Ça ne peut pas être le même garçon.

— Je ne savais pas que ce qui s'était passé le mois dernier ne comptait pas, dis-je d'une voix éteinte.

Je ne veux pas pleurer, mais je crois que ça va arriver.

— Je pensais qu'on était amis, Cam.

— Je suis désolé, me coupe-t-il sans émotion dans la voix. J'ai fait au mieux pour parvenir à nos objectifs. C'était ce que tu voulais, non ? Tu étais prête à tout pour Tyler Sparks. Et moi, je voulais que ça finisse bien. Il n'y a rien de plus. Voilà la vérité.

— Tu as bien caché ton jeu, je murmure. J'y ai cru. J'ai même cru que je comptais un peu pour toi, dis-je avec amertume. Tu dois être le meilleur acteur de tout Sacramento.

Cameron reste muet quelques secondes, mais quand il lève le nez vers moi, il m'adresse un sourire canaille.

— Eh ! Je sais que je ne peux pas concurrencer Hollywood, ce serait un comble. Mais, seulement Sacramento ? Donne-moi un peu plus de mérite. Ça a duré plus d'un mois, princesse.

Son ton cynique transperce bien profondément mes entrailles. Je descends sans rien dire en claquant la portière derrière moi. Scott et Emily m'attendent à l'intérieur de la voiture de Scott. Quand nous sortons du parking, je vois à travers mes larmes que la voiture de Cam n'a pas bougé.

19.
Starlight

J'entends une voiture dans la rue. On dirait qu'elle est juste devant ma maison, alors je me lève d'un bond de la chaise de mon bureau et je me penche sur le palier pour crier à ma mère, dans le salon :

— Maman ! C'est Emily ?

— Non, ma puce. C'est Cam.

Cam ? Qu'est-ce que Cam fait ici ? Je ne lui ai pas reparlé depuis hier, quand il m'a clairement signifié que nous n'avions plus rien à faire ensemble. J'ignore ce qu'il vient faire devant chez moi. Je dévale l'escalier, mais quelqu'un descend plus vite que moi. Eric. Avec tout son équipement de base-ball. Je sors derrière mon petit frère. Et je le vois. Cameron Parker, appuyé contre le capot de sa voiture, en maillot et casquette à l'effigie des Dodgers. Nos regards se croisent, mais Cam détourne tout de suite les yeux et se déplace pour ouvrir la porte passager.

— Salut, collègue, je l'entends dire à mon frère. Prêt à lancer quelques balles ?

— Bien sûr ! s'exclame Eric, tout excité, tandis qu'il monte en criant au revoir à ma mère.

Maman est déjà en train de voir avec Cam à quelle heure il compte ramener Eric. Au moment où je m'approche, elle a embrayé sur ses vacances de printemps. Ils discutent comme si de rien n'était. Comme si les choses n'avaient pas changé. Comme si la bonne relation avec ma famille n'avait rien à voir avec ce maudit procès de Salem. Non. On dirait que ce traitement ne s'applique qu'à moi.

— Maman, tu peux nous laisser seuls un moment ? je demande.

Ma mère fronce un peu les sourcils. Et davantage encore quand elle voit à quel point je suis sérieuse. Je l'imagine déjà, dès que Cam sera parti, me cuisiner à propos du gentil Cameron pour savoir pourquoi je suis fâchée contre lui. Une chose est sûre : je n'ai pas du tout envie de le lui expliquer. Au moins, elle se retient, dit au revoir à Eric avec la main avant de saluer chaleureusement celui que, jusqu'à hier, je considérais comme mon ami.

— Qu'est-ce que tu fais là ? je demande à Cam à voix basse.

Fâchée. Oui. Je suis très fâchée. Et je me moque que ça se voie.

— J'ai pris rendez-vous avec ton frère pour l'amener jouer au base-ball avant que vous partiez au Japon, explique-t-il.

Le plus naturellement du monde.

— Eh bien, annule ton rendez-vous sur-le-champ, il ne va nulle part avec toi.

Je passe devant lui et ouvre la portière de mon frère d'un coup sec. Le pauvre me regarde, hébété, et presque un peu effrayé.

— Qu'est-ce qui se passe ?

— Tu n'y vas pas. Descends.

Il essaie de refermer la porte, sourcils froncés.

— Bien sûr que j'y vais.

— Bien sûr qu'il vient.

Cam me pousse pour refermer la portière sur mon frère.

— À quoi tu joues ? j'éructe.

Il élude ma question et marche sereinement vers le volant.

— À plus, Ash.

Il démarre sans perdre de temps. Eric a enclenché la sécurité de sa portière pour que je ne puisse pas le traîner hors de la voiture. Qu'il est malin, quand il veut !

Avant que la Honda disparaisse et, par chance, avant que ma mère ait eu le temps de venir s'en mêler, la voiture de la mère d'Emily s'arrête à l'endroit où se tenait celle de Cam un instant plus tôt. Je monte à l'avant et fais au revoir à ma mère par la fenêtre tout en suppliant mon amie de redémarrer au plus vite.

— Cette voiture qui vient de s'en aller… C'était celle de Cameron Parker ? demande Emily en conduisant.

— C'est ça, je réponds à contrecœur. Il emmène mon frère jouer au base-ball, apparemment. Le crétin !

— Quel con !

Je sais qu'elle dit ça uniquement pour que je sache qu'elle est de mon côté. En réalité, en quoi est-ce mal qu'un type tienne ses promesses ? Ça m'énerverait encore plus qu'il pose un lapin à mon frère, non ?

Une fois loin des yeux et des oreilles indiscrètes de ma mère, Emily stoppe la voiture dans une rue résidentielle calme. Nous sommes passées par le drive pour acheter des boissons et des McFlurry. Ça me rappelle Cam, mais je ne vais pas cesser d'en manger par sa faute. Je ne peux pas le laisser influencer ma vie à ce point.

— Qu'est-ce qui s'est passé ? questionne Emily. Tu lui as parlé ?

— À peine. Il n'avait pas l'air de vouloir, de toute façon.

Je prends deux cuillerées de glace parce que j'ai besoin de chocolat. Beaucoup de chocolat. Maintenant.

— J'y comprends rien, meuf. Je te le jure. Il semblait si adorable ! Il y a quelque chose qui ne colle pas, dans cette histoire.

— Ce qui ne collait pas, c'était que le type le plus populaire du lycée ait envie de sortir avec moi, je soupire avec tristesse. Quelle idiote ! Il me plaisait beaucoup, Em. J'étais en train de tomber amoureuse de lui comme une idiote.

J'ai envie de pleurer. À nouveau. Mais c'est hors de question. J'ai été bien bête. Maintenant, je dois ramasser mon orgueil blessé et essayer de ne plus me comporter comme une imbécile.

— L'idiot, c'est lui, pas toi, me console mon amie.

Bien sûr. Que pourrait-elle dire d'autre ?

— La vérité, c'est que je suis archiconvaincue qu'il ressentait la même chose que toi. La façon dont il s'est comporté avec toi tout ce temps... Bref. Oublie Cameron Parker, Ash. C'est du passé. Oublie-le et pense aux bonnes choses. Si ce crétin n'avait pas été là, Tyler ne te suivrait pas partout comme un petit chien. Exactement comme tu l'as fait avec lui pendant tout ce temps. La roue a tourné. Comment tu te sens ?

Je dois y réfléchir un moment. Comment je me sens vis-à-vis de Tyler ? Emily a raison. Je n'en serais pas là sans le superbe numéro d'acteur de Cam. S'il ne m'avait pas fait croire qu'il était là pour me soutenir, prendre confiance en moi et changer ma vision des choses, j'aurais jeté l'éponge à la première seconde. Je n'aurais pas pu envisager le rencard que j'ai eu il y a trois jours avec l'amour de ma vie sans l'apparition de Cameron. D'une certaine façon, donc, je devrais le remercier. Maintenant, je vais arrêter de pleurnicher à propos de Cam et me concentrer sur ce que je vis avec Tyler, ce que je désire depuis le début.

— Je crains que Tyler cesse de s'intéresser à moi à la seconde où il se rendra compte que Cam ne l'est plus.

C'est une idée qui me tourne dans la tête depuis quelques heures. Chaque fois qu'il a fait un pas vers moi, c'était lié au fait de m'avoir vue en compagnie de Cam.

— C'est vrai, Em, j'insiste en la voyant ouvrir la bouche pour argumenter. Et s'il sort avec moi deux ou trois fois et se rend compte que je ne lui plais pas ? Je serai l'idiote qui n'a pas su se décider et, au final, se retrouve seule.

— Mais non, Ash. Plus il te connaîtra, plus tu lui plairas, dit Emily comme la bonne amie qu'elle est. Il va t'amener au bal de promo et ce sera la meilleure nuit de toute ta vie. Tu verras. Peut-être que tout a commencé grâce à Cam, mais c'est toi qui étais en train de rouler des pelles au quarterback l'autre nuit, et il semble qu'il ait envie de recommencer.

Elle me redonne le moral, avec son sourire.

Tyler n'a pas arrêté de sous-entendre que nous devrions nous revoir. C'est moi qui laisse traîner, parce que, en ce moment, je n'ai pas la force d'être mystérieuse, distante et toutes ces choses qui le rendent fou. C'était si facile d'être moi-même avec Cam (et j'étais sûre que ça lui plaisait). Mais non. On dirait qu'être moi-même ne fonctionne pas. Et, à l'évidence, je ne peux pas l'être avec Tyler. Ça ne marchera pas.

— Tu as raison. C'est la vérité. Cam, c'était une bêtise, hein ? J'ai passé ma vie à être amoureuse de Tyler. Maintenant, j'ai l'opportunité d'être avec lui. Je devrais me focaliser sur ça.

— En effet, approuve mon amie, la bouche pleine de glace.

— J'ai quand même l'impression que ce dernier mois a été un vaste mensonge.

Emily se redresse et se tourne vers moi, très déterminée.

— Ashley, le dernier mois de ta vie n'a pas été un mensonge ni une perte de temps. Cam est peut-être un crétin, mais il t'a rendu un grand service.

Je hausse les sourcils.

— En réalité, tu n'as pas changé, Ash. Durant ce mois, tu n'as rien changé. Je veux dire, tu n'as pas changé d'amies, tu n'as pas changé de principes, tu n'as pas changé d'ambition ni de rêves, tu n'as pas changé d'identité profonde. Ce n'est pas ça que Cam a fait avec toi. Tu as à peine changé de style.

Elle désigne mes vêtements.

— Tout ce que tu es maintenant, tu l'étais déjà avant, c'est juste que tu n'y croyais pas. Cam t'a apporté la confiance. Cette confiance en toi qui était enfouie et que tu ne laissais pas sortir. Si, à présent, tu es capable de te comporter comme une séductrice avec Tyler... eh bien, c'est parce que tu l'étais déjà avant. Le problème, c'est que tu n'y croyais pas. Tu es toujours aussi belle, mais tu te croyais moche. Tu es toujours aussi drôle, mais tu te pensais chiante. Tu es toujours la même mais, avant, tu ne t'aimais pas autant. Nous devons oublier Cameron Parker, ma chérie, mais garde ce qu'il t'a appris et ne recommence pas à t'oublier.

Une larme menace de s'échapper de mon œil droit. Ce petit discours était très émouvant. J'ai besoin de quelques minutes pour y réfléchir. Mon amie a dit tout ce qu'elle avait à dire ; elle respecte mon silence.

Je revois Cam écrire *Fearless* sur mon poignet. Emily a raison. Il se peut que Cameron Parker ne veuille ni ne doive plus faire partie de ma vie. Néanmoins, je ne veux pas oublier comment je me sentais avec lui. Ce qu'il a réussi à me faire exprimer. Je ne veux pas oublier la façon dont j'ai surmonté mon vertige en escaladant une montagne, mon sentiment de toute-puissance sur le circuit de karting, ma spontanéité dans les eaux gelées du lac Tahoe, mon courage sur la moto de Tyler, avec lui dans mon dos. C'est ça que je veux me rappeler.

Toujours. Je veux être cette fille libre. Je vais être cette Ashley sans peur et sans reproche.

— Em… je reprends après un long silence.

— Quoi ? m'encourage-t-elle tandis qu'elle jette son pot de glace vide dans un sachet en papier.

Je l'imite.

— Il y a un truc que je veux faire. Un truc que j'ai besoin de faire maintenant.

— Un truc dingue ? questionne-t-elle, un peu intimidée.

— C'est possible. Tu peux m'accompagner ?

— Où tu voudras.

Et elle démarre.

Quand Emily me dépose chez moi, mon frère est déjà rentré. Pas de risque de croiser Cam à nouveau. Ma tête me dit que c'est mieux, même si mon cœur n'est pas totalement d'accord. J'espère qu'il se laissera faire peu à peu. Et je suppose que ce sera plus facile avec l'aide de Tyler, qui m'a écrit il y a un moment pour recommencer à me demander si je voulais le voir. Mais cet après-midi, j'étais occupée.

— Cam dit que j'ai réussi un lancer parfait. Et lui, il a frappé si fort que la balle est sortie du terrain et qu'elle a failli tomber sur des dames qui se promenaient dans le parc, et un chien a attrapé la balle, alors on a dû le poursuivre pour la récupérer, raconte Eric pendant le dîner.

Quel relou ! Il ne jure que par Cam : Cam est très rigolo. Cam sait super bien jouer au base-ball. Cam sait donner un effet à la balle quand il lance. J'ai envie de lui fermer son clapet, et pas de la plus aimable des façons. Mais je doute que ma mère approuve la violence. Encore moins devant elle. Et encore moins à table. Pourtant, entendre parler sans cesse de ce maudit Cameron Parker est en train de me couper l'appétit. Je pose ma fourchette sur mon assiette et m'adosse à la chaise.

— Ashley, demande aussitôt ma mère, qu'est-ce qui se passe ?

— Rien. Je n'ai pas très faim, j'explique vaguement.

— Je vois. Rien au déjeuner, ni hier au dîner. On peut savoir ce qui t'arrive ? On continue de t'embêter au lycée ?

Elle a l'air si inquiète que je me dépêche de démentir. Ce n'est pas un mensonge. Les ragots continuent autant qu'avant les vacances de printemps ; maintenant que je suis si célèbre, je peux clairement dire que je préférais l'anonymat. Mais, contrairement à il y a deux semaines, cela ne m'empêche plus de dormir. Ni de manger.

C'est mon petit frère, fan de Cameron Parker, qui rend mon poisson indigeste.

— Alors, c'est à cause de Cam ? continue d'enquêter ma mère.

Je plante mes yeux dans les siens et je crois qu'il ne lui en faut pas plus.

— Vous vous êtes disputés ? Qu'est-ce qui s'est passé ?

— Il ne s'est rien passé, je soupire.

— Tu ne devrais pas te fâcher avec Cam, renchérit mon frère.

Je vais vraiment finir par le frapper.

— Il était triste quand on est partis d'ici.

— Mais oui, c'est ça, j'ironise.

Mon frère ne comprend rien. Mais mieux vaut qu'il pense que Cam est triste à cause de moi plutôt que de se dire qu'il n'avait pas envie de passer son après-midi à jouer au base-ball avec lui. D'après Eric, ils n'ont pas reprogrammé d'entraînement. Je suppose que, maintenant que Cameron Parker a la conscience tranquille, nous allons pouvoir reprendre le cours de nos vies. Quand lui et moi appartenions à des mondes différents. Quand mon voisin de classe ne prenait même pas la peine de promener ses yeux verts de mon côté.

— Je lui ai dit de ne pas s'en faire, que tu avais un caractère de cochon et que, moi aussi, je passais mon temps à me disputer avec toi. Que ça allait te passer, dit Eric, désinvolte. Mais il a dit que je devais bien me comporter avec toi parce que tu étais la fille la plus géniale qu'il ait jamais rencontrée. Il n'a pas dû en rencontrer beaucoup, hein, Ashley ?

Ma mère murmure quelque chose comme « il est si gentil... ». Bien sûr. Si elle savait... Enfin. Elle ne sait pas et elle n'a pas à savoir. Idem pour Eric. Évidemment, Cam n'allait pas dire la vérité à mon frère. Que sa sœur est une fille invisible pour laquelle il a dû investir du temps ce dernier mois, mais c'est terminé et tant mieux.

— Je peux aller dans ma chambre ? je demande.

Mieux vaut arrêter les frais, vu la tournure que prend cette conversation.

— Je ne me sens pas bien, je mens, seulement à moitié, pour attendrir un peu ma mère.

Elle me scrute, inquiète. Je sais qu'elle pense que j'ai le cœur brisé. Elle est en train d'hésiter entre croire que je me suis fâchée avec Cam pour une broutille, ou qu'il y a plus grave et que le garçon aux yeux émeraude l'a bernée, elle aussi. Qu'elle pense ce qu'elle veut. Là, tout de suite, je n'ai pas envie de m'expliquer. Elle me donne l'autorisation de sortir de table d'un signe de la main. Merci, maman. Enfin un peu d'empathie. Quelle nouveauté !

Deux heures plus tard, on frappe à ma porte. Cette bonne vieille maman penche la tête quand je l'y autorise. Je suis dans mon lit en train de réviser. Non pas que j'en aie envie ni que mon niveau de concentration soit à son maximum. Mais les examens vont bientôt arriver et je vais me faire prendre de court. En plus, j'ai besoin de penser à autre chose qu'au trio Bennet (ou ce qu'il en reste).

— Tout va bien, ma chérie ?

— Oui, je réponds patiemment. Je vais bien, maman. Ne t'en fais pas.

— D'accord, concède-t-elle même si, de toute évidence, elle ne me croit pas. Je veux seulement que tu saches que tu peux me parler si tu en as besoin, d'accord ?

Je ressens un soudain élan d'affection pour ma mère. Elle a beau être parfois très pesante, sentir son amour me donne envie de pleurer, tout d'un coup.

— Je sais, dis-je à voix basse.

— Bien. Je te laisse réviser. Ne te couche pas trop tard. Et, Ashley, continue-t-elle après avoir feint de fermer la porte une première fois.

Je la regarde, attentive.

— Quoi qu'il se soit passé avec Cam, je suis sûre que lui non plus, il ne le vit pas bien.

— Si tu le dis.

Que répondre à ça ? Tu es bien innocente, maman. Elle me souhaite bonne nuit et ferme enfin la porte. Je me dis que Cam avait raison. Je l'ai largement sous-estimé, hier. Sacramento, ce n'est rien. Il est le meilleur acteur de toute la Californie. Hollywood inclus.

Il est plus de minuit et je suis toujours éveillée. En forme comme si j'avais pris un café bien chargé à dix-huit heures. Je ne suis même pas fatiguée. Ça doit être l'accès d'adrénaline de cet après-midi avec Emily, du bruit de la machine, de la sensation des aiguilles pénétrant sous ma peau. Ça m'a fait mal. Oui, ça m'a fait mal. En même temps, je crois que c'est l'une des meilleures choses que j'aie faites. C'est sûrement pour ça que les gens s'accrochent. La fois précédente, si je ne l'ai pas fait, c'est parce qu'il m'a semblé que ce n'était pas pour la bonne raison. Là, ce n'est peut-être pas la meilleure raison du monde, mais je ne le regrette pas. Même si j'ai marqué sur mon corps une chose que m'a justement apprise la personne que je suis censée oublier. Mais Emily avait raison. Ça, je ne dois pas l'oublier.

Je me lève et me place face au miroir avant de soulever mon tee-shirt de pyjama sur mon flanc droit. Je détache le plastique avec précaution. Et je le contemple, une fois de plus. Écrit sur mes côtes, juste sous la ligne du soutien-gorge. Dans cette même écriture qui m'avait tant plu la première fois que j'étais venue, mais plus grand que celui que j'ai failli tatouer sur mon poignet. Je l'adore. Il est parfait. *Fearless*. Je sais que je ne le regretterai pas. C'est exactement le tatouage que je devais porter. Pas pour Tyler. Pas pour Cam. Pour moi. Maintenant, je croise juste les doigts pour que ma mère ne le remarque pas tout de suite.

J'entends vibrer mon portable sur la table de chevet au moment où je cherche dans mon sac la crème cicatrisante que m'a recommandée le tatoueur. Je l'étale délicatement sur la zone où se trouve l'encre avant de m'approcher pour voir qui m'écrit à cette heure-là.

> Je viens d'apprendre qu'il va y avoir
> une pluie d'étoiles filantes, cette nuit.
> Je vois de la lumière à ta fenêtre,
> ça veut dire que tu ne dors pas,
> et j'ai envie de me barrer de cette
> maison. Ça te dit qu'on aille
> compter les étoiles ?

Tyler. Tyler qui me propose une virée romantique un mardi soir pour compter les étoiles filantes. Mon Dieu ! Qu'est-ce qui est en train de m'arriver ? Peu importe. Y en a marre, de réfléchir. De douter. Cam n'a pas sa place là-dedans. Je me souviens toutefois qu'il m'a appris deux, trois trucs sur les escapades nocturnes.

Et Tyler Sparks, le fichu amour de ma vie, veut m'emmener voir les étoiles. Quel hasard. Moi qui aime tant admirer les étoiles filantes et faire des vœux en rapport avec lui. *Alors allons-y, Ashley.*

Démarre la moto. Je suis devant ta porte dans 3 minutes.

Je me change en vitesse. Un jean troué, des bottes et un pull long au col bateau. Sac à dos sur l'épaule, j'éteins la lumière avant de sortir par la fenêtre. Attention au treillis. Regarde où tu poses les pieds et fais attention à la plante grimpante. Cette fois, il n'y a personne pour me rattraper si je glisse. Cette fois, pas de sourire narquois quand j'atterris. Mais je ne prends pas la peine d'y réfléchir. Je traverse le jardin en courant et saute sur le trottoir juste au moment où Tyler arrive à moto et me tend le casque. Il est déjà complètement équipé. Je monte derrière lui en agrippant sa taille et touche le cuir de sa veste tandis qu'il accélère, loin de nos maisons, dans les rues désertes.

Tyler conduit très vite. Et comme un fou. Mais le trajet m'a presque plu. À présent, je suis une rebelle qui a un tatouage et qui fait le mur en semaine pour aller rouler des pelles à son *bad boy* sous les étoiles. Je suppose donc que je suis censée apprécier ces balades à moto. Même s'il est quasi impossible que Tyler me laisse conduire. Pas cette nuit. Nous mettons moins de vingt minutes à arriver à destination. Je reconnais aussitôt le parc. Ancil Hoffman. Idéal pour profiter d'un ciel étoilé sur la rive de l'American River (bien que, en temps normal, ce soit un peu plus long d'aller là-bas). Je ne veux même pas penser aux chiffres qu'indiquait le compteur tout à l'heure.

J'ôte mon casque dès qu'il arrête la moto, dans une clairière déserte au bord de l'eau. Il la gare le guidon tourné du côté opposé à la rivière, comme s'il était prêt à partir à tout moment. Je descends et marche un peu avant de lever la tête. Waouh ! Je crois qu'il n'y a pas une seule étoile qui nous échappe, ici. Et c'est presque la nouvelle lune, ce qui signifie que sa lumière ne nous gênera pas. Je me tourne vers Tyler quand j'entends ses pas sur les graviers, derrière moi.

— Tu conduis beaucoup trop vite pour ta propre sécurité. Tu le sais, non ? dis-je d'un ton moqueur.

Ce sont les premiers mots que je lui adresse depuis le message que je lui ai envoyé.

— Bonsoir à toi aussi, beauté.

Je souris. Et je le laisse se rapprocher et m'attraper par la taille. Il m'embrasse avec passion.

— Tu avais envie de me voir ? je le provoque en m'écartant.

— Tu es en train de me rendre fou, Ash. Tu n'arrêtes pas de m'envoyer balader.

— Je suis là, non ?

Il acquiesce sans lâcher ma taille ni détourner son regard du mien. Je ne parviens pas à voir son expression dans la pénombre.

— Qu'est-ce qui s'est passé ? Pourquoi tu avais besoin de quitter la maison ?

Tyler s'écarte un peu. Il me lâche et retourne vers la moto. Il s'appuie de côté contre la selle avant de parler.

— Tu sais… Ma mère et ses paranoïas. Cette nuit, elle s'est mis en tête que je ressemblais de plus en plus à mon père. Elle n'arrêtait pas de nous comparer…

Je m'approche et me place devant lui, les mains sur ses épaules et mes hanches collées aux siennes. Nous sommes appuyés de tout notre poids contre la moto. Je m'apprête à prendre la parole, mais il doit sentir mon intention et s'explique avant que j'ouvre la bouche.

— Non, pas à ce père-là. Pas au célèbre médecin et merveilleux citoyen, non. Celui-là, je ne lui ressemble pas du tout, d'après elle. Je parlais de mon vrai père.

— Ton père biologique ? j'essaie de nuancer.

J'ignorais totalement qu'ils savaient qui étaient les parents biologiques de Tyler. Et que lui-même le savait.

— Oui. Le jour où on s'est embrassés, toi et moi… notre premier baiser, derrière l'église…

Il donne des détails, mais je n'en avais absolument pas besoin.

— … ce jour-là, quand je suis rentré chez moi, mes parents m'ont annoncé que mon père biologique était à Sacramento et qu'il voulait me voir, se rappelle-t-il avec un petit rire amer. Moi aussi, je voulais le voir, Ash. Je n'ai pas cru un seul mot de ce que ma mère racontait sur lui. Mais le fait est que je suis le fils d'un connard alcoolique qui a des problèmes avec le jeu et a été condamné plusieurs fois pour agression. Et d'une femme semblable, que le connard battait de temps en temps, apparemment.

Je ne sais pas quoi dire, mais je n'ai pas besoin de parler pour qu'il continue.

— Si, après ça, je ne t'ai pas embrassée à nouveau... Si je n'ai pas... si je me suis éloigné de toi, Ash, c'est parce que j'étais convaincu que j'allais finir pareil que lui. Que je ne pouvais rien faire pour changer ce que je suis. D'où je viens. C'est ce que dit ma mère... que je lui ressemble de plus en plus... Je ruine tout ce que je touche. Et les gens que j'aime.

Il va pleurer, je crois. Je lui caresse la nuque du bout des doigts et fais non de la tête.

— Tu n'es pas comme ça, Tyler. Tu seras l'homme que tu veux être, pas celui qu'il est ni celui que prétend ta mère... Tu peux être qui tu veux, j'insiste.

— Ouais. Le problème, c'est que je n'avais pas forcément envie d'être autre chose. Ça me semblait inévitable. Et c'est pour ça que maintenant, je sais... C'est pour ça que maintenant, je le vois, Ash. J'ai besoin d'être avec toi. Parce que tu me tires vers le haut... parce que tu... parce que tu me donnes envie d'être une meilleure personne.

Waouh ! Sacrée déclaration. C'est l'une des choses les plus belles qu'on m'ait jamais dites. Ça et le « tu me fais sourire », de Cam. Sauf que les propos de Cam étaient mensongers. Et ça, je ne sais pas exactement ce que c'est. Je ne le sais pas, et pourtant, ça m'attendrit. Je caresse les cheveux de Tyler tout doucement et joins mes lèvres aux siennes. Cette fois, nous nous embrassons avec tendresse. Très longtemps. Suffisamment pour qu'il oublie tous les soucis qu'il a rapportés. Et pour que j'oublie les miens aussi. Quand nos lèvres se séparent, il a les mains sur mes fesses et moi, sur ses pectoraux. J'aime beaucoup. J'aime énormément Tyler Sparks. Et qu'est-ce que je pouvais attendre ? Je suis complètement folle de lui depuis quatre ans. C'est pour ça que ma peur d'être déçue était énorme. Mais il ne me déçoit pas. Je savais qui il était. Un pauvre garçon tourmenté par les fantômes du passé, qui se cache derrière une façade de gros dur. Il ne l'est pas. Il n'est pas un gros dur. Ni un *bad boy*. Il faut juste savoir regarder au-delà des apparences. Le comprendre. Comme moi seule peux le faire.

Il sourit près de ma bouche et je me surprends à l'imiter. C'est lui qui rompt le silence, une fois de plus.

— Je ne voulais pas t'amener jusqu'ici pour que tu joues les psys.

Ça sonne presque comme une excuse.

— Je voulais t'amener voir les étoiles pour qu'on puisse faire un vœu.

— Seulement un ?

— Ça dépend de combien d'étoiles filantes on verra. Viens.

Il grimpe sur la moto, dos au guidon. Il me tire doucement par la main pour que je fasse de même et m'asseye devant lui, entre ses jambes. Penché sur le guidon, il m'invite à étendre mon dos sur son torse. Je n'en crois pas mes yeux. Je suis dans les bras de Tyler Sparks, les yeux rivés vers un ciel plein d'étoiles.

— Tu es bien installée ?

— Oui. Il fait seulement un peu plus froid que ce que je pensais.

Il se redresse aussitôt, et moi avec. Il enlève sa veste en cuir, se rallonge et la dépose sur moi en m'enveloppant de ses bras. Je n'aurais pas pu imaginer quelque chose de plus parfait, même dans mes plus beaux rêves. Sauf… Non. Non, peu importe. C'est parfait, point. Pour rien au monde je n'en changerais. Je me le répète, encore et encore. Je ne changerais rien.

— Là ! s'exclame Tyler, levant la main droite. Tu l'as vue ?

— Non.

Merde, Ashley. Tu es venue admirer les étoiles avec l'amour de ta vie et tu regardes sans voir. Tu penses à autre chose. Tout est parfait. Tu ne changerais rien. Si seulement tu pouvais y croire.

— Faut que tu sois plus attentive, Ash, se moque-t-il en me serrant contre lui. À ce rythme-là, tu ne pourras pas faire de vœu.

— Et toi, tu en as fait un ?

— Je n'ai pas eu le temps. Elle est passée trop vite. Et si on réfléchissait d'abord à ce qu'on souhaite pour être prêts ? Je voudrais… Je voudrais une Harley-Davidson flambant neuve. Je voudrais réussir l'examen d'histoire et… terminer l'année sans être viré.

— On ne demande pas des choses si superficielles aux étoiles filantes, voyons ! Il faut demander des choses profondes, tu sais : la santé, l'argent, l'amour…

— OK. Alors je dirais que… je ne souhaiterais pas être ailleurs qu'à cet endroit à cet instant, murmure-t-il près de mon oreille.

Les yeux fermés, je réprime un frisson. En les rouvrant, je vois une étoile fendre le ciel, une traînée de lumière derrière elle. Je souris. Le spectacle d'une pluie d'étoiles filantes m'a toujours éblouie. Il n'y a rien de plus beau. Ni de plus romantique.

— Celle-là, je l'ai laissée passer.

— Je ne l'ai pas vue, proteste mon compagnon. Alors, c'est quoi ton souhait, Ash ?

Mince. Un vœu. Bien sûr. Je devrais avoir quelque chose à souhaiter, non ? Je n'ai pas d'idée. Ça fait des années que je demande la même chose. Je n'ai jamais pensé demander autre chose, parce que c'était tout simplement ce que je désirais le plus au monde. Or, c'est devenu réalité… Et maintenant ? Je sèche totalement. Surtout, je crains de souhaiter quelque chose qui puisse se produire.

J'aurais dû lire les petites lignes du contrat. Ce maudit génie des vœux pourrait nous avertir : quand on te donne quelque chose, il est possible que tu perdes autre chose en route. Qu'il y ait des effets secondaires. Des dommages collatéraux. Ou un putain d'effet papillon. On devrait te dire que, pour que tes désirs les plus profonds s'accomplissent, il se peut que tu doives sacrifier quelque chose en échange. Quand je formulais tous ces souhaits, je ne pouvais pas imaginer quel serait le prix à payer. Je m'en serais peut-être moquée. Maintenant, je sais. Et ce dommage collatéral a un prénom et un nom. Avant tout ça, jamais au grand jamais je n'aurais pensé qu'exaucer mon souhait avec Tyler impliquerait de perdre Cameron Parker. Perdre contre Cameron Parker. Quoi que soit devenue cette relation. Je ne l'aurais pas imaginé même en vivant un million d'années.

Attention au vœu que tu fais, Ashley ; il pourrait devenir réalité.

Remerciements

Je n'ai jamais cru qu'un jour j'aurais à écrire des remerciements dans un roman publié. Ces premières lignes iront donc forcément à l'équipe de Crossbooks. Merci de donner l'opportunité à des auteurs inconnus de vous faire parvenir leurs propositions, merci d'avoir cru en cette histoire en particulier et d'avoir exaucé un de mes plus grands rêves. Tout spécialement, un grand merci à mon éditrice, Irene, pour le temps qu'elle a consacré à me lire avec affection, et pour nous avoir dorlotés, mon roman et moi. Chaque étape de ce projet a été un plaisir. J'ai bondi de joie partout dans la maison après ce fameux appel téléphonique, alors mille mercis pour tout !

Merci à mes parents, qui m'ont toujours encouragée à poursuivre mes rêves, et m'ont donné le soutien nécessaire pour que j'y parvienne.

Merci à mes frangines, pour avoir écouté toutes les intrigues que j'invente, pour avoir partagé les leurs avec moi, et pour tout ce temps que nous avons passé au milieu des livres, à parler d'histoires qui n'existent que dans notre imagination jusqu'à ce que nous les couchions sur le papier. Ma sœur, merci d'être toujours là, que ce soit à mes côtés ou à l'autre bout du fil.

Ma chère Angèle, ma fidèle bêta-lectrice, sans toi, cette histoire n'aurait pas eu de fin et ne serait jamais parvenue aussi loin. Tu sais donc qu'un morceau t'appartient pour toujours.

Merci aux amis et aux membres de ma famille (oui, c'est pour toi, tante Marta) qui ont lu le manuscrit, se sont enflammés avec moi et ont exigé que j'en écrive beaucoup d'autres.

Merci à Javi, mon garçon aux yeux verts, de m'avoir prêté quelques détails utiles à la construction du personnage de Cam et, surtout, d'avoir écouté tous les *twists* et mésaventures que j'invente pour les multiples histoires qui me passent par la tête. Il est temps que tu le lises, d'accord ?

Merci à la petite famille Wattpad, à toutes celles qui ont souffert ou ont été émues en même temps que moi, celles qui m'ont envoyé un message pour me donner leur ressenti à propos de *Bad Ash*, celles qui ont commenté chaque chapitre, celles qui m'ont donné une étoile... Et un merci spécial à celle qui a déposé le premier commentaire sur ce roman (tu te reconnaîtras) ; elle m'a encouragée à me battre pour faire publier cette histoire parce qu'elle pensait sincèrement qu'elle le méritait.

Et à toi, qui a décidé de donner sa chance à une autrice inconnue : merci infiniment d'avoir lu mon roman. J'espère de tout mon cœur qu'il t'a plu.

À bientôt !

Tous les titres de chapitres sont des références aux chansons de Taylor Swift.

Bonne écoute en parallèle de la lecture !

1 – « SuperStar » (album *Fearless Platinium Edition*, 2009)
2 – « Should've Said No » (album *Taylor Swift*, 2006)
3 – « Picture to Burn » (album *Taylor Swift*, 2006)
4 – « Speak Now » (album *Speak Now*, 2010)
5 – « Crazier » (album *Hannah Montana : The Movie*, 2009)
6 – « We Are Never Ever Getting Back Together » (album *Red*, 2012)
7 – « Breathe » (album *Fearless*, 2008)
8 – « Shake It Off » (album *1989*, 2014)
9 – « I Almost Do » (album *Red*, 2012)
10 – « Treacherous » (album *Red*, 2012)
11 – « Girl at Home » (album *Red Deluxe Edition*, 2013)

12 – « Tell Me Why » (album *Fearless*, 2008)
13 – « Mean » (album *Speak Now*, 2010)
14 – « Style » (album *1989*, 2014)
15 – « Better Than Revenge » (album *Speak Now*, 2010)
16 – « You Belong With Me » (album *Fearless*, 2008)
17 – « Sweeter Than Fiction » (album *One Chance soundtrack*, 2013)
18 – « Stay, Stay, Stay » (album *Red*, 2012)
19 – « Starlight » (album *Red*, 2012)

Ouvrage composé par
PCA – 44400 Rezé

Imprimé en France
par Normandie Roto Impression s.a.s.
61250 Lonrai
N° d'impression : 2402242
S34447/01

#lisez! engagé
www.lisez.com
Pour plus d'informations :
Imprimé sur du papier issu de forêts gérées durablement.

PKJ • www.pocketjeunesse.fr
POCKET JEUNESSE

92, avenue de France – 75013 Paris